EIN KLEINES LIED ÜBER DAS STERBEN

AF196760

»BEI TIMO BLUNCK
GIBT ES KEINE HELDEN,
NUR ÜBERLEBENDE.«

HENDRIK BERG, AUTOR

»SCHWARZHUMORIG,
GNADENLOS SPANNEND
UND MIT EINEM TWIST, DER DAS BLUT
IN DEN ADERN GEFRIEREN LÄSST.
BLUNCK LIEFERT EINEN KRIMI,
DER ROCKT!«

THOMAS BECKER, BOOKFLUENCER

»SPRACHGEWANDT
UND UNVORHERSEHBAR:
EIN ROCK-'N'-ROLL-POIROT
MIT ZARTEN WIE HARTEN NOTEN.
DIESE GESCHICHTE
HAT POWER.«

LEON SACHS, AUTOR

»TIMO BLUNCK BAUT
EIN IRISIERENDES KALEIDOSKOP
AUS MENSCHLICHEN
TRÜMMERN.«

BERND BEGEMANN, MUSIKER

Timo Blunck, geboren 1962, ist Musiker, Komponist, Produzent und Autor. Ab 1981 war er Bassist der international erfolgreichen Avantgarde-Punkband Palais Schaumburg, zur gleichen Zeit gründete er Die Zimmermänner, mit denen er heute noch aktiv ist. Nach Stationen in England und den USA betreibt Blunck seit 2001 in Hamburg und Berlin die Firma BLUT, die Musik für Events, Filme und Werbung produziert. Seinem Romandebüt »Hatten wir nicht mal Sex in den 80ern?«, zu dem Blunck auch ein Solo-Album veröffentlichte, folgte zuletzt der Roman »Die Optimistin« (2021).

Dieses Buch ist ein Roman. Handlungen und Personen sind frei erfunden. Ähnlichkeiten mit lebenden oder toten Personen sind nicht gewollt und rein zufällig.

TIMO BLUNCK

EIN KLEINES LIED ÜBER DAS STERBEN

KRIMINALROMAN

emons:

© Emons Verlag GmbH
Cäcilienstraße 48, 50667 Köln
info@emons-verlag.de
www.emons-verlag.de
Alle Rechte vorbehalten
Umschlaggestaltung: Nina Schäfer
Gestaltung Innenteil: DÜDE Satz und Grafik, Odenthal,
nach einem Layout von Nina Schäfer
Druck und Bindung: CPI – Clausen & Bosse, Leck
Printed in Germany 2025
ISBN 978-3-7408-2426-6
Originalausgabe

Dieser Roman wurde vermittelt durch die Literarische Agentur
Kossack GbR, Papenhuder Straße 49, 22087 Hamburg.

Die automatisierte Analyse des Werkes, um daraus Informationen
insbesondere über Muster, Trends und Korrelationen gemäß
§ 44b UrhG (»Text und Data Mining«) zu gewinnen, ist untersagt.

Er stiehlt meine Seele
mit Weitwinkel und Tele,
am Bettrand, ein lodernder Schatten.

Timo Blunck, »Der Schlaf Fotograf«

ENGEL FRIKASSEE

»Zartbitter! Hi-ier! Zartbitter!«

»Ihr Hund heißt Zartbitter?«

»Ja, wie die Schokolade. Siebzig Prozent Kakao.«

Der Labrador-Rüde, der jetzt aus dem See auf uns zustürmte, hatte einen tiefen Braunton, sein kurzes Fell glänzte
wie eine Tafel Ritter Sport. Mit großer Geschwindigkeit näherte er sich seinem Frauchen, machte keine Anstalten, langsamer zu werden. Im letzten Moment korrigierte er seinen
Kurs und hechtete mir gegen den Oberschenkel. Ich rief:
»Nein, nicht anspringen!«

Zu spät. Zartbitter hinterließ fleißig matschige Pfotenabdrücke. Seine Halterin lächelte zwar verlegen, griff aber
nicht ein.

»Das tut mir so leid. Schoko-Labbies sind besonders
schwer zu erziehen. Zartbitter benimmt sich, wie er will.«

Zum Beweis schüttelte sich der Hund das schmutzige
Wasser aus dem Pelz, verteilte weiteren Dreck auf meiner
Hose. Ich log: »Das macht doch überhaupt nichts. Sind so-
wieso meine Schmuddelklamotten.«

Als hätte ich Schmuddelklamotten. Meine mintgrünen
Leinenpantalons kamen frisch aus der Reinigung. Zum
Glück hatte die Schlammdusche vor meinem himmelblauen
Wildlederblouson haltgemacht, den hätte ich sonst wegwerfen können. Frau Zartbitter war die Sache wirklich peinlich,
sie wurde sogar etwas rot. Entzückend. Sie zeigte auf meine
flauschige Begleitung.

»Und wie heißt diese süße Fellnase?«

»Das ist Knef. So wie Hildegard.«

»Hildegard Knef? Die Sängerin?«

»Genau die. Ich bin großer Fan.«

»Mmh. Knef. Ruft sich aber nicht sonderlich.«

»Das könnte man über Zartbitter genauso sagen.«

Touché. Ihr Lächeln verwandelte sich von verlegen zu aufgeschlossen. Sie musterte mich eingehend, nahm zum ersten Mal den Mann jenseits des Hundes wahr. Und ihr gefiel offensichtlich, was sie sah, denn sie verschränkte instinktiv die Arme vor der Brust. Kleines Einmaleins der Körpersprache: Verteidigungshaltung, der Typ könnte mir gefährlich werden.

Ich hatte mir meine Mischlingsdame Knef genau für diesen Zweck zugelegt. Vergesst Tinder, der schnellste Weg zum Herzen einer attraktiven Frau ist über ihren Vierbeiner. In Cafés, Restaurants und Eisdielen, auf Floh- und Wochenmärkten, an Bushaltestellen oder einfach auf der Straße: Hundebesitzer sind alle vom gleichen Stamm und haben immer sofort ein Gesprächsthema. Früher hatte ich viel Zeit damit verbracht, mir den perfekten Anmachspruch auszudenken. Originell musste er sein und der Situation entsprechend, um spontan und nicht auswendig gelernt zu klingen. Vor allem aber durfte er nicht zu aufdringlich wirken. Wobei meine charmante Vortragsweise in Kombination mit meinem ansprechenden Äußeren so einiges zuließ. Manchmal hatte ich gerade mit einem leicht übertriebenen Klischee den größten Erfolg: »Ich wusste nicht, dass Engel so tief fliegen können.« Aber auch Klassiker wie »Ich wette zwanzig Euro, dass du mir nicht deine Nummer gibst« oder ein humorvolles »Glaubst du an Liebe auf den ersten Blick? Sonst geh ich raus und komm noch mal rein« funktionierten immer mal wieder. Jegliches Spruchgold verblasste allerdings im Vergleich zu »Was ist das denn für eine Hunderasse?«, eine in ihrer Unverbindlichkeit unschlagbare Frage, die aber im selben Atemzug eine intime Schnittmenge herstellte und damit die mit Abstand beste Pick-up-Line der Welt war.

Allerdings nur, wenn man selbst einen Hund an der Leine führte. Dabei eignete sich Knef noch mal ganz besonders für die mit siebenundneunzigprozentiger Sicherheit kommende Gegenfrage »… und Ihrer?«, denn Knef war keine Rasse. Knef war vier Rassen: ein Mix aus Bobtail und Wolfsspitz, dazu ein Schuss Eurasier, abgerundet mit einem Spritzer Dackelgenen. Wie insbesondere Letzteres technisch funktioniert hatte, war mir schleierhaft, aber Knef hatte definitiv Dackelohren. Außerdem kam sie aus dem Tierheim, und das gab mir zusätzlich den Gutmenschen-Bonus. Und schon befand man sich in einer tiefsinnigen Konversation über das Wesen des Hundes im Allgemeinen, seine Vorzüge gegenüber Katzen und warum wir uns ein Leben ohne unser Ausnahme-Exemplar gar nicht mehr vorstellen konnten.

Der beste Ort für derlei nicht ganz zufällige Begegnungen war natürlich die Hundewiese. Diese typisch deutsche Einrichtung gab es in praktisch jedem Park der Republik. Nur hier in diesem Areal durften die Vierbeiner ausnahmsweise mal von der Leine, aber die Freiheit wurde knallhart kontrolliert, in Hamburg sogar von einer speziellen Einsatztruppe der Polizei. Hundewiesen waren nicht groß, Spazierengehen funktionierte hier nicht. Mensch stand herum und schaute Tier beim Spielen mit seinen Artgenossen zu. Wer jetzt nicht ins Gespräch kam, hatte wahrscheinlich auch beim Abschlussball allein getanzt. Ideale Hangouts also für einen kontaktfreudigen Mittdreißiger wie mich, immer auf der Suche nach menschlicher Inspiration und auch physischer Nähe nicht abgeneigt, selbst wenn sie nur von kurzer Dauer war.

Eine der größten Hundewiesen Hamburgs befand sich in Niendorf. Diesen weitgehend unterschätzten Stadtteil im Nordwesten der Hansestadt verband der durchschnittliche Spaziergänger wohl zunächst mit dem Niendorfer Gehege, einer äußerst gepflegten Kulturlandschaft mit altem Baumbestand und vielen Freizeitattraktionen. Dem ernsthaften Hundehalter aber war dieses Gelände viel zu restriktiv, ja regelrecht hundeunfreundlich. Der echte Niendorfer verortete das Gehege sowieso im »alten« Niendorf, dem Gebiet rund um den Niendorfer Markplatz. Diese Gegend war eine Art »Blankenese light«, in den schmucken Jugendstilvillen wohnten sogar ein paar Promis! Das »neue« und für den Kenner einzig wahre Niendorf aber war der »wilde Norden«, das ehemalige Ohmoor und die Gebiete nordwestlich des Flughafens »Helmut Schmidt«. Diesen um einiges weniger eleganten Flecken dominierten trostlose Betonburgen und die wahrscheinlich schmalsten Reihenhäuser Deutschlands.

In meiner Nachbarschaft befanden sich auch das »Naherholungsgebiet« Rahweg und die Kleingartengemeinschaft Dohlenhorst e. V., beide idyllisch an der Tarpenbek gelegen, einer der unbedeutenderen Wasserstraßen Hamburgs. Eigentlich war diese Anlage ein Ding der Unmöglichkeit, bestes Bauland in relativer City-Nähe, mit der U-Bahn war man in zwanzig Minuten in der Innenstadt. Aber sosehr sich die Immobilienspekulanten auch die Finger danach leckten, das Objekt lag einfach zu dicht am Flughafen.

Zartbitter lief wieder in die trübe Brühe. Meine neue Hundebekanntschaft erklärte: »Labradore sind Apportierhunde, sie sind sehr wasserfreudig. Ihr Fell ist extrem dicht, sie werden nicht nass.«

Ich wischte mir den Matsch von der Hose. »Na, da kann sich die Textilindustrie ja noch so einiges abgucken.«

Sie kicherte. »Ich heiße übrigens Josepha. Und du?«

Das ging aber schnell. Und gleich auf Du! »Ich bin Mar…«

Ein riesiger Airbus im Landeanflug unterbrach mich mit ohrenbetäubendem Lärm. Knef fing an zu winseln, drängte sich an meine Beine. Ich streichelte ihr den Kopf.

»Alles gut, meine Süße.« Der Flieger zog vorbei. »Ich bin Marius.«

»Freut mich, dich kennenzulernen, Marius.«

Ich lächelte mein schönstes Lächeln. »The pleasure is all mine.«

Josepha war mindestens eine Achteinhalb. Groß und sportlich, aber mit genug Kurven, um sich keine blauen Flecken zu holen. Sie trug ihr blondes Haar im Pferdeschwanz, ihre blauen Augen funkelten hinter extralangen Wimpern. Eine schmale Nase und ein fein geschwungener Mund komplettierten ihren hanseatischen Look, der durch eine grüne Barbourjacke mit Cordkragen noch unterstützt wurde. Dazu trug sie beige Jeans und Gummistiefel der Marke Hunter. Ein Outdoor-Girl mit modischem Anspruch, eine Frau nach meinem Geschmack.

»Knef mag das Wasser nicht. Sie geht höchstens bis zum Bauch rein und auch dann nur zum Trinken.«

Wie zum Beweis tippelte meine Hundelady in den See, wo sie von Zartbitter leicht überbegeistert begrüßt wurde. Knef war das sichtlich unangenehm, sie warf mir einen genervten Blick zu. Labradore sind immer so stürmisch! Und leider gleichzeitig so unbeholfen! Josepha machte eine kreisende Bewegung mit dem rechten Zeigefinger.

»Uhrzeigersinn?«

Ja, war denn schon Weihnachten? Hatte die Achteinhalb mich gerade zum gemeinsamen Flanieren aufgefordert? Und zwar im Uhrzeigersinn, also rechts um den See? Der erfahrene Rahweg-Spaziergänger kannte natürlich diesen Begriff, der sich auch auf die gesamte Runde durch den Park erweitern ließ. Ich erwiderte: »Uhrzeigersinn passt mir gut, mein rechtes Bein ist nämlich etwas kürzer als mein linkes.«

Josepha schenkte mir ein perfektes Lächeln, ihre makellosen Zähne strahlten mit dem Weiß ihrer Augäpfel um die Wette. Sie rief: »Hi-ier, Zartbitter, hi-ier!«

Der tapsige Schoko-Labbie sprang wieder aus dem Teich und schüttelte sich ausgiebig. Diesmal war ich gewarnt, hielt gebührenden Abstand.

Es war einer dieser herrlichen Samstagnachmittage im Oktober. Die Sonne war zwar nicht mehr ganz so warm, aber immer noch genauso hell wie im August. Und rein ästhetisch war der Herbst sowieso viel aufregender als der Sommer. Die Blätter glänzten in satten Rot- und Gelbtönen, die schräg stehende Sonne tauchte den Park in ein leuchtendes Gold. Das ideale Wetter, um spazieren zu gehen. Dabei missachteten Josepha und ich die Leinenpflicht, sehr zum Ärger der zahlreichen Angler, die die überall aufgestellten »Angeln verboten«-Schilder offenbar ähnlich ernst nahmen wie Porschefahrer die Richtgeschwindigkeit auf der Autobahn. Knef war ein Ghetto-Hund, man hätte sie einfach so an der nächsten Bushaltestelle rauslassen können, und sie wäre bestimmt zurechtgekommen. Im Park interessierten sie immer die Mülltonnen am meisten, und sie hatte keine Hemmungen, wildfremde Passanten anzubetteln oder Entenfütterern die Brotkrumen zu klauen. Angler mochte sie besonders, denn die hatten Köder in den Taschen, und Knef traute sich ohne Weiteres, diese zu durchsuchen. So auch heute.

»Knef, no! Come back here!«

»Du redest Englisch mit deinem Hund?«

»Ja, ich möchte, dass sie zweisprachig aufwächst.«

Jetzt musste Josepha laut lachen. »Du bist echt ein lustiger Typ. Aber warum gerade Englisch?«

»Ich habe lange in London gelebt, bin erst letztes Jahr wieder nach Niendorf gezogen.«

»Ah. Was bist du eigentlich von Beruf?«

»Ich bin …«

Ein weiterer Jet störte unsere Konversation. Diesmal hielt sich Josepha die Ohren zu.

»… Investmentbanker.«

Das war natürlich gelogen, aber »Sachbearbeiter in der Kreditabteilung bei der Commerzbank« erschien mir in diesem Zusammenhang einfach zu profan. Außerdem hatte ich tatsächlich mehrere Jahre in England gearbeitet, allerdings nicht in der »City«, dem Finanzcenter Londons, sondern in einer Filiale der Barclays Bank in Putney, einem Vorort der Hauptstadt.

Josepha schaute mir tief in die Augen. Sie hob die perfekt geformten Augenbrauen. »Spannend.«

Flirtete sie mit mir? Mir wurde etwas heiß in meinem Wildlederblouson. Frau Zartbitter war definitiv nicht der Prototyp reservierte Hanseatin, den sie rein äußerlich darstellte. Und sie legte noch einen drauf: »Hast du vielleicht Lust, anschließend einen Kaffee trinken zu gehen?«

Jetzt fing ich tatsächlich an zu schwitzen. Das war normalerweise meine Zeile, und ich hätte sie frühestens am Parkplatz gebracht. Ich stotterte: »Ja, äh, gern.«

»Wie wär's mit dem Café am Minigolfplatz? Im Burgunderweg?«

Was, sie kannte sogar meinen Lieblingsgeheimtipp? Meine kulinarische Trumpfkarte, Überraschungs-Highlight in der ansonsten gastronomischen Wüste Niendorfs. Verdammt, jetzt wurde ich beinahe etwas sauer. Ich war es nicht gewöhnt, mir die Initiative aus der Hand nehmen zu lassen, musste mich außerhalb meiner Balz-Routine erst einmal zurechtfinden. Aber ich blieb gelassen, hielt es mit meiner Lieblingssängerin, der großen Hildegard Knef: Einem geschenkten Gaul schaut man nicht ins Maul.

Drei Stunden später saß ich bei Josepha zu Hause an ihrem Esstisch. Ihre schicke Wohnung im Gotenweg war Teil einer Neubauanlage, die auf dem Grundstück eines ehemaligen Einfamilienhauses errichtet worden war. Keine architektonische Meisterleistung, aber ein effizienter Weg, aus einer Wohneinheit vier zu machen, ohne dabei den beschaulichen Charakter der Vorstadt zu zerstören. Diese Form von Immobilienspekulation sah man immer häufiger in meinem Viertel, auch in meiner Straße gab es schon ein paar dieser Klinkerkästen.

Ich ließ begeistert die Gabel fallen. »Das schmeckt ja wahnsinnig gut!«

Was als Kompliment gedacht war, klang eher wie ein lustvolles Stöhnen. Josepha war eine begnadete Köchin. Gleich nach dem Kaffee hatte sie mich noch auf einen Snack zu sich gebeten.

»Espresso macht hungrig, stimmt's?«

Eigentlich das Gegenteil, aber bevor ich antworten konnte, hatte sie nachgesetzt: »Ich hab noch etwas Entenpastete zu Hause, dazu frisches Baguette und einen leckeren Burgunder – ist doch passend, oder?« Sie zeigte auf das Straßenschild neben der Einfahrt zum Minigolfplatz und lachte. »Burgunderweg!«

Das war dann wohl ihr Humor. Frau Zartbitter war definitiv nicht von der Stange, aber ich gewöhnte mich schnell an ihre direkte Art. Ihr Tempo war atemberaubend, aber hey, go with the flow, dann war ich eben mal die Unschuld vom Lande. Und so war das bereits der dritte Gang, den sie mir in ihrem geschmackvoll eingerichteten Zuhause servierte. Ich fragte: »Wie nennst du dieses wundervolle Gericht?«

Josepha lächelte verschmitzt. »Das ist mein Engelfrikassee.«

»Engelfrikassee? Weil es so himmlisch schmeckt?«

»So ungefähr.«

Sie ging in die Küche. Ich rief ihr hinterher: »Was ist das eigentlich für ein Fleisch? So zart, so saftig. Oder ist das irgendwas aus Soja, vielleicht Seitan, wie heißt das noch, ›Beyond Meat‹?«

Sie erschien mit einer weiteren Flasche Weißburgunder. »Das möchtest du wohl gerne wissen.«

»Ja, denn das ist wirklich überirdisch gut. Womit hast du das gewürzt? So was Köstliches habe ich noch nie gegessen.«

Josepha schwieg. Wieder machte sie diese verführerische Bewegung mit den Augenbrauen, dazu legte sie den Kopf leicht zur Seite. Ich gab nicht auf.

»Ach komm schon, verrat mir das Rezept.«

Sie wackelte mit dem Zeigefinger. »Das ist keine gute Idee. Wenn ich's dir verraten würde, müsste ich dich nämlich anschließend leider umbringen.«

Wieder verschwand sie in der Küche. Ich nahm mein Weinglas und folgte ihr.

»Wow!«

Ich staunte mit offenem Mund. »Küche« – ein Wort, für das es im Deutschen kein Synonym gab und das für diesen Raum maßlos untertrieben schien. Josephas Arbeitsplatz war eher ein Speise-Atelier, ein Gourmettempel, eine Kathedrale der Kochkunst. Über ihrem sechsflammigen Gasherd hingen diverse Töpfe und Pfannen aus Gusseisen und Kupfer an einem silbernen Pot Rack. Sie hatte nicht nur einen, sondern zwei extrabreite Öfen. Hinter Glastüren standen Gewürze, Öle und exotische Zutaten in sauber aufgereihten Dosen und Flaschen. In der offenen Speisekammer türmten sich Kartons und Gläser mit mir weitgehend unbekanntem Gemüse und eingelegten Früchten. Auf ihrer Kücheninsel stand ein beeindruckender Holzblock mit einer beachtlichen Kollektion japanischer Messer. Ich langte nach einem der Griffe. Sie gab mir einen kleinen Klaps auf den Handrücken.

»Das lass mal lieber. Die werden schon vom Hingucken stumpf.« Sie griff sich einen Küchenbrenner vom Regal und ließ kurz die Flamme aufleuchten. »Lust auf Nachtisch?«

Wir tranken wieder Espresso. Wie zu erwarten war auch die Crème brûlée ein absoluter Hochgenuss gewesen. Überhaupt hatte das Mahl mich in einen seltsamen Trance-Zustand versetzt, der Mix aus Gaumenschmaus und erlesenem Wein zeigte Wirkung. Dabei fühlte ich mich wunderbar leicht, keine Spur von Völlegefühl. Ich schwebte auf einer Schlemmerwolke, hätte ohne Weiteres die ganze Nacht weiteressen können. Josepha war thematisch schon wieder auf der Hundewiese.

»Weißt du eigentlich, dass die sanft rollenden Hügel des Rahweg-Parks in Wirklichkeit die letzten Überbleibsel des Zweiten Weltkriegs sind? An dieser Stelle wurden noch bis in die frühen fünfziger Jahre die Resttrümmer der von den Engländern zerbombten Hansestadt vergraben.«

»Das wusste ich nicht.«

»Ja, und die haben da nicht nur Schutt verbuddelt, sondern auch diverse Leichen.«

»Bist du sicher?«

»Absolut. Hat mir Marc-Dieter erzählt.«

»Marc-Dieter?«

»Mein Ex-Freund. Der war Geschichtsprofessor.«

»War?«, fragte ich nach.

Josepha grinste. »Ja, war. Aber das tut nichts zur Sache.« Sie verscheuchte eine imaginäre Fliege. »Da redet natürlich keiner drüber, aber nach den Luftangriffen hatten die Verantwortlichen überhaupt keine Zeit, geschweige denn die Leute, alle Toten zu identifizieren oder ihnen ein vernünftiges Begräbnis zu geben. Die haben sie einfach zusammen mit den ganzen Trümmern vergraben. Da unten liegen nicht nur unbekannte Soldaten, sondern auch Frauen und Kinder.«

»Das kann ich kaum glauben. Das ist so barbarisch, so …«

»Ach, das ist einfach nur praktisch. Die Leichen lagen auf der Straße und fingen an zu stinken. Würde man heute genauso wieder machen.«

Ich war etwas schockiert. Ohne Vorwarnung hatte die Unterhaltung eine schon fast morbide Abzweigung genommen, die definitiv kein postkulinarischer Small Talk war. Aber so steil, wie Josepha in die dunkle Kurve gegangen war, so geschmeidig säuselte sie sich wieder ins Licht.

»Na, schöner Mann, dir hat's offensichtlich geschmeckt.« Sie tätschelte meine Hand. »Ein voller Bauch steht dir übrigens gut. Ich geh mal eine rauchen.« Sie zeigte auf den Balkon.

Ich fragte überrascht: »Du rauchst?«

Sie zwinkerte mir zu. »Ja, aber nur vor dem Sex.«

Moment, eine Zigarette *vor* dem Sex? Dann fiel der Groschen.

Anschließend sank ich in einen unruhigen Schlaf. Im Traum stand ich am Rand der Hundewiese im Rahweg. Es war früher Morgen, Nebel lag über dem noch feuchten Gras. Vor mir rollten die sanften Hügel des Naherholungsgebiets. Ich atmete tief durch, genoss die frische Luft und die romantische Stille. Plötzlich jagte ein Düsenjäger so tief über mich hinweg, dass ich den Kopf einziehen musste. Kaum richtete ich mich wieder auf, wiederholte sich die Attacke. Und noch ein Jet. Und noch einer. Es war, als würde mich eine ganze Schwadron Jagdflieger angreifen und Sprengbomben abwerfen. Der Lärm war infernalisch, ein hoher Sinuston begann in meinen Ohren zu klingeln. Schwarzer Qualm verdunkelte die aufgehende Sonne, der schwere Geruch von Kerosin biss mir in die Nase. Ich musste heftig husten, kniff die Augen zusammen.

Als ich sie wieder öffnete, hatte sich das Geschwader mit einem leisen Echo hinter dem Horizont verzogen. Langsam verflüchtigten sich auch die Rauchschwaden. Doch die dahinter auftauchenden Hügel hatten jeden Liebreiz verloren. Der Rasen war aufgeplatzt, aus den Rissen quoll blutrote

Erde, zerborstene Balken und andere Trümmer ragten wie abgebrochene Zähne in die Nebelschleier. Auch das Licht hatte sich gewandelt, aus der zarten Morgenröte war ein kaltes Neonblau geworden, das die Szene gespenstisch von hinten beleuchtete. Ich hörte mich selbst sprechen: »Jetzt fehlen nur noch die schrägen Geigen, und wir haben einen Horrorfilm.«

Aber statt eines Streichorchesters erklang eine einzelne Posaune am äußersten rechten Ende meines Stereobildes. Und als wäre das nicht genug der akustischen Fehlbesetzung, begann auf der linken Seite ein dezent schwingender Reggae-Beat zu spielen.

»Reggae? In einem Gruselschocker? Dass ich nicht lache!«

Das hätte ich nicht sagen sollen. Mit einem bösen Zischen erschien eine dunkle Gestalt im Nebel vor mir. Ihr langer Schatten legte sich über meine Augen, war so tiefschwarz, dass ich für einen Moment zu erblinden glaubte. Kaum löste sich die Finsternis, bemerkte ich weitere Silhouetten. Sie tauchten aus den klaffenden Wunden, die die Jagdflieger hinterlassen hatten, auf wie Orcas aus der Tiefsee. Und wie die großen Raubwale fletschten sie bedrohlich die Zähne, fingen an, in einem tiefen Bariton zu summen. Ihre Stimmen mischten sich mit Posaune und Beat, erzeugten eine passable Bassbegleitung. Die erste Gestalt war mir mittlerweile so nahe gekommen, dass ich ihre Gesichtszüge erkennen konnte. Überrascht stellte ich fest, dass es sich um Josepha handelte. Allerdings ähnelte sie der Frau, die neben mir im Bett lag, nur entfernt – sie war eher ihre Zombie-Version. Die Haut hing ihr in Fetzen vom Schädel, entblößte den weißen Knochen darunter. Ihre Augäpfel rollten in leeren Höhlen, die gelben Zähne hingen ohne Zahnfleisch im Kiefer. Trotz ihres offensichtlich schlechten Zustandes war sie in der Lage, sich sanft im Reggae-Rhythmus zu wiegen. Sie hob den Arm, streckte mir eine Hand entgegen, die fast nur noch Skelett war.

Wieder hörte ich meine Stimme. Diesmal sang ich!

»Schatz, wie heißt das Mahl, das ist so unheimlich lecker?«

Zombie-Josepha erwiderte heiser, ihre untoten Stimmbänder erzeugten einen rauchigen Flüsterton: »Engelfrikassee, Engelfrikassee.«

Ich nahm sie bei der Hand, zog sie zu mir heran. Sie roch nach Erde und Moos, gar nicht mal unangenehm.

»Schatz, wie heißt der Snack, den gibt's bestimmt nicht beim Bäcker?«

»Engelfrikassee, Engelfrikassee.«

Wir tanzten ein paar Schritte. Ich wechselte die Tonart, rutschte ein paar Noten höher.

»Schatz, diese Gewürze harmonier'n miteinander.«

Josepha zuckte mit dem, was ihr an Augenbrauen geblieben war. »Engelfrikassee, Engelfrikassee.«

Sie lag gut im Arm, bis auf die Stellen, wo meine Hand ins Leere griff. Unterhalb ihres Brustkorbs war nichts, ich streifte ihre Rippen von innen.

Wir drehten uns umeinander, dabei stellte ich fest, dass die anderen Zombies mittlerweile im Halbkreis um uns herumstanden, dahinter hatte sich die Band aufgebaut. Neben dem Posaunisten war ein halb verwester Trompeter am Start, auch die restlichen Musiker waren lebende Leichen. Die versammelten Untoten intonierten mit krächzenden Kehlen: »Gruß aus der Küche, Liebe zergeht auf der Zunge, tausend Gerüche, Schnäpse und Bier versagen, Tee emailliert den Magen.«

Jetzt fiel mir auf, dass ich mich offensichtlich in einem Klartraum befand. Mir war bewusst, dass ich träumte, dass dieses absurde Grusical vollständig meiner Phantasie entsprungen war und ich deshalb auch in der Hand hatte, was als Nächstes passierte. Ich entschied mich, endlich Licht ins Dunkel um das mysteriöse Fleisch auf meinem Teller zu bringen.

»Schatz, was ist da drin, das ist doch nicht hier vom Hügel?«

Josepha lächelte ohne Lippen. »Engelfrikassee, Engelfrikassee.«

Ja, ja, aber …

»Schatz, wo gibt's das Fleisch? Ist das jetzt Lamm, Rind, Geflügel?«

Wieder nur: »Engelfrikassee, Engelfrikassee.«

Ich wurde ungeduldig, aber bevor ich nachhaken konnte, bemerkte ich, dass die lebenden Leichen angefangen hatten, sich synchron zu bewegen, eine einfache Tanzroutine vollführten.

Sie kamen mir immer näher, aus dem Halbkreis wurde ein Kreis, dann ein Ring, schließlich ein Kessel. Ich stand Schulter an Schulter mit den Zombies, deren Zahl exponentiell zuzunehmen schien. Ich stellte mich auf die Zehenspitzen; so weit ich blicken konnte, blitzten Totenschädel im Neonlicht, drängten modrige Körper in meine Richtung. Ihr Summen war schon lange nicht mehr harmonisch, hatte sich zu einem gefährlichen Geifern aufgeschwungen. Jetzt hörte auch der Geruch auf, angenehm zu sein, giftige Fäulnis machte sich breit. Ich suchte nach Josepha, aber meine Zombie-Freundin war in der Menge verschwunden.

»Aua!«

Eine Leiche hatte mich in den Nacken gebissen.

»Hey, lass das!«

Ein weiterer Untoter versenkte seine Zähne in meiner Wade, ließ nicht mehr los.

»Was soll das? Aufhören!«

Ich spürte Zähne am ganzen Körper, wurde von allen Seiten angeknabbert. Immer mehr Zombies rückten heran, kletterten übereinander, drohten mich zu erdrücken.

»Nicht doch, das tut weh!«

Das war dann wohl zu viel des Guten. Klar oder unklar, wer auch immer entschied, dass ich nun genug geträumt hatte, weckte mich mit einem besonders schmerzhaften Biss in die Schulter.

»Oh Marius, du bist so heiß, ich könnte dich aufessen!«

Ich war zurück in der Realität. Zu meinem Entsetzen erkannte ich, dass auch diesseits der Traumgrenze das Beißen kein Ende nahm. Und dass Josepha die Übeltäterin war. Das erste Morgenlicht erreichte Frau Zartbitter nackt und auf allen vieren. In einer seltsam gekrümmten Position hockte sie über mir und – biss! Immer wieder schnellte ihr Kopf auf mich nieder, schnappte sich mit den Zähnen ein Stück Haut. Wo waren eigentlich mein T-Shirt und meine Boxershorts? Ich war ihr schutzlos ausgeliefert. Brust, Bauch, Beine, Arme, sie zog und zerrte, bis es wirklich wehtat.

»Sag mal, bist du völlig verrückt geworden?«

Sie war offensichtlich schon eine Weile bei der Sache, denn ich trug am ganzen Körper krebsrote Gebissabdrücke.

»Ach, ich knabbre doch nur ein bisschen. Weißt du eigentlich, wie gut du schmeckst? Du machst mich so scharf!«

Das ungewöhnliche Kompliment zeigte trotz der noch ungewöhnlicheren Situation Wirkung. Außerdem war meine Bettgefährtin trotz (oder gerade wegen) ihrer Beißposition ein überaus stimulierender Anblick. Nun wurde auch ich scharf. Sofort fokussierte Josepha auf das Zeichen meiner Erregung. Verzweifelt rief ich: »Nein, bitte nicht in den …«

»Knef, meine Süße, ist ja gut, ich bin wach!«

Meine Hundedame leckte mir das Ohr, drückte ihre feuchte Schnauze gegen meine Wange. Ich guckte auf mein iPhone, schon elf Uhr fünfzehn! Ich war wohl wieder eingeschlafen. Ein Blick zur Seite, Josepha schnarchte noch leise vor sich hin. Mit einem beherzten Ruck sprang ich auf, aber ein gewaltiges Stechen gleich über dem rechten Auge zwang mich wieder auf das Kopfkissen. Das war dann wohl doch ein bisschen viel Burgunder gewesen letzte Nacht. Ich versuchte es noch mal etwas langsamer, hielt mich am Bettrahmen fest. Jetzt ging's. Leicht schwindelig zog ich mir meine Shorts an, griff mein Handy und torkelte in die Küche. Schwanzwedelnd folgten mir Zartbitter und Knef, die sich auf ein Frühstück freuten.

Mein Hangover war brutal. Der Kopfschmerz war eine fiese Würgeschlange, die sich um meinen rechten Hirnlappen gelegt hatte. Gnadenlos erhöhte sie den Druck. In meinem drangsalierten Schädel formte sich nur ein Gedanke: »EIS!« Ich riss den Kühlschrank auf, aber im Gefrierfach befanden sich keine Eiswürfel. Ein Sortiment von tiefgekühlten Fleischpaketen in Plastikfolie füllte akkurat gestapelt den Freezer. Sei's drum! Ich griff mir eins der Päckchen und hielt es mir mit beiden Händen an die Stirn. Schon besser. Ich schloss den Kühlschrank und setzte mich auf einen der Barhocker an der Kücheninsel, stützte mich auf die Ellenbogen und checkte meinen Instagram-Feed. Dabei lehnte ich mich in das Fleischpaket, das unter meiner Körperwärme anfing zu tauen. Eiswasser tropfte auf meine Handgelenke, lief mir die Unterarme hinab und sammelte sich auf der Marmoroberfläche der Insel. Schließlich legte ich das Fleisch zur Seite, wollte mir gerade ein neues Päckchen aus dem Eisfach holen, als ich bemerkte, dass ein kleines Stück Papier an meiner Stirn klebte. Ich zog es ab und betrachtete es.

Es war eins dieser selbstklebenden Tiefkühlschilder, auf denen man Inhalt und Einfrierdatum festhielt. Obwohl völlig durchnässt, konnte man die Schrift darauf noch gut erkennen. In fein säuberlich geschwungenen Buchstaben hatte jemand »Detlef, 17.9.23« notiert. Detlef? Ich ging wieder zum Kühlschrank, öffnete das Eisfach. Ich nahm noch ein Paket heraus. Auf diesem stand »Sven, 5.1.24«. Ich legte es zur Seite, forschte weiter. Ich fand einen »Angelo, 7.6.24«, einen »Klaus, 15.10.22« und zwei weitere »Detlef, 17.9.23«. Darunter lagen drei mit der Aufschrift »Marc-Dieter, 13.5.23«. Marc-Dieter? Ein leiser Alarm begann in meinem Kopf zu klingeln. War das nicht der Name von Josephas Ex-Freund gewesen, dem Geschichtsprofessor?

»Was machst du an meinem Kühlschrank?«

Hinter mir hatte Josepha die Küche betreten. Ihr Spiegelbild leuchtete in den Glastüren der Schränke. Sie war barfuß und trug einen seidenen Kimono mit Kirschblütenmuster, der ihr hervorragend stand. Sie sah hinreißend aus. Bis sie anfing zu schreien: »Was fällt dir ein? Durchsuchst du jetzt schon meine Sachen, du mieser Stalker?«

Mit je einem Paket »Marc-Dieter« in den Händen drehte ich mich zu ihr um. »Nein, natürlich nicht, ich hatte nur nach Eis gesucht, wegen meiner Kopfschmerzen. Aber dann …«

Ich hielt Marc-Dieter in die Höhe, fragte mit zitternder Stimme: »Engelfrikassee?«

Mit einem gewaltigen Satz sprang Josepha auf die Kücheninsel, griff sich eins der japanischen Messer aus dem Holzblock. Sie zischte: »Der Kandidat hat fünfzehn Punkte! Allerdings hatte ich dich gewarnt.«

Ich ließ die Bündel fallen. »Gewarnt? Wovor?«

»Dass ich dich umbringen müsste, wenn ich dir das Rezept verraten würde. Was hast du daran nicht verstanden?«

»Das war dein Ernst? Ich dachte, du flirtest mit mir!«

»Ist schon klar, hübsches kleines Ding, das ich bin. Aber so seid ihr Macker eben – beratungsresistent bis zum bitteren Ende.«

Wie eine große Katze stürzte sie sich auf mich. Blitzartig ließ sie die Klinge vorschnellen, landete auf Händen und Füßen. Zunächst dachte ich, sie hätte mich verfehlt, aber dann spürte ich einen brennenden Schmerz auf der Stirn.

Fast gleichzeitig färbte sich mein Gesichtsfeld rot. Hinter dem Blutvorhang erschien Josepha, ihre weit aufgerissenen Augen betrachteten mich neugierig.

»Ich sag's ja immer: Der männliche Blick macht blind.«

Sie wedelte mit dem Messer vor meiner Nase hin und her und begann, heiser zu lachen.

»Das ist übrigens mein Yanagiba. Zu Deutsch ›Das Weidenblatt‹.« Schmatzend leckte sie die blutige Klinge. Sie flüsterte: »Sayonara, Baby.«

Mit einer geübten Bewegung aus dem Handgelenk schnitt sie mir die Kehle durch. Das Messer war so scharf, dass ich die eigentliche Verletzung gar nicht spürte. Aber ich fühlte das Blut aus mir herausströmen, hörte es auf den Küchenboden plätschern. Mir wurde übel, kalter Schweiß tropfte mir den Rücken runter. Dann war mein Körper auch dazu nicht mehr in der Lage. Mir versagten die Knie, ich rutschte in meiner eigenen Blutlache aus. Ich versuchte, mich am Pot Rack festzuhalten, dabei riss ich das Regal aus der Wand. Ungebremst schlug ich der Länge nach hin, um mich herum fielen Töpfe und Pfannen mit einem tosenden Scheppern zu Boden. Knef erschien neben mir. Mit schwindender Kraft streichelte ich meine treue Begleiterin. Ich röchelte: »Das ist dann wohl nicht so gelaufen, wie wir es uns vorgestellt haben, oder?«

Knef hatte allerdings wenig Interesse an meinen letzten Worten. Sie schnüffelte an dem Blut, das noch immer aus meiner Wunde floss. Dann begann sie gierig, die Flüssigkeit aufzulecken. Jetzt gesellte sich auch Zartbitter zu ihr, mit wachsender Begeisterung schleckten die Hunde meinen Lebenssaft vom Parkett.

»Bist du wahnsinnig, ihn schon hier kaltzumachen?«

Eine hohe Männerstimme tönte aufgeregt durch die Küche. Wer war das? Wo kam der Typ her? Verzweifelt bemühte ich mich, den Kopf in seine Richtung zu drehen, aber ich war schon zu schwach.

»Du blöde Kuh! Du hättest ihn erst nach Hause bringen sollen, so wie wir es sonst immer machen. Hier ist es doch viel zu gefährlich!«

Der Mann quengelte wie ein fünfjähriges Kind. Josepha beruhigte ihn mit sanfter Stimme.

»Ist ja gut, Noah, du hast natürlich recht. Ich hab mich hinreißen lassen, der Typ war einfach zu ätzend. Er hatte wirklich nicht verdient, auch nur eine Sekunde länger zu leben. Außerdem war er uns auf die Schliche gekommen.«

»Okay. Aber so wie der blutet, kannst du ihn nicht am Stück verladen. Du musst ihn wohl leider gleich hier in der Wohnung zerlegen.«

Zerlegen? Zum letzten Mal läuteten meine Alarmglocken. Aber ich stand zu dicht an der Schwelle des Todes, sah schon das Licht auf der anderen Seite. Ich schloss die Augen. Ein leiser Reggae-Beat erklang am linken Rand meines Stereobildes, auf der rechten Seite begann eine einzelne Posaune zu spielen. Über mir hörte ich Josepha singen: »Engelfrikassee, Engelfrikassee.«

KNEF

Knef hatte Angst. Das war ungewöhnlich, denn Knef hatte eigentlich nie Angst, schließlich kam sie aus Rumänien. Aber diese beiden Monster, die wie von Geisterhand gesteuert durch die Wohnung kreisten und einen mordsmäßigen Lärm machten, waren ihr unheimlich. Keine Ahnung, was das für Viecher waren, solche Tiere hatte sie noch nie gesehen. Außerdem nervte der völlig unterbelichtete Labrador, dem nichts Besseres einfiel, als die schwarzen Ungetüme anzubellen. Als würde das irgendetwas nützen! Im Gegenteil. Schon als Welpe auf den Straßen von Bukarest hatte sie gelernt: Hunde durfte man sehen, aber nicht hören. Ihr freundliches, aber bestimmtes Auftreten mit aufgewecktem Dackelblick (den sie vermutlich von ihrem Vater geerbt hatte) und Pfötchengeben hatte es ihr sogar ermöglicht, ein deutsches Touristenpärchen davon zu überzeugen, sie in ihrem Wohnwagen nach Hamburg zu schmuggeln. Dass sich die beiden nur zwei Wochen nach ihrer Ankunft im Streit getrennt und Knef an einer Bushaltestelle ausgesetzt hatten, war zwar bedauerlich, aber im Endeffekt nur eine weitere Station auf ihrem Weg zur nächsten Mahlzeit. Das Tierheim, Marius, der Gigolo, und jetzt die Frau mit dem leckeren Fleisch: Das Leben war eine Reise, und Hauptsache, es gab etwas zu essen.

Knef hatte bislang einen sehr guten Eindruck von ihrem neuen Frauchen, denn die von ihr bereitgestellte Nahrung war vom Feinsten: erst das frische Blut und anschließend Filetsteak von einer Qualität, wie Knef sie bislang nicht erlebt hatte – ein edler, leicht nussiger Geschmack mit einem Hauch Verwesung und der perfekten Bitterkeit im Abgang. Dazu eine Konsistenz, die sie irgendwo zwischen Huhn und Lamm einordnete. Weich, aber nicht faserig, mit leichten Fettadern durchzogen und deshalb saftig, ohne wässrig zu sein. Knef präferierte sowieso Haptik gegenüber Aroma; wie das Fressbare in der Schnauze lag, war ihr wichtiger als seine Würze. Und anständig riechen musste es natürlich, allein schon, um es zu finden. Marius hatte sie hauptsächlich mit Trockenfutter von DM gefüttert, und das hatte weder Geschmack noch Geruch und erst recht keine ansprechende Struktur.

Ja, Knef gefiel ihr neues Frauchen, und bis zum Auftauchen der lärmenden Ungeheuer war auch ihr aktuelles Zuhause ein angenehmer Ort gewesen. Monster Nummer eins klang so, als würde es ständig Luft einsaugen, ohne jemals auszuatmen. Es war kreisrund und etwa so groß und beinahe so flach wie die heruntergefallene Bratpfanne, die immer noch in der Blutlache klebte, die Marius hinterlassen hatte. Monster Nummer zwei war ein kleines Stück größer und rechteckig. Vor diesem Vieh grauste es Knef noch mal um einiges mehr, erzeugte es doch einen viel unheimlicheren Klang als Nummer eins. Mit einem gespenstischen Wischgeräusch bewegte sich die Kreatur durch die mittlerweile festgetrocknete Pfütze, so als würde sie mit einer gigantischen Zunge den Boden auflecken.

Knefs neues Frauchen hatte zuvor Marius in eine durchsichtige Plastikfolie eingerollt und ihn dann ins Badezimmer gezogen. Dabei hatte sie eine rote Schleifspur hinterlassen, die Monster Nummer zwei bereits restlos weggeputzt hatte. Der nervige Labbie hatte ihm dabei geholfen, aber Knef hielt gebührenden Abstand zu den aufdringlichen Biestern. Sie blickte durch die offene Tür auf ihr Ex-Herrchen, mit dem sie eigentlich nie warm geworden war. Sein Gesicht quetschte sich gegen das Plastik, er trug immer noch dieses clownhafte Grinsen, das er wohl als charmant empfunden hatte. Brrr, Knef schüttelte sich bei dem Gedanken, dass dieser schleimige Aufreißer sie gestreichelt hatte, wie und wann er wollte. Ihr wurde immer noch übel. Ihrem natürlichen Instinkt zu folgen und ihm kräftig in die Hand zu beißen war allerdings keine Option gewesen, der Mann hatte sie ja gefüttert. Deshalb weinte sie ihm jetzt keine Träne nach, im Gegenteil, der süße Duft seines Blutes füllte noch immer ihre Nase und erzeugte ein wohliges Gefühl der Aufregung, ließ sie ihre Wolfswurzeln spüren.

Also alles wunderbar, wenn nicht diese Quälgeister durch die Wohnung spuken würden. Dauernd schnitten sie ihr den Weg ab, drängten sie in eine Ecke, aus der sie sich nur durch einen beherzten Sprung über die Monster hinweg retten konnte. Aber es gab kein Entrinnen, die Viecher blieben ihr auf den Fersen.

Knef war eigentlich nicht sonderlich lärmempfindlich, sie hatte sogar ihr erstes Silvester hier in der Stadt gut vertragen. Doch das Sirren und Summen, Saugen und Wischen der beiden Verfolger raubte ihr den letzten Nerv. Und als wäre das Spektakel ihrer Jäger nicht beunruhigend genug, gesellte sich jetzt eine weitere akustische Attacke zu der allgemeinen Kakofonie. Aus den riesigen Boxen im Esszimmer erklang ein krachendes Bassriff, begleitet von einem scheppernden Schlagzeug. Darüber schrie ein wild gewordener Sänger an der Grenze seiner Stimmkapazität: »She'll only come out at night. The lean and hungry type …«

Knef geriet in Panik. In der höchsten ihr möglichen Geschwindigkeit nahm sie Reißaus. Ein aussichtsloses Unterfangen, denn der einzige Weg aus ihrem Martyrium war die Tür zum Treppenhaus, und die war fest verschlossen. So blieb ihr nur eine stetige Platzrunde: Flur, Esszimmer, Küche und wieder Flur. Mit heraushängender Zunge rannte sie um ihr Leben. Aber es war vergebens, sie konnte dem Getöse nicht entkommen. Schließlich verließen sie ihre Kräfte, sie brach vor der Wohnungstür zusammen.

Was war das? Knef schöpfte etwas Hoffnung. Auf der anderen Seite der Tür roch sie einen Menschen, jemand drückte auf die Klingel. Aber der Klang der Glocke ging im allgemeinen Lärminferno unter. Nur Zartbitter hatte das Läuten gehört, der übereifrige Labrador kam in den Flur gelaufen und fing an zu bellen. Jetzt nahm auch die Frau mit dem leckeren Fleisch das zusätzliche Geräusch wahr. Sie kam aus dem Badezimmer und überlegte kurz. Dann ließ sie ihren Kimono zu Boden fallen. Sie öffnete die Tür einen Spalt, der Kopf eines älteren Herrn erschien. Er schrie aus vollem Hals: »Hallo, Kramer von gegenüber. Könnten Sie vielleicht die Musik ein bisschen runterdrehen?«

Die Fleischfrau brüllte zurück: »Geht das schon wieder los, du perverser Spanner? So langsam wird es peinlich. Glaubst du, ich habe nicht gemerkt, wie du mir immer hinterherstierst?«

»Ich ... äh ... was?«

»Nun tu mal nicht so, kleines Freundchen. Ist es vielleicht das, was du sehen willst?«

Sie riss die Wohnungstür ganz auf und stellte sich breitbeinig in den Rahmen. Der ältere Herr schrak sichtlich zusammen. Er hielt sich die Hände vors Gesicht und kreischte: »Oh Gott, Sie sind ja nackt! Das ist ungeheuerlich, ich weiß gar nicht ... bitte bedecken Sie sich, ich ... gütiger Himmel!«

Knef witterte ihre Chance. Sie sprang auf und versuchte, zwischen den Füßen ihrer neuen Herrin ins Treppenhaus zu gelangen. Aber die war schneller. Sie drehte sich um und beförderte Knef mit einem Tritt zurück in den Flur. Knef landete jaulend vor der Badezimmertür. Sofort war Zartbitter bei ihr und hielt sie zähnefletschend in Schach. Sie war viel zu erschöpft, um sich zu wehren. Ihr neues Frauchen konzentrierte sich wieder auf den Mann im Treppenhaus.

»So, jetzt mach mal die Fliege. Du hast Glück, dass ich

dich nicht wegen sexueller Belästigung anzeige. Die Musik bleibt laut.«

Sie knallte ihm die Tür vor der Nase zu und ging zurück ins Badezimmer. Zartbitter ließ Knef in Ruhe und verschwand in der Küche. Knef war immer noch völlig fertig. Hechelnd steckte sie den Kopf durch die Badezimmertür. In der Mitte des Raumes stand ihre neue Herrin und beugte sich über Marius, den sie mittlerweile aus seiner Plastikplane gewickelt hatte. In der linken Hand hielt sie ein seltsames Gerät, an dem sie mit der rechten zerrte. Immer wieder zog sie an einem gelben Griff, der an einem Seil mit dem Apparat verbunden war. Beim sechsten oder siebten Mal sprang die Maschine an, aber der Krach aus dem Esszimmer war so laut, dass man sie nicht hören konnte.

»Oh, here she comes. Watch out, boy, she'll chew you up …«

Der wilde Schreihals war mittlerweile nicht mehr allein, ein weiterer Irrer hatte sich ihm angeschlossen.

»Oh, here she comes. She's a maneater …«

Plötzlich begann die obere Hälfte des Geräts zu schwingen, eine Kette lief um eine Art Sägeblatt, tauchte auf der einen Seite des Apparats auf und verschwand auf der anderen Seite wieder. Langsam und sehr kontrolliert brachte das neue Frauchen diese, nun ja, Kettensäge (Knef fiel kein besserer Begriff ein) auf das alte Herrchen nieder, das mit dem Kopf zum Flur auf der Seite lag. Sie hielt die Säge über seinen Hals. Knef durchzuckte die Erkenntnis, was als Nächstes kommen würde, wie ein Blitz. Entgegen ihren tiefsten Überlebensinstinkten begann sie zu bellen. Aber in dem ohrenbetäubenden Lärm vernahm sie ihre eigene Stimme nicht. Mit einer schnellen Bewegung schnitt die Frau mit dem leckeren Fleisch Marius den Kopf ab. Er fiel ihm von den Schultern, rollte Knef vor die Pfoten.

Das war des Horrors zu viel, selbst für einen rumänischen Straßenhund. Laut jaulend rannte sie auf den Balkon und sprang mit einem gewaltigen Satz über das Geländer. Sie hatte vergessen, in welcher Höhe sie sich befand, aber das war ihr in diesem Moment auch völlig egal. Ihr einziger Gedanke war: Weg, weg, weg!

Zum Glück wohnte ihr neues Frauchen nur im ersten Stock, und Knef landete sanft in einer Hecke. Ohne Verletzungen befreite sie sich aus dem Gestrüpp und lief auf die Straße, wo sie beinahe von einem Auto überfahren wurde. Der Fahrer konnte ihr gerade noch ausweichen, hupte wütend. Aber Knef war schon mindestens zwanzig Meter weiter, hetzte den Gotenweg hinab in Richtung des einzigen Zufluchtsortes, den sie kannte: das Naherholungsgebiet Rahweg.

TOM

Dienstag

»Wo bin ich?«

Tom war verwirrt. Er starrte an eine holzverkleidete Decke, von der eine marokkanische Blechlampe hing. Neben
sich hörte er eine Stimme.

»Was meinst du, ›Wo bin ich?‹ – du bist bei dir zu Hause.
Oder wie auch immer du diese Bruchbude nennst.«

Tom rieb sich die Augen und griff nach seiner Brille. Vorsichtig richtete er sich auf. Ach ja, die Laube. Mit leichter
Verspätung kam die Erinnerung zurück. Sein neues Zuhause.
Natürlich nur temporär. Aber wieso Bruchbude? Die Laube
war brandneu, ein schickes Tiny House im amerikanischen
Kolonialstil, das seine Tante Hildi nur zwei Monate vor
ihrem Tod auf dieses Grundstück im Kleingartenverein
Dohlenhorst gesetzt hatte. Gott sei Dank hinterließ Hildi
weder Ehemann noch Kinder oder sonstige Verwandte, und
so konnte Tom als Alleinerbe nach seinem Rauswurf hier
einziehen. Die Stimme neben ihm meldete sich wieder. Sie
klang wie eine Kolbenflöte, rutschte aufgeregt durch die
Oktaven: »Was ist das hier eigentlich für ein Ramsch? Bist
du Messie?«

Ramsch? Gut, der ungefähr zwanzig Quadratmeter große
Raum war bis unter die Decke gefüllt mit Kram. Seinem
Kram. Bücher, Schallplatten, Klamotten. Eben all das Zeug,
das vorher bequem in der gemeinsamen Drei-Zimmer-Woh-
nung Platz gehabt hatte. Zum Glück hatte Mischa darauf
bestanden, alle Möbel zu behalten, denn die hätten nie im
Leben in dieses schon mit seinen wenigen Habseligkeiten
überforderte Häuschen gepasst. Allerdings war Messie maßlos übertrieben. Die Platten waren alphabetisch geordnet, die

Bücher nach Themen sortiert und seine Klamotten nach Farben organisiert. Schwarz, Blau, Violett, Rot, Orange, Gelb, Grün, Oliv, Braun und wieder Schwarz. Pullover, Hosen und Jacken hingen auf einem alten runden Kleiderständer, den er bei einem Woolworth-Räumungsverkauf abgestaubt hatte.

»Ich muss mal aufs Klo.«

Die Stimme an seiner Seite stand auf und ging in die kleine WC/Dusche-Kombi, die von der Schlafnische abging. Tom riskierte einen Blick. Von hinten erkannte er seinen One-Night-Stand nicht wieder. Obwohl sein Gast nackt war, konnte er nicht mal ausmachen, ob es sich um eine Frau oder einen Mann handelte. Sosehr er auch in seiner Erinnerung kramte, er bekam den gestrigen Abend nicht mehr zusammen. Irgendwo in einer Bar in St. Georg war wieder mal der Film gerissen. Die Kolbenflöte nölte: »Hier kann man sich ja kaum umdrehen.«

Ja, das Bad war klein. Aber modern und sauber. Und höchst funktionabel. Eine platzsparende und trotzdem äußerst effizient konstruierte Nasszelle. Toms Gast ging ihm allmählich auf die Nerven. Gleichzeitig musste er lachen, weil er tatsächlich so etwas wie Stolz für sein Tiny House empfand. Die Stimme spülte, kam zurück. Aha, sein One-Night-Stand war offensichtlich ein Mann. Mit der Faust auf der Hüfte stand er vor der kurzen Küchenzeile. Er zeigte auf die Fotos, die auf der Arbeitsplatte standen.

»Und wer soll das sein?«

Der Bettgenosse war eigentlich ein attraktiver Kerl, braune Haare, Rehaugen und volle Lippen, aber sein immer leicht angefressener Tonfall strapazierte Toms akustische Toleranz bis an die Schmerzgrenze.

»Das sind meine Kids.«

»Du hast Kinder? Ich dachte, du bist schwul.«

»Ich wäre ja wohl nicht der erste Homosexuelle mit Kindern, oder? Außerdem bin ich bi.«

Der One-Night-Stand wedelte mit dem Zeigefinger durch die Luft. »Bi gibt es nicht. Bisexuelle sind Homosexuelle, die sich nicht trauen.«

Tom prustete verächtlich. »Sagt wer?«

»Sage ich. Wie heißt du eigentlich?«

»Tom. Tom Mangold. So wie das Gemüse.«

»Welches Gemüse?«

Der nackte Mann in der Laube ging Tom jetzt mächtig auf den Zeiger. Nicht sonderlich interessiert fragte er: »Und wer bist du?«

Sein Gegenüber legte beleidigt die gespreizten Finger auf das Brustbein. »Das hast du schon vergessen? Letzte Nacht war ich noch dein Superstar! Ich bin Marek.«

Marek nahm Elias' Bild von der Arbeitsplatte. »Hübscher Junge. Wohl eher in meinem Alter, oder?«

»Das ist mein Jüngster. Zweiundzwanzig.«

»Sag ich doch. Ich bin dreiundzwanzig. Das macht dich dann wohl mindestens doppelt so alt wie mich. Aber keine Sorge, ich steh auf alte Männer.«

Jetzt wurde Tom wütend. Aber er verkniff sich die bissigen Kommentare, die er für derart gönnerhafte Beleidigungen normalerweise im Köcher hatte. Das war schließlich nicht sein erstes Rodeo, und er wusste, dass jede Antwort, egal, wie clever, ihn nur noch älter gemacht hätte. Marek strich sich über den flachen Bauch und lächelte schief, eine Kombination, die er wohl als sexy empfand. Jetzt heuchelte er Interesse.

»Und was machst du so, Tom Mangold?«

Tom zuckte mit den Schultern. »Ich mache gar nichts.«

»Hä? Und womit verdienst du dein Geld?«

»Ich bin Erbe.«

Marek runzelte die Stirn. »Erbe? Das ist doch kein Beruf. Hast du nichts gelernt?«

Tom bereute, dass er überhaupt geantwortet hatte. Aber er schätzte, dass jetzt den Informationshahn zuzudrehen mehr Ärger verursachen würde, als einfach weiterzumachen.

»Ich war mal Polizist. Kommissar. Bei der Mordkommission.«

Marek legte beide Hände auf die Schlüsselbeine, stellte ein Bein vor das andere. Die Kolbenflöte wanderte einmal quer durch das Spektrum seiner Stimme.

»Waaaaas? Wie aufregend! Hast du auch schon mal einen richtigen Mörder gefasst?«

»Bei der Mordkommission? Kann gut sein.«

Sarkasmus. Die letzte Verteidigung des intelligenten Menschen. Marek quietschte weiter: »Ich bin soooo beeindruckt. Ich hab noch nie mit einem Polizisten geschlafen!«

»Ex-Polizist.«

»Was auch immer. Hast du auch Handschellen?«

Tom konnte sich schon denken, wohin das führte. Aber ohne die bewusstseinserweiternden Mittel von letzter Nacht fehlte ihm für derlei Eskapaden schlicht die Libido. Zum Glück klingelte sein Handy. Er wühlte durch den Klamottenhaufen neben dem Bett, fand das iPhone in seiner Hosentasche. »Hallo?«

»Mangold?«

»Derselbe.«

»Hier ist Dirk. Wir haben ein Problem. Bist du in der Laube?«

»Ja.«

»Ich komm vorbei.«

»Das ist keine gute Idee, ich …«

Aber Dirk Nerlinger-Unbehagen hatte schon aufgelegt.

»Wie wär's noch mit einem kleinen Pfiffikus?«

Marek wollte einfach nicht gehen. Immerhin hatte er sich endlich angezogen. Allerdings verbesserte das die Situation nur minimal. Sein unmögliches Outfit passte in den

Kleingartenverein wie ein Flamingo in den Ententeich. War Schlagermove nicht immer im Sommer?

»Was meinst du mit Pfiffikus?«

Der Flamingo hielt sich ein Nasenloch zu, schnaufte zweimal rückwärts durch das andere.

»Du willst 'ne Line? Um zehn Uhr morgens?«

»Ach komm schon, one for the road.«

Tom schüttelte nur den Kopf. Sie standen mittlerweile draußen in Tante Hildis Garten. Oder dem, was davon übrig geblieben war. Mangold mochte ein Gemüse sein, aber das machte aus Tom noch lange keinen Gärtner. Grüner Daumen Fehlanzeige, im Gegenteil, in den knapp drei Monaten seit seinem Einzug in die Laube waren fast alle Pflanzen des einst preisgekrönten Gartens einen grausamen Siechtod gestorben. Tom hatte es sogar geschafft, die Kakteenterrasse zu zerstören, das musste ihm erst mal einer nachmachen. Fand auch Dirk Nerlinger-Unbehagen, der ohne Aufforderung durch das Tor im Lattenzaun trat. Mitleidig betrachtete er die Wüstenpflanzen.

»Wie hast du es nur hingekriegt, die Kakteen zu ertränken, während die Rosen vertrocknet sind?«

Tom blinzelte in die milde Herbstsonne. »Hey, Dirk. Herrliches Wetter, oder? Goldener Oktober, schöner geht's nicht.«

Der Vorsitzende der Kleingartengemeinschaft Dohlenhorst e. V. nickte ihm missmutig zu. »Klar. Moin, Mangold.«

Erst jetzt bemerkte er Marek, den Flamingo. Der tippelte auf ihn zu, streckte die Hand aus.

»Hallo, ich bin Marek. Nett, Sie kennenzulernen.«

Zögerlich erwiderte Dirk den Händedruck. Um sich gleich anschließend die Finger an der Hose abzuwischen. Wenn Welten kollidieren. Schlagermove traf Förstertagung. Im Vergleich zu Marek schien Dirk Nerlinger-Unbehagen direkt aus einer ZDF-Vorabendserie zu stammen. Hellgraue Stoffhosen, die in olivgrünen Gummistiefeln steckten, dunkelblauer Wollpulli, darüber eine beige Funktionsweste. Auf dem Kopf eine verwaschene Schirmmütze mit dem Dohlenhorst-Logo.

Marek zeigte auf die Kopfbedeckung. »Ist das eine Krähe mit Harke?«

Dirk runzelte irritiert die Stirn. »Das ist Dolly, die Dohle. Unser Maskottchen. Und das ist auch keine Harke, sondern ein Rechen.«

Marek legte sich wieder die Hand auf das Brustbein, klimperte mit den Wimpern. »Natürlich.«

Er drehte sich zu Tom um, winkte mit der Linken. »Na gut, ich geh dann mal. War schön mit dir, sollten wir bald mal wieder machen! Küsschen!«

Auf das Küsschen hätte Tom gut verzichten können.

Dirk Nerlinger-Unbehagen blickte dem Paradiesvogel hinterher. »Wer war *das* denn?«

»Das war Janosz, mein Neffe.«

»Ich dachte, er heißt Marek.«

»Marek ist sein Künstlername.«

Dirk hob eine Augenbraue und lächelte vielsagend. »Aha.«

Das war's dann aber auch mit der Verbindlichkeit. Sein Gesicht kehrte zurück zu seiner Standardeinstellung: mürrisch. Er grunzte: »Bist du eigentlich noch im Schlafanzug? Es ist zehn Uhr dreißig!«

Tom blickte an sich herab. »Du meinst meine Hosen? Das sind Kyoto-Pants, aus Japan. Die gehören so, im Land der aufgehenden Sonne mögen sie Beinfreiheit. Ich bin angezogen, geduscht, und der Bart ist frisch getrimmt!« Grinsend legte er die flache Hand an die Stirn. »Kommissar a. D. Tom Mangold meldet sich zum Dienst! Womit kann ich helfen?«

»Geheime Kommandosache! Club Dohlenhorst braucht deine Expertise – bissiger Hund auf freiem Fuß, oder besser auf freier Pfote, haha … ha.«

Humor stand Dirk Nerlinger-Unbehagen nicht sonderlich. Ohne größere Schaumkrone brandete der klägliche Lacher an die Klippe seines gewaltigen Doppelkinns. Dirk war zwar ungefähr das gleiche Baujahr wie Tom, aber seine Gene hatten ihm einen deutlich anderen Alterungsprozess beschert. Während der Ex-Polizist immer noch genauso viel wog wie mit zweiundzwanzig, war der Kleingarten-verein-Vorsitzende im Lauf der Jahre auf mindestens das doppelte Gewicht angeschwollen. Außerdem waren die grauen Strähnen, die unter seiner Mütze hervorlugten, die einzigen, die er noch hatte; den Rest seines Kopfes zierte eine Glatze. Tom hingegen schien für immer mit vollem Haar gesegnet zu sein. Er strich sich eine dunkelblonde Strähne aus der Stirn.

»Och komm schon, Dirk, das ist doch nicht dein Ernst. Ich soll einen Hund einfangen? Was kommt als Nächstes? Passkontrolle am Behindertenparkplatz?«

Dirk hob die Augenbrauen. »Eigentlich keine schlechte Idee. Aber Spaß beiseite, Tom: Wir haben eine Vereinbarung. Ich muss dich ja wohl nicht noch mal darauf hinweisen, dass in den Lauben nicht permanent gewohnt werden darf, oder?«

»Ja, natürlich. Schnee schippen, Laub harken, Glühbirnen austauschen, kleine Reparaturen. Das Hausmeisterpaket eben, so ist der Deal. Aber Hundefänger?« Tom schnaufte. »Das ist dann schon etwas unterhalb meiner Würde. Und überhaupt, warum lässt du sie nicht einfach? Die netten Wauwaus tun doch niemandem was.«

»Tun sie wohl. Das sind teilweise echte Bestien. Seitdem es den Bezirklichen Ordnungsdienst nicht mehr gibt, geht hier alles drunter und drüber mit den Viechern. Soweit ich weiß, hast du Erfahrung, schließlich warst du mal beim Hunde-kontrolldienst, oder?«

Zehn Tage. Strafversetzt. Dann hatte Tom gekündigt. »Stimmt, war ich.«

»Na bitte. Dann bist du ja Fachmann. Also, hopp, hopp,

Hundekommissar, lauf Galopp. Die Töle wurde zuletzt am See gesehen.«

Eine Stunde später saß Tom auf der Bank am See und rauchte. Seltsamerweise inspirierte ihn nur die freie Natur zum Zigarettenkonsum, in der Stadt oder in geschlossenen Räumen würde er nie auf die Idee kommen. Obwohl, freie Natur ...

Als Original-Niendorfer kannte er die Parkanlage Rahweg noch als den »Baggersee«. Das Kernstück der Anlage war ein künstlicher Teich, der sogar einen kleinen Sandstrand hatte. Leider war der See mittlerweile umgekippt, verweste Algen trieben an der Oberfläche, es roch modrig, und an der Böschung sammelte sich braungrauer Schaum. Trotzdem hatte der Ort eine sentimentale Bedeutung für ihn. Hier hatte er als Kind so manchen Sommertag verbracht, mit seinem Vater und seiner kleinen Halbschwester Alexandra. Das waren ausnahmsweise mal schöne Erinnerungen.

Bing! Auf seinem Handy erschien eine WhatsApp-Nachricht von Dirk Nerlinger-Unbehagen: »Na, noch auf der Pirsch? Oder ist der Übeltäter schon in Gewahrsam?«

Auf der Pirsch? Aus seiner kurzen Zeit beim Hundekontrolldienst wusste er, dass es wenig nützte, den Biestern hinterherzulaufen – es war viel sinnvoller, an einem Ort zu warten. Hunde waren Gewohnheitstiere und folgten auch in Freiheit weiterhin ihren Routinen. Tom ging davon aus, dass Durst die von Dirk gesuchte Töle irgendwann ans Ufer des Sees treiben würde. Für alle Fälle hatte er seine alte Hundefänger-Montur angezogen und das dazugehörige Werkzeug eingepackt: dreifach verstärkte Jutehose mit aufgenähten Oberschenkeltaschen, gepolsterte Schutzjacke mit Bissärmeln, Lederhandschuhe mit Stulpen, Führleine aus Tau und Fangstock aus Aluminium.

Mit einem Zischen entließ er eine Rauchwolke gen Himmel. Herbst war nicht so seine Jahreszeit. Er brauchte Licht;

sobald die Tage kürzer wurden, neigte er zu Depressionen. Heute konnte er sich allerdings nicht beklagen. Die Buchen und Eichen filterten das Licht der tief stehenden Oktobersonne in einem warmen Orange-Rosa. Die rotgelben Blätter spiegelten sich im stillen Wasser des Sees wie auf einer Kitschpostkarte. Ein einsamer Reiher flog eine langsame Runde. Sogar die Angler, die am Ufer standen, konnten den romantischen Eindruck nicht stören. Tom trat die Zigarette aus und seufzte: »Echt schön hier.«

Ganz gegen seine Gewohnheit zückte er sein Handy und schoss ein paar Fotos. Keine Ahnung, wem er die mal zeigen würde.

»Verpiss dich, du Scheißvieh!«

»Schnauze weg von den Ködern.«

»Schlag ihm den Schädel ein, Gunnar!«

Das war's dann wohl mit der Idylle. Hinter den Bäumen zu seiner Linken beendete ein kollektiver Gefühlsausbruch die Stille. Mehrere Männerstimmen brüllten in höchster Aufregung.

»Das Biest hat ja überhaupt keine Angst!«

»Treten, Leute, treten, die Töle reagiert nur auf Gewalt.«

Tom steckte das Handy zurück in die Schenkeltasche und rannte in Richtung der Schreie. Schon von Weitem wurde er lautstark begrüßt: »Rettung naht, da ist der BOD!«

»Quatsch, den Bezirklichen Ordnungsdienst gibt's schon lange nicht mehr, das ist ein Hundebulle, das erkenne ich am Outfit!«

Die Stimmen überschlugen sich: »Wachtmeister, hierher!«

Tom musste lachen. Die Szene hatte etwas zutiefst Absurdes.

Fünf ausgewachsene Angler standen im Halbkreis um einen braun-weißen Hund herum und machten sich beinahe in die Hose. Sie waren alle mindestens einen Meter achtzig groß und eher kräftig gebaut, während das zierliche

Tier höchstens vierzig Zentimeter Schulterhöhe hatte. In ihren olivgrünen Tarnanzügen erinnerten die Männer an Soldaten, aber Gesichtsausdruck und Körperhaltung widersprachen diesem kämpferischen Eindruck. Die Angler hatten Angst. Der Hund musste nur knurren und ein bisschen die Zähne zeigen, um den Trupp mühelos auf Distanz zu halten.

»Er hat sich unsere Köder geschnappt!«

Jede Gruppe hat einen Anführer, und dieser traurige Haufen machte keine Ausnahme. Ihr Alpha-Mann fuchtelte nervös mit einer umgedrehten Angel in der Luft herum, aber das schien das Killerbiest nicht sonderlich zu beeindrucken. Der Hund wich keinen Millimeter zurück. Alpha-Mann vollführte einen doppelten Kehlkopfüberschlag.

»Herr Wachtmeister, tun Sie doch was!«

Tom streckte beruhigend die Hände aus. »Petri Heil zusammen. Keine Sorge, ich habe die Lage im Griff.« Er zeigte auf den Anführer. »Wie ist Ihr Name?«

»Gunnar. Gunnar Wiese.«

»Okay, Gunnar Wiese, legen Sie die Angel zu Boden. Das Tier verteidigt nur seine Beute, provozieren Sie es nicht. So ist's recht. Und jetzt treten Sie bitte langsam zurück. Sie auch, meine Herren. Ganz langsam.«

Die Angler gehorchten. Tom bewegte sich wie in Zeitlupe. Der Hund hatte ihn wahrgenommen, fokussierte aber weiter die Angler. Ab und zu drehte er den Kopf und knurrte irritiert auch in seine Richtung. Tom murmelte: »Na, mein Alter, was hast du da Leckeres geklaut? Würmer?«

»Käse und Frühstücksfleisch!«, verkündete Gunnar Wiese.

»Psst!«

Der Hund fletschte die Zähne und bellte Gunnar giftig an. Tom näherte sich von hinten und hob den Stab mit der Metallschlinge. Mit einer blitzschnellen Bewegung senkte er das Lasso über den Hundekopf. Er zog am hinteren Ende der Stange, sodass sich die Schlinge um den Hals des Tieres schloss. Sofort begann es zu winseln, versuchte, sich zu befreien, aber Tom war stärker. Mit der rechten Hand hielt er die Stange, mit der linken griff er in eine Schenkeltasche. Er zog ein paar Leckerlis heraus, die er seit seiner Hundedienstzeit darin aufbewahrte. Getrocknete Ente, soweit er sich erinnerte.

»Hier, mein Alter, ich hab was Schönes für dich.«

Kaum roch der Hund die Ente, hörte er auf zu winseln. Er versuchte auch nicht weiter, sich aus der Schlinge zu winden. Als Tom ihm das Leckerli hinhielt, begann er sogar, mit dem Schwanz zu wedeln.

»So ist's brav.«

Gierig verschlang der Hund den Leckerbissen. Mit einem sachkundigen Blick stellte Tom fest, dass es sich bei dem Tier um eine Hündin handelte.

»Ah, du bist eine Lady.«

Er gab ihr ein weiteres Stück Ente. Vorsichtig tätschelte er ihren Rücken. Er wandte sich an die Angler.

»So, meine Herren, Gefahr erkannt, Gefahr gebannt. Ich wünsche Ihnen noch einen angenehmen Angelnachmittag.«

Die Männer in den Tarnanzügen begannen zu applaudieren.

»Danke, Wachtmeister.«

»Großartiger Job!«

»Auf die Polizei kann man sich eben verlassen.«

Als wäre der chronisch unterbesetzte Hundekontrolldienst für so eine Lappalie angerückt. Aber Tom wollte den Angelfreunden die Illusion nicht nehmen. Dass er schon lange kein Polizist mehr war, mussten sie auch nicht wissen. Er salutierte schweigend und befreite die vermeintliche Bestie von der Schlinge. Tom stellte fest, dass die Hündin ein buntes Lederhalsband mit goldener Schnalle und D-Ring trug. Er nahm die Leine, die er sich um die Hüfte geknotet hatte, ließ den Karabinerhaken in den Ring schnappen und machte sich auf den Weg zurück zu seiner Parkbank am Seestrand. Die Hundelady folgte ihm friedlich, hechelte aufgeregt in Richtung seiner Oberschenkeltasche. Am Strand angekommen, setzte er sich auf die Bank und gab der Hündin ein weiteres Leckerli. Die platzierte sich zu seinen Füßen und wedelte freundlich mit dem buschigen Schwanz, ließ keinen Moment die Augen von seiner Hose. Tom lächelte.

»Na, du hast den Dackelblick ja wohl erfunden. Wenn deine süßen Augen Hände hätten, wären meine Taschen schon lange leer … hey, was ist das denn?«

Ihm war aufgefallen, dass die Nase der Hündin einen dunkelroten Rand hatte. Bei näherem Hinsehen waren auch ihre Schnurrhaare und das Fell im hinteren Bereich ihrer Lefzen rot gefärbt. Tom beugte sich über sie und roch an ihrer Schnauze.

Blut. Diesen Geruch vergaß man nie. Süßlich und leicht metallisch. Das Parfum des Todes. Im Gegensatz zu dem sonstigen Gestank eines Tatorts war dieser Duft beinahe angenehm. Aber nicht weniger abstoßend. Seit seiner Zeit bei der Kripo konnte er keine Himbeeren mehr essen, weil ihr Aroma ihn so sehr an getrocknetes Blut erinnerte. Tom streichelte den flauschigen Hundekopf.

»Wieso hast du Blut an der Schnauze, kleine Lady?«

Er untersuchte das bunte Halsband. Es hatte ein aztekisches oder sonstiges mittelamerikanisches Muster. An der Schnalle hing ein kleines Metallschild in Knochenform. Darauf stand in geschwungenen Buchstaben: »Knef«. Darunter zwei Mobiltelefonnummern. Kurz entschlossen zückte Tom sein Handy und wählte die erste Nummer.

Anrufbeantworter. Eine jugendlich frische Männerstimme begrüßte ihn: »Hallo und herzlich willkommen bei Marius Müllensiefens Quatschmaschine. Ich bin wahrscheinlich gerade im Whirlpool oder in der Business-Sauna und kann deinen bestimmt überaus dringenden Anruf leider nicht persönlich entgegennehmen. Das heißt aber nicht, dass du mir nicht megawichtig bist und ...«

Tom hängte auf. Originelle Anrufbeantworteransagen gingen ihm auf die Nerven. Vor allem, wenn sie zu lang waren. »Tom Mangold. Sprechen Sie jetzt!« reichte ja wohl völlig. Er tippte die zweite Nummer in sein Handy. Nach nur einem Klingeln meldete sich eine ältere Frau: »Dr. Müllensiefen?«

War das eine Frage? Kannte die Dame ihren eigenen Namen nicht? Eines seiner Lieblings-Ärgernisse waren Aussagen, die durch das Hochziehen der letzten Silbe zu Fragen wurden: »Sie möchten einen Kaffeegenuss zu Ihrem Erlebnis-Bagel?« Wer hatte eigentlich damit angefangen, überall Subjekt und Prädikat auszutauschen?

»Guten Tag, hier spricht Tom Mangold, HKD. Ich habe einen Hund mit Ihrer Telefonnummer in Gewahrsam.«

»Ach du liebes Lieschen, das ist Knef. Die gehört meinem missratenen Sprössling Marius. Haben Sie ihn schon angerufen?«

»Ja, habe ich. Ich erreiche allerdings nur seinen Anrufbeantworter.«

»Das kann ich mir vorstellen. Der Hallodri schläft bestimmt noch seinen Rausch aus. So ein Versager.«

»Könnten Sie dann bitte den Hund abholen? Ich bin im Naherholungsgebiet Rahweg, direkt am See.«

»Um Himmels willen, nein, das kann ich nicht. Hören Sie, ich bin siebenundsiebzig Jahre alt und gehbehindert, außerdem habe ich letztes Jahr meinen Führerschein abgegeben. Können Sie die Töle nicht einfach vorbeibringen? Ich wohne im Märkerweg, das sind höchstens fünfzehn Minuten zu Fuß.«

»Gut, ich komme. Welche Hausnummer?«

BELLA

Bella hätte nicht rangehen sollen. Aber wenn Tom anrief, war es meistens ein Notfall. Zumindest in seinen Augen.

»Hey, Tommy, was gibt's?«

»Ich hasse Funktionskleidung.«

»Du hasst was?«

»Funktionskleidung. Deshalb habe ich mich auch in der Scheiß-Uniform nie wohlgefühlt.«

Bella schnaufte: »Ja, ja, dein Schutzpolizei-Trauma haben wir nun wirklich oft genug besprochen. Und was ist das für eine Funktionskleidung?«

Bella stand am Fenster ihrer Kanzlei am Neuen Wall in der Innenstadt und blickte auf die Schlange vor dem Louis-Vuitton-Laden. Die Leute sahen nicht so aus, als könnten sie sich die sündhaft teuren Taschen leisten.

»Mein altes Hundekontrolldienst-Outfit.« Tom klang außer Atem. »Diese kotzgrüne Schutzjacke mit den Biedermeierärmeln. Womit die wohl gefüttert ist? Asbest? Und diese bretthart Jutehose mit den viel zu großen Taschen auf den Oberschenkeln. Was soll man da eigentlich reintun? Ein halbes Hähnchen? Die Bibel?«

Bella lachte bitter. »Ach ja, die Cargopants. Die hat noch Innensenator Schill verbrochen. Der hat auf jede Uniform Schenkeltaschen nähen lassen.«

»Richter Gnadenlos. Mit dem habe ich auch mal gefeiert. Bevor er nach Brasilien abgehauen ist. Aber zurück zu meinem Styling. Die wenig kleidsame Garderobe habe ich bei meinem Abgang seinerzeit einfach behalten.«

»Ich fand, sie stand dir gut. Genau wie deine Schutzpolizei-Montur. So männlich.«

»Hat Mischa auch gesagt.«

»Apropos Mischa – hast du sie schon angerufen?«

Tom schwieg.

»Tommy, du musst Mischa anrufen.«

»Ja, ja, ist auf meiner To-do-Liste. Also, willst du jetzt wissen, warum ich meine Hundefänger-Kluft wieder rausgeholt habe?«

»Ich will.«

Tom berichtete über die Ereignisse des Morgens, landete schließlich bei den ängstlichen Anglern. Bella spottete. »Uh, aufregend, Hundekommissar Tom Mangold endlich wieder im Einsatz.«

»Den Witz hat Dirk Nerlinger-Unbehagen auch gerissen.«

»Na, jedenfalls scheinst du dein Handwerk ja immer noch zu verstehen. Was ist das denn für ein Hund?«

»Ein Mischling. Er ist übrigens eine Sie und heißt Knef. Hat ein ziemliches Tempo drauf, zieht an der Leine wie ein Schlittenhund.«

Bella fragte: »Knef? So wie Hildegard?«

»Ja, genau.«

»Verrückt. Und, hast du sie schon dem Haftrichter vorgeführt?«

»Sehr komisch. Nein, ich bringe sie gerade zu ihrem Besitzer zurück. Beziehungsweise zu dessen Mutter, Frau Dr. Müllensiefen. Ihr Sohn ist nicht zu erreichen.«

»Dr. Müllensiefen? Die Mörderin? Oder besser: mutmaßliche Mörderin.«

»Ich hab keine Ahnung, wovon du sprichst.«

»War doch damals überall in der Presse. Warte mal …« Bella ging zum Schreibtisch und öffnete ihren Laptop. »Wo wohnt die Frau Doktor?«

»Im Märkerweg. Niendorf-Nord.«

»Und wie alt ist sie?«

»Alt. Ich glaube, sie sagte, siebenundsiebzig.«

»Bingo, dann ist sie das. Ich schicke dir mal ein Foto.«

Das WhatsApp-Signal ertönte.

»Oha, gruselig. Ist die gebotoxt?«, fragte Tom.

»Bestimmt, aber da ist einiges mehr gemacht worden. Natürlich altern sieht anders aus.«

»Wen hat sie ermordet? Und warum sitzt sie nicht im Knast?«

»Ihren Ehemann. Das konnte ihr aber nie nachgewiesen werden, obwohl alles gegen sie sprach. Hier steht's: ›Dr. Agnes Müllensiefen fand ihren Gatten tot am Fuß der Treppe im gemeinsamen Ferienhaus auf Sylt.‹ Das war im Sommer 2016. Ihr Mann Wilfried, auch ein Doktor, war schon seit mehreren Jahren dement. Sie versorgte ihn ohne Hilfe, die beiden waren zu dem Zeitpunkt allein im Haus. Er hatte diverse Schädelverletzungen, die bei einem Sturz eigentlich nur hätten entstehen können, wenn er mehrere Male die Treppe heruntergefallen wäre. Oder sein Kopf wie ein abprallender Ball von Wand zu Wand geschleudert worden wäre. Sehr unwahrscheinlich. Eine viel logischere Erklärung wäre, dass ihn jemand mit einem stumpfen Gegenstand erschlagen hat. So ein Gegenstand wurde aber nie gefunden. Er muss wohl auch noch eine Weile gelebt haben, denn er ist nicht an seinem Schädel-Hirn-Trauma gestorben, sondern an seiner Zunge erstickt. Frau Doktor behauptete, sie habe nichts gehört. Sie habe gerade EM geschaut, Deutschland gegen Italien. Das Match sei so aufregend gewesen, dass sie erst nach dem Abpfiff nach ihrem Mann gesehen habe. Da war er schon tot.«

»Sechs zu fünf, ich erinnere mich. Tolles Spiel.«

»Haben wir zusammen gesehen, im George, in der Hotelbar. Weißt du noch?«

»Stimmt. Ich war ganz schön betrunken.«

Bella lachte. »Das warst du. Apropos betrunken: Wilfried hatte außerdem eins Komma sechs Promille im Blut, dabei durfte er aufgrund seiner Demenz überhaupt keinen Alkohol mehr zu sich nehmen.«

»Klingt verdächtig.«

»War es auch. Aber man konnte ihr wie gesagt nichts nachweisen. Außerdem hatte sie einen guten Anwalt. Rate mal, wen?«

Tom stöhnte. »Nein – Kleinpeter?«

»Derselbe.«

»Auf Sylt?«

»Ja. Dein Ex ist gut vernetzt.«

»Kilian Kleinpeter ist nicht mein Ex. Das war nur eine Affäre.«

»Natürlich. Die dich seinerzeit den Job gekostet hat. Wie sieht Knef eigentlich aus?«

»Total niedlich. Wie ein zu klein geratener Collie. Mit Dackelohren. Und blutiger Schnauze.«

Bella haute auf die Tischplatte. »Nicht dein Ernst.«

»Doch mein Ernst. Jetzt schicke ich dir mal ein Foto.«

Bella fiel fast das Handy aus der Hand. »Heiliger Strohsack! In der Familie ist was los!«

»Denke ich auch gerade. Du hättest mal hören sollen, wie schlecht die Mutter über den Sohn gesprochen hat.«

Tom schien zu überlegen. Er räusperte sich.

»Bellissima, wenn ich dir ein paar Haare von Knefs Schnauze geben würde, meinst du, du könntest herausfinden, was das für Blut ist? Also, ob vom Tier oder vom Menschen?«

»Tommy, was hast du vor?«

»Ich bin nur neugierig. Erst das Blut an Knefs Lefzen, dann Dr. Müllensiefens abfällige Bemerkungen über ihren Sohn und jetzt auch noch der mysteriöse Treppensturz ihres Ehemanns – das bringt meine detektivischen Instinkte zum Schwingen. Hast du nicht auch ein bisschen Blut geleckt?«

Bella knurrte. »Hübsches Wortspiel. Aber ich bin Anwältin, keine Hämatologin.«

»Ach komm schon, du hast doch bestimmt irgendeine Connection.«

»Ich könnte meine Freundin Maike fragen, aus der Uniklinik. Die arbeitet in der Rechtsmedizin.«

»Du bist die Beste!«

»Ja, ja, lass stecken.«

»Trotzdem tausend Dank. Hey, ich kann nicht mehr telefonieren, es sind nur noch ein paar Meter bis zu Dr. Müllensiefens Haus. Ich hab dich lieb, Bussi.«

Sie flüsterte zum Abschied: »Ich hab dich auch lieb, Tommy ... Tom?«

Aber er hatte schon aufgelegt.

»Sei bitte vorsichtig. Verdammter Absturzakrobat!«

TOM

Tom setzte sich auf die Bordsteinkante und zog die sperrige Schutzjacke aus. Knef hörte auf, an ihrer Leine zu zerren, und konzentrierte sich voller Hingabe auf seine Cargopants. Tom musste lachen.

»Du bist ganz schön verfressen. Aber meine Taschen sind leer – das war vorhin der letzte Entensnack.«

Er dachte an Mischa. Bella hatte natürlich recht. Er sollte sie anrufen, sie hatte sein Schweigen nicht verdient. Aber was sollte er sagen? Ihm war ja selbst nicht klar, warum er ihr Zusammenleben nicht mehr ertrug.

Dabei wusste er ganz genau, dass er sie brauchte. Mischa hatte den Alltag um einiges besser im Griff als er. Sie gab ihm Halt, half ihm, den Teufel in der Kiste zu lassen. Seitdem er aus der gemeinsamen Wohnung in Tante Hildis Laube gezogen war, hatte sein dunkler Beifahrer wieder das Steuer übernommen. Und fuhr ihn mit schlafwandlerischer Sicherheit mindestens dreimal pro Woche auf die Gegenfahrbahn. Oder gleich gegen die Wand. Wahrscheinlich wäre jetzt der richtige Zeitpunkt, um sich wieder in psychologische Behandlung zu begeben. Zum Glück hatte er den Job als Hausmeister. Sosehr ihm die pompöse Art des Kleingartenvereinspräsidenten auf den Geist ging, die einfachen Aufgaben, die ihm Dirk übertrug, gaben seinem Leben zumindest einen Hauch von Ordnung. Die repetitiven Abläufe unterforderten ihn mental vollständig und schafften so den Platz in seinem Kopf, den er dringend brauchte.

Seine Arbeit hatte beinahe etwas Meditatives. Erst letzten Sonntag hatte er zusammen mit Dirk den gesamten Zaun beim Parkplatz gestrichen. Fünf Stunden lang hatte er die gleiche Bewegung vollführt, Pinsel eintauchen, Pinsel rauf, Pinsel runter, Pinsel wieder eintauchen. Simpler ging es wirklich nicht. Die geraden Linien der gleichmäßigen Striche hatten seine Gedanken geordnet, ihn so weit beruhigt, dass er abends ohne Hilfe einschlafen konnte. Vielleicht war es deshalb auch keine so gute Idee, sich in ein kriminalistisches Abenteuer zu stürzen ...

Tom zögerte kurz, dann holte er seine Brieftasche aus der Schenkeltasche. Im Münzfach fand er eine kleine Plastiktüte mit Schiebeverschluss, die noch etwas Koks enthielt. Er schüttete das Pulver in eine Hecke am Straßenrand, blies ein paarmal in die Tüte und hielt sie gegen das Licht. Kein Krümel mehr zu sehen. In der Uhrentasche seiner Jutehose steckte das Schweizer Taschenmesser, das Mischa ihm zu seinem fünfzigsten Geburtstag geschenkt hatte. Er klappte die kleine Schere aus, ging in die Knie und zog Knef mit der Leine zu sich heran.

»Komm her, kleine Lady, ich brauch kurz mal deine Mithilfe.«

So als wüsste die Hündin, was er von ihr wollte, reckte sie ihm die Schnauze entgegen. Tom öffnete die Plastiktüte und hielt sie unter ihre Lefzen. Dann schnitt er ein Büschel blutiger Haare ab, ließ sie in die Tüte fallen. Er schloss den Schiebemechanismus und verstaute das Beweismittel in der Brusttasche seines T-Shirts. Er wischte die Schere an der Hose ab, stand auf und steckte das Taschenmesser in die Uhrentasche. Dann nahm er wieder Kurs auf die Müllensiefen-Adresse. Plötzlich begann Knef zu winseln. Sie setzte sich hin und stemmte die Vorderbeine in den Boden. Tom zog an der Leine, aber der Hund ließ sich nicht weiterbewegen.

»Was ist los? Wir sind fast da, das nächste Haus ist es schon.«

Knef senkte den Kopf und jaulte. Tom beugte sich zu ihr herab und streichelte ihren Kopf. »Du warst wohl schon mal hier, oder? Was ist da passiert? Hast du Angst?«

Die Hündin bellte zweimal. Tom zog wieder sanft an der Leine. »Komm, meine Süße, es wird schon gut gehen, ich bin ja bei dir.«

Langsam stand Knef auf, setzte vorsichtig eine Pfote vor die andere. Sie zitterte am ganzen Leib, aber sie folgte ihrem temporären Herrchen.

Dr. Müllensiefens Domizil war kein Haus, sondern eine Villa. Die sah man sonst nur um das Niendorfer Gehege herum, aber dort waren sie wirklich alt. Dieses Gebäude war ein Neubau, der auf Jugendstil machte. Irgendein verstrahlter Architekt hatte sich überreden lassen, in dieser äußersten Ecke Hamburgs die Uhr hundert Jahre zurückzudrehen. Zu der Zeit existierte hier noch das Ohmoor, zwischen Kreuzottern und Regenpfeifern wurde Torf gestochen. Seitdem das Moor trockengelegt worden war, hatten sich wie überall in Niendorf-Nord die typischen Einfamilienhäuser mit Giebeldach durchgesetzt. Die Villa passte in die Gegend wie Johann Sebastian Bach auf ein Volksmusikfestival. Außerdem hatte sich der Bauherr etwas in den Dimensionen verschätzt, denn das Haus war zu groß für das Grundstück, schien an den Rändern überzuschwappen.

Auch die Dekoration mit den floralen Ornamenten, Tieren und mythologischen Gestalten – Tom erkannte mindestens drei Medusas, einen Minotaurus und einen doppelten Pegasus – war reichlich übertrieben. Im Vorgarten stand ein zwei Meter hoher Kaskadenbrunnen, dessen unterste Etage mit Laub gefüllt war und deshalb überlief. Über der geschwungenen Eingangstür thronte eine halb nackte Nymphe und spielte Harfe. Unter ihren Augen hatte das Regenwasser eine schwarze Drecksspur hinterlassen, was den Eindruck zerlaufener Wimperntusche vermittelte.

Tom klingelte. Sofort öffnete eine rundliche kleine Frau mit einer grauen Ponyfrisur. Sie trug ein grünes Hauskleid und hielt einen rosa Staubwedel in der Hand. Tom schätzte sie auf Mitte fünfzig, aber sie hatte die Ausstrahlung eines schüchternen Teenagers. Eine solche Frau nannte man früher wohl ein »altes Mädchen«. Er begrüßte sie freundlich.

»Hallo! Das ging aber schnell.«

»Ja, ich habe gerade die Palmen im Flur abgestaubt.«

Die Frau kicherte und schlug die Augen nieder. Tom fragte: »Ist Frau Dr. Müllensiefen zu Hause?«

»Meine Mutter? Die sitzt im Wintergarten. Hey, da ist ja Knef.«

Sie ging in die Hocke. Die Hundedame wedelte mit dem Schwanz und leckte ihre Hand.

»Hallo, kleine Fellnase, was machst du denn hier? Und wo ist Marius?«

Die Frage galt dem Hund, aber Tom antwortete für Knef: »Laut Ihrer Mutter schläft Marius noch seinen Rausch aus.«

Die Frau mit dem Staubwedel blickte befremdet zu ihm auf. »An einem Dienstag? Wohl kaum. Marius arbeitet bei der Commerzbank.« In ihrer Stimme lag ein gewisser Stolz. »Marius ist mein kleiner Bruder. Kommen Sie.«

Tom folgte der großen Schwester durch den Flur. Das Haus verbreitete eine seltsame Stimmung. Die Wände waren mit dunklem Holz getäfelt, auch die Decken waren verkleidet. Vor den Fenstern standen mannshohe Palmen auf dem Parkett, die das hereinfallende Licht auf ein Minimum reduzierten. Tom hatte das Gefühl, eine Höhle zu betreten. Die Heizung schien bis zum Anschlag aufgedreht zu sein, es herrschte eine schwüle, fast tropische Atmosphäre, die hohe Luftfeuchtigkeit ließ seine Brille beschlagen. In der Luft hing ein altmodisch süßlicher Geruch, wie ein Parfum, das schon lange aus der Mode gekommen war.

Sie wandten sich nach rechts und betraten einen großen, länglichen Raum, von dem Tom annahm, dass es das Wohnzimmer war. Allerdings gab es hier wenig Platz zum Wohnen. Das Zimmer war überfüllt mit Mobiliar, das keinerlei stilistischen Zusammenhang erkennen ließ, so als hätte jemand immer wieder neue Möbel gekauft, ohne die alten zu entsorgen. Authentisches Bauhaus-Design wechselte sich ab mit englischem Landhaus-Chic, IKEA-Katalog mit teuren Antiquitäten. Die Frau hob den Staubwedel und zeigte auf das Chaos.

»Entschuldigen Sie bitte die Unordnung, das Haus ist so groß, ich komme kaum hinterher.«

Offensichtlich. Auf allem lag eine dicke Staubschicht, die sich in den Ecken zu grauen Flocken verdichtete. Den Boden bedeckte ein abgewetzter rubinroter Teppich, der zwischen den Sesseln, Sofas, Kommoden und Beistelltischen auch noch mit schmalen orientalischen Läufern belegt war. Es herrschte absolute Stille, nur unterbrochen vom Ticken mehrerer Wanduhren und einer riesigen Standuhr, die die kurze Wand zu Toms Linken dominierte. Ihm fiel auf, dass alle Uhren synchron im gleichen Takt gingen und dabei einen seltsam synkopierten Beat erzeugten. Instinktiv schnippte er mit den Fingern. Das alte Mädchen drehte sich um, betrachtete ihn mit großen Augen.

»Sie haben den Rhythmus bemerkt? Faszinierend. Mein Name ist übrigens Julia Müllensiefen. Wie heißen Sie?«

»Ich bin Tom. Tom Mangold. Wie das Gemüse.«

»Ich liiiiebe Mangold. So gesund. Und farbenfroh!« Julia errötete und legte die Hand über den Mund. Ihre Gemüsebegeisterung war ihr sichtlich peinlich. »Äh … und warum sind Sie hier?«

»Ich bringe den Hund zurück.«

»Ach, ich hatte mich schon über Ihre ungewöhnliche Kleidung gewundert – sind Sie Hundefänger?«

Tom log: »Ja, vom HKD.«

»Was ist das?«

»Der Hundekontrolldienst.«

Julia klatschte in die Hände. »Sie sind von der Polizei, wie aufregend!«

Jetzt war Tom an der Reihe, sich zu schämen. Aber er ließ es bei seiner kleinen Täuschung. Er musste es durchziehen. Heute war er vom HKD. Er ging voraus. Auf der anderen Seite des Wohnzimmers führte ein weiterer Flur in den hinteren Bereich der Villa. An den Wänden hing eine Reihe von Picasso-Reproduktionen, unterbrochen von ein paar van Goghs, dem Mann mit dem Goldhelm und der Mona Lisa. Im weiteren Verlauf des Ganges gesellte sich ein bunter Mix von Postkarten zu den Gemälden, die jemand mit Tesafilm einfach dazwischengeklebt hatte. Papst Johannes Paul II., Paris bei Nacht, das Empire State Building. Am Ende des Flurs wurde es hell. Durch einen bunten Glasperlenvorhang brach sich das Licht in allen Farben des Regenbogens. Knef begann wieder leise zu winseln. Tom streichelte ihren Rücken. Die Hündin zitterte noch immer.

»Alles gut, kleine Lady.«

Er strich den Vorhang zur Seite. Dahinter befand sich ein Wintergarten. Seltsamerweise gab es hier keine Pflanzen; nur ein paar Gartenmöbel aus Rattan bevölkerten den Untergrund aus terrakottafarbenen Fliesen. Sie standen in unsortierten Gruppen, darüber hatte jemand bunte Kissen geworfen, von denen einige auch auf dem Boden gelandet waren. Daneben lagen Bücher und Zeitschriften; eine Kollektion halb voller Kaffeebecher und Tassen mit festgetrockneten Teebeuteln rundete den Eindruck allgemeiner Unordnung ab. Auch hier tickten mehrere Wanduhren, ihr Sound mischte sich mit einer italienischen Arie, die leise von einer antiken Stereoanlage herübertönte. Die Sonne schien ungefiltert durch die hohen Fenster, dadurch wurde es noch wärmer. Tom fing an zu schwitzen. Neben der Lichtstimmung änderte sich auch das Duftambiente. Er hob die Nase und schnupperte. Es roch wie in der Sauna.

Julia war einen Schritt hinter ihm stehen geblieben. Sie flüsterte: »Das ist Zirbe.«

»Wie bitte?«

»Der Geruch. Meine Mutter liebt Zirbe.« Sie hob schüchtern die Hand und winkte. »Hallo, Mama.«

»Ah, Prinzessin Putzfee! Na, was ist jetzt schon wieder los? Ist dir der Pümpel ins Klo gefallen?«

In der Mitte des Raumes saß die Herrin des Hauses auf einem thronartigen Korbstuhl und lachte sich schlapp. Sie war definitiv die Frau von dem Foto, das Bella ihm geschickt hatte, aber im richtigen Leben sah sie noch mal um einiges unheimlicher aus. Ihre Haare waren schneeweiß mit einem Hauch Lila, sie hatte sie am Hinterkopf zu einem festen Dutt zusammengebunden. Vielleicht etwas zu fest. Die Knotenfrisur vermittelte den Eindruck, als hätte sie ihr halbes Gesicht mit nach hinten gezogen. Ihre Augen verjüngten sich schlitzartig in Richtung ihrer Ohren, ihre Lippen spannten über den Zähnen, waren festgefroren in einem permanenten Grinsen. Ihr Körper verschwand vollständig in einem weiten Hosenanzug, tiefschwarz bis auf einen weißen Stehkragen, der am Kinn einen kleinen Krausbesatz hatte. Dieses Detail gab ihr die Aura einer mittelalterlichen Königin, die noch unterstützt wurde durch ihre Sitzposition. Sie saß mit gradem Rücken auf der Vorderkante ihres Rattan-Throns, die Beine übereinandergeschlagen. Ihre Hände ruhten auf dem Knauf eines silbernen Krückstocks. Ihre Füße steckten in Lederstiefeln, die so auf Hochglanz poliert waren, dass sie das Sonnenlicht reflektierten.

Links und rechts hinter ihr standen zwei hochgewachsene Männer, die wie auf Kommando ebenfalls anfingen zu lachen. Der linke war ein vierschrötiger Typ mit dünnen Haaren, die er sich über die Stirnglatze gekämmt hatte. Seine Heiterkeit reichte nur bis zur Nase, darüber blitzten seine kleinen Augen kalt und berechnend. Er trug einen billigen blauen Anzug, den er wahrscheinlich noch nie in die Reinigung gegeben hatte, und klobige Gesundheitsschuhe. Tom schätzte ihn auf ungefähr sechzig. Der rechte war ein hübscher Kerl in seinen Dreißigern, schlank und muskulös, mit kurz rasierten Haaren. Er trug grüne Basketballshorts, darüber einen lila Hoodie mit Batikmuster. Bei diesem Look durften natürlich auch die Adiletten mit den Tennissocken nicht fehlen. In St. Georg würde der Typ unter »heißer Proll« laufen. Sein Lachen war nicht weniger gehässig als das seines Kollegen, hatte aber nicht den gleichen bösen Unterton. So weit kam er gar nicht runter. Er klang einfach nur dumm-dreist.

Er prustete: »Und wen hast du da mitgebracht? Dein neues Tinder-Date? Ich wusste ja noch gar nicht, dass du auf Vogelscheuchen stehst!«

Sein Genosse schlug sich auf die Schenkel. »Ja, Julia, ich dachte, du bist in Ingo verknallt, so wie du ihm immer hinterherhechelst!«

Die drei waren so was von nicht lustig. Tom lief ein eiskalter Fremdschämschauer den Rücken runter. Frau Dr. Müllensiefen hob die Hand, beendete das Lachen mit einer zackigen Geste.

»Freunde, Vogelscheuche hin oder her, der Herr hat einen Puls, und daher ist es eher unwahrscheinlich, dass er mit meiner Tochter ausgeht. Nein, sein ulkiges Outfit ist der Tatsache geschuldet, dass er beim HKD arbeitet.«

Der Mann im blauen Anzug fragte: »HKD? Nie gehört. Was soll das sein?«

»Mach dir nichts draus, Jens, das ist keine Bildungslücke. Ich musste es auch googeln. Das ist der Hundekontrolldienst, der kümmert sich um streunende Hunde, kontrolliert die Leinenpflicht und nimmt den Zuhältern ihre Pitbulls weg. Sehr verdienstvoller Job! Ich sag mal: HKD, Stütze der Gesellschaft!«

Wieder dieses kollektive Lachen auf Kommando. Tom blickte sich um zu Julia. Die hatte die Arme vor der Brust verschränkt, den Kopf zwischen die Schultern gezogen und die Augen auf den Boden gerichtet. Von ihr war keine Hilfe zu erwarten. Wenn du sie nicht schlagen kannst, schließ dich ihnen an.

»Ja, Sie haben recht, wir sind schon eine lustige Truppe beim HKD! Aber im Ernst: Frau Dr. Müllensiefen, ich will Sie gar nicht lange stören. Wie ich am Telefon schon erwähnte, habe ich den Hund Ihres Sohnes eingefangen. Da er nicht erreichbar ist, hatten wir vereinbart, dass ich Knef bei Ihnen abgebe.«

»Ach ja? Und wo ist das Vieh?«

Erst jetzt bemerkte Tom, dass sich Knef hinter seinen Beinen versteckt hatte. Er trat zur Seite. Sofort begann die Hündin wieder zu winseln.

Dr. Müllensiefen rief: »Da ist sie ja.« Sie schnippte mit den Fingern. »Ingo, schnapp dir die Töle und schmeiß sie in den Garten.«

Der hübsche Proll tat wie ihm befohlen und nahm Tom die Leine aus der Hand. Er zog Knef in Richtung Terrassentür. Die Hündin weigerte sich mitzukommen, Ingo musste sie über den gefliesten Boden schleifen. Knef fing an zu jaulen und schnappte nach seiner Hand.

»Au, du verflixtes Biest!«

Er trat nach Knef, die jetzt anfing zu bellen. Tom versuchte zu beschwichtigen.

»Hey, nicht so grob! Hunde sind auch Menschen!«

Ingo ignorierte ihn. Er riss mit voller Kraft an der Leine, was Knef ein paar Meter durch die Luft schleuderte.

Tom schrie: »Jetzt reicht's aber!«

Ingo lachte verächtlich. »Uh, komme ich jetzt in den Hundeknast?«

Mit einem weiteren Tritt beförderte er die Hündin auf

die Terrasse und schloss die Tür. Knef drehte sich um und setzte sich auf die Hinterbeine. Mit vorwurfsvollem Blick schaute sie Tom direkt in die Augen, so als wollte sie sagen: »Lass mich hier nicht zurück, du kennst diese Leute nicht, die sind zu allem fähig!«

Dr. Müllensiefen rieb sich die Hände. »So, das wär's dann wohl, vielen Dank für Ihre Mühen.«

»Nichts zu danken.«

Knef kratzte an der Tür und jaulte.

Tom hatte kein gutes Gefühl, sie hierzulassen. Er fragte: »Wissen Sie nicht vielleicht, wo sich Ihr Sohn aufhält? Ich könnte ihm Knef schnell vorbeibringen, das macht mir gar nichts.«

»Oh Gott, dieser Taugenichts. Wahrscheinlich bei einer seiner Kneipenbekanntschaften. Oder er liegt einfach nur zu Hause im Bett, mit einer Weinflasche im Arm. Aber keine Sorge, ich kümmere mich darum, dass Marius seinen Wauwau wiederbekommt. Er wird schon irgendwann hier auftauchen.«

»Haben Sie irgendeine Ahnung, wann das sein könnte?«

»Das kann dauern. Mein säumiger Sohn ist nicht der Zuverlässigste. Warum in Gottes Namen er sich jetzt auch noch einen Hund zugelegt hat, verstehe, wer will. Er kann ja kaum für sich selbst sorgen. Das ist meine Schuld. Ich mache mir größte Vorwürfe. Wissen Sie, ich war schon dreiundvierzig bei seiner Geburt, er war ein echtes Wunschkind, ganz im Gegensatz zu seiner Schwester. Ich habe ihn wohl zu sehr verwöhnt. Aber was soll's, ich kann nicht anders, ich muss ihn lieben, ich bin seine Mutter, das ist eben mein Schicksal.« Sie zeigte mit dem Stock auf den Glasperlenvorhang. »Pummelchen, geleitest du den freundlichen Hundefänger noch zur Haustür?«

Julia nickte. »Ja, Mama.«

Sie strich den Vorhang zur Seite, Tom folgte ihr in den

Flur. Nach ein paar Metern murmelte sie: »Das stimmt nicht.«

Tom blieb stehen. »Was stimmt nicht?«

Julia zischte: »Nicht hier.«

Sie beschleunigte das Tempo, rauschte durch das überfüllte Wohnzimmer und den Palmenflur bis zur Haustür. Dort blieb sie stehen, drehte sich um und blickte an Tom vorbei, um zu kontrollieren, ob ihnen jemand gefolgt war. Die Luft war rein. Sie sagte: »Sie sind doch nicht wirklich von der Polizei, oder?«

»Wie kommen Sie darauf?«

»Nur so ein Gefühl. Ein Polizist hätte nicht so respektlos mit sich reden lassen. Meine Mutter hat sich ja nicht mal vorgestellt! Geschweige denn ihre Spießgesellen. Darf ich mal Ihre Dienstmarke sehen?«

»Moment.« Tom durchsuchte seine Taschen. »Die muss ich wohl in der anderen Hose gelassen haben.«

Julia Müllensiefen zwinkerte ihm mit einem Auge zu. »Das wage ich zu bezweifeln. Ist allerdings auch überhaupt nicht wichtig. Sie waren aber mal bei der Polizei, oder?«

Tom grinste sie an. »Und wie kommen Sie zu diesem Schluss?«

»Auch wieder nur ein Gefühl. Sie haben so was im Blick. Wie Sie meine Mutter und ihre beiden Hausfreunde beobachtet haben. Das hatte irgendwie etwas ... etwas Analytisches. Sie haben, was ich ein geschultes Auge nennen würde. Den Hundepolizisten nehme ich Ihnen jedenfalls ganz bestimmt nicht ab.«

Jetzt musste Tom lachen. »Ich war aber wirklich mal beim HKD. Strafversetzt, für zehn Tage. Dann habe ich gekündigt. Vorher war ich Kommissar bei der Mordkommission.«

»Und wieso wurden Sie strafversetzt?«

»Weil ich ein kleines Techtelmechtel mit dem Anwalt eines Verdächtigen hatte.«

»Ein Techtelmechtel?«

»Na ja, eine Affäre.«

Julia schob die Unterlippe nach vorne und nickte. »Ich verstehe. So was wird bestimmt nicht gern gesehen.«

Tom hatte keine Ahnung, warum er ausgerechnet Julia Müllensiefen das unangenehmste Detail aus seinem an Peinlichkeiten nicht gerade armen Leben erzählte. Aber er mochte sie auf Anhieb. Sie hatte etwas Unschuldiges, Entwaffnendes. Ihre fragile Ausstrahlung war das genaue Gegenteil von der kalten Härte ihrer Mutter. Sanftmütig, warmherzig, offen. Sie schien keinerlei Rüstung zu tragen, und das machte es leicht, selbst das Visier hochzuklappen. Er wusste, dass, egal, was er sagte, sie ihn nicht verurteilen würde. Nicht einmal Bella gab ihm dieses Gefühl, dabei kannte er sie schon seit fast dreißig Jahren. Bella hatte immer zu allem eine Meinung.

Julia räusperte sich. »Marius würde Knef nie so lange allein lassen, erst recht nicht im Park. Er liebt seine kleine Hundedame. Außerdem geht er immer ans Telefon oder ruft so bald wie möglich zurück. Wir sprechen mindestens einmal am Tag. Ich habe seit Sonnabend nichts von ihm gehört, und heute ist Dienstag. Zu Hause ist er nicht, da war ich schon, ich habe einen Schlüssel. Bei der Arbeit ist er auch seit letztem Freitag nicht aufgetaucht, dort habe ich heute Vormittag angerufen.«

»Vorhin haben Sie nur gesagt, er arbeite bei der Commerzbank und würde deshalb an einem Dienstag nicht seinen Rausch ausschlafen. Dass Sie schon nachgeforscht haben, haben Sie nicht erwähnt.«

»Da kannte ich Sie ja noch nicht. Und er arbeitet wirklich bei der Commerzbank und macht da einen guten Job. Er ist überhaupt nicht unzuverlässig und hat sein Leben hervorragend im Griff. Er schläft höchstens mal am Wochenende seinen Rausch aus. Nein, Marius ist verschwunden, und ich mache mir große Sorgen. Könnten Sie nicht nach ihm suchen?«

»Ich? Nein, das ist doch eher ein Fall für die Polizei.«

»Das würde Mama nie erlauben.«

»Wieso nicht?«

»Sie hat schlechte Erfahrungen gemacht. Nach dem Tod meines Vaters.«

»Ach ja.« Der Treppensturz. »Aber warum gerade ich? Sicherlich haben Sie auch noch andere Kandidaten.«

»Habe ich nicht. Außerdem hat Knef Sie empfohlen. Sie vertraut Ihnen. Hunde haben eine gute Menschenkenntnis.«

Tom hob ironisch die Augenbrauen. »Na, wenn Knef das sagt ...«

Julia Müllensiefen zupfte ihn am Ärmel. »Im Ernst, Herr Mangold, helfen Sie mir. Finden Sie meinen Bruder. Ich zahle auch.«

Er schüttelte den Kopf. »Ich bin kein Privatdetektiv.«

Sie umfasste mit beiden Händen seinen Oberarm und drückte. »Haben Sie nicht gesehen, dass Knef Blut im Bart hat?«

»Doch, das ist mir aufgefallen.«

»Klingelt da nicht Ihr sechster Kriminalkommissar-Sinn?«

»Tut er. Zumal Ihre Mutter so betont unbesorgt ist. Und gleichzeitig so feindselig. Vor allem gegenüber ihrem eigenen Sohn. Mutterliebe geht anders.«

»Mama hasst Marius. Sie wäre ihn lieber heute als morgen los.«

»Aber warum? Was hat er ihr getan?«

»Nichts getan. Er hat nur –«

»Julia, wo bist du? Deine Mutter will mit dir sprechen.« Aus dem Wohnzimmer hallte Ingos Stimme.

Julia legte den Zeigefinger an die Lippen. »Pssst.« Sie öffnete leise die Tür. »Sie müssen gehen. Hier, nehmen Sie.«

Sie drückte Tom ein Polaroid in die Hand. Ein gut aussehender Schnösel posierte neben einem Range Rover Sport. Darunter hatte jemand mit Edding eine Handynummer geschrieben.

»Das ist mein Bruder. Und meine Nummer. Bitte überlegen Sie sich's. Rufen Sie mich an.«

KNEF

Knef war verliebt. Das war ihr in ihrem kurzen Leben noch nicht passiert, vor allem nicht mit einem Wesen einer anderen Spezies! Na klar, ihr war schon der eine oder andere flotte Rüde begegnet, für den sie sich kurzzeitig interessiert hatte. Wobei sie sich besonders zu Boxern oder Schäferhunden hingezogen fühlte. Sie mochte kernige Hunde klassischen Typs, Moderassen wie Cockapoo oder Schnoodle waren ihr zuwider. Bei manchen Hundesorten war sie sich nicht mal mehr sicher, zur gleichen Gattung zu gehören. Französische Bulldoggen zum Beispiel schienen ihr eher mit der Fledermaus verwandt zu sein als mit ihr. Dennoch: Diese seltsamen Viecher sprachen zwar Französisch, waren aber Hunde. Der Entenmann dagegen war ein Mensch! Und Menschen waren dafür da, ihr Nahrung zu besorgen, sonst nichts. Aber als sie ihn durch den Glasperlenvorhang den Wintergarten verlassen sah, zerrte es mächtig in ihrem kleinen Herzen. Er hatte doch gemerkt, dass sie dieses Haus nicht betreten, geschweige denn hier zurückgelassen werden wollte? Bei der Frau mit dem Stock und ihren beiden Schlägern. Immer wenn Marius sie hier abgegeben hatte, hatte sie noch Tage später ihre Rippen gespürt, weil dieses gnadenlose Trio ihr bei jeder Gelegenheit einen Tritt verpasst hatte. Und jetzt hatte ihr neuer Schwarm sie einfach auf der Terrasse sitzen lassen.

Der Entenmann. Sie hatte instinktiv gespürt, dass er es gut mit ihr meinte. Das hatte schon mit der exquisiten Auswahl an Leckerlis angefangen – Ente war mit Abstand ihre Lieblingsspeise, schmackhaft und gut verträglich, der perfekte Snack für zwischendurch. Aber da war noch mehr. Er hatte so eine nicht menschliche Ausstrahlung. Sie war es gewohnt, dass Menschen sie immer wie ein Wesen zweiter Klasse behandelten. Für die Zweibeiner war sie nur ein Gegenstand, bestenfalls ein lebendes Stofftier. Ihre bisherigen Halter, selbst wenn sie nicht gewalttätig oder einfach nur gleichgültig gewesen waren, hatten sie gehandhabt, wie es ihnen gerade passte. Wenn sie ausschlafen wollten, hatte sie auf ihren Gassigang warten müssen, bis sie fast platzte. Wenn sie vergessen hatten, Futter zu kaufen, musste sie hungern. Am schlimmsten waren längere Streicheleinheiten oder intensives Kuscheln. Knef hatte keinen größeren Zärtlichkeitsbedarf. Diese Zuwendungen verliefen immer einseitig und fühlten sich oft übergriffig an. Besonders unangenehm war es, wenn sie auf dem Rücken lag und Herrchen oder Frauchen ihr den Bauch streichelten.

Doch der Entenmann schien Respekt vor ihr zu haben. Er hatte nichts von dieser menschlichen Anspruchshaltung, am oberen Ende der Evolution zu stehen. Gerade hier in Deutschland schienen sie sich ihrer Sache sehr sicher zu sein. Die sollten mal einem karpatischen Bären begegnen! Oder in Transsilvanien von einem Rudel Wölfe gejagt werden! Ach, Rumänien. Nicht dass sie ihr Heimatland vermissen würde, aber geheuchelt wurde in Deutschland um einiges professioneller. In Bukarest wusste man wenigstens, woran man war. Knef hatte schnell gelernt und war mittlerweile vertraut mit den Abgründen der deutschen Tierliebe. Trotz der kurzen Zeit, die sie mit dem Entenmann verbracht hatte, wusste sie deshalb, dass er anders war. Er war vertrauenswürdig und verlässlich. Das ideale Herrchen für sie. Wieder dieses Zerren im Herzen. Sie fasste einen Entschluss.

Sie verließ die Terrasse und begann, in der Hecke, die das Grundstück umgab, nach einem Fluchtweg zu suchen. Aber trotz einiger Lücken im Gebüsch gestaltete sich das schwierig. Zur Straße hin stand ein hoher Lattenzaun, an dessen unterem Ende zusätzlich Hühnerdraht in den Boden eingegraben worden war. Der Garten war ein Hundegefängnis. Sie lief zurück zur Terrasse, bellte und kratzte an der Tür. Im Wintergarten schenkte ihr niemand Beachtung. Die Menschen waren mal wieder viel zu sehr mit sich selbst beschäftigt. Die alte Ziege, der Brutalo und der Typ mit den stinkenden Tennissocken standen im Halbkreis um die Frau mit dem Staubwedel herum und schrien sie abwechselnd an. Die böse Alte schwang wütend ihren Stock durch die Luft, ließ ihn in unregelmäßigen Abständen auf ihr wehrloses Opfer niederprasseln. Die Geprügelte hielt sich schützend die Arme über den Kopf, machte sonst keine Anstalten, sich zu verteidigen. Der Fiesling griff sich ihr Kinn und schüttelte es. Er hielt ihr den Zeigefinger vor die Nase und brüllte ihr direkt ins Gesicht. Dann warf er sie unbarmherzig auf eine Rattancouch, von der sie schluchzend zu Boden glitt. Knef hörte auf zu bellen. Menschen. Was für erbärmliche Kreaturen.

Die Situation schien nicht sonderlich aussichtsreich. Zeit, sich auf die Power ihrer Pfoten zu verlassen. Knef verdrückte sich in die entlegenste Ecke des Gartens und begann, unter der Hecke zu graben. Immer wieder stieß sie mit den Krallen an den Hühnerdraht, aber schließlich erreichte sie eine Tiefe, wo das Gitter aufhörte. Sie schlug die Vorderpfoten in die feuchte Erde darunter, schleuderte den Dreck mit den Hinterbeinen auf den Rasen hinter ihr. Sie setzte mit der Schnauze nach und schob den Hühnerdraht nach oben. Noch ein paar kräftige Schaufeleinheiten und sie würde genügend Platz unter den Holzlatten des Zaunes haben, um ihren Körper durch das Loch zu zwängen. Plötzlich zog sie jemand am Schwanz. Mit einem heftigen Ruck wurde sie aus ihrer Grube befördert. Der Tennissockenstinker katapultierte sie mit den Beinen nach oben durch die Luft, aber kaum hatte er sie losgelassen, drehte sie sich und landete auf den Pfoten. Sofort ging sie zum Angriff über, nahm seine

Zehen ins Visier, die nur durch Socken geschützt aus den Adiletten guckten. Mit aller Kraft biss sie ihrem Peiniger in den Fuß. Der schrie auf, versuchte, sich mit einem heftigen Tritt von ihr zu befreien. Dabei verlor er die Balance und fiel auf den Hintern. Knef ließ los und sprintete zu ihrem frisch gegrabenen Loch. Im vollen Lauf schmiss sie sich in die Öffnung, mit schnellen Kratzbewegungen schlängelte sie sich durch den Tunnel. Dabei benutzte sie ihre Zähne, um den letzten Rest Erde aus dem Weg zu scharren. Sie hatte es fast geschafft, sah schon die Straße auf der anderen Seite des Zaunes.

»Komm her, du dumme Bitch!«

Hinter ihr schrie der Stinker und versuchte, sie wieder am Schwanz zu packen. Aber sie war schon zu tief im Loch, er bekam sie nicht mehr zu fassen. Mit einer letzten Anstrengung befreite sie sich aus dem Erdreich, tauchte jenseits der Hecke wieder auf. Knef schüttelte sich den Dreck aus dem Fell und hob die Nase. Sie orientierte sich kurz, schnupperte nach dem Geruch des Entenmanns. Zum Glück hatten Menschen die seltsame Angewohnheit, sich mit penetranten Düften einzusprühen, die man auch aus mehreren Kilometern Entfernung roch. Der Entenmann machte keine Ausnahme, seine Marke hing immer noch in der Luft. Sie folgte dem Duft in Richtung Südosten, lief zurück zum Rahweg-Park. Am Garstedter Weg wäre sie beinahe von einem Fahrradfahrer überrollt worden. Radler waren auch nur Menschen – anstatt sich zu entschuldigen, fluchte der Typ sogar hinter ihr her!

»Pass doch auf, du stinkende Töle!«

Knef erreichte den Baggersee, aber sie war noch nicht am Ziel. Der Geruch kam jetzt von Süden, sie nahm Kurs auf den Kleingartenverein Dohlenhorst. Vor einem kleinen Holzhaus mit weißem Zaun blieb sie stehen. Sie ging ein paar

Schritte zurück, nahm Anlauf und sprang über das Gatter. Auf der anderen Seite stand der Entenmann und goss mit der linken Hand ein paar schimmelnde Kakteen. Mit der rechten rauchte er und trank gleichzeitig aus einer Bierdose. Knef war immer wieder begeistert, was für überaus praktische Multifunktionswerkzeuge menschliche Gliedmaßen waren. Sie wedelte mit dem Schwanz und setzte ihren schönsten Dackelblick auf. Der Entenmann stellte die Gießkanne ab und ging in die Hocke.

»Hallo, Knef.«

Sie senkte die Schnauze und tippelte langsam näher. Dann lehnte sie sich mit dem Kopf gegen seine Beine und fiepte leise. Er kraulte sie sanft hinter den Ohren und sagte: »Schön, dich zu sehen. Ich hatte ein ganz schlechtes Gewissen, dich bei Frau Doktor zurückzulassen. Hast du Hunger?«

DER KLEINSTE IQ DER WELT

Früher war ich ganz anders. Früher mochte ich Menschen. Oder besser: Früher interessierten mich Menschen. Sogar sehr! Ich wollte alles über sie wissen: Alter, Beruf, wo geboren, aufgewachsen, wie viele Geschwister, Hunde, Katzen? Hast du Kinder? Ja? Junge oder Mädchen? Beides? Wow! Und trotzdem läufst du Marathon? Deine Eltern sind noch am Leben? Und die Großeltern? Kamen aus Schlesien? Oder Litauen? Guinea-Bissau? Interessant! Bäcker*in gelernt, aber zur/m Heilpraktiker*in umgeschult? Faszinierend! BWL studiert, aber dann eine Tischlerei in Rosengarten aufgemacht? Oder eine Rosenzucht in Weingarten? Ich liebe Weingarten, kennst du Alfred Besler jr., das ist der Sohn vom Inhaber des Kaufhaus Riedle. Nein? Egal. Hauptsache, Baden-Württemberg, ihr habt einfach das bessere Wetter!

Bei mir konnte man gar nicht weit genug ausholen. Kein Detail war mir zu banal, keine Sachlage zu kompliziert. Ich hatte mit jedem eine Überschneidung. Ich war ein soziales Chamäleon. Du bist Taxifahrer*in? Ich war mal Tankwart. Du spielst Laute in einem Mittelalter-Quartett? Ich hatte mal Unterricht bei Wolf von Hinkel, dem Flötisten von Vogelweide! Du warst gerade zum Fliegenfischen in Northumberland? Ich hab mal Forellen geangelt in British Columbia, Kanada. Regenbogenforellen!

Ich verstand jeden, fühlte mit, steckte immer auch schon mindestens einmal in der gleichen Bredouille. Ich war der ideale Gesprächspartner für hoffnungslose Hypochonder*innen und notorische Nörgler*innen. Wem das Leben übel mitgespielt hatte, der war bei mir an der richtigen Adresse. Finanzielle Schieflage oder chronischer Liebeskum-

71

mer waren meine Spezialgebiete. Sucht, Flucht, Obsession, Fehlfunktion, wem es schlecht ging, der hatte sowieso schon mal meine ungeteilte Aufmerksamkeit. Ich war im wahrsten Sinne des Wortes ganz Ohr. Aber es blieb nicht nur beim Zuhören.

Früher konnte ich auch nicht Nein sagen. Irgendwie verstand ich das Prinzip Frage nicht. Wer etwas von mir wollte, bekam es auch. Und wenn nicht, ging's mir schlecht. Ich fühlte mich für alles verantwortlich. Das gesamte Leid der Welt ruhte auf meinen Schultern. Ich zog mir jeden Stiefel an, egal, ob er passte. Ich musste jedes Problem lösen, verstand jedes Lamento sofort als Auftrag, nahm auch den aussichtslosesten Fall an. Deshalb wurde ich Anwalt, und zwar schon lange bevor ich anfing, Jura zu studieren. Ich war Klassensprecher, stellvertretender Schulsprecher, absolvierte ein Freiwilliges Soziales Jahr. Ich wollte was bewegen, Dinge verändern. Ich wollte den Menschen helfen. Deshalb wurde ich bereits mit vierzehn Mitglied bei der PDS. Sehr zum Ärger meiner Mutter, die aus Rostock kam und für die die Partei immer noch nur »die SED« hieß. Ruhe in Frieden, Mama!

Ich wurde zwar in der DDR geboren, aber so kurz vor der Wende, dass das kaum noch zählt. Meine Mutter zog mit mir 1990 nach Hamburg, da war ich zwei Jahre alt. Mama war eine großartige Frau. Intelligent, unabhängig, charismatisch. Sie war sehr groß und nicht unbedingt schön, aber auf eine bestimmte Sorte Mann hatte sie eine magische Anziehungskraft. Nicht dass ich ihr ähneln würde. Mein Vater muss wohl ein ziemlicher Gnom gewesen sein, denn ich komme mehr nach ihm. Ich habe ihn nie kennengelernt, er lief nur unter »der Samenspender«. Mehr Information rückte meine Mutter nicht raus, ich hätte genauso gut per Jungfernzeugung auf die Welt gekommen sein können. Überhaupt war sie nicht sonderlich mitteilsam, wenn es um ihre Vergangenheit ging. Sie hatte weder Familie noch echte Freunde. Mein soziales

Engagement hatte sie immer nur müde belächelt. »Die da oben machen sowieso, was sie wollen« und »Gerechtigkeit gibt's nicht mal im Himmel« waren ihre Leitsprüche, und je mehr sie in ihre Depression abtauchte, desto fatalistischer wurde sie: »Nur der Tod ist umsonst!«

Wahrscheinlich hatte ich gerade deswegen mein Studium in Regelzeit durchgezogen und mit »sehr gut« abgeschlossen. Diverse Großkanzleien und Konzerne standen bei mir Schlange, aber kaum hatte ich das Zweite Staatsexamen, stieg ich bei Drexler & Partner ein. Uwe »Drecki« Drexler war eine lebende Legende. Einer der bekanntesten Strafverteidiger Deutschlands. Er hatte die Terroristin Verena Becker im letzten RAF-Prozess verteidigt, saß später eine Zeit lang für die SPD im Bundestag. Er war eine Art moderner Robin Hood, Rächer der Kleindealer*innen, Beschützer von Obdachlosen und Migrant*innen. Und außerdem mein Stiefvater.

Drecki muss meine Mutter sehr geliebt haben. Obwohl sie schon lange nicht mehr zusammen waren, hat er sie bis zu ihrem Tod gepflegt und sich auch um mich rührend gekümmert. Ich war sein »liebstes Kuckuckskind«, dabei hatte er gar keine anderen Stiefkinder, geschweige denn eigene. Auch in seiner Kanzlei hatte ich sofort die Poleposition, übernahm von Anfang an die kompliziertesten Fälle. Trotz meiner jungen Jahre war ich erstaunlich erfolgreich, innerhalb kürzester Zeit hatte ich eine Reputation als »Dreckis Geheimwaffe«. Immer wieder legte ich mich mit der Polizei an, die gerade am unteren Ende der Gesellschaft dazu neigt, mit großer Willkür und Härte vorzugehen.

Ich liebte meinen Beruf. Hey, ich war mein Beruf! Ich schmiss mich voll in die Arbeit, ging komplett darin auf. Ich kam vielleicht doch ein bisschen nach meiner Mutter, denn ich hatte kein Privatleben, keine Freunde, erst recht keine Freundin. Tag und Nacht war ich im Einsatz, konnte mir nichts Schöneres vorstellen, als auch am heiligen Sonntag einem armen Schlucker aus der Patsche zu helfen.

Das war natürlich vor Magdalena.

»Früher warst du viel empathischer!«, sagte mein Stiefvater immer. Empathie. Wie ich dieses Wort hasste. Was für eine lahme Entschuldigung dafür, dass jeder nur an sich dachte. Dass keiner zuhörte, aber jeder gehört werden wollte. Es war, als hätte die gesamte Welt einen leichten Asperger. Wertschätzung war eine lange, einsame Einbahnstraße, und zwar nicht in meine Richtung. Und Großzügigkeit war wie eine Sucht: Wenn du nicht ständig die Dosis erhöhst, kommen die Leute voll auf Turkey.

Ja, klar, früher war ich viel empathischer. Aber was hat mir mein Altruismus gebracht? Knietief im Dispo und Schwielen auf der Seele! Ich hatte auf die harte Tour gelernt, dass nicht jede/r verdient, dass ihr/ihm geholfen wird. Wie schrieb Oscar Wilde so schön? »No good deed goes unpunished«, keine gute Tat bleibt ungestraft. Mein Klassenlehrer, den ich auch sehr schätzte, hob gerne mal den Zeigefinger und sprach: »Gebt, so wird euch gegeben werden.« Von wegen, wohl eher: »Gebt, so wird euch genommen werden.« Kurzum: Den sprichwörtlichen kleinen Finger gab es bei mir nicht mehr. Höchstens den Stinkefinger!

»Undank ist der Welt Lohn« war nicht nur ein Märchen von Ludwig Bechstein. Heute konnte mir keiner mehr mit Selbstmitleid kommen. Hör auf zu wimmern, Bruder, Wehleidigkeit macht mich aggressiv! Kinder waren nicht mehr süß, sondern laut, Katzen nicht mehr niedlich, sondern übel riechend. Alte Menschen gingen zu langsam und versperrten den Bürgersteig. Wenn es nicht zu warm war, war es zu kalt, und auf Netflix lief nur noch schlechte Comedy – AAAHH!

Beinahe hätte ich einen Hund überfahren. Ich war mal wieder so gefangen in meiner sich ständig wiederholenden

Selbstmitleid-Schlaufe, dass ich von der Außenwelt nicht viel mitbekam. Wie oft wollte ich diesen inneren Monolog eigentlich noch führen? Ich konnte mir ja selbst kaum mehr zuhören. Wie häufig hatte ich diese Tirade in Gedanken schon umgeschrieben, sie bis zum äußersten Rand mit cleveren Zitaten vollgestopft und mit meinem legendär feinsinnigen Humor perfektioniert? »Stinkefinger«? »Hör auf zu wimmern, Bruder«? Als würde ich jemals über meinen zur Selbstlosigkeit verdammten Schatten springen können. Ein weiteres Mal ertappte ich mich dabei, wie ich einen Witz probte, dessen Pointe nach mir griff und mich erschlug. Was sollte der Sermon überhaupt werden? Das Vorwort zu meinem autobiografischen Roman? Der Beginn meiner eigenen Grabrede? Die Gedankenstimme im Drehbuch meines Lebens? In allen drei Versionen spielte ich immer die gleiche Rolle: Der Böse kriegte das Mädchen, ich war tot. Der anschließende Ritt in den Sonnenuntergang, wenn der Abspann begann, wurde aber nur auf dem Bildschirm in meinem Hinterkopf eingeblendet. Ich war mein einziges Publikum. Ich war allein. Allein auf dem Garstedter Weg. Allein auf meinem Fahrrad. Allein unterwegs zur Demo auf dem St. Pauli Fischmarkt. Allein mit der Bestie.

»Pass doch auf, du stinkende Töle!«

Bravo, John-Milo! Einen Hund beschimpfen, das hatte Klasse! Zumal das Tier mir wirklich nichts getan hatte, außer plötzlich auf dem Radweg aufzutauchen. Süßes Ding übrigens, hatte was von einer zu kurz geratenen Lassie.

Ich radelte weiter. Am Niendorfer Marktplatz links und dann immer geradeaus in Richtung Hafen. Ich war bereit für die zwei letzten Dinge, die mir im Leben noch Spaß machten: Fahrrad fahren und auf Demos meinen Frust rausbrüllen. Früher war ich … ach du liebes Lieschen, ich sollte doch aufhören mit den zwanghaften Gedankenschleifen! Wie sagte Jörg, mein österreichischer Therapeut, so richtig? »Schleifen san für G'schenkerl.« Jörg hatte mir eine schwere neurotische Depression attestiert, ohne den täglichen Rhythmus meiner Arbeit wäre ich wahrscheinlich schon tot. Aber ich hatte in letzter Zeit gute Fortschritte gemacht. Kleine Schritte, einen Fuß vor den anderen. Ich hatte wieder angefangen, regelmäßig zu duschen (nicht täglich, aber mindestens zweimal die Woche), und war von Tütensuppen auf feste Nahrung umgestiegen. Ich aß zwar nach wie vor jeden Tag dasselbe, aber immerhin haute ich mir ein Erbsensteak in die Pfanne und steckte dazu eine Portion gefrorenes Balkangemüse in die Mikrowelle. Außerdem hatte ich mich endlich dazu durchgerungen, meine Klamotten zu waschen. Die fleckige graue Jogginghose, die ich zu Hause fast drei Monate durchgehend getragen hatte, war natürlich nicht mehr zu retten, aber meine sonstigen Outfits waren wieder einigermaßen in Form. Meine Garderobe bestand zwar nur aus zwei Anzügen (ein grauer und ein blauer), vier Oberhemden (ausnahmslos weiß), einem Paar Jeans, drei T-Shirts und meinen zwei geliebten Fleecepullovern, aber gerade letztere hatten meine Depression gut überstanden.

Als ich heute Morgen in einem der beiden vor den Spiegel trat, gefiel ich mir sogar recht gut. Ich war zwar immer noch der Sohn eines Kobolds, aber zumindest der Schwimmring und das Doppelkinn waren fast weg. Außerdem stellte ich fest, dass ich wohl nicht ihre Statur, aber immerhin die Locken meiner Mutter geerbt hatte. Ich hatte zeit meines Lebens die Haare so kurz getragen, dass mir gar nicht bewusst war, was da für eine Frisur in meiner Kopfhaut schlummerte. Ich konnte vielleicht nicht in einer Heavy-Metal-Band spielen, aber für eine Rolle als Hobbit in »Herr der Ringe« reichte es.

Früher war ich Stammgast auf fast jeder Demo in der Hansestadt gewesen. Natürlich nicht bei den Querdenkern oder der AfD. Aber von »Fridays for Future« bis »Mehr Platz für Rad- und Fußverkehr in Niendorf«, ich war immer am Start. Heutzutage fanden meine Protestauftritte allerdings sehr viel seltener statt, außerdem dienten sie auch einem ganz anderen Zweck.

Ich fuhr mittlerweile am St.-Pauli-Stadion vorbei. Mein treues Schindelhauer-Bike mit dem praktischen Zahnriemen aus Kohlefaser surrte die Chaussee hinab wie ein Perpetuum mobile – der Mechanismus funktionierte so widerstandslos, dass sich das Fahrrad fast ohne Treten bewegte. Warum die Leute sich teure E-Bikes kauften, wenn es derart leichtgängige Alternativen gab, war mir schleierhaft.

Ich kreuzte die Reeperbahn und näherte mich den Landungsbrücken. Schon von Weitem hörte ich die Menge singen: »Gegen CSU und AfD, schmeißt die tumben Nazis in den See.«

Ich musste gestehen, dass ich online zwar von einer Demo am Fischmarkt gelesen hatte, aber bei meiner Google-Suche nicht sehr viel tiefer eingestiegen war. Es ging irgendwie um einen Staatsbesuch von Xi Jinping, Recep Erdoğan, Viktor Orbán oder einem sonstigen Autokraten. Hauptsache, Möchtegern- oder echter Diktator. Dazu der übliche Mix aus Agitprop und Polit-Pop, der kleinste gemeinsame Nenner rechter Feindbilder. Alles sehr lobenswerte Anliegen, die ich früher mit links unterschrieben hätte (Wortspiel beabsichtigt!). Ich schloss mein Schindelhauer vor den ehemals besetzten Häusern der Hafenstraße an ein Metallgitter – das wäre früher keine so gute Idee gewesen, mittlerweile aber waren die Gebäude in eine Genossenschaft überführt worden, die Gegend war weitestgehend gentrifiziert und mein Fahrrad deshalb sicher.

»Lasst Diktatoren nicht ins Land, gebt den Rassisten nicht die Hand. Jeder weiß doch: Donald Trump hat den kleinsten IQ der Welt!«

Mir fiel auf, dass Versmaß und Reime der Parolen heute einen überaus angenehmen Flow hatten, ja beinahe schon poetisch anmuteten. Die Situation, die sich mir auf dem St. Pauli Fischmarkt präsentierte, war allerdings alles andere als anmutig. Ungefähr zweihundert Demonstrant*innen standen der gleichen Menge Polizist*innen gegenüber. Damit hörte die Gerechtigkeit aber auch schon auf. Die Beamt*innen waren bis an die Zähne bewaffnet, trugen Plastikrüstungen, schwere Stiefel und Schutzschilde, die Protestler*innen dem warmen Herbsttag entsprechend Sweatshirts, Sommerkleider und Turnschuhe. Die Staatsgewalt hatte die Demonstrant*innen beinahe vollständig eingekreist, im letzten Augenblick rutschte ich in die Menge, dann waren wir komplett eingekesselt.

»Die ›tumben‹ Nazis? Wer sagt denn noch ›tumb‹?«

Neben mir stand eine blonde Frau mit Pferdeschwanz. Sie war etwas größer als ich und hatte strahlende blaue Augen. Außer etwas Lippenstift hatte sie kein Make-up aufgelegt. Ihr schlanker Körper steckte in einem bunten Overall, darüber trug sie eine hellblaue Strickjacke. Ich wunderte mich: »Tumb?«

»Die singen ›schmeißt die tumben Nazis in den See‹ – sind wir auf einmal im Mittelalter? Das Wort benutzt ja nicht mal meine Oma.«

»Stimmt. Das ist wahrscheinlich ein altes Lied.«

»Sie hätten ruhig mal den Text umschreiben können. ›Schmeißt die blinden Nazis in den See.‹«

»Das ist aber nicht gerade politisch korrekt.«

»Mag sein. Es ist allerdings auch nicht besonders politisch korrekt, die CSU mit der AfD in einen Topf zu werfen. Mit solchen Ungenauigkeiten machen wir uns angreifbar!«

»Ungenauigkeiten? Das wollen wir erst mal sehen. Stichwort ›Brandmauer‹.«

»Da hast du wohl recht. Ich bin übrigens Josepha. Wie heißt du?«

Die attraktive Aktivistin streckte mir die zarten Finger

entgegen. Ich war von ihrer Direktheit leicht überfordert, zögerte einen Moment.

Sie lächelte. »Trau dich ruhig, ich reiß dir schon nicht den Arm ab.«

Ich schüttelte ihre Hand. Sie war warm, weich und trocken. »Ich bin John-Milo. John-Milo Vincent.«

»Ah, der Mann mit den drei Vornamen! Angenehm, nett dich kennenzulernen, John-Milo.«

Jetzt wurde es wieder lauter. Die eingekreisten Demonstrant*innen hoben die Fäuste, schrien den Polizist*innen entgegen: »Wachtmeister Sausack, du stinkendes Schwein! Nimm deinen Schmierbauch und lass uns allein!«

Aus voller Kehle skandierte die Menge ihren Schmähspruch. Die Protestler*innen hatten sogar eine zweite Strophe: »Wachtmeister Sausack, du lauwarmes Ei! Nur traurige Loser geh'n zur Polizei!«

Zum Refrain hoben sie die Hände über die Köpfe und klatschten im Takt. »Friss deine Knarre, du tragischer Held! Es sind immer die Bullen mit dem kleinsten IQ der Welt!«

Ich war beeindruckt. Nicht schlecht für einen Protestsong! Für eine Weile sang ich mit, aber nachdem wir den Chorus zum zweiten Mal wiederholt hatten, fiel mir plötzlich ein, warum ich hier war. Ich änderte den Text: »Hey, Magdalena, du dämliche Kuh! Pack deine Koffer und lass mich in Ruh!«

Josepha guckte mich erstaunt an. »Was ist denn jetzt los?«

Ich machte weiter: »Geh heim zu Mutti, sie schenkt dir ein Pferd. REIT IN DIE WÜSTE!«

Josepha berührte mich am Arm, zog mich zu sich heran. »Was machst du denn da? Wer ist Magdalena?«, fragte sie in mein Ohr.

»Magdalena ist meine Ex-Freundin.«

Mir wurde plötzlich ganz heiß vor Verlegenheit. Ich machte einen Schritt rückwärts, wischte mir mit dem Ärmel den Schweiß von der Stirn. Josepha streckte die Handflächen nach oben und hob die Augenbrauen, so als wollte sie sagen: »Würdest du mir das bitte mal erklären?«

»Ich … äh …«

Sie lockte mich mit dem Zeigefinger wieder näher zu sich heran. Diesmal flüsterte ich in ihr Ohr: »Wenn du es unbedingt wissen willst …«

»Will ich.«

»Also gut, äh, ich gehe auf Demos, weil ich hier meinen Frust rausbrüllen kann.«

»Im Ernst?«

»Ja. Vor Menschen, die ich kenne, trau ich mich nicht, und alleine ist mir zu doof. Aber hier hört mich keiner. Oder es ist den Leuten egal.«

Sie lachte. »Wer kommt denn auf so was?«

»Um ehrlich zu sein: Das hat mir mein Therapeut empfohlen.«

»Guter Mann. Wie geht der Text noch mal?«

Ich begann wieder zu singen: »Hey, Magdalena, du dämliche Kuh! Pack deine Koffer und lass mich in Ruh! Geh heim zu Mutti, sie schenkt dir ein Pferd. REIT IN DIE WÜSTE!«

Schon bei »Pack deine Koffer« war Josepha eingestiegen. Sie brüllte beinahe lauter als ich, schleuderte die Faust durch die Luft und schüttelte wild ihren Kopf. Sie rief: »Hast du noch eine Strophe?«

Jetzt wurde ich wieder schüchtern. »Äh, ja, aber normalerweise sing ich die nicht.«

»Ach komm, wenn schon, denn schon. Lass hören!«

»Okay.«

Ich sang ihr ins Ohr: »Ein Lächeln aus Neon, ich bin wie der Mond. Ein wandelnder Kühlschrank, ich bleib unbewohnt.«

Josepha nickte anerkennend. »Sehr lyrisch. Und so introspektiv. Was kommt als Nächstes?«

»Oh Mann, das ist so peinlich …«

»Das ist überhaupt nicht peinlich. Ich find's sogar ziemlich cool! Mach weiter! Aber diesmal bitte wieder laut, okay?«

»Na gut, du hast es nicht anders gewollt.«

Ich räusperte mich, dann schmetterte ich aus voller Brust: »Du hast nichts versprochen und alles gehalten. Kein Auge blieb trocken, kein Haar ungespalten. Mehr Stachel als Rose, mehr giftig als grün. Frauen verduften, wenn Männer verblüh'n!«

Josepha klatschte in die Hände, machte eine kleine La Ola. »Bravo, bravissimo! Das hast du alles selbst geschrieben?«

»Zusammen mit meinem Therapeuten. Der war mal Musiker. Er nennt das ›Song-Therapie‹.«

»Tolle Idee. Wie hört das Lied auf?«

»Den Schluss habe ich noch nie vorgetragen.«

»Warum nicht?«

»Ich weiß nicht. Wahrscheinlich bin ich noch nicht so weit.«

»Hey, wenn nicht jetzt, wann dann? Guck dich mal um – die Leute drehen durch, sie wollen mehr!«

Den Leuten waren wir schnurzegal. Sie schleuderten unbeirrt ihre Antifa-Slogans in Richtung der Polizist*innen. Ich intonierte mit brüchiger Stimme: »Ich schwitz dich aus wie ein altes Fieber.«

»Wow, was für ein Finale! Bitter und trotzdem hoffnungsvoll. Jetzt noch mal von vorn.«

Josepha nahm meine Hand und reckte sie in die Höhe. Gemeinsam brüllten wir meinen Song in die Kakofonie des Kessels.

»Na, du bist ja gut vorbereitet.«

Ich beobachtete meine neue Bekanntschaft, die es sich im Kessel gemütlich machte. Nach einer halben Stunde hatten es die Demonstrant*innen aufgegeben, aus der Polizeiumklammerung auszubrechen. Die Beamt*innen hatten einen Wall aus Schutzschildern aufgestellt, darin richteten sich die Aktivist*innen auf unbestimmte Zeit ein.

»Ja, das ist nicht mein erstes Mal. Irgendwann umzingeln einen die Bullen immer, und dann trennt sich die Spreu vom Weizen. Siehst du die?«

Sie zeigte auf ein paar Punks mit bunt gefärbten Haaren, die aus einer Aldi-Tüte Wasser in Plastikflaschen verkauften.

»Die sind immer dabei. So ein Kessel ist eine hervorragende Business-Opportunity. Aber nachhaltig ist das nicht.«

Josepha hatte eine Wolldecke ausgebreitet, holte eine Wasserflasche aus Glas und zwei Frischhaltedosen mit selbst gemachtem Hafermilch-Müsli aus dem Rucksack. Ich war amüsiert.

»Picknick in Polizeigewahrsam?«

»Ja, romantisch, oder?«

Irgendwie schon. Der Nachmittag hätte nicht überraschender verlaufen können. Allerdings nur für mich, denn für Josepha schien die Situation wirklich nichts Besonderes zu sein. Sie erzählte: »Mit meiner WhatsApp-Gruppe hab ich alles im Griff. Ich weiß, wo es noch Parkplätze gibt, welche U-Bahn-Stationen nicht gesperrt sind und so weiter. Dank meiner Community hab ich Erdoğan vorhin in der Altstadt in seine Limousine steigen sehen, im Gebäude gegenüber seinem Hotel hat uns eine Bürogemeinschaft die Türen geöffnet. Wir haben Spruchbänder aus dem Fenster gehalten und sogar die Scharfschützen beschimpft, die gegenüber auf dem Dach lagen –«

Ich unterbrach ihren Redefluss: »Dann protestieren wir also heute gegen Erdoğan?«

»Ja, genau. Dann ging's ins Schanzenviertel. Da haben sich circa vierzig vermummte Autonome eine Straßenschlacht mit drei Wasserwerfern geliefert. Ziemlich ungleicher Kampf, die Autonomen waren nur mit Steinen und Holzknüppeln bewaffnet. Und danach dann hierher auf den Fischmarkt, aber seitdem bist du ja schon dabei.«

Der Kessel schien die Protestler*innen kaum zu stören. Die Sonne strahlte, aus einer Boombox schallte laute Musik über das Kopfsteinpflaster. Es herrschte Festivalstimmung.

»Komm, ich crem dich ein, sonst kriegst du einen Sonnenbrand.«

Josepha hatte an alles gedacht, sie versorgte meine Arme und meinen Nacken mit einer Schicht Sonnenschutz. Sie öffnete das Müsli, reichte mir eine Dose und einen Holzlöffel. Wir aßen schweigend. Ich betrachtete sie. Josepha war genau mein Typ: natürlich, selbstbewusst und auf eine uneingebildete Art schön. Außerdem hatte sie die richtige politische Einstellung. Sie war eine absolute Traumfrau und deshalb definitiv ein paar Nummern zu groß für mich. Warum sie sich für mich interessierte, war mir schleierhaft. Ich fragte: »Was machst du eigentlich beruflich?«

»Ich bin Schauspielerin. Hast du die neue ›Aktion Mensch‹-Werbung gesehen? Da spiele ich die Hauptrolle. Und du?«

»Ich bin Anwalt.«

»Interessant. Was für ein Recht?«

»Strafrecht.«

»Wie aufregend!«

»Nicht wirklich.«

»Hey, John-Milo! John-Milo Vincent!«

Ich blickte mich um. Mit meinem vollständigen Vor- und Nachnamen hatte mich lange keiner mehr angesprochen. Aber unter den mit uns eingekreisten Demonstrant*innen sah ich kein bekanntes Gesicht. Die meisten hatten sowieso ein Tuch vor dem Mund oder trugen Skimasken.

»Hier, John-Milo, hier bin ich.«

Die Stimme rief nicht aus dem Kessel. Sie kam aus dem Trupp Polizist*innen, der die Erdoğan-Gegner kreisförmig einschloss. Ich stand auf, ging rüber zu den Beamt*innen, die sich hinter ihren schulterhohen Plastikschilden wie Wikinger formiert hatten. Josepha zischte mir hinterher: »Was machst du denn? Geh da nicht hin. Das ist Wachtmeister Sausack. Mit dem wird nicht fraternisiert!«

»John-Milo, hier!«

Jetzt hatte ich ausgemacht, zu wem die Stimme gehörte. Es war eine Polizistin ungefähr in meinem Alter, eine zierliche BIPoC. Sie nahm den Helm ab. Sie hatte ihre Haare orange gefärbt, trug sie eng am Kopf und in zwei Zöpfen hinter den Ohren geflochten. Sie sagte: »Ich bin's, Maja Ajani. Wir sind zusammen aufs Gymnasium Ohmoor gegangen. Ich war zwei Klassen unter dir, erinnerst du dich?«

Tatsächlich. Die Frau kam mir vage bekannt vor.

»Hallo, Maja.«

»Hey, was tust du hier?«

»Jetzt nicht lachen: Ich mache ein Picknick.«

Maja riss die Augen auf. »Ein Picknick? Bist du wahnsinnig? Hier wird's gleich richtig gefährlich. Die Heinis von der WSWD sind im Anmarsch!«

»Ach du Scheiße, die ›Wir sind wieder da‹-Nazis?«

»Ja, das wird ziemlich aggro. Die sind noch krasser als die AfD. Soll ich dich rauslassen?«

Ich überlegte kurz, blickte mich zu Josepha um. Ich übertrieb ein bisschen: »Nein, ich muss mich um mein Date kümmern.«

»Immer noch derselbe Gentleman. Kein Wunder, dass ich dich so angehimmelt habe.«

»Hast du?«

»Oh ja. Ich war dermaßen verknallt.«

»Wirklich? Hättest du mal was gesagt.«

»Macht Deutschland wieder groß. Macht Deutschland wieder groß!«

Hinter der Phalanx der Ordnungshüter*innen versammelte sich eine Gruppe Männer in braunen Anzügen. Sie trugen blaue Schlipse und waren anscheinend alle beim gleichen Friseur gewesen: rasierte Seiten und zurückgegeltes Haupthaar, messerscharf an der rechten Seite gescheitelt.

»Macht Deutschland wieder groß. Macht Deutschland wieder groß!«

Vor dem Pulk Rechtsradikaler stand ein kleiner Mann mit Megafon, er kreischte mit hoher Stimme: »Liebe Freunde von der Hamburger Polizei, fürchtet euch nicht! Wir, das Volk, stehen hinter euch!«

Maja stöhnte: »Oh Gott, das ist Thor Mücke! Ein ganz übler Typ.«

Jetzt kam Bewegung in die Eingekesselten. Die linken Demonstrant*innen standen auf, reckten den Neonazis die Fäuste entgegen. Sie sangen: »Gegen CSU und AfD, schmeißt die tumben Nazis in den See!«

Mit dem Schlachtlied auf den Lippen drängten sie nach außen. Josepha stellte sich neben mich.

»Jetzt geht's los. Was für ein Spaß!«

Ich wurde gegen Majas Schild gepresst, die flüsterte: »Nicht so doll, sonst muss ich dich festnehmen.«

»Was soll ich denn machen? Die drücken von hinten!«

»Macht Deutschland wieder groß. Macht Deutschland wieder groß!«

Jetzt rückten auch die Nazis nach, quetschten die Polizei zwischen sich und den Autonomen ein. Maja raunte: »›Wir, das Volk, stehen hinter euch!‹ Betonung auf ›hinter‹. Protestieren nur mit Polizeischutz! Au!«

Wie zwei gegenläufige Strömungen stürzten die feindlichen Fraktionen aufeinander zu, brachen sich wie Wellen an den Polizist*innen. Die konnten dieser Naturgewalt nicht standhalten, sie wurden aus ihrer Formation gerissen. Maja stolperte, war kurz davor hinzuschlagen, aber ich hielt sie fest. Meine Schulkameradin stützte sich auf meine Schulter.

»Das war knapp. Danke.«

»Macht Deutschland wieder groß. Macht Deutschland wieder groß!«

Die WSWD-Meute war in Rekordzeit auf mindestens das Doppelte angeschwollen, die Rechtsnationalen waren in der Überzahl. Zu den Anzugträgern gesellten sich immer mehr klassische Nazis, Glatzköpfe und Hools, die einfach nur Randale wollten. Unter den Neuankömmlingen befanden sich keine Frauen, Testosteron lag in der Luft wie eine gasförmige Stinkbombe. In mir stieg Panik auf. Josepha und ich bewegten uns gemeinsam mit Maja Ajani. Oder wurden bewegt. Der Mob bestimmte unsere Richtung, wir flossen in Richtung Elbe. Josepha fand die Sache mittlerweile auch nicht mehr so lustig, sie klammerte sich an meine Hand. Das fühlte sich gut an. Für einen Moment schaltete meine Wahrnehmung auf Zeitlupe um. Die schöne Aktivistin warf mir einen flehenden Blick zu, ich legte beschützend den Arm um ihre Schulter. Die Prinzessin in Not und ihr tapferer Ritter. Ich vergaß kurz, wo ich war. Dann zog Maja ihren Schlagstock raus. Sie drehte sich um und rief: »Bleibt hinter mir, ich bring euch hier raus.«

Wie mit einer Machete schlug sie eine Schneise durch die schreienden Faschisten. Sie fing leise an zu singen: »Gegen CSU und AfD, schmeißt die tumben Nazis in den See.«

Josepha und ich stimmten ein, gemeinsam wurden wir lauter.

»Lasst Diktatoren nicht ins Land, gebt den Rassisten nicht die Hand.«

Maja zeigte auf die grünen Minnas, die an der Elbe standen. »Da müssen wir hin, da seid ihr in Sicherheit.«

Trotz ihrer zierlichen Figur war Maja erstaunlich kräftig. Einer Degenfechterin gleich teilte sie die Menge, bis wir plötzlich vor Thor Mücke standen. Die Demonstrant*innen wichen zurück, wie in einem klassischen Western bildete sich eine Lichtung. High Noon am Fischmarkt. Mücke hielt immer noch sein Megafon in der Hand. Er höhnte: »Wen haben wir denn hier? Eine Afrikanerin? Ich sage es immer wieder: Unsere einst geachtete Polizei ist von einem Instrument der Bürgerverteidigung zu einer durchgegenderten Multikulti-Eingreiftruppe in den Diensten der radikalen Linken verkommen.«

Maja war nicht beeindruckt. »Halt's Maul, du Fascho, und mach den Weg frei!«

Thor Mücke wandte sich an sein Publikum. »Liebe Freunde, wollt ihr das auf euch sitzen lassen? Was sollen wir uns sonst noch alles gefallen lassen von der links unterwanderten Obrigkeit? Unsere sogenannte Einwanderungspolitik ist doch nichts anderes als eine von oben verordnete Revolution, die die Abschaffung des deutschen Volkes zum Ziel hat! Dagegen müssen wir etwas tun!«

Heisere Zustimmung aus der Tiefe seiner Anhängerschaft.

Mücke machte weiter: »Wir müssen unsere Männlichkeit wiederentdecken. Denn nur, wenn wir unsere Männlichkeit wiederentdecken, werden wir mannhaft. Und nur, wenn wir mannhaft werden, werden wir wehrhaft, und wir müssen wehrhaft werden! Liebe Freunde, jetzt heißt es neue Maßnahmen ergreifen. Wir werden heute wohl nicht um etwas wohltemperierte Grausamkeit herumkommen.«

Der Mob wurde lauter und zog den Kreis enger. Aber Maja war schon wieder in Bewegung.

»Ich hab keine Zeit für so 'n Scheiß!«

Im Stil einer Kendō-Kämpferin machte sie einen Schritt nach vorne, holte aus und streckte das klein gewachsene WSWD-Großmaul mit ihrem Stock nieder. Mücke blieb liegen, er blutete aus einer klaffenden Kopfwunde. Der brutale Schlag wirkte auch auf Mückes Anhänger; erschrocken bildeten sie eine Gasse, machten Platz für die wütende Schutzfrau. Josepha und ich folgten unserer Kriegerin im

Laufschritt, wir erreichten die grünen Minnas. Maja zog die Handschellen raus.

»Es tut mir leid, aber um euch in den Gefangenentransporter zu bugsieren, muss ich euch, äh, verhaften.«

Josepha und ich streckten die Arme aus. Maja schüttelte den Kopf.

»Nein, das nimmt mir doch keiner ab. Ihr müsst Widerstand leisten, sonst kriege ich Ärger.«

Ich hatte keine Ahnung, wovon sie sprach, aber Josepha hatte sofort verstanden. Kaum hatte Maja sie angefasst, fing sie an zu schreien.

»Du mieses Bullenschwein! Seht ihr das, Leute? Polizeigewalt, Polizeigewalt!«

Sie wand sich und trat Maja gegen das Schienbein. Die schimpfte: »Nicht so doll! Geht das auch ein bisschen weniger realistisch?«

Josepha flüsterte: »Tut mir leid.«

Maja ließ die Handschellen um ihre Handgelenke klicken, dann band sie mir die Arme mit einem Kabelbinder zusammen.

»Keine Sorge, ich mach nicht zu straff. Da kannst du gleich wieder rausschlüpfen.«

Sie schob Josepha die Stufen hoch in einen der Transporter, ich stieg hinterher. Maja wies uns zwei Plätze zu, dann sprang sie aus dem Wagen.

»Hier drin seid ihr sicher. Ich muss euch leider einsperren, sonst sieht es nicht echt aus. Außerdem verlangt die Vorschrift, dass ich nachher noch eure Personalien aufnehme. Aber keine Sorge, ist nur eine Formalität, ich lass euch anschließend sofort wieder frei. Macht's euch gemütlich, ich komme gleich wieder.«

Sie schloss die Tür und verriegelte sie. Dann schmiss sie sich zurück in den Straßenkampf.

BELLA

Freitag

Verdammtes Rindergulasch. Verdammter Börek oder Leberkäse mit Kartoffelstampf. Verdammte Lasagne al forno, Thüringer Bratwurst und Mascarpone-Quark-Creme. Bella mochte es deftig, und in ihrem Lieblingsrestaurant, der »Schwarzen Taube« auf der Fleetinsel in der Hamburger Altstadt, gab es Hausmannskost satt. Bella war Stammgast, verbrachte fast jede Mittagspause hier. Sehr zum Ärger ihrer Hausärztin, die ihr eine kohlehydratarme Diät verschrieben hatte.

»Mir geht es gar nicht so sehr um dein Übergewicht, obwohl du definitiv viszerales Fett abbauen musst. Aber dein HOMA-Wert ist zu hoch, du entwickelst eine Insulinresistenz, und da ist der nächste Schritt Diabetes.«

Diese Nachricht hatte Bella einen gehörigen Schreck eingejagt, sie war ja erst einundfünfzig und wollte sich eigentlich nicht den Rest ihres Lebens mit einer chronischen Krankheit rumschlagen. Aber deshalb auf ihren Lunch verzichten? Sie musste doch essen. Gerade um die Mittagszeit bekam sie einen gewaltigen Hunger, kein Wunder, schließlich arbeitete sie hart. Nicht unbedingt mit dem Körper, aber dafür umso mehr mit dem Kopf, und ihre grauen Zellen brauchten Nahrung. Punkt.

»Ante, bringst du mir das scharfe Geflügel-Chili? Und vorher die Kartoffel-Mango-Suppe? Dazu eine Cola. Was möchtest du, Tommy?«

Tom hatte ausnahmsweise sein geliebtes Niendorf verlassen, um sie mittags in der Innenstadt zu treffen.

»Für mich der Rote-Bete-Salat und ein Wasser. Ohne Kohlensäure.«

Bella verzog das Gesicht. »Du Verräter. Okay, dann ändere ich meine Bestellung noch mal. Ich nehm eine Cola light.«

Ante, der kroatische Wirt der Schwarzen Taube, lächelte freundlich. »Ein Wasser und eine Cola light. Kommt sofort.« Er räumte die Karten ab und verschwand in der Küche.

»Netter Typ, der Ante. Ich vertrete ihn gegen seine Ex-Frau. Es geht um das Sorgerecht für ihre gemeinsame Tochter. So, jetzt erzähl aber mal: Wer ist dein neuer Begleiter? Ist das nicht der Hund mit der blutigen Schnauze?« Sie zeigte auf Knef, die sich neben Tom in den Gang gelegt hatte.

»Richtig. Aber wie schon gesagt, Knef ist eine Sie.«

»Hast du nicht gesagt, du würdest *sie* abgeben?«

»Ja, habe ich, aber sie ist mir wieder zugelaufen. Hat es bei ihrem neuen Frauchen nicht allzu lange ausgehalten.«

»Frau Dr. Müllensiefen?«

»Dieselbe.«

Tom erzählte ihr von seiner seltsamen Begegnung mit der alten Dame. Sie grinste.

»Klingt ja wie aus einem alten Kriminalroman. Oh, guck mal, da ist John-Milo, der Stiefsohn meines Kollegen Uwe Drexler, dem Bullenschreck.«

»Bullenschreck?«

»Ja, ›Drecki‹, so nennen ihn alle, hat sich darauf spezialisiert, die Polizei zu verklagen. Er macht sich für Kleindealer, Obdachlose und Migranten stark. Sehr edle Sache. John-Milo arbeitet auch in seiner Kanzlei.«

Sie betrachtete den kleinen Mann mit den wilden Locken, der die Admiralitätstraße hochging und winkte. Eine blonde Frau mit Pferdeschwanz hatte sich bei ihm eingehakt, sie führte einen schokoladenbraunen Hund an der Leine. Mit intensiven blauen Augen musterte sie Bella und Tom. Dann wanderte ihr Blick zu Knef. Für einen kurzen Moment sah Bella ein Glimmen in ihren Pupillen. Im gleichen Atemzug fing Knef leise an zu winseln. Tom kraulte sie unter ihrer Schnauze.

»Ganz ruhig, kleine Lady. Wer ist die Frau an seiner Seite?«, fragte er.

»Keine Ahnung. Die ist neu. Aber ich freue mich für ihn. John-Milo hat eine furchtbare Trennung hinter sich, er war schwer depressiv. Die Frau hat ihn richtig abgezogen. Erst hat er sie mit einem anderen Kerl im Bett erwischt, anschließend hat sie das gemeinsame Konto leer geräumt und ist verschwunden. Nicht ohne auch noch seine wertvollen Panini-Sammelalben mitgehen zu lassen.«

Ante brachte die Getränke. Bella zeigte auf Tom.

»Hey, Ante, das ist übrigens Tom Mangold, mein Ex-Mann.«

Ante schüttelte Toms Hand. »Mangold? Wie das Gemüse?«

»Genau.«

»Freut mich. Na, ihr scheint euch ja noch gut zu verstehen. Ich wünschte, das wäre bei mir und meiner zukünftigen Ex auch so. Vor allem wegen unserer Tochter Nika. Habt ihr Kinder?«

Bella antwortete: »Ja, ein Junge und ein Mädchen. Die sind aber schon erwachsen.«

Tom ergänzte: »Und leben in Berlin.«

»Ah, Berlin, das Kinderparadies.« Ante faltete die Hände vor der Brust und verbeugte sich. »Ich muss wieder in die Küche. Ich wünsche euch einen guten Appetit.«

»Danke.«

Bella lächelte. »Klingt ja beinahe romantisch, wenn ich dich so vorstelle.«

»Stimmt. Dabei war unsere Ehe eine ziemliche Katastrophe. Ein Wunder, dass Merle und Elias halbwegs gelungen sind.«

»Das ist zwar manchmal Ansichtssache, aber du darfst

nicht vergessen: Da war immer unheimlich viel Liebe in unserer Familie.«

»Stimmt.«

Bella schwieg. In ihren Augen bildeten sich Tränen. Sie waren so glücklich gewesen! Bis zu jenem Tag, an dem Tom morgens aufwachte und sagte: »Bella, ich muss dir etwas gestehen.«

»Was denn, Liebling?«

»Ich habe im Internet Pornos geschaut.«

»Ach, das ist doch nicht schlimm, das macht doch jeder.«

»Ich weiß. Das ist auch nicht das Problem.«

»Was ist es denn dann?«

»Mich erregen die Männer mindestens genauso wie die Frauen. Manchmal sogar mehr.«

Verdammtes Internet.

Tom beugte sich über den Tisch. »Bella, ich hab es dir schon so oft gesagt: Ich habe dich geliebt. Ich liebe dich immer noch irgendwie. Verlieben kann ich mich sowieso nur in Frauen.« Er hustete. »Wenn ich mich überhaupt noch verlieben kann.«

Sie wischte sich mit dem Handrücken die Tränen von der Wange. »Dabei fällt mir ein: Du musst dich bei Mischa melden.«

»Ja, ja, ich weiß. Hat sie was gesagt?«

»Hat sie. Sie ist ganz schön fertig. Ich hab sie gestern zum Kaffee getroffen.«

»Ich finde es nach wie vor etwas bizarr, dass ihr so gut befreundet seid.«

»Wir haben eben den gleichen Männergeschmack. Das verbindet.« Bella musste lachen. Ihr Handy zirpte wie eine Grille, ihr Signal für eine Nachricht. »Das Ergebnis deiner Hundeschnauze ist da. Es war tatsächlich Menschenblut!«

»Wow.« Tom strich sich über den Bart. »Ich sollte Julia Müllensiefen anrufen.«

»Wieso?«

»Sie hat mich gebeten, ihr bei der Suche nach ihrem Bruder zu helfen. Ich habe natürlich abgelehnt.«

Bella klopfte zweimal auf den Tisch. »Gute Entscheidung. Du bist schließlich kein Polizist mehr. Soll sich doch die Kripo darum kümmern. Die machen so was beruflich.«

Tom zog die Augenbrauen zusammen. »Na ja, mehr oder weniger. Sie kann aber nicht zur Polizei. Ihre Mutter hat es ihr verboten.«

»Hä? Wie alt ist die, zwölf?«

»Eher Mitte fünfzig. Aber da geht eine ganz seltsame Mutter-Tochter-Dynamik ab. Frau Dr. Müllensiefen hat wohl ein ziemlich gespaltenes Verhältnis zur Gendarmerie. Kein Wunder, nach dem Mord an ihrem Mann …«

»… der ihr nie nachgewiesen wurde«, sagte Bella.

»Trotzdem, da ist was faul, ich hatte gleich so ein komisches Gefühl. Deshalb überrascht mich das Laborergebnis auch nicht sonderlich. Hast du was dagegen, wenn ich Julia kurz anrufe?«

»Als hätte ich dich jemals von etwas abhalten können.«

TOM

»Julia Müllensiefen?«

Mutter wie Tochter Müllensiefen nahmen Anrufe mit einer Frage nach ihrem eigenen Namen entgegen.

»Hallo, Frau Müllensiefen, hier ist Tom Mangold. Ist Ihr Bruder wieder aufgetaucht?«

»Herr Mangold, ich bin so froh, dass Sie anrufen. Nein, Marius ist immer noch verschwunden. Ich habe seit einer Woche nichts von ihm gehört. Ich mache mir solche Sorgen!«

»Dann wird es wohl langsam Zeit, dass Sie zur Polizei gehen.«

»Auf keinen Fall. Das würde mir Mama nie verzeihen. Sie war schon wütend genug, als ich ihr erzählt habe, dass ich Sie engagieren wollte. Mama, Jens und Ingo haben mich ganz schön fertiggemacht.«

»Vielleicht hätten Sie's für sich behalten sollen.«

»Ja, vielleicht. Aber ich habe meine Meinung nicht geändert. Herr Mangold, Sie müssen mir helfen. Wollen Sie sich's nicht noch mal überlegen? Wie gesagt, ich zahle auch.«

»Und ich habe Ihnen schon gesagt, dass ich kein Privatdetektiv bin. Ich kann Ihr Geld nicht annehmen. Allerdings …«

»Ja?«

»Ich habe gerade etwas herausgefunden, das mich doch sehr stutzig macht. Das Blut an Knefs Schnauze war Menschenblut.«

»Oh Gott, nein, wie grauenhaft! Marius, was ist bloß mit dir passiert? Obwohl, ich kann's mir schon denken: Mama … sie …«

Julia kam ins Stocken. Tom hakte nach: »Was ist mit Ihrer Mutter?«

»Nicht am Telefon. Könnten wir uns vielleicht treffen? Heute Nachmittag, hier bei mir?«

»Das kann ich einrichten. Wie ist Ihre Adresse?«

»Wernigeroder Weg 13. Um fünfzehn Uhr?«

»Ich werde da sein.«

Tom packte das Handy weg. Bella frotzelte: »Na, wer hat denn da wieder seine kriminalistischen Antennen ausgefahren? Einmal Kommissar, immer Kommissar, was?«

»Nein, mit den Bullen bin ich durch. Aber ich gebe zu, dass mich der Fall reizt. Wie ist da noch mal die Rechtslage?«

Bella war überrascht. »Das weißt du nicht?«

»Nur so ungefähr. Frisch mal meine Erinnerung auf.«

»Grundsätzlich darfst du gar nichts. Im Gegenteil, du musst sogar höllisch aufpassen, dass du der Kripo nicht in die Quere kommst. Außerdem musst du tunlichst vermeiden, auch nur das leiseste Gefühl aufkommen zu lassen, dass du noch bei der Polizei bist.«

»Ups …«

»Hast du schon?«

»Ich habe eventuell kurz erwähnt, dass ich vom HKD bin.«

»Eventuell?«

»Nicht eventuell. Aber das zählt nicht, ist ja nur die Hundepolizei.«

Bella schüttelte den Kopf. »Das zählt sehr wohl. Mach das nicht noch mal.«

Tom legte die Hand an die Stirn. »Aye, Käpt'n.«

Bella hob die Augenbrauen. »Einer guten Freundin einen kleinen Gefallen zu tun und mal hier und da nachzufragen, kann dir allerdings keiner verbieten.«

Oh Niendorf – nachdem den Stadtvätern die Germanenstämme ausgegangen waren, hatten sie angefangen, die Straßen nach Ortschaften im Harz zu benennen. Quedlinburger Weg, Goslarer Weg und natürlich Wernigeroder Weg. Was hatte Sachsen-Anhalt mit Nordwest-Hamburg zu tun? Aber das konnte man auch über die Semnonen, Quaden oder Rugier sagen, denn der ursprünglich in Niendorf ansässige germanische Stamm waren wohl die Langobarden gewesen (die natürlich auch ihren eigenen Weg hatten). Diese besonders wilde Volksgruppe war nicht durch ihre Keramiken, Weberei oder gar Dichtkunst aufgefallen, nein, sie waren nur überdurchschnittlich kompetente Barbaren gewesen und hatten im Frühmittelalter halb Italien besetzt. Deshalb war es auch zu viel verlangt, von ihrem originalen Siedlungsgebiet stilistische Wunderwerke zu erwarten.

Niendorf war hässlich, aber das liebte Tom gerade so an seinem Viertel. Hier kam keiner auf die Idee, sich mit architektonischen Meisterleistungen oder landschaftlichen Höhepunkten zu brüsten. Der Stadtteil war Understatement pur. Snobs wie in Eppendorf oder Angeber wie in Othmarschen gab es hier nicht. Tom war am Wagrierweg aufgewachsen, einer Hochhaussiedlung an der Autobahnausfahrt Niendorf-Nord, aber schon mit siebzehn dort weggezogen. Als Jugendlicher hatte er es kaum erwarten können, aus dem Vorstadtghetto auszubrechen. Er hatte in vielen Stadtteilen Hamburgs gewohnt, aber seit seinem Einzug in Tante Hildis Laube fühlte er sich wieder als Niendorfer. Vielleicht lag es daran, dass ihm seine neue Bleibe gehörte.

War Besitz das Kriterium, nach dem sich Heimat definierte? War man nur im eigenen Haus zu Hause, egal, wie klein? Bislang hatte er nie etwas besessen, das mehr wert war als sein alter Burberry-Trenchcoat oder die Nike-Air-Force-Special-Edition-Turnschuhe, die er noch nie getragen hatte. Als einzigem Erben seiner Lieblingstante gehörte ihm auf einmal nicht nur ein Häuschen im Grünen, sondern auch ein beachtliches Portfolio. Hildi hatte frühzeitig in Tech-Aktien investiert, Apple, Facebook und Google waren nur einige der Wertpapiere, die sie im Laufe der Jahre gekauft hatte. Tom hatte sich vor ihrem Tod nie mit Aktien beschäftigt, aber laut Bella war er neuerdings wohlhabend. Außerdem hatte ihm Tante Hildi ihren Mini Cooper hinterlassen. Der Wagen war Baujahr 1991 und kam damit noch in Originalgröße, hatte den alten Großbritannien-Chic, den die neuen, auf Normaldimensionen aufgeblasenen BMW-Modelle nie erreichten, egal, wie viele Union Jacks man in Rücklichter und Außenspiegel integrierte.

Tom parkte direkt vor Nummer 13 – ein weiterer Vorteil des unterschätzten Vororts: Hier gab es immer Parkplätze. Das Haus war ein kastenförmiger Neubau mit vier Wohneinheiten, zwei oben, zwei unten. Laut Klingelschild wohnte Julia Müllensiefen im ersten Stock rechts, die Haustür war nur angelehnt. Schon auf halber Treppe sah Tom, dass auch die Wohnungstür offen stand. Er klopfte zweimal, dann rief er: »Hallo, ist jemand zu Hause?«

Keine Antwort. Langsam betrat er den Flur. Links ging die Küche ab, rechts war ein kleines Arbeitszimmer. Vor ihm lag das Wohnzimmer. Tom war erstaunt, wie klar die Linien in Julia Müllensiefens Bleibe waren. Diese Wohnung hatte nichts von dem stilistischen Chaos der Villa ihrer Mutter. Im Gegenteil, Julias Mobiliar schien komplett aus einem skandinavischen Möbelhaus gehobener Preisklasse zu kommen. Helles Holz und graue Polster, dazu beige Gardinen und weiße Keramik. Alles war im rechten Winkel zueinander positioniert und perfekt symmetrisch angeordnet. Vom Wohnzimmer ging das Schlafzimmer ab, auch hier das gleiche Bild: Das Bett war gemacht wie in einem Hotel, die Kissen standen aufrecht, Julia hatte ihnen exakt in der Mitte eine Delle verpasst, sie erinnerten an zwei blinde Schneehasen. Links vom Bett war ein kleiner Durchgang mit Kleiderschrank, dahinter das Bad. Wasser rauschte.

Tom rief ein weiteres Mal: »Hallo, ist da jemand? Frau Müllensiefen?«

Auch der offene Kleiderschrank war wie mit dem Lineal

aufgeräumt. Nur ein Paar weiße Tennissocken, die auf dem Boden lagen, störten das perfekte Bild. Er betrat das hell erleuchtete Badezimmer. Über der Badewannenkante lag eine nackte Frau mit dem Hintern zu ihm. Ihre Position hatte etwas Betendes, ihre eng geschlossenen Knie berührten kaum den Boden. Sie balancierte auf den Fußrücken, ihre Zehen zeigten nach innen, die Fersen nach außen. Kopf und Arme hingen in der Wanne. Im Neonlicht schimmerte ihre Haut in einem bläulichen Weiß, nur unterbrochen durch die dunklen Falten ihres Hüftfetts, das sich am Bauch fortsetzte und wie ein Polster auf dem mit grauen Metrofliesen dekorierten Badewannenrand lag.

Vorsichtig blickte Tom in die Wanne. Die Frau lag mit dem Kopf zur Seite, Gesicht zu ihm. Ihre nassen Haare verdeckten Nase und Augen. Aus einer tiefen Schnittwunde am Hals sickerte hellrotes Blut, vermischte sich mit Wasser aus dem Duschkopf, den die Frau noch in der Hand hielt, und floss in den Ausguss. Tom strich die Haare zur Seite. Es war Julia Müllensiefen. Er nahm ihr Handgelenk, fühlte ihren Puls. Nichts. Erst jetzt erwischte ihn der Schock. Julia war noch warm, musste bis vor Kurzem gelebt haben. Das bedeutete, dass er ihren Mörder nur knapp verpasst hatte.

Tom lief aus der Wohnung, die Treppe runter und auf die Straße. Er blickte angestrengt in beide Richtungen. Kein Mensch in Sicht. Er nahm sein Handy heraus und drückte eine Kurzwahl in seinen Favoriten. Sofort meldete sich eine genervte Männerstimme: »Kriminalpolizei, Hauptkommissar Streber hier. Wie kann ich Ihnen beikommen?«

»Paul, hier ist Tom, ich –«

»Thomas Mangold? Ja leck mich doch am Arsch, wenn das nicht das ehemals hellste Licht am strahlenden Firmament der Hamburger Mordkommission ist, das schärfste Messer in der mit Präzisionsbesteck überladenen Schublade der hiesigen Kripo, der –«

»Ja, ja, Paul, spar's dir für später, ich hab einen Mord zu melden.«

»Einen Mord? Einen echten Mord, mit einer echten Leiche? Kein Unfall, kein Siechtod, kein stilles Ableben aufgrund einer bislang nicht diagnostizierten Herzschwäche? Ein richtiger Mord – oder Totschlag – unter Gewalt- oder sonstiger illegaler Einwirkung? Was du natürlich mit erfahrenem Blick sofort erkannt hast, Superkommissar, der du bist? Oder sollte ich lieber Super-Hundekommissar sagen?«

»Paule, kannst du deinen Dauer-Burn-out mal kurz vergessen und den wie immer wenig hilfreichen Zynismus stecken lassen? Ich bin im Wernigeroder Weg 13 in Hamburg-Niendorf und habe eben die Leiche von Julia Müllensiefen, Alter circa fünfundfünfzig Jahre, entdeckt. Ihr wurde eine große Schnittwunde an der Kehle zugefügt, die auch die Halsschlagader durchtrennte. Sie ist vor Kurzem verstorben, sie blutet noch.«

»Hallo, jetzt sind wir auch noch Gerichtsmediziner? Obwohl, Moment, wenn ich mich recht erinnere, wäre auch das höchstens Ex-Gerichtsmediziner – ein gewisser Hauptkommissar Thomas Mangold wurde nämlich vor nicht allzu langer Zeit vom Dienst suspendiert und dann zum Hundekontrolldienst strafversetzt, weil er eine Affäre mit dem Anwalt eines Hauptverdächtigen in einem Mordfall, den er bearbeitete, hatte – ich sage bewusst Anwalt, denn der war männlich! Stand überall in der Zeitung.«

»Kannst du nicht einfach herkommen und den Rest deiner Häme kurz auf Eis legen? So bleibt sie frisch, und du kannst sie umso prickelnder ausschütten, wenn du mir persönlich gegenüberstehst.«

»Worauf du dich verlassen kannst, Kommissar Schnuckipucki! Ich eile, ich fliege! Wenn der schöne Thomas ruft, bin ich natürlich doppelt motiviert. Soll ich das Blaulicht einschalten, was meinst du, dann geht's vielleicht schneller …«

»Mach, was du willst.«

Tom legte auf. »Kommissar Schnuckipucki«? Der war neu. Und selbst für Paul Streber etwas unterhalb der Witzgrenze. Paul war eigentlich kein schlechter Typ. Sie waren sogar mal ganz gut befreundet gewesen, vor Toms unrühmlichem Abgang. Aber seinen Job hatte Paul schon damals gehasst. Offensichtlich war das Problem noch mal schlimmer geworden.

Eine halbe Stunde später schlich ein Streifenwagen den Wernigeroder Weg hoch und hielt in zweiter Reihe vor Nummer 13. Tom lehnte an seinem Mini und begrüßte Paul Streber, der sich mühsam aus dem Opel schälte. Er fing sofort an zu stänkern: »Thomas Mangold, wie er leibt und lebt! Trägst du jetzt schon Frauenkleider?«

Tom lächelte nur müde. »Das sind Kyoto-Pants, die tragen in Japan die Samurais. Und nenn mich bitte nicht Thomas, du weißt genau, dass ich das nicht leiden kann.«

»Wie du willst. Tom, Tommy, Samurai-Tom, Tom, der König der Samurais. Gibt's die überhaupt noch?«

»Nein, die gibt's schon lange nicht mehr. Nur im Film.« Tom reichte Paul Streber die Hand. »Moin, Paul, schön, dich zu sehen.«

Streber schlug nicht ein. »Schön, mich zu sehen? Ich wünschte, das würde auf Gegenseitigkeit beruhen. Wegen Seiner Hoheit musste ich mich von meinem äußerst bequemen Thron im wunderbar luxuriösen Palast am Bruno-Georges-Platz 1 – zur Erinnerung, das ist dein ehemaliger Arbeitsplatz, das Landeskriminalamt – in die Niederungen des schmutzigen Tagesgeschäfts der Hamburger Polizei hinabbegeben. Mich in einen lächerlich kleinen Opel Ampera-e klemmen, der zwar komplett emissionsfrei, aber leider auch ohne jeden Komfort unterwegs ist. Und als ob das alles nicht genug der Mühsal wäre, habe ich mir auch noch die Zunge an einem viel zu heißen Kaffee bei Tchibo verbrannt. Bei Tchibo! Was anderes gibt es hier in Niendorf ja nicht.«

Paul Streber hob die Arme und streckte sich. Er war fast zwei Meter groß und schlank – bis auf eine riesige Wampe, die wie ein Medizinball über seiner Hüfte hing. Er war wie immer ganz in Schwarz gekleidet: Jeans und seine alte Lederjacke, darunter ein schwarzer Hoodie mit einem »NYPD«-Schriftzug. Er fuhr sich durch die schütteren Haare und bellte in den Streifenwagen: »Maja, komm raus und check mal die Lage bezüglich Mister Mangolds angeblichen Mordes.«

Mit einem höhnischen Blick in Toms Richtung zwängte er sich wieder in den Ampera-e.

»Ohne Schutzpolizei keine Strafanzeige, ohne Strafanzeige kein Einsatz der Kriminalpolizei. Muss ich dir ja nicht sagen.«

Auf der Fahrerseite stieg eine zierliche schwarze Schutzpolizistin in Uniform aus. Sie lächelte schüchtern.

»Hallo, Herr Mangold, ich bin Maja Ajani. Ich habe schon viel von Ihnen gehört.«

»Ach ja? War auch was Gutes dabei?«

Paul Streber ließ die Fenster herab und blökte aus dem Wagen: »Hört auf zu flirten, ihr Turteltäubchen. Mach dich auf die Socken, Maja, und Tom, du bleibst hier. Du hast an einem Tatort nichts zu suchen!«

Tom zeigte auf den Balkon im ersten Stock. »Da oben rechts, im Badezimmer, ganz hinten, Sie müssen durch das Wohn- und Schlafzimmer gehen. Die Türen stehen offen, so, wie ich sie vorgefunden habe.«

Maja Ajani verschwand im Haus. Streber grunzte: »Wollen mal hoffen, dass du auch sonst nichts angefasst hast.«

»Habe ich natürlich nicht.«

»Und woher weißt du dann, dass die Dame tot ist?«

»Reine Annahme. Ich hab dich sofort angerufen.«

»Der Krankenwagen ist dir wohl nicht eingefallen?«

Tom lehnte sich ins Wageninnere. »Paul, ich war zwanzig Jahre bei der Kripo, ich weiß, wann man die Sanitäter ruft.«

»Na gut. Wie geht's Bella?«

»Bella geht's super, danke der Nachfrage. Was macht Nadine?«

»Nadine ist in Indien.«

»Indien?«

»Ja. Mehr sage ich nicht zu dem Thema.«

In einem anderen Leben waren Tom, Bella, Paul und seine Frau Nadine öfter auf Double Dates gegangen, sogar mal zusammen in den Urlaub gefahren.

Maja Ajani erschien im Eingang von Nummer 13, sie schwankte leicht, musste sich festhalten. Sie übergab sich in das Blumenbeet neben der Tür.

Streber stöhnte: »Gen-Z, die können aber auch gar nichts ab.« Er sprang aus dem Auto, rief: »Was ist los? Alles okay?«

Maja zeigte zurück ins Haus. »Sie ist ... nackt. So viel Blut.«

»Gewaltanwendung?«

»Ganz bestimmt, sie ...«

»Rufen Sie die Spurensicherung.« Streber lief die Treppe hoch.

Tom fragte: »Ihre erste Leiche?« Er reichte Maja die Hand, half ihr, sich aufzurichten. Sie nickte. »Sie müssen sich einfach vorstellen, dass der Körper nur eine Hülle ist. Die Seele hat sie schon verlassen, und damit liegt da kein Mensch mehr, sondern lediglich ein Rest Kohlenstoffmoleküle, viel Wasser und ein paar Spurenelemente.«

Maja blickte ihn mit großen Augen an. »Und das funktioniert?«

»Nein.«

Sie musste lachen, dann husten. Sie hielt sich an seiner

Jacke fest. Tom sagte: »Sie können mich übrigens duzen. Ich bin Tom.«

»Ich weiß. Ich heiße Maja.«

»Hab ich mir gemerkt. Schön, dich kennenzulernen, Maja.«

Streber rief aus dem Hausflur: »Tom, komm mal hoch!«

Er ging ins Treppenhaus. »Ich dachte, ich hätte an einem Tatort nichts zu suchen?«

»Ach, was schert mich mein Geschwätz von vor fünf Minuten. Komm rauf.«

Tom tat wie ihm befohlen. Er fand Paul Streber im Badezimmer. Julia Müllensiefen hatte mittlerweile aufgehört zu bluten, an ihren Beinen und Fußsohlen bildeten sich erste Totenflecken. Streber hatte das Wasser abgestellt. Er fragte grimmig: »Kannst du mich mal kurz aufklären: Wer ist die Leiche, und was war dein Verhältnis zu ihr? Warum hast ausgerechnet du sie gefunden? Erleuchte mich!«

»Das ist eine lange Geschichte …«

»Ich hab jede Menge Zeit. Die Spurensicherung ist wie immer überlastet, ich werde hier bestimmt wieder bis in die Puppen rumsitzen. Nicht dass ich sonst irgendetwas vorhätte. Mein Privatleben ist quasi nonexistent.«

»Das tut mir leid.« Tom legte Paul die Hand auf die Schulter. Aber der kurze Moment der Verletzlichkeit war schon wieder vorbei. Streber duckte sich und machte einen Ausfallschritt zur Seite.

»Komm mir nicht zu nahe, du Freak!« Er richtete seine Lederjacke, zog sich den hochgerutschten Hoodie wieder über den Bauch. »Also, dann erzähl mal deine ›lange Geschichte‹.«

»Können wir dafür vielleicht woanders hingehen?«

»Aber sicher doch.« Streber zeigte zur Tür. »Gemüsemann, geh du voran.«

»Gemüsemann?«

»Mangold.«

Tom sparte sich einen Kommentar.

Sie gingen ins Wohnzimmer. Streber grunzte: »Schieß los.«

»Es fing damit an, dass ich einen Hund einfangen sollte …«

»Ah, dann bist du wieder als Hundefänger tätig?«

»Nein. Oder ja. Das tut aber nichts zur Sache. Jedenfalls gehört der Hund dem Bruder der Toten …«

DER KLEINSTE IQ DER WELT
TEIL 2

Hoffnung, dein Name sei Josepha. Meine schöne Aktivistin war all das, was ich mir von Magdalena immer gewünscht und nie bekommen hatte. Achtsam und zugewandt, aufmerksam und interessiert, und zwar nicht nur am allgemein schlechten Zustand der Welt, sondern auch an meinen persönlichen Problemen. Ich konnte ihr stundenlang über die schmerzhafte Trennung von der Liebe meines Lebens berichten, sie wurde nie müde, mich aus der Tiefe meines Jammertals rufen zu hören. Im Gegenteil, sie stellte geduldig Fragen, wenn ich mal wieder zusammenhanglos stammelte, wollte jedes bittere Detail wissen, wenn ich aus Scham etwas zu schwammig formulierte.

»Du hast Magdalena und deinen besten Freund in eurem gemeinsamen Bett überrascht?«

»Ja, ich hatte Migräne und war früher von der Arbeit nach Hause gekommen.«

»Und, hast du sie beim Sex erwischt?«

»Äh, ja.«

»Mitten im Akt? Waren sie nackt?«

Sofort fiel mir wieder Gordons haariger Arsch ein. »Das ist mir jetzt echt ein bisschen unangenehm …«

»Muss es nicht. Trau dich, erzähl's mir ruhig. Ich möchte doch nur deinen Schmerz fühlen, mich mit dir verbinden. Wir sind beide Überlebende, Missbrauchsopfer. Ich habe auch 'ne Menge Scheiße erlebt.«

»Tatsächlich? Was ist dir denn passiert?«

»Das ist jetzt völlig egal. Hier geht es um dich. Also, das muss total furchtbar gewesen sein, oder?«

Josepha gab mir das Vertrauen in das andere Geschlecht

zurück, ließ mich wieder an das Gute im Menschen glauben. Ihre Anteilnahme war so aufrichtig, ihr Mitleid so leidenschaftlich.

»Und dann hat sie dein Konto leer geräumt?«

»Unser Konto. Unser gemeinsames.«

»Schlimm. Und wie viel war da drauf? Und wessen Geld war es? Deins? Ihrs? Mehr deins, mehr ihrs? Hälfte/Hälfte?«

»Wieso willst du das so genau wissen?«

»Ich muss doch nachvollziehen können, wie traumatisch dein Break-up war. Wie gesagt, ich möchte dich mit dem Herzen verstehen, mitfühlen. Geld tut auch weh, vor allem, wenn man es nicht hat.«

»Fünfunddreißigtausend Euro. Mein gesamtes Erspartes. Außerdem hat sie meine wertvollen Panini-Sammelalben mitgehen lassen – WM 1974, '78 und '82! Von einem Tag zum nächsten war sie weg, ihr Handy tot, ihre E-Mail-Adresse nicht mehr gültig. Gedisst, geblockt, geghosted. Ich habe ihr vollständig vertraut. Ich war so naiv.«

»Du hast sie geliebt. Liebe macht blind. Ist mir auch schon passiert.«

»Wirklich?« Ich konnte es mir kaum vorstellen. Wie konnte jemand diese Ausnahmefrau, dieses beinahe überirdische Wesen schlecht behandeln? Josepha leuchtete von innen, das Licht strahlte aus ihren Augen wie das Blau des Himmels. Sie schien zu schweben, ihre schlanken Füße berührten kaum den Boden. Sie war die Anmut in Person, ihre langen Arme und Beine schwangen um ihren Körper, als wäre sie von Wasser umgeben und würde aufrecht durch den Raum schwimmen. Ohne Übertreibung, sie war die außergewöhnlichste Frau, der ich jemals begegnet war. Magdalena war sicher attraktiver als ich, aber unser Unterschied war höchstens wie der zwischen Erster und Zweiter Bundesliga. Na gut, sie war vielleicht Mittelfeld und ich wahrscheinlich nur unteres Drittel. Josepha dagegen war Champions League und ich gerade in die Dritte Liga abgestiegen. Warum sie so viel Zeit mit mir verbrachte, war mir ein ständiges Rätsel.

Seit der gemeinsamen Verhaftung hatten wir uns jeden Tag gesehen. Dabei hatten wir gar nichts Großes unternommen, aber mit ihr machte auch die banalste Tätigkeit Spaß. Josepha hatte einen total süßen Hund namens Zartbitter, einen Labrador mit schokoladenbraunem Fell. Eigentlich war ich gar nicht so der Doglover, aber der lustige Labbie hatte mit seiner tapsigen Art mein Herz im Sturm erobert. Mit ihm gingen wir im Rahweg-Park spazieren, saßen im Minigolf-Café oder fütterten Enten am Baggersee. Oh Gott, Josepha war einfach so wunderbar – sie ließ sich sogar dafür begeistern, mich auf dem Fahrrad zu begleiten! Sie hatte zwar kein eigenes Bike, aber willigte sofort ein, als ich vorschlug, sich eines zu leihen.

»Warum kann ich nicht einfach ein Stadtrad nehmen. Die Dinger stehen doch überall rum.«

Wir spazierten die Admiralitätstraße in Richtung Großneumarkt hoch, wo sich »Das Windrad«, der Fahrradhändler meines Vertrauens, befand. Mit der rechten Hand schob ich mein Schindelhauer, links hatte sich Josepha eingehakt.

»Guck, gleich hier vorne.« Sie zeigte auf die roten Räder, die in zwei Reihen vor uns am Straßenrand standen.

»Weil das die letzten Krücken sind«, antwortete ich. »Nein, wir holen dir ein vernünftiges Gerät, ich kenne da genau den richtigen Laden, gleich hier um die Ecke. Oh, schau mal, da sitzt Bella Kuhl.« Ich hob die Hand und winkte. »Hallo, Bella!«

Wir gingen gerade an der Schwarzen Taube vorbei, einem Restaurant, in dem ich oft mit Drecki zu Mittag aß. Unsere Kanzlei war im Nachbarhaus. Bella Kuhl saß direkt am bodentiefen Fenster, durch das man in den gesamten Gastraum blicken konnte. Neben ihr lag ein braun-weißer Hund im

Gang und leckte seine Pfoten. Bella winkte freundlich zurück.

Ich erklärte: »Bella ist eine Kollegin meines Stiefvaters.«

»Und wer ist der Typ, der neben ihr sitzt?«

Josepha schien sich viel mehr für Bellas Begleitung zu interessieren. Ich zuckte mit den Schultern.

»Keine Ahnung, den sehe ich zum ersten Mal.«

Der Mann an Bellas Seite war das, was meine Mutter einen »Bohemien« genannt hätte. Wäre er etwas jünger gewesen, hätte man auch »Hipster« sagen können – der dunkelblonde Schopf fiel ihm keck in die Stirn, über den Ohren und im Nacken waren die Haare kurz rasiert. Er hatte eine durchsichtige Brille mit blau getönten Gläsern auf der Nase; Dreitagebart und ein kleiner Ohrring komplettierten das Bild. Er trug einen grob gestrickten Rollkragenpullover in Flaschengrün, dazu dunkelblaue Baumwollhosen, die beinahe wie ein Kleid geschnitten waren.

»Kyoto-Pants.« Josepha nickte anerkennend.

»Kyoto was?«

»Der Typ trägt Kyoto-Pants. Ziemlich cool.«

Ich blickte an mir hinab, musterte meine verwaschenen Jeans und den alten Fleecepullover. Auf der linken Brust hatte ich einen orangen Fleck, ich hätte vorhin meine Buchweizen-Spaghetti lieber ohne Tomatensoße bestellen sollen. Wieder fragte ich mich, was Josepha eigentlich von mir wollte. Aber bevor ich zu sehr ins Grübeln geriet, legte sie mir den Arm um die Hüfte und jubelte:

»Ach, ich bin dir so dankbar, dass du mir dabei hilfst, ein Rad auszusuchen. Ich freu mich schon auf unsere kleine Tour! Hey, anschließend könnten wir doch noch zu mir radeln, und ich koch dir was Schönes. Was hältst du davon? Als Zeichen meiner Dankbarkeit?«

»Du kannst kochen?«

»Oh ja, und wie! Kochen ist meine große Leidenschaft.«

Wie bitte, die attraktive Aktivistin war auch noch eine begnadete Köchin? Zu schön, um wahr zu sein!

»Finde ich super. Ich muss dich allerdings warnen: Ich bin Veganer.«

»Na, das trifft sich doch hervorragend – ich koche nämlich *nur* vegan!«

Hatte ich's schon erwähnt? Josepha war eine absolute Traumfrau!

»Und du bist sicher, dass das Fleisch vegan ist?«

Josepha rief aus der Küche: »Absolut sicher. Das ist Fleischersatz aus Lupinenproteinen – das Steak der Zukunft. Der Lupinenanbau ist nämlich besonders nachhaltig und auch in Europa möglich. Außerdem haben Lupinenprodukte weniger blähende Substanzen und sind deshalb besser verträglich.«

»Unglaublich. Schmeckt so was von köstlich. Und diese Textur – das ist nichts, was ich schon mal gegessen habe. Weder Tofu noch Tempeh oder Seitan, aber beißt sich wie ein veganes Steak. Wie nennst du das Gericht?«

»Das ist mein ›Engelfrikassee‹. Ist eigentlich ganz simpel. Zuerst schneide ich das Lupinenfleisch in mundgerechte Stücke. Die schwitze ich in Olivenöl leicht an, ohne dass sie Farbe annehmen, dann bestäube ich sie mit etwas Mehl und dünste sie in Gemüsebrühe. Den entstandenen Fond legiere ich mit Hafersahne, Rührtofu und Kurkuma und würze ihn mit weißem Pfeffer, Lorbeer und Zitronensaft. Weitere Zutaten sind Champignons, junge Erbsen, Spargel, Blumenkohl und Pistazien. Die Soße montiere ich zusätzlich mit kaltem Avocadoöl. Das Ganze schmecke ich mit einem körperreichen Cabernet Sauvignon und einem Hauch veganer Madeira-Soße ab. Zu Frikassee wird allgemein Reis serviert, aber das ist mir zu langweilig. Meine Beilagen sind gedämpfte Orangenfilets und ein Kartoffel-Pastinaken-Stampf, gewürzt mit Muskatnuss. Das ist nicht jedermanns Sache, aber ich liebe diese erdige Wärme. Ich finde, dazu passt am besten ein Pinot blanc, aber wenn du möchtest, kann ich dir auch Rotwein kredenzen. Vielleicht einen Merlot?«

»Ich trinke eigentlich keinen Alkohol – hast du vielleicht eine Apfelschorle für mich?«

Josepha erschien im Esszimmer. »Kein Alkohol? Was bist du bloß für ein süßer Typ.« Sie strich mir mit dem Zeigefinger über den Nacken. »Eine echte Unschuld vom Lande. Soll ich dir einen Kinderwein machen?«

»Was ist das?«

»Eine Traubensaftschorle. Sieht aus wie Rotwein.«

Ich lächelte verlegen. »Ja bitte, das wäre nett.«

Das Essen war ein wirkliches Erlebnis. Josepha hatte nicht übertrieben – sie war eine Gourmetköchin. Mit einer Gourmetküche. Zwischen ihrem Gasherd und dem Etagenofen hätte man ohne Weiteres eine exklusive Kochsendung aufzeichnen können, so üppig und stylish war sie ausgestattet. In der Wohnung im Gotenweg schien sich auch sonst alles um ihre kulinarische Leidenschaft zu drehen. Außer einem kleinen Schlafzimmer gab es nur ein geräumiges Esszimmer, das höchst spartanisch eingerichtet war. Um einen gut drei Meter langen Tisch standen acht lederbespannte Stühle, ansonsten lenkte nichts ab von dem Feuerwerk der Sinne, das Josepha für mich entzündete.

Couch oder Fernseher Fehlanzeige, auch standen weder Bücherregale im Raum, noch hingen Bilder an den Wänden. Neben der Balkontür balancierte eine alte Stereoanlage auf einem säulenartigen Fuß, daneben standen zwei riesige schwarze Boxen, aus denen laute Eighties-Musik tönte.

»Because your kiss, your kiss is on my list. Because your kiss is on my list of the best things in life …«

»Hey, das sind doch Hall & Oates!«

Josepha lächelte. »Du kennst Daryl Hall und John Oates?«

»Ja, die mag ich sehr. Hat meine Mutter immer gehört.«

»Meine auch.«

Die Radtour war nicht so ein Erfolg gewesen. Josepha saß nicht gerade fest im Sattel, mit ihrer Kondition war es auch nicht sonderlich weit her. Die Kollaustraße hoch hatten wir unsere Fahrräder geschoben, ab Niendorf Markt ging ihr dann auch beim Laufen die Puste aus. Ich musste ihr Rad anschließen und sie auf meinem Gepäckträger befördern. Mit einem Seufzen schob ich den Teller von mir weg, legte die Serviette daneben. Josepha tätschelte meine Hand.

»Na, schöner Mann, dir hat's offensichtlich geschmeckt.«

»Ja, das war wirklich himmlisch! Ich bin so satt, ich könnte mich glatt auf den Boden legen und eine halbe Stunde schlafen. Danke für dieses großartige Mahl, liebe Josepha.«

Meine Gastgeberin machte eine kleine Verbeugung. »Nichts zu danken, es war mir eine Freude. Ein voller Bauch steht dir übrigens gut. Ich geh mal eine rauchen.« Sie zeigte auf den Balkon.

Ich fragte überrascht: »Du rauchst?«

Sie zwinkerte mir zu. »Ja, aber nur vor dem Sex.«

Vor dem Sex? Ich glaubte natürlich an einen Scherz, aber als Josepha wieder ins Esszimmer kam, wurde mir klar, dass sie es ernst gemeint hatte.

»Hat dir eigentlich schon mal jemand gesagt, wie sexy du bist?«

Das hatte mir tatsächlich noch niemand gesagt. Warum auch? Ich war ein Gnom, ein Hobbit, ein sexuelles Neutrum.

»Nein, und um ganz ehrlich zu sein, das überfordert mich gerade ein bisschen.«

Sie stellte sich hinter mich. Wieder strich sie mir mit dem Zeigefinger über den Nacken. Sie schob sich zwischen die

Tischkante und meine Knie und nahm mein Gesicht in die Hände. Sie flüsterte: »Ich bin ganz verrückt nach deinem Blutmund.«

Blutmund? Aber bevor ich mich aus ihrer Umklammerung befreien konnte, küsste sie mich auf die Lippen. Dabei nahm sie meine Unterlippe zwischen die Zähne und biss etwas zu hart zu.

»Hey, was soll das?«

Ich tauchte zwischen ihren Armen hindurch, stand auf und machte ein paar schnelle Schritte auf die andere Seite des Tisches. Sie setzte nach.

»Findest du mich denn nicht attraktiv?«

»Doch, sogar sehr. Aber das geht mir einfach zu schnell, ich komme doch gerade erst aus einer sehr intensiven Beziehung, habe eine traumatische Trennung hinter mir. Wir kennen uns noch nicht mal eine Woche!«

Ich flüchtete weiter, Josepha folgte mir um den Tisch herum. Sie wurde lauter: »Ach komm schon, was bist du denn für ein Softie? Tu doch nicht so, als hättest du keine Lust auf das hier!«

Sie kreuzte die Hände vor der Hüfte und zog sich ihren Pullover über den Kopf. Darunter trug sie nichts. Ich blieb stehen und starrte fasziniert auf ihre perfekten Brüste. Beinahe hätte sie mich eingeholt, im letzten Moment brachte ich mich in Sicherheit. Ich lief in die Küche, Josepha war mir dicht auf den Fersen.

»Glaubst du im Ernst, dass du mir entkommen kannst? Mir hat noch kein Mann widerstanden!«

Ihre Stimme hatte allen Liebreiz verloren. Sie überschlug sich, wurde hysterisch.

»Bleib stehen, du armseliger Zwerg. Wenn Josepha sagt, sie will Sex, dann bekommt sie Sex!«

Wir standen uns an der Kücheninsel gegenüber. Josepha war schnell, versuchte, mich mit ein paar flinken Manövern zu erreichen. Aber ich konnte ihr immer wieder ausweichen. Schließlich hatte sie genug. Sie machte ein paar Schritte zurück, nahm Anlauf und sprang über die Insel. Wie eine Katze drehte sie sich in der Luft und traf mich mit den Füßen zuerst an der Brust. Ich verlor die Balance und fiel auf den Rücken, sie landete rittlings auf meinem Bauch. Josepha hielt meine Unterarme fest und begann sofort, mich zu küssen. Allerdings waren ihre Küsse eher Bisse, sie senkte ihre Zähne in meine Kehle, meinen Hals, meine Wangen und in meine Ohren. Sie zog an meinem Ohrläppchen, bis ich vor Schmerzen brüllte.

»Lass das, bist du völlig verrückt geworden?«

Ich versuchte, nach ihr zu treten, aber sie war außer Reichweite. Ich wand mich wie ein Aal, bockte wie ein Pony, aber sosehr ich mich auch bemühte, ich konnte sie nicht abwerfen. Ich bekam nicht mal den Hintern hoch, Josepha war einfach zu stark. Sie hielt mich am Boden, drückte meine Arme zur Seite.

Sie biss mir in die Nase, dabei zischte sie mir ins Gesicht: »Gehst du jetzt mit mir ins Bett, oder was?«

Ich nahm all meine Kraft zusammen, riss den Kopf zur Seite und schrie in ihre Armbeuge: »NNNEEEEIIIIN!«

»Na gut, du hast es nicht anders gewollt.« Sie sprang auf und griff sich eine der Bratpfannen, die über dem Herd hingen. »Bei meinem letzten Date musste ich improvisieren. Diesmal mache ich es richtig!«

Bevor ich mich auch nur aufgesetzt hatte, haute sie mir die Pfanne über den Schädel. Ich verlor das Bewusstsein und rutschte in einen Traum, wie ich ihn vorher noch nie geträumt hatte.

Maja Ajani, Josepha und ich standen wieder vor der grünen Minna am St. Pauli Fischmarkt. Zu uns hatte sich ein weiterer Polizist gesellt, er hielt Josepha und mich mit einer abgesägten Schrotflinte in Schach. Der Beamte hatte deutliches Übergewicht und schwitzte heftig in der Oktobersonne. Wir hoben die Hände über den Kopf. Josepha hänselte den Mann mit der Knarre: »Hey, Wachtmeister Sausack, hat dir schon mal jemand gesagt, dass du dümmer aussiehst, als die Polizei erlaubt?«

Maja rief: »Lass dich nicht ärgern, Jean-Jacques! Leg ihnen die Handschellen an. Komm, gib mir das Gewehr.«

Josepha lachte. »Der Wachtmeister heißt tatsächlich Sausack?«

»Mein Name ist Jean-Jacques!«

Jean-Jacques reichte Maja die abgesägte Schrotflinte, nahm Josephas linken Arm, riss ihn brutal runter und drehte ihn ihr auf den Rücken.

Sie kreischte: »Au, Polizeigewalt!«

Er brachte ihre Hände auf ihrem Hintern zusammen und ließ die Handschellen einrasten. Gleiche Prozedur bei mir. Maja befahl: »Schmeiß sie in die Minna. Und keine Knochenbrüche. Noch nicht.«

Jean-Jacques öffnete die Klappe des Gefangenentransporters und stieß Josepha und mich unsanft auf die Ladefläche. Die schöne Aktivistin landete auf dem Rücken, ich verlor das Gleichgewicht und konnte es nicht vermeiden, mit dem Gesicht voran zwischen ihre Brüste zu fallen. Sie kicherte: »Na, weich gelandet?«

Hinter uns fiel die Tür ins Schloss. Der Platz im Transporter war begrenzt, eine Ladung Feuerholz und ein paar Rollen Auslegeware gaben mir nicht genug Raum, mich von Josepha runterzubewegen, zumal meine Hände auf dem Rücken gefesselt waren. Es roch intensiv nach Kiefernöl und den Ausdünstungen billiger Kunststofffasern. Jean-Jacques setzte sich ans Steuer, sein Gewicht brachte die Minna zum Schaukeln. Maja nahm neben ihm Platz. Der Wagen fuhr los, gewann schnell an Tempo. Jean-Jacques war kein defensiver

Fahrer. Er ging mit Vollgas in die Kurven, ließ kein Schlagloch aus. Dabei warf es Josepha und mich immer wieder in die Luft, aber sosehr ich es versuchte, ich kam nicht weg von ihr, fiel regelmäßig zurück in ihren Ausschnitt. Sie knurrte: »Mmmh, Baby, nicht so stürmisch.«

Josepha ging ins Hohlkreuz, dabei bewegte sie mich mit, hob mich hoch. Sie schob die Hände unter ihrem Hintern durch, dann legte sie sich leicht seitwärts, winkelte die Beine an und steckte sie zwischen die Arme. Sie hatte die Hände vor dem Bauch, lag wieder auf dem Rücken. Ich versuchte, es ihr nachzumachen, aber ich kriegte noch nicht mal die Hände am Arsch vorbei.

»Wie hast du das gemacht? Gibt es da einen Trick?«

»Kein Trick, nur das richtige Verhältnis zwischen Armen und Oberkörper.«

Der Transporter sprang wieder in die Luft, ich landete erneut auf Josepha, diesmal ein Stück weiter oben. Ich spürte ihren Atem an meinem Hals, sie steckte ihre Zunge in mein Ohr.

»Lass das!«

Sie schnurrte: »Kleines Freundchen, diese Situation macht mich ganz schön scharf.«

»Scharf? Wir befinden uns in Polizeigewahrsam!« Panik stieg in mir auf. Ich bog mich wie ein Schlangenmensch, aber das Kiefernholz auf der einen und die Teppichrollen auf der anderen Seite hielten mich in Position. Josepha machte mir den Hosenschlitz auf, griff mir in die Unterhose. Ihre warmen, weichen Hände fanden sofort, was sie suchten. Ich dachte an Schlangen, Tausendfüßler, Eiszapfen und zerbrochenes Glas. Ich dachte an Recep Erdoğan, Viktor Orbán und Wladimir Putin. Nichts half, ich wurde blitzartig hart. Verfluchter Fortpflanzungstrieb!

Sie küsste meinen Hals, flüsterte mir ins Ohr: »Jetzt wollen wir doch mal sehen, ob du mir widerstehen kannst.«

»Was soll das werden, willst du mich vergewaltigen?«

»Warum nicht. Es ist ja nicht so, dass du deswegen zur Traumpolizei rennen könntest. Die ja im Übrigen vorne in der Fahrerkabine sitzt. Nein, auf dieser Bewusstseinsebene hilft dir keine Ordnungsmacht.«

Sie zog mir die Hose samt Boxershorts runter, dabei hob sie mich fast einen halben Meter in die Luft. Die Frau hatte Superkräfte. Meine Jeans hingen auf Kniehöhe, damit war ich für mein Gefühl offiziell nackt. Josepha rollte sich das Kleid über das Becken, dann machte sie eine ruckartige Bewegung. Ich blickte nach unten, sie hatte sich ihren Slip von der Hüfte gerissen, manövrierte ihn zwischen unseren Körpern zur Seite. Sie war wirklich ungemein gelenkig. Jetzt brachte sie ihre Schenkel hoch, ich rutschte zwischen ihre geöffneten Beine. Verflixte Schwerkraft! Aus der Nummer kam ich physikalisch nicht raus, die Erdanziehung war gegen mich. Ich war komplett eingeklemmt zwischen Josepha, Auslegeware und Feuerholz. Ich fühlte die Wärme ihrer Körpermitte, das Rütteln der Minna ließ mich immer näher kommen. Sie rotierte das Becken, drückte sich gegen meine Weichteile.

»Komm schon, kleines Freundchen.«

»Josepha, wie oft soll ich noch Nein sagen? Ich bin frisch getrennt und überhaupt nicht bereit für eine neue Beziehung!«

»Wer redet denn von Beziehung? Das ist die lahmste Entschuldigung, die ich jemals gehört habe. Außerdem spricht dein Ständer eine andere Sprache.«

»Das heißt aber nicht, dass ich mit dir schlafen will. Nur weil wir Typen einen hochkriegen, bedeutet das noch lange nicht, dass wir Sex wollen.«

»Das kannst du deiner Oma erzählen.«

Ich war kurz vor dem Herzinfarkt. Egal, welche Verrenkungen ich ausführte, ich konnte mich nicht befreien. Mein hilfloses Strampeln führte nur dazu, dass Feuerholz und Teppichrollen nun auch noch anfingen, über mir zusammenzustürzen. Das Gewicht drückte mich immer weiter in die Frau unter mir. Mit äußerster Anstrengung streckte ich den Hintern in die Höhe, hielt Abstand zu Josephas Gefahrenzone. Die stöhnte: »Komm schon, kleines Freundchen, Widerstand ist zwecklos. Beim übernächsten Schlagloch ist es so weit.«

Sie fing wieder an zu beißen. Mittlerweile waren ihre Bisse aber keine überbegeisterten Küsse mehr. Sie zerrte an meinem Fleisch, als wollte sie mich aufessen. Ihre Zähne bohrten sich tief in meinen Nacken, ich begann vor Schmerzen zu schreien. Plötzlich meldete sich eine Stimme in meinem Kopf: »Wach auf, John-Milo, nur so kommst du raus aus diesem Desaster.«

Vielen Dank, liebes Unterbewusstsein, das hättest du ruhig schon etwas früher sagen können!

Mit letzter Anstrengung wuchtete ich mich aus dem Alptraum – nur um festzustellen, dass meine Situation in der Realität auch nicht viel besser war. Eher schlechter. Immerhin hatte ich im Traum noch mein Hemd an.

Ich öffnete die Augen. Ich befand mich in einer Art Werkstatt, vor mir stand ein rostiges Garagentor halb offen, von draußen drang fahles Mondlicht in den Raum, den ich auf ungefähr drei mal sechs Meter schätzte. Die Wände bestanden aus unbehandelten Gasbetonsteinen, die wohl ursprünglich mal weiß gewesen waren, aber mittlerweile eine grüngraue Farbe angenommen hatten. An der Decke behauptete sich eine nackte Sparbirne im Spiraldesign gegen eine Armada von staubigen Spinnenweben, deren Bewohner*innen schon lange das Weite gesucht hatten. In der Luft hing ein milchiger Dunst, es roch nach Diesel und Desinfektionsmittel. An der Wand neben mir stand eine Werkbank, darauf befand sich eine tragbare Stereoanlage, aus der wieder Hall & Oates tönten. Ich erkannte den beschwingten Motown-Beat von »Maneater«, eigentlich einer meiner Lieblingstitel, aber heute wollte keine Freude aufkommen. Über der Boombox hingen ein paar Werkzeuge, Hammer, Rohrzange, Gartenschere, Wasserwaage. Auf der anderen Seite lehnte mein Schindel-hauer-Rad am Gasbeton.

Ich war nackt bis auf meine Unterhose. Meine Handge-lenke waren mit Handschellen an die Armlehnen des Stuhls gekettet, auf dem ich saß; die Waden waren mit Stromkabeln an die Stuhlbeine gefesselt. Ich spreizte meine Zehen, ver-suchte, auf dem glatten Betonboden mehr Halt zu bekom-men. Ich ruckelte und wackelte, aber der Stuhl bewegte sich nicht. Beim genaueren Hinsehen stellte ich fest, dass er am Boden festgeschraubt war.

»Na, kleines Freundchen, bist du endlich wach?«

Hinter mir hörte ich Josephas Stimme.

»Das hat ja ewig gedauert. Ich hab dich doch kaum be-rührt mit meiner Gusseisernen.«

Kaum berührt? Mein Schädel brummte wie ein Trafo, auf meiner Stirn brannte eine heftige Beule. Ich ächzte: »Wo bin ich?«

Josepha erschien in meinem Blickfeld. Sie trug einen wei-ßen Einweg-Overall, Flipflops und eine verspiegelte Sonnen-brille.

»Lass uns einfach sagen, dass du endlich zu Hause bist. Willkommen in der Casa Goldstaub. Hier hat alles angefan-gen.«

Ich verstand kein Wort, aber instinktiv wusste ich, dass nachfragen oder argumentieren mich nicht weiterbringen würde. Ich knurrte: »Schön hast du es hier. Wenn man auf Horrorfilme steht. Das entschuldigt aber noch lange nicht, dass du mich an den Stuhl gefesselt hast. Oder dass ich nackt bin. Ist das irgendein perverses Sexspiel? Ich kann dir gleich sagen, dass mich so was überhaupt nicht antörnt.«

»Kein Sexspiel.« Sie stellte sich vor die Werkbank und inspizierte die Werkzeuge. Säge, Rohrzange, Schrauben- schlüssel, Schraubenzieher. Sie summte leise vor sich hin. »Was nehm ich denn jetzt? Ach ja!«

Sie entschied sich für den Bolzenschneider, ging rüber zu meinem Fahrrad und trat wütend gegen den Reifen.

»Dieses Scheißteil ging mir von Anfang an auf den Zei- ger. Ich hasse Sport! Ich kann kaum glauben, dass ich mir für dich den Hintern wund geradelt habe. Fahrräder sind die neuen Autos. Was früher ein Porsche war, ist jetzt ein Schindelhauer. Penisverlängerung zwei Punkt null, genau der gleiche toxische Macho-Scheiß! Mann bleibt Mann, egal, ob er Grün oder AfD wählt.«

In einer schnellen Bewegung schnitt sie den Zahnriemen vom Ritzel. Ohne zu zögern, holte sie aus und zog mir den Kohlefaserstrang mit voller Kraft über den Hinterkopf. Das vordere Ende schlug mir ins Gesicht, die scharfen Zacken verkanteten sich in meiner Haut; als Josepha den Riemen zurückkriss, hinterließ er eine Wunde quer über meiner Wange und Nase. Mein Kopf folgte der Bewegung, klappte in einem unnatürlichen Winkel zurück. Blut spritzte, lief mir in den Mund. Es schmeckte nach Metall, so als hätte ich an einem Eisenträger geleckt. Angewidert spuckte ich es vor meine Füße. Der Schmerz war nicht von dieser Welt. Oder zumindest nicht aus diesem Jahrhundert. Die Riss- wunde war tiefstes Mittelalter, so als hätte mir jemand eins mit dem Morgenstern übergezogen. Bis zu diesem Moment war der schlimmste Unfall meines Lebens ein Fahrradsturz gewesen, bei dem ich mir das Schlüsselbein gebrochen hatte. Eine Sommerfrische im Vergleich zu dieser Qual. Ich begann gleichzeitig zu schwitzen und zu frieren. Eigentlich hätte ich laut schreien müssen, aber der Schmerz schnürte mir die Kehle zu. Ich versuchte zu sprechen, aber ich konnte nur heiser krächzen: »Bist du total verrückt? Hast du eine

Ahnung, wie viel Ärger du für so was bekommen kannst? Das ist schwere Körperverletzung. Ganz zu schweigen von Entführung und Nötigung!«

Das war dann wohl meine Art, mit dieser Katastrophe umzugehen. Immer schön in den strafrechtlichen Zusammenhang setzen, Herr Anwalt! Aber das kurze Aufflammen von professioneller Entrüstung verhallte wie ein Ruf im Weltall, wurde verdrängt von der elementaren Erfahrung einer klaffenden Fleischwunde und der plötzlichen Erkenntnis meiner ausweglosen Situation. Hier galten keine Gesetze. Josepha war purer Wahnsinn, losgelöst von jeder Rechtsprechung. Sie hatte keine Beißhemmung, extreme Gewalt war für sie so selbstverständlich wie Essen und Schlafen. Sie war Raubtier, ich Beute. Ich ließ den Kopf hängen, ein rotes Rinnsal aus Blut und Tränen tropfte auf meine nackten Oberschenkel. Verzweifelt suchte ich nach einer Lösung.

»Josepha, es tut mir leid, wenn ich dich verletzt habe. Glaub mir, ich fühle mich sehr zu dir hingezogen. Gib mir etwas Zeit, lass uns die Sache langsam angehen ...«

»In was für einem Schmachtfetzen hängst du denn fest? Nein, kleines Freundchen, du hattest deine Chance. Jetzt heißt es sterben!«

»Sterben? Josepha, ich ...«

Aber ich hatte keine Zeit, mir der Bedeutung ihrer Worte bewusst zu werden. Der Zahnriemen traf mich auf dem Oberarm, legte sich über meine Brust. Wieder war es nicht der erste Aufschlag, sondern das abrupte Wegreißen des Kohlefaserstrangs, das den meisten Schaden anrichtete. Die Zacken nahmen diesmal nicht nur Haut mit, ich sah mein gelblich weißes Fettgewebe in der Wunde blitzen. Entsetzt bäumte ich mich auf, aber die Fesseln schnitten nur noch tiefer in mein Fleisch. Ich atmete durch den Schmerz, nahm alle Kraft zusammen, um bei Sinnen zu bleiben. Ich verlegte mich aufs Betteln.

»Josepha, ich bitte dich, ich bin doch noch nicht mal fünf-unddreißig. Ich hab noch so viel vor, so viele Wünsche und Pläne! Eine Weltreise, Eigentumswohnung, eigene Kanzlei. Ein Haus auf Mallorca, eine glückliche Ehe, Kinder, Enkel-kinder. So viele unvergessliche Erlebnisse, schöne Erinne-rungen, Momente für die Ewigkeit. Ich hab ja noch kaum gelebt! Es kann doch nicht auf einmal alles schon vorbei sein! Hab Erbarmen, lass mich leben, ich flehe dich an!«

»Du elender Jammerlappen! Das ist deine Bucketlist? Kein Wunder, dass Magdalena dich verlassen hat. Hätte ich genauso gemacht. Wer will denn so eine langweilige Flasche als Freund?«

Sie lachte böse.

»Wie war das noch? ›Ich habe ihr vollständig vertraut. Ich war so naiv.‹ Buhu, armes kleines Schnullerbaby, wo ist deine Mutti? Ehrlich gesagt, es hat mir Spaß gemacht, von deinem Unglück zu hören. Jedes schmutzige Detail. Ich konnte einfach nicht genug davon bekommen. Männer sind solche Heulsusen. Ihr habt es gar nicht besser verdient.«

Josepha griff mit der linken Hand in meine schweißnassen Haare, hielt meinen Kopf fest. Mit der rechten packte sie mein Ohr, grub die Finger hinter die Muschel und zog. Sie stöhnte vor Anstrengung. Sie machte einen Buckel, stellte den Fuß auf meinen Schenkel. Sie hob den Ellenbogen in die Senkrechte, die Glühbirne warf ihren Schatten gespenstisch auf den Betonboden. Mit einem lauten Kreischen zerrte sie an meinem Ohr, gleichzeitig drückte sie meinen Schädel zu-rück. Der Schmerz fand endlich meine Stimmbänder. Ich röhrte auf einer Frequenz, von der ich gar nicht gewusst hatte, dass ich dazu fähig war. Ich klang wie ein Platzhirsch bei der Brunft. Gemeinsam erzeugten wir ein monströses Echo in der fast leeren Garage, unsere Schreie wurden von den Wänden tausendfach zurückgeworfen. Mit brutaler Kraft riss mir Josepha das Ohr ab. Dabei kam sie mir so nah, dass ich meine Reflexion in ihrer Sonnenbrille sehen konnte. Ganz langsam löste sich der Knorpel von meinem Schädel. Darunter kam hellrot das Bindegewebe zum Vorschein, die Risskante war uneben, fetzte, franste, sofort floss Blut, pulsierte aus der Wunde. Der Schock brachte mich wieder zum Schweigen. Das Ohr war fast ab, es hing nur noch an einem Hautfetzen. Ich roch den beißenden Gestank von Urin, folgte dem Geruch nach unten – ich hatte mir in die Hose gemacht. Josepha rupfte ein letztes Mal, dann hielt sie das blutige Ohr triumphierend in der Hand, schwenkte es über dem Kopf. Langsam führte sie es zum Mund. Mit langer Zunge leckte sie das Blut aus der Muschel, biss in das Ohrläppchen, trennte es mit ihren scharfen Zähnen ab. Sie kaute kurz, dann schluckte sie es runter.

Das Grauen ließ mich meinen Schmerz schlagartig vergessen. Der Horror war so groß, dass jegliches Gefühl meinen Körper verließ. In meinem Kopf entstand ein Vakuum, das jeden klaren Gedanken vernichtete. Fassungslos beobachtete ich Josepha, wie sie mein Ohr aufaß. Mit ein paar gierigen Bissen hatte sie es verschlungen, leckte sich die Lippen. Sie grinste mich mit weit aufgerissenen Augen an und rieb sich die Hände.

»Herrlich. Ich liebe rohes Ohr. Die perfekte Vorspeise. So crunchy!«

Sie stellte sich auf die Zehenspitzen, vollführte eine Hundertachtzig-Grad-Pirouette und schloss das Garagentor, tänzelte um mich herum, verschwand hinter meinem Rücken.

»Er stinkt!«

Eine hohe Männerstimme hallte durch die Garage. War außer meiner Peinigerin und mir noch jemand im Raum? Josepha antwortete leise, ihre Stimme klang fast zärtlich: »Ich weiß, er hat sich in die Hose gemacht.«

»In die Hose gemacht? Wie eklig!«

Der Mann klang wie ein ungezogenes Kind, nasal und

weinerlich. Er betonte die Worte seltsam unrhythmisch, gab jeder zweiten Silbe ein übertriebenes Vibrato.

»Warum hat er sich denn in die Hose gemacht?«

»Hose« schien ihm besonders gut zu gefallen. Er zog das »o« extralang, verschluckte dafür das anschließende »e«. »Hoooos«.

Josepha flüsterte: »Er hat Angst.«

»Angst? So ein Weichei!«

»Da hast du recht. Aber so sind die Männer eben. Tun so, als wären sie die Krone der Schöpfung, aber wenn's drauf ankommt, machen sie sich in die Hose.«

»Ein echter Hooosenscheißer, hihi!«

Der Mann lachte wie ein hysterischer Schimpanse. Er erzeugte die Töne, indem er die Luft einzog, nicht ausstieß, dabei verlegte er sich auf die Kopfstimme, glitt eine weitere Oktave nach oben. Sein japsendes Falsetto füllte den Raum wie ein akustisches Gespenst. Josepha kicherte: »Du bist so witzig, Noah!«

Noah? Ich drehte meinen geschundenen Kopf, versuchte zu erkennen, was hinter mir geschah, aber die Rückseite der Garage lag völlig im Dunkeln. Die Drehung brachte den Schmerz zurück. Das Gefühl war so atavistisch, so primitiv, dass es mich schlagartig in die Steinzeit zurückversetzte. In der Tiefe meiner Lungen entstand ein prähistorischer Ur-schrei, der sich mit elementarer Gewalt den Weg durch meine Kehle bahnte.

»AAAAARGRRR!«

Das unartige Mannkind quiekte wie ein Schwein. »Iiiieeh! Er soll aufhören zu schreien! Mach ihn leise, Josie!«

»Ist ja gut, Noah, ich kümmer mich drum.«

»Er muss weg! Mach ihn weg, Josie!«

»Geht gleich los. Nur noch einen kleinen Moment Ge-duld.«

»Josie!«

»Ich mach doch schon!«

Plötzlich hörte ich hinter mir einen Zweitaktmotor starten. War das ein Rasenmäher? Bevor ich mir das Geräusch
erklären konnte, spürte ich einen stechenden Schmerz über
der Hüfte. Ich dachte noch: »Ah, Kettensäge!«

Dann war ich tot.

TOM

Tom beugte sich über die kleine Küchentheke und zog die letzte Line vom Rand seines Laptops. Sofort geriet er in Panik. Hatte er wirklich nichts mehr auf Tasche? Er durchsuchte seine Hose und die braune Lederjacke, die auf dem Bett lag, ging rüber zu seinem Kleiderständer und kramte durch mögliche weitere Kandidaten aus seiner Klamottensammlung. Was hatte er noch mal angehabt bei seinem letzten Absturz? Er konnte sich nicht erinnern. Er fischte sein Handy aus den Kyoto-Pants und blickte auf die Zeitanzeige. Kurz entschlossen schickte er eine Textmessage an Turbo, seinen Dealer.

»0823;2P;tsrohnelhod.«

Innerhalb von wenigen Sekunden erklang der kaiserliche Todesmarsch aus »Star Wars«, der Klingelton, den Tom für seinen Kokslieferanten ausgewählt hatte. Solche Ideen hat man nur, wenn man drauf ist. Bei drohender Nüchternheit war der Witz allerdings nicht mehr ganz so komisch.

»Bist du völlig verrückt geworden?«

Turbos Stimme klang so, als wäre er gerade erst aufgewacht.

»Moin, Turbo, bist du am Start?«

»Bin ich am Start? Es ist acht Uhr morgens. Außerdem bin ich in Spanien.«

»In Spanien?«

»Ja, Tarragona. Ich hab mir hier eine kleine Wohnung gekauft. Wegen der Altersvorsorge. Du weißt ja, das Streetbusiness bietet keine Rentenversicherung. Ich bin letztes Jahr fünfzig geworden, da muss man an seine Zukunft denken.«

»Alles sehr interessant. Aber ich würde es wirklich begrüßen, wenn ich jetzt noch mal zwei Pizzen bestellen könnte. Geht da nicht irgendetwas? Hast du keine Urlaubsvertretung?«

Turbo lachte bitter. »Urlaubsvertretung? In meiner Branche? Schön wär's. Die Konkurrenz schläft nicht. Leider sind das vornehmlich Kriminelle, und denen vertraue ich meinen Kundenstamm nicht an. Das sind langjährige Geschäftsbeziehungen, und ich muss meine Klientel ja auch schützen. Kokain fällt nach wie vor unter das Betäubungsmittelgesetz.«

Der Logik konnte Tom folgen.

»Und irgendein Depot, mit einem Code oder so, Remote Trigger?«

»Remote Trigger? Was ist das denn? Du hast zu viel Netflix geguckt, Bruder. Nein, teil dir deinen Supply künftig besser ein. Oder sei einfach nicht so gierig. Ich hau mich wieder hin. Nächste Woche bin ich zurück in Hamburg.«

Turbo legte auf. Tom massierte seine Schläfen. Toller Ratschlag, vor allem von dem Mann, der seit Jahren von seiner Gier profitierte. Er setzte sich aufs Bett und konzentrierte sich auf sein High. Sinnlos, einen guten Koksflash zu verschwenden, nur weil es mit dem Nachschub haperte. Aber sosehr er es auch versuchte, die Kaskade von Glücksgefühlen, die sonst nach jeder Portion Schnee sein Gehirn flutete, wollte sich nicht einstellen. Knef stupste ihm gegen das Knie. Sie wimmerte leicht, lief zur Schiebetür und wedelte mit dem Schwanz.

»Musst du Gassi, kleine Lady? Ich bin aber auch ein Rabenhundevater.«

Mit einem lauten Stöhnen begrub er seine Rauschambitionen, nahm Schlüssel und Jacke und öffnete die Tür. Sofort sprang Knef in den Garten und bewässerte die Kakteen. Mit unsicheren Schritten folgte ihr neues Herrchen. Tom hatte mehrere Stunden in unveränderter Position am Küchentresen gestanden und sich eine Line nach der anderen reingezogen. Es war immer das Gleiche. Jedes Mal, wenn er wegen irgendetwas in emotionale Schieflage geriet und noch etwas Koks im Beutel hatte, konnte er nicht aufhören, bis das Zeug weg war. Julias Tod hatte ihm mehr als genug Grund für einen kapitalen Crash gegeben. Er war in diesen kranken Binge-Modus gekommen, hatte sich völlig in sich selbst zurückgezogen und eine Party in seinem Kopf gefeiert. Jetzt krampfte sein unterer Rücken, und die Knie zitterten. Seine rechte Hüfte, mit der er am Herd gelehnt hatte, war taub. Knef fing an zu bellen und lief zum Zaun. Von der anderen Seite hörte Tom Dirk Nerlinger-Unbehagen.

»Hey, Mangold, hast du einen Hund da drinnen?«

Hund und Kleingartenvorsitzender waren brüllend laut. Toms Sinne waren aufgrund seines übertriebenen Kokainkonsums viel zu hoch ausgesteuert. Die aufgehende Sonne strahlte auf Supernova-Stärke, und die ihn umgebenden Klänge zerrten wie die Verstärker einer Punkband. Sogar die zwitschernden Vögel nervten, klangen so, als würde jemand wiederholt auf eine schlecht geölte Bremse treten. Knef hörte nicht auf zu bellen.

»Hallo, ist da jemand?«

Dirk Nerlinger-Unbehagens Dohlenkappe erschien über der Gartenpforte. Tom rief: »Moin, Dirk! Ja … äh … das ist der Hund, den ich fangen … den ich einfangen sollte.«

»Und warum ist die Töle nicht im Tierheim?«

Der Laubenpräsident betrat den Garten. Was war eigentlich mit Privatsphäre? My home is my castle? Totale Fehlanzeige.

»Kleintiere sind im Dohlenhorst nämlich verboten. Große Tiere natürlich sowieso. Alles außer Bienen.«

Tom hatte Probleme, zusammenhängende Sätze zu bilden. Er stotterte: »Hund … der Hund hat eine Numm…

eine Marke mit der Telefonnummer seines Besitzers. Ich …
ich hab nur noch niemanden er… erreicht.«

»Na gut, aber du weißt, die Viecher gehören in der Anlage
und im Park an die Leine. Außer in der Hundeauslaufzone.«

Tom zog den Gürtel aus seiner Hose und legte Knef eine
Schlinge um den Hals. »So, zufrieden?«

»Ich folge nur den Regeln des Bezirksamtes. Du siehst
übrigens scheiße aus. Außerdem zitterst du. Bist du krank?«

Tom legte sich die flache Hand auf die Stirn, so als würde
er Fieber messen. »Ja, äh, ich hab … hab mir wohl einen Virus
eingefangen. Geht mir ziemlich be… beschissen. Ich führe
kurz den Hund spazieren, dann leg ich mich wieder aufs …
äh … hin.«

»Gute Idee.« Dirk zeigte auf Knef. »Hast übrigens 'n guten Job gemacht mit dem Köter. Gelernt ist eben gelernt.
Nächstes Mal dann bitte ohne längeres Vorspiel.«

Tom wollte protestieren, aber sein vernebelter Koks-
Schädel hatte keine passende Retourkutsche parat. Der
Laubenpräsident verließ den Garten. Tom nahm Knef den
Gürtel wieder vom Hals und seufzte: »Einmal Hundefänger,
immer Hundefänger.«

KNEF

Knef musste mal. Schon seit Stunden stand der Entenmann in der Küche und glotzte in seinen silbernen Klapprechner. Knef hatte kein zweidimensionales Bildverständnis, aber die Töne, die vom flackernden Monitor rüberschallten, waren ihr bekannt. Menschen bei der Fortpflanzung, diese Geräusche hörte sie nicht zum ersten Mal. Aus irgendeinem Grund gingen die Zweibeiner davon aus, dass es okay wäre, sich in Anwesenheit eines Hundes zu paaren. Wie oft hatte Knef zugucken müssen, wenn Marius und seine diversen Gespielinnen sich bestiegen. Oder auch das Pärchen, das sie aus Rumänien mitgebracht hatte – in der Enge des Wohnwagens war ihr Liebesspiel ein noch weniger erträgliches Erlebnis gewesen. Hatte diese Spezies überhaupt kein Schamgefühl?

Knef kratzte mit der Pfote an der Schiebetür zum Garten, aber der Entenmann hörte sie gar nicht. Er schien völlig hypnotisiert von dem Geschehen auf seinem Bildschirm zu sein, nahm seine Umwelt nicht mehr wahr. Zwischendurch steckte er sich immer wieder einen Strohhalm in die Nase, saugte damit den Staub vom Klapprechner. Wenigstens achtete er auf Sauberkeit.

Endlich verließ der Entenmann die Küchennische, schmiss ohne ersichtlichen Grund ein paar seiner Kleidungsstücke auf den Boden und setzte sich aufs Bett. Knef drückte ihm die Nase gegen das Knie, ging freundlich mit dem Schwanz wedelnd zur Schiebetür. Ihr neues Herrchen hatte begriffen, er ließ sie in den Garten. Ah, das tat gut! Beim letzten Mal Gassi ging gerade die Sonne unter, jetzt wurde es schon wieder hell.

Was war das? Irgendetwas bewegte sich auf der anderen Seite des Zaunes. Knef begann sofort zu bellen, um den Entenmann zu warnen. Ihm ein guter Wachhund zu sein war ja wohl das Mindeste, was sie tun konnte. Aber wer oder was auch immer hinter dem Gatter rumorte, ließ sich von ihrem Gebell nicht abschrecken. Eine Stimme sprach zu ihrem Herrchen, dann erschien der dazugehörige Mann im Garten. Er trug eine Mütze und Gummistiefel und war offensichtlich kein Hundefreund. Schon als Welpe hatte Knef gelernt zu erkennen, ob ein Mensch ihr wohlgesinnt war. Sie bildete sich ein, Tierquäler am Geruch erkennen zu können, und dieser Typ stank meilenweit gegen den Wind nach Hundehass. Sie bellte weiter, ließ den Entenmann wissen, was für ein Fiesling seinen Garten betreten hatte. Aber anstatt den Stinkstiefel vor die Tür zu befördern, legte ihr das neue Herrchen einen Gürtel um den Hals und sprach freundlich mit dem Eindringling. Hatte Knef da eben das Wort »Tierheim« gehört? Zum Glück verschwand der Hundehasser genauso schnell, wie er gekommen war.

Kaum war er weg, nahm der Entenmann Knef die improvisierte Leine wieder ab und steckte sie zurück in seine Hose. Er öffnete das Gartentor, Knef sprang auf den Weg, der zwischen den Lauben zum Park führte. Sie vollführte ein paar Freudensprünge, dann flitzte sie los in Richtung Grün. Ihr neues Herrchen rief: »Nicht so schnell, ich kann ja kaum gehen.«

Knef blieb stehen. Der Entenmann war wirklich in einem schlimmen Zustand. Er humpelte und hielt sich den Rücken. Außerdem roch er schlecht, nach Schweiß und Benzin, den ätzenden Duft konnten auch die Entensnacks nicht übertünchen, die er in der Jackentasche trug. Mmh, Entensnacks! Ihr fiel ein, dass sie Hunger hatte. Ihr Herrchen hatte sie seit gestern Nachmittag nicht mehr gefüttert, aber Knef war viel zu unabhängig, um sich bei der Nahrungsaufnahme auf die Menschen zu verlassen. Irgendwo würde sie schon ein Vogelnest oder eine tote Ratte finden, vielleicht gelang es ihr ja sogar, ein junges Kaninchen zu reißen. Im Park gab es genug zu essen. Im Zweifelsfall konnte sie immer einen Mülleimer durchsuchen oder den Anglern wieder ein paar Köder klauen.

Sie erreichten die Parkanlage Rahweg. Sofort wehte Knef ein vertrauter Geruch um die Nase. Das leckere Fleisch! Die köstliche Speise, die ihr das Kurzzeit-Frauchen vom letzten Wochenende serviert hatte. Sie folgte dem Duft, zunächst langsam, um nicht den Kontakt mit dem Entenmann abbrechen zu lassen. Aber der hatte so ein gemächliches Tempo drauf, dass ihr das kaum möglich war. Alle zehn Meter machte er eine Pause, beugte sich vor und stützte sich auf die Oberschenkel. Er trug eine enorme Sonnenbrille, die fast die Hälfte seines Gesichts verdeckte. Seine Arme und Beine, die aus den überdimensionierten Klamotten hervorschauten, waren so dünn, dass sie im Gegenlicht fast verschwanden. Er sah aus wie eine riesige Fliege, die ihre Flügel an der Garderobe abgegeben hatte. Die Fliege fing an zu torkeln, stolperte und schlug der Länge nach hin. Knef machte sich ernsthafte Sorgen. Auch ein neues Gefühl. Bislang kannte sie in solchen Momenten nur Schadenfreude. Selbst schuld, niemand hat euch Menschen verboten, auf vier Beinen zu gehen wie der Rest der Bevölkerung! Sie versuchte, dem Entenmann mit etwas Schwanzwedeln Mut zu machen, leckte ihm über die Wange. Er krächzte: »Knef, meine Süße, warte nicht auf mich, lauf einfach los.«

Knef folgte dem leckeren Fleischgeruch. Er kam von irgendwo am anderen Ende des Sees, gegenüber dem Sandstrand. Dort standen die Bäume besonders dicht. Sie zwängte sich durch das Unterholz. Normalerweise vermied sie solches Terrain, die Gründe reichten von Dornenstich bis Zeckenbiss. Aber wenn das Fleisch ruft …

Der Duft wurde immer intensiver, sehen konnte Knef allerdings noch immer nichts. Jetzt ließ der Geruch sogar nach, war sie an ihrer Beute vorbeigelaufen? Sie drehte sich um, schnüffelte am Boden. Ja! Dort, wo es am stärksten roch, war das Erdreich lockerer, so als hätte hier jemand vor kurzer Zeit gegraben. Sie fing an zu buddeln. Mit der Kraft aller vier Pfoten schaufelte sie die Erde zur Seite. Aber wer auch immer das leckere Fleisch vergraben hatte, er oder sie hatte einen erstaunlich guten Job gemacht. Knef war schon fast vollständig in dem von ihr gebuddelten Loch verschwunden, als sie auf ein Stück Plastikfolie stieß. Sofort klingelten die Alarmglocken in ihrem Kopf. Plastikfolie? Da war doch was … Aber sie ignorierte die Warnsignale, der Hunger war stärker.

Sie legte die Folie frei, die um einen kugelförmigen Gegenstand geschlungen zu sein schien. Das Material war von innen beschlagen, deshalb konnte sie nicht erkennen, was sich dahinter verbarg. Egal, denn darunter lag das wahre Objekt ihrer Begierde: ein Haufen köstlicher Knochen, an denen noch jede Menge saftiges Fleisch hing. Knef schob den Plastikball mit der Schnauze aus der Grube und schnappte sich ein besonders langes Exemplar. Das Teil hatte an einem Ende eine leicht abgewinkelte Kugel, am anderen zwei Rollen.

»Knef! Wo bist du, kleine Lady? Hey, Knef!«

Der Entenmann rief, er hatte wohl endlich aufgeholt. Seine brüchige Stimme brach ihr das Herz. Was war denn bloß los mit ihm? Mit dem Knochen im Maul machte sie sich auf den Weg zurück durch das Unterholz. Das war nicht ganz einfach. Sie musste ihre Beute mit geschickten Bewegungen durch das Dickicht manövrieren, mehrmals blieb sie in einer Ranke hängen. Schließlich stand sie auf dem Gehweg. Der Entenmann wich zurück.

»Pfui, Knef, pfui! Aus, aber sofort!«

Pfui? War das überhaupt ein Wort?

TOM

Tom war am Ende. Erst die ganze Nacht durchkoksen und dann einem Hund hinterherhetzen? Keine gute Idee. Er spürte sein Alter, obwohl der Gedanke wahrscheinlich schon das erste Anzeichen dafür war, dass er runterkam. Eben noch der König der Welt und auf einmal der Abschaum der Menschheit. Die mit dem Comedown verbundene Paranoia stellte sich wie immer postwendend ein. Unsicher blickte er sich um. Bestimmt erkannten die ihm entgegenkommenden Hundehalter und Spaziergänger sofort, dass er ein Rauschgiftsüchtiger, ein Drogenwrack, ein erbärmlicher Junkie war. Jetzt nur niemandem begegnen, der ihn kannte oder, noch viel schlimmer, ein Gespräch anfangen wollte! Er versenkte die Hände in den Taschen, blickte zu Boden und konzentrierte sich darauf, einen Fuß vor den anderen zu setzen.

Wo war Knef? Er wollte doch nur kurz mit ihr Gassi gehen, um dann zwei Schlaftabletten zu nehmen und bis Sonntagmorgen durchzupennen. Natürlich mit offener Schiebetür, sodass der Hund in den Garten konnte. Und Wasser bereitstellen nicht vergessen. Füttern musste er seine neue Gefährtin auch noch. Tom lachte bitter. Sich selbst planvoll zugrunde richten, aber die Verantwortung für einen Hund übernehmen wollen. Armer Irrer! Du bist doch gar nicht in der Lage, dich um ein anderes Lebewesen zu kümmern! Und sicherlich bist du es nicht wert, von so einem wunderbaren Geschöpf geliebt zu werden! Da, da war sie wieder, die Selbstzerfleischungsspirale, er kam offensichtlich richtig hart runter. Er rief mit brüchiger Stimme: »Knef! Wo bist du, kleine Lady? Hey, Knef!«

Kurze Zeit später erschien die Hundedame auf dem Gehweg. In der Schnauze trug sie stolz einen langen Stock. Als sie näher kam, verwandelte sich der Ast allerdings in etwas, das Tom aufs Höchste alarmierte: Litt er an drogeninduzierten Halluzinationen, oder hatte Knef einen Knochen im Maul? Und zwar nicht nur irgendeinen Knochen, sondern ein Femur, sprich Oberschenkel, den größten Knochen im menschlichen Körper. Ach du meine Güte, menschlicher Körper?

»Pfui, Knef, pfui! Aus, aber sofort!«

Knef blieb stehen und spuckte ihm das Femur vor die Füße. Er holte ein Taschentuch aus der Jacke und nahm den Knochen vom Boden. Er betrachtete ihn eindringlich, erinnerte sich an das Praktikum in der Gerichtsmedizin, das er während seines Studiums absolviert hatte. Kein Zweifel, ein menschlicher Oberschenkelknochen. Knef bellte, wollte ihre Beute zurück. Tom gab ihr ein Leckerli. Er hielt ihr den Knochen unter die Nase und fragte: »Wo hast du den her, kleine Lady? Komm, zeig mir, wo hast du ihn her?«

Knef hatte sofort verstanden. Sie lief voraus, bog ins Unterholz ab. Tom hatte große Schwierigkeiten, ihr zu folgen, nicht nur, weil er nicht im vollen Besitz seiner Kräfte war. Der Wald verweigerte ihm den Zutritt, versperrte ihm mit dicht wachsenden Sträuchern und Büschen den Weg. Er steckte sich den Knochen wie einen Degen durch den Gürtel und trat das Gestrüpp zu Boden. Bahnte sich mit der Schulter eine Schneise durch die Brombeeren, die Dornen zerkratzten das Leder seiner Jacke. Vor ihm kämpfte sich Knef durch das Gehölz, auch sie hatte Probleme, voranzukommen. Schließlich blieb sie stehen und bellte.

Tom musste erst ein paar Ranken zerreißen, bis er zu ihr vordringen konnte. Sie hatte ein Loch gegraben, in der Tiefe schimmerten weitere Knochen. Neben der Grube lag ein runder Gegenstand, der in eine Plastikfolie eingewickelt war. Tom nahm das Objekt in die Hände und hob es hoch. Dabei rutschte der Inhalt aus der Folie und fiel mit einem dumpfen Geräusch auf den Boden. Die Kugel rollte ein paar Umdrehungen, bis eine Baumwurzel sie aufhielt.

Tom brauchte einen Moment, um zu erkennen, was er da gefunden hatte. Er kniff die Augen zusammen und stellte sicher, dass sich das Bild nicht nur in seinem Schädel befand. Aber der Horror war keine Wahnvorstellung. Vor ihm lag ein menschlicher Kopf, das verzerrte Gesicht eines jungen Mannes grinste ihn schräg von unten an.

Tom fiel auf die Knie, dann ging er auf alle viere. Er kroch näher an den Kopf heran, setzte sich im Schneidersitz vor ihn hin. Knef steckte ihre Schnauze in seine Armbeuge und begann, leise zu wimmern. Schweigend verharrten Hund und Herrchen für ungefähr eine Minute, dann holte Tom Julias Polaroid aus der Hosentasche. Er hielt es neben die Fratze am Boden.

»Marius, da bist du ja.«

TOM

Bruno-Georges-Platz 1. Seit seinem unrühmlichen Abgang
vor drei Jahren war Tom nicht mehr hier gewesen. Vorher
hatte er fast zehn Jahre in diesen Räumen gearbeitet, aber
die Nacht hatte er noch nie im LKA verbracht. Erst recht
nicht in einer Gewahrsamszelle. Von diesem Ort als »die
Hölle« zu sprechen, wurde ihm nicht annähernd gerecht.
In der Unterwelt war es aufgrund des sprichwörtlichen
Höllenfeuers wenigstens warm, außerdem war sie nicht
gekachelt. Jedenfalls hatte Tom noch nicht davon gehört,
dass man das Inferno mit dem Schlauch reinigen konnte.
Von Blechtoiletten und vergitterten Fenstern stand in der
Bibel sowieso nichts. Alles aber kein wirkliches Problem im
Verhältnis zu der inneren Klippe, von der Tom vor seiner
Einlieferung in die nur sieben Quadratmeter große Zelle
gesprungen war.

Runterkommen nach einer durchkoksten Nacht an sich
war schon eine der größten Herausforderungen für die
menschliche Psyche, aber in der Kombination mit dem Fund
einer in ihre Einzelteile zerteilten Leiche, der der Kopf abgesägt und das Fleisch von den Knochen gezogen worden
war, reichte die seelische Erschütterung ohne Zweifel für
eine mittelschwere posttraumatische Belastungsstörung.
Verstärkt wurde das Drama durch das mehrstündige Ver-
hör, das sein ehemaliger Kollege und neuerlicher Intimfeind
Paul Streber geleitet hatte. Dessen fehlgeschlagener Versuch,
seinen frei herumlaufenden Selbsthass und die verklemmte
Homophobie als Humor zu tarnen, waren der eigentliche
Höhepunkt des Martyriums gewesen.

»Thomas Mangold, was ist bloß aus dir geworden? Shooting-star der Hamburger Polizei, jüngster Kriminalhauptkommissar Deutschlands, jahrzehntelang gefühlt fast hundert Prozent Aufklärungsquote. Schoßhund des Justizsenators, Liebling der oberen Zehntausend, bekannt aus Funk und Fernsehen. Außerdem dreimal hintereinander schönster Mann der Mordkommission – du hattest das Zeug zum Polizeipräsidenten! Und heute? Ein Gelegenheitsarbeiter mit zweifelhaftem Wohnsitz, ein Lebenskünstler ohne erkennbares Einkommen, ein trauriger Junkie mit Hang zu Frauenkleidern. Und jetzt meldest du zwei Mordfälle innerhalb einer Woche. Stolperst zufällig über die Leichen. Ich kann mich einfach nicht entscheiden: Bist du mein Hauptverdächtiger oder einfach nur Tatort-Tourist? Beim ersten Mal habe ich deine Hundefänger-Story ja noch geglaubt, außerdem hat Bella für dich gebürgt. Du hättest es zeitlich wirklich kaum schaffen können, Julia Müllensiefen zu töten. Aber in Anbetracht deines neuerlichen Leichenfunds? Wer weiß, vielleicht hast du den Mord ja auch bloß gemeldet, um ihn dann anschließend erst zu begehen? Perfide, aber möglich. Zumal du nur einen Tag später schon wieder im Rampenlicht der Kripo stehst! Diesmal im Zusammenhang mit dem wahrscheinlich spektakulärsten Mordfall Hamburgs seit Fritz Honka. Sag mir, Tom, bist du der neue Honka? Oder nein, eher der neue Fritz Haarmann, der Schlächter von Hannover!« Streber fing an zu singen: »Warte, warte nur ein Weilchen, dann kommt Haarmann auch zu dir. Mit dem kleinen Hackebeilchen macht er Schabefleisch aus dir.«

Tom saß in seinem ehemaligen Büro. Als besonders lustige Note hatte Streber ihn mit einer Handschelle an seinen alten Schreibtisch gekettet. Neben dem singenden Hauptkommissar waren dessen Assistent, Kommissar Landolf Heß, und Maja Ajani anwesend. Heß war ein kleiner, drahtiger Typ mit zurückgegelten Haaren, Tom schätzte ihn auf Anfang dreißig. Paul Streber war fertig mit seiner musikalischen Einlage.

»Das ist doch alles kein Zufall! Zwei Morde innerhalb einer Woche im beschaulichen Niendorf, die Opfer Bruder und Schwester, da besteht natürlich eine Verbindung. Und zum jetzigen Zeitpunkt ist diese Connection außer dem familiären Zusammenhang ein gewisser Thomas Mangold, hier anwesend in all seiner jämmerlichen Pracht. Also, liebster Tom, dann lass noch mal hören: Warum haben wir dich an beiden Tatorten angetroffen?«

Tom schnaufte: »Ach komm schon, Paul, das hab ich doch schon dreimal erzählt!«

»Ich kann aber einfach nicht genug davon bekommen. Außerdem hat Kommissar Heß hier gerade erst seinen Dienst angetreten und ist deshalb ganz besonders neugierig, was du ihm zu berichten hast. Der Kollege kommt aus Cottbus, da gibt's solche Paradiesvögel wie dich nicht, stimmt's, Lando?«

Landolf Heß nickte. »Absolut, Boss.«

»Na siehste. Los geht's, Tommy, aller guten Dinge sind vier!«

Aber bevor Tom seine Geschichte ein weiteres Mal vortragen konnte, klingelte das Telefon auf dem Schreibtisch. Streber griff sich den Hörer.

»LKA, was gibt's? Ja … ja … ach wirklich? Das ist ja interessant. Und? … Nein, tatsächlich? Gute Arbeit, Doktor, vielen Dank.« Er legte auf, adressierte seine Kollegen. »Das war der Gerichtsmediziner. Der Todeszeitpunkt ist Sonntagvormittag vor einer Woche um kurz vor elf.«

Tom mischte sich ein: »Willst du uns verarschen? Als könnte ein Forensiker den TZP anhand einer Leiche so genau bestimmen. Schon gar nicht, wenn sie nur noch Kopf und Knochen ist. Das ist doch Bullshit. Oder Voodoo!«

»Nix da Voodoo – und auch nicht unbedingt die Gerichtsmedizin, sondern eher die Spurensicherung. Unter den Knochen wurde neben der Kleidung auch das iPhone des Toten gefunden. Es ist um exakt elf Uhr achtundvierzig in seinem Blut ersoffen. Das lässt sich anhand des Flüssigkeitssensors feststellen. Den hat Apple für den Fall eingebaut, dass jemand die Garantie einfordern will, obwohl er das Handy nur aus Versehen in die Badewanne hat rutschen lassen.«

Maja Ajani meldete sich zu Wort: »Hätte das nicht auch jederzeit später passieren können?«

Streber schüttelte den Kopf. »Nein, die Leiche wurde post mortem zersägt. Und Blut bleibt nur ganz kurz flüssig, wenn es mit der Luft in Berührung kommt.«

Tom dachte nach. »Sonntagvormittag? Da habe ich Dirk Nerlinger-Unbehagen geholfen, den Zaun am Parkplatz zu streichen. Wir waren den ganzen Tag zugange.«

Landolf Heß lachte. »Dirk Nerlinger-Unbehagen? Den Namen haben Sie sich doch ausgedacht!«

»Habe ich nicht. Der Mann heißt wirklich so. Er ist der Präsident der Laubenkolonie, in der ich wohne.«

»Sie wohnen in einer Laubenkolonie? Ist das überhaupt erlaubt?«

»Ist nur temporär. Meine Freundin und ich haben uns gestritten. Normalerweise wohne ich in St. Georg.«

»Im Bahnhofsviertel? Warum bin ich nicht überrascht?«

Paul Streber grinste breit. »Und du hast 'ne Freundin? Ich dachte, du wärst schwul!«

»Ich bin bi, und das weißt du auch. Abgesehen davon geht dich mein Sexleben einen Scheißdreck an. Kümmer dich lieber darum, mein Alibi zu überprüfen.«

»Okay, okay, warum denn auf einmal so empfindlich? Also, ich hätte keine Probleme, über mein Sexleben zu reden. Wenn ich denn eins hätte, haha! Maja, du hast den ehemaligen Kollegen gehört, finde den mysteriösen – wie hieß er noch?«

»Dirk Nerlinger-Unbehagen.«

»Genau den. Also finde den Herrn und frag ihn, mit wem er letzten Sonntagvormittag den Zaun am Parkplatz gestrichen hat. Und wo du schon dabei bist, fahr auch noch mal in die Schwarze Taube und kläre, ob jemand anderes als seine Ex-Frau Herrn Mangold beim Mittagessen gesehen hat. Beziehungsweise wie lange er zu lunchen beliebte. Sollte er nämlich vor vierzehn Uhr das Etablissement verlassen haben, rutscht er automatisch wieder auf die Verdächtigenliste für die Tote in der Badewanne.«

Maja Ajani verließ das Büro. Tom fragte: »Was hast du denn sonst unternommen im Mordfall Julia Müllensiefen? Außer Bella auf die Nerven zu gehen natürlich. Habt ihr schon mit der Mutter gesprochen?«

»Nein, das haben wir noch nicht. Zum Glück. Sonst hätten wir da ja gleich zweimal aufschlagen müssen. Wir haben zwar sonst nicht viel zu tun hier in der Ferienanlage Bruno Georges, aber ein Doppelmord macht die Sache doch um einiges ökonomischer. Zweifache Quote mit einfacher Arbeit sozusagen.«

»Doppelmord? Da wäre ich mir nicht so sicher. Der Modus Operandi ist doch völlig verschieden. Julia Müllensiefen wurde meiner Meinung nach im Affekt getötet. In einem höchstens fünfundvierzigminütigen Zeitfenster zwischen meinem Anruf und meinem Eintreffen im Wernigeroder Weg. Wäre ich nur eine Viertelstunde früher gekommen, hätte ich den Täter überrascht. Außerdem hatte der sich offensichtlich keine Gedanken darüber gemacht, ob oder wie er die Leiche verschwinden lassen könnte. Der Mord an Julias Bruder war dagegen viel planvoller. Erst hat man ihn ausbluten lassen und dann zersägt. Anschließend hat man ihm das Fleisch von den Knochen gezogen. Das braucht viel Zeit, dafür muss man ungestört sein. Die Tat muss in einer kontrollierten Umgebung begangen werden. Sie ist laut, dreckig, und sie stinkt.«

Paul Streber spreizte die Finger und legte die Hand auf sein Brustbein. Er zog die Schultern hoch und klimperte mit den Wimpern. Er flötete in seinem schönsten Falsett: »›Laut, dreckig, und sie stinkt‹! Oh, wie furchtbar, das ist natürlich nichts für Kommissar Schnuckipucki, den Hundefänger der Herzen. Warum müssen wir ihn auch so belasten? Er sieht sowieso schon etwas blass um die Nase aus. Ich denke, ein bisschen Zellenluft wird ihm guttun. Lando, werter Freund, sei barmherzig und zeig dem schönen Tom doch mal eine unserer exquisiten Unterkünfte. Zur dringend notwendigen Erholung. Natürlich nur, bis wir sein Alibi bestätigt haben. Wir sind hier ja nicht in Guantanamo. Aber nichtsdestotrotz, da kann er dann noch ein bisschen sinnieren und seine hochfliegenden Theorien entwerfen, während wir hier unten nach Indizien suchen, Menschen befragen, die in der Nähe des Tatorts waren, Hinweise verfolgen und handfeste Beweise sammeln. Polizeiarbeit eben. Langweilig!«

Und so kam es, dass Tom die Nacht in einer Gewahrsamszelle verbracht hatte. Gewahrsam? Hieß das nicht auch Obhut oder sogar Schutz? Als könnte ihn irgendetwas vor ihm selbst beschützen. Er war sein gefährlichster Gegner, umgeben von selbst gemachter Finsternis. Der Comedown war einer der schlimmsten seines Lebens gewesen. Er konnte sich nicht erinnern, wann er das letzte Mal einen kalten Entzug hatte ertragen müssen. Normalerweise half er sich mit Schlaf- oder Beruhigungsmitteln durch das Jammertal der Entgiftung. Der Kopf war nicht mehr high, aber der Körper machte munter weiter. Herzrasen, Schwitzen, Krämpfe, Paranoia. Die Symptome waren nach einem Feiermarathon schon übel genug, aber das aktuelle Überangebot an verstörenden Ereignissen verzehnfachte ihre Intensität.

Am unerträglichsten war die Rastlosigkeit. Die indigenen Völker Südamerikas kauten die Blätter der Cocapflanze, um länger leistungsfähig zu sein. Auf dem Feld arbeiten, durch den Dschungel wandern … Tom war mehrere Stunden wie ein gefangener Tiger im Kreis gelaufen. Tür, Pritsche, Fenster, Waschbecken, wieder Tür. Dabei war auch sein Gehirn in einer Dauerschleife hängen geblieben. Immer wieder spukte ihm Paul Strebers Stimme durch den Kopf: *»Oh, wie furchtbar, das ist natürlich nichts für Kommissar Schnuckipucki, den Hundefänger der Herzen … Kommissar Schnuckipucki, Hundefänger der Herzen … Kommissar Schnuckipucki … «*

Der Morgen danach grenzte an Wiedergeburt. Entgegen der eigenen Erwartung und sicherlich zur Enttäuschung seiner Nemesis Paul Streber hatte sich Tom erstaunlich gut erholt. Sobald das letzte Molekül Kokain seinen Körper via der eiskalten Blechtoilette (keine Brille, erst recht kein Deckel!) verlassen hatte, war er in einen tiefen, traumlosen Schlaf gefallen. Davon konnten ihn weder die brettharte Pritsche mit der durchgelegenen Kunstledermatratze noch das flackernde Neonlicht abhalten. Vierzig Stunden Wachzustand – er war einfach durch, fertig, völlig im Arsch gewesen. Jetzt fühlte er sich erfrischt und voller Tatendrang. Seine Synapsen waren nicht mehr überladen mit Noradrenalin und Serotonin, an seinen Nervenenden floss das Dopamin zurück in die Zellen. Er konnte wieder klar denken. Er begann zu »sinnieren«, genau wie Paul Streber es vorausgesagt hatte. Zu »hochfliegenden Theorien« reichte es allerdings noch nicht. Diese beiden Morde ergaben einfach keinen Sinn.

Julia Müllensiefen erschien ihm als ein sehr unwahrscheinliches Opfer einer Tat aus Leidenschaft, auch wenn es danach aussah. Der Zustand der Leiche ihres Bruders trug eher die Handschrift eines Serienmörders, und solche Fälle gab es doch nur noch in amerikanischen Fernsehserien. War es dennoch ein Doppelmord, trotz der verschiedenen M.O.s?

Schließlich handelte es sich bei den Opfern um Geschwister. Was verband die beiden ungleichen Verbrechen? Das Motiv?

Er hörte Schritte im Gang, wenig später drehte sich der Schlüssel in der Stahltür. Maja Ajani betrat die Zelle.

»Na, wie hast du geschlafen?«

»Ganz hervorragend, danke der Nachfrage.«

»Das freut mich. Tut mir echt leid, dass es so lange gedauert hat, aber ich habe Dirk Nerlinger-Unbehagen erst heute Vormittag angetroffen. Auf meine Anrufe hat er nicht reagiert.«

»Hat er mein Alibi bestätigt?«

»Ja. Und er möchte dich sofort sprechen, wenn du wieder in deiner Laube bist. Es geht um irgendeinen Hund, der in der Anlage frei herumläuft.«

»Knef.«

Maja hob die Augenbrauen. »Knef?«

»Ja, so wie Hildegard.«

»Hildegard?«

»Egal. Knef ist mein Hund. Oder besser Hündin. Sie ist mir zugelaufen. Darf ich jetzt 'n Abgang machen?«

»Darfst du. Allerdings will Hauptkommissar Streber dich noch mal sehen.«

Paul Strebers schlechte Laune war auf dem Tiefpunkt. Soweit es den überhaupt gab.

»Mangold, du Kanaille, da hast du ja noch mal Glück gehabt. Den Nerlinger-Unbehagen gibt es wirklich, und er erinnert sich sogar ganz genau daran, wie lange er mit dir letzten Sonntag den Zaun am Parkplatz gestrichen hat. Offensichtlich führt er ein sehr detailliertes Tagebuch, muss ja ein aufregendes Leben haben, der Herr Kleingartenvereinspräsident. Zusätzlich bürgt auch Ante Krasnic, der Wirt der Schwarzen Taube, für dich, du kannst also beide Morde nicht begangen haben.«

»Was zu erwarten war.«

Tom saß wieder an seinem alten Schreibtisch, diesmal war er aber nicht angekettet. Streber lehnte vor ihm an der Tischkante und aß eine Banane. Kein schöner Anblick. Tom guckte lieber aus dem Fenster. Draußen regnete es, ein scharfer Wind blies die Blätter von den Bäumen. Er fragte: »Was mich noch interessieren würde: Wurde Julia Müllensiefen vergewaltigt? Und habt ihr mittlerweile die Mutter interviewt?«

Streber feuerte die halb gegessene Banane wütend in einen Mülleimer. »Das geht dich einen Scheißdreck an. Was bildest du dir überhaupt ein, hier so aufzutrumpfen? Du agierst sowieso schon auf hauchdünnem Eis, und dann riskierst du so eine große Klappe?«

»Ach komm schon, Paule, unter Kollegen.«

Streber wurde rot. »Ich bin nicht dein Kollege, du Pfeife! Du bist schon lange kein Polizist mehr. Das hast du wohl leider noch immer nicht mitbekommen. Du hast Glück, dass ich dich nicht wegen Amtsanmaßung verknacke, so wie du bei Frau Dr. Müllensiefen aufgetreten bist.«

»Ah, dann hast du sie doch schon vernommen.«

»Ja, habe ich, heute Morgen. Eine reizende alte Dame. Sie ist natürlich untröstlich über den Tod ihrer Kinder, auch wenn sie es nicht so zeigen konnte. Da ist es umso bedauernswerter, dass sie sich so fürchterlich aufregen musste, weil ihre Tochter dich angeheuert hat. Damit hat sie zwar indirekt deine Story bestätigt, aber bilde dir bloß nicht ein, dass du diese Privatdetektivnummer weiter durchziehen kannst. Ich behalte dich im Auge, darauf kannst du dich verlassen!«

Tom blieb ganz ruhig. »Wie gesagt, Julia Müllensiefen hat mich nicht angeheuert. Sie hat mich nur um einen Gefallen gebeten. Wir mochten uns.«

Streber haute auf die Tischplatte. »Jetzt reicht's, kein Wort mehr! Wenn ich dich noch einmal beim Schnüffeln erwische, bist du fällig, du armseliger Möchtegernbulle!«

»Paul, ich bin nicht dafür da, deinen Burn-out zu ventilieren. Dafür gibt es Spezialisten, sogenannte Psychotherapeuten, teilweise auch im Polizeidienst. Solltest du mal versuchen. Kann ich jetzt gehen? Ich muss noch einen Hund einfangen.«

TOM

Montag

Oh Gott, Kilian Kleinpeter sah immer noch so gut aus! Sein durch Pilates und Krafttraining gestählter Körper steckte in einem eleganten hellblauen Anzug mit Weste und dunklem Hemd, dazu trug er Schnallenschuhe aus braunem Wildleder. Sein Einstecktuch harmonierte mit seinem Schlips, genau wie seine Haarfarbe mit seiner Haut – stahlgrau und ocker. Tom liebte Kleinpeters Stil. Er hatte sich schon immer zu Menschen hingezogen gefühlt, die wussten, wie man sich anzieht. Das war ihm beinahe wichtiger als ein schönes Gesicht. Leider fehlte Mischa das Fashion-Gen vollständig. Sie war eine sehr attraktive Frau, aber Modeverständnis hatte sie keins.

»Hallo, Tommy, mein Süßer, sorry, dass du warten musstest!«

Kilian Kleinpeter betrat sein Büro wie ein Eiskunstläufer das Eis. In einer fließenden Bewegung hängte er seinen Mantel an den Garderobenständer, legte seine Aktentasche auf den Schreibtisch, schaltete den Computer an und stellte sich mit dem Rücken zu Tom ans Fenster. Der vergaß kurz zu atmen. Für einen fast sechzigjährigen Mann hatte der Eistänzer in seiner engen Hose einen unglaublich knackigen Hintern. Er drehte sich um, und jetzt fiel Tom wieder ein, dass der Name Kleinpeter ihm in keiner Weise gerecht wurde.

Kilian lockte ihn mit dem Zeigefinger. »Komm mal her, ich muss dir was zeigen.«

Tom stellte sich neben den schönen Anwalt. Der deutete nach unten.

»Diese Straße hat es über fünfzig Jahre gar nicht gegeben.«

»Wie bitte?«

»Du hast richtig gehört. Das ist die Bohnenstraße, die hat die Allianz Ende der Sechziger einfach überbaut. Quasi begraben. Haben die Architekten erst jetzt für das aktuelle Objekt freigelegt und wieder zur Durchfahrt gemacht. Verrückt, oder? Totaler Wahnsinn, aber so wie in: Genie und Wahnsinn! Wie viel Baufläche da nicht genutzt wurde. Und das in dieser Toplage! Absolut faszinierend!«

Immobilien waren Kilians Passion. Sein Büro befand sich in einem Gebäude im Nikolaiviertel, einer von kantigen Neubauten dominierten Spekulantengegend hinter dem Rathaus.

Er griff Toms Oberarme und schüttelte ihn leicht. »Tommy, ich frage dich: Schnapsidee oder Vision?«

»Äh …« Tom war von so viel Investment-Schwärmerei etwas überfordert.

Kilian fuhr fort: »Ich sage Vision. Utopie. Oder auch: zum Leben erweckte Archäologie, Geschichte zum Anfassen! Da unten liegt meine Titanic! Bei so einer wunderbaren Geldverschwendung musste ich natürlich zugreifen.«

»Dein Büro gehört dir?«

»Ich wünschte es. Nein, ist gemietet. Aber weißt du, was das Schönste ist an dieser neuen Straße?«

»Ich habe nicht die leiseste Ahnung.«

»Dass sie noch keiner kennt. Deshalb finde ich hier immer einen Parkplatz. Siehst du, da unten.« Er zeigte auf einen silbernen Mercedes. »Das ist mein neuer EQS. Mein erster elektrischer.« Er zog Tom zu sich heran, gab ihm einen Kuss auf den Mund. »Aber genug von mir. Wie geht es dir, Sexy? Und was ist dein Anliegen? Nicht dass ich mich nicht über deinen Anruf gefreut hätte, aber ich dachte, du wolltest nichts mehr von mir wissen?«

»Wollt ich auch nicht, aber …«

Kilian schlug ihm auf die Schulter. »… aber jetzt, wo

du mich wiedersiehst in all meiner majestätischen Gloria! Kleiner Witz. Im Ernst: Ist doch schon lange nicht mehr wichtig, stimmt's? Die Vergangenheit ist die Vergangenheit. Espresso?«

»Ja, gerne.«

Tom erwartete, dass Kilian seine Sekretärin anweisen würde, ihm einen Kaffee zuzubereiten. Aber zu seinem Erstaunen zog er eine Rollladentür in der Schrankwand hoch, dahinter befand sich eine silbern blitzende Espressomaschine auf Barista-Niveau.

»Ich habe schon lange aufgegeben, mir von anderen Menschen meinen Kaffee machen zu lassen. Das kann außer mir keiner. Jedenfalls nicht so, wie ich will.«

Während Kilian an der Espressomaschine hantierte, ließ Tom den Blick durch dessen Büro schweifen. Was für ein Unterschied zwischen Exekutive und Judikative! Gewaltenteilung war auch Wohlstandsteilung. Während in der ausführenden Gewalt, sprich der Exekutive, kaum was zu holen war, konnte man in der rechtsprechenden Gewalt, der Judikative, und vor allem in dem damit zusammenhängenden Beruf des Strafverteidigers, richtig Geld verdienen. Das zeigte sich nicht nur in den Klamotten, die ihre Vertreter trugen, sondern auch in der Einrichtung ihrer Arbeitsplätze. Im Vergleich zu dem spartanischen Großraumbüro im Landeskriminalamt, in dem er den Großteil seiner beruflichen Zeit verbracht hatte, war Kilians Office ein Palast. Dort die kargen Schreibtische mit den kunstharzbeschichteten Spanplatten, die mit Mesh-Netz bespannten Drehstühle und die alten Aktenschränke aus grau lackiertem Metall. Hier die luxuriösen Ledersessel von Le Corbusier, der antike Schreibtisch aus Massivholz und die mit Intarsien verzierten Einbauschränke. Dort Nadelfilz und Vertikallamellen, hier Eichenbohlen und Samtvorhänge. Dort Kaufland, hier Stilwerk. Auch die Klänge und Gerüche unterschieden sich elementar. Am Bruno-Georges-Platz hörte man jedes Geräusch von draußen, es roch nach Angstschweiß und kalter Pizza. An der Bohnenstraße filterten die doppelten Scheiben den Straßenlärm zu einem sanften Rauschen, der Raum duftete nach Kilians Eau de Toilette.

»Ist das immer noch Dolce & Gabbana?«

Kilian stellte zwei Espressotassen auf den Couchtisch. »Das erinnerst du? Ja, der beste Duft der Welt, warum sollte ich wechseln?«

Er setzte sich auf einen der Ledersessel. Tom tat es ihm gleich.

»Schön hast du's hier.«

»Danke. Ich gebe mir Mühe. Eigentlich mag ich's schlichter, aber meine Klienten erwarten eine gewisse Exklusivität.« Kilian beugte sich vor und legte seine Hand auf Toms Knie. »Verzeih mir, ich kann nicht anders, ich muss jetzt doch noch mal fragen: Warum habe ich bis heute Morgen nichts mehr von dir gehört? Wie lange ist sie eigentlich her, unsere leidenschaftliche Affäre? Zwei Jahre?«

»Drei.«

»Kinder, wie die Zeit vergeht! Sprich: Hab ich dir irgendetwas getan? Außer mich ein kleines bisschen in dich zu verlieben? Du hast mich echt hart geghostet!«

»Das tut mir leid. Und nein, du hast mir nichts getan. Aber nachdem ich bei der Mordkommission rausgeflogen bin, konnte ich mich nicht mehr bei dir melden. Ich musste das alles erst verarbeiten.«

»Und jetzt hast du es verarbeitet?«

Tom schwieg. Diese Diskussion wollte er eigentlich nicht führen. Es hatte ihn sowieso schon einiges an Überwindung gekostet, Kilian anzurufen. Er hatte gewusst, dass ihre neuerliche Begegnung alte Gefühle heraufbeschwören würde. Nicht nur bei Kilian. Der schöne Anwalt war der erste Mann in Toms Leben gewesen, mit dem er sich mehr als nur ein paar wilde Nächte hätte vorstellen können. Wenn er bloß nicht so offensiv gewesen wäre. Und so indiskret. Von Anfang an hatte Kilian ihn so behandelt, wie Tom vorher mit Frauen verfahren war. Er hatte ihn zwar auf Händen getragen, aber gleichzeitig ziemlich schamlos objektifiziert. Dabei hatte Tom viel über sein eigenes Verhalten gelernt, das er seitdem zu ändern versuchte. Was übrigens Mischa nie sonderlich gefallen hatte, weil sie ihn deswegen als »zu unentschlossen« empfand. Zusätzlich war Kilian viel zu öffentlich mit ihrer Beziehung umgegangen. Tom war noch nicht bereit gewesen, sich auf der Straße zu küssen oder händchenhaltend durch den Park zu spazieren. Bei so einer Situation war es dann auch passiert: Ein Kollege hatte sie im Jenischpark in einer innigen Umarmung erwischt und ein Foto davon geschossen. Dieser Moment war das Ende seiner Karriere gewesen. Und sosehr er auch versuchte, es zu rationalisieren: In seinem Herzen gab er doch dem schönen Anwalt die Schuld.

Kilian nahm die Hand von Toms Knie. »Na gut. Dann eben nicht. Wie schon gesagt, die Vergangenheit ist die Vergangenheit. Also, schieß los: Wie kann ich dir helfen?«

»Bella hat mir gesagt, dass du Frau Dr. Müllensiefen vertreten hast in dieser Sache mit ihrem Mann.«

»Ah, der Treppensturz! Ja, das war ich.« Kilian grinste zufrieden. »Freispruch. Hab ich gut gemacht. Die Öffentlichkeit hielt sie für schuldig, und leider glauben auch Richter alles, was in der Zeitung steht.«

»Und, hat sie ihn ermordet?«

»Da schweigt der Strafverteidiger. Nur so viel: Ich muss nicht immer an die Unschuld meiner Klienten glauben. Warum fragst du?«

»Weil letzten Freitag und Samstag ihre beiden Kinder tot aufgefunden wurden.«

»*Beide?*« Kilian war sichtlich überrascht. »Julia *und* Marius?«

»Ja, ich hatte das zweifelhafte Vergnügen, beide Leichen zu entdecken.«

»Was? Wie kam es denn dazu?«

Tom lieferte eine Kurzversion der Ereignisse. Kilian lehnte sich zurück und verschränkte die Arme vor der Brust. Er rutschte in seinem Sessel nach vorne, bis sein Kopf auf der Rückenlehne lag.

»Das ist jetzt doch ein ganz schöner Schock«, sprach er an die Decke. »Also, mal ganz abgesehen von deinem persönlichen Horror, aber ich kannte die Geschwister. Ich kann mir gar nicht vorstellen, wie furchtbar das für die arme Agnes sein muss. Obwohl …«

»Obwohl was?«

Kilian setzte sich auf. »Okay, ich sage dir jetzt mal was im Vertrauen, von Liebhaber zu Liebhaber sozusagen.«

»Ex-Liebhaber.«

»Von mir aus. Aber auf jeden Fall ein Kopfkissengespräch. Ich vertrete die Familie Müllensiefen auch in Erbschaftssachen. Ich kannte schon Wilfried, den Vater, er war der beste Freund meines alten Herrn. Ich habe sein Testament aufgesetzt, bin mit dem Nachlass vertraut. Wilfried war sehr vermögend, alter Hamburger Geldadel, vor allem Immobilien. Da sind ein paar echte Sahnestücke dabei, insbesondere, was die Grundstücke angeht. Die Häuser darauf sind teilweise schon recht marode. Aber die kann man ja abreißen. Ein Traum für jeden Projektentwickler. Bei Wilfrieds Tod hat seine Frau die eine Hälfte geerbt, die Kinder die andere. Allerdings gibt es in Wilfrieds Testament die Klausel, dass wenn Marius oder Julia kinderlos sterben, ihr Erbe automatisch an die Mutter fällt. Jetzt sind beide tot. Ohne Nachkommen. Dr. Agnes Müllensiefen ist auf einmal doppelt so reich wie vorher.«

Tom rieb sich die Stirn. »So ergibt es Sinn. Ich glaube, dass Julia mir genau das erzählen wollte. Sie kam nur nicht mehr dazu. Sie hatte wohl die eigene Mutter in Verdacht, für das Verschwinden ihres Bruders verantwortlich zu sein.«

»Eine schrecklich nette Familie.«

»Das kannst du laut sagen. Meinst du, dass Agnes etwas mit dem Tod ihrer Kinder zu tun hat?«

»Da schweigt der Strafverteidiger wieder.«

»Die Erblage würde zumindest erklären, warum die alte Dame die Geschwister so schlecht behandelt hat.«

»Ach, das hat nichts zu bedeuten. Agnes mag niemanden. Vor ihren Beleidigungen ist keiner sicher. Mich hat sie gerne mal als ›Gockel‹ oder ›Lackaffen‹ bezeichnet, ihr Mann war nur ›der alte Trottel‹. Du hast sie ja kennengelernt.«

Tom nickte. »In ihrer Villa Kunterbunt am Märkerweg.«

»Gruselige Bude. Dann hast du bestimmt auch ihre beiden Spießgesellen getroffen.«

»Jens und Ingo? Ja, die waren anwesend.«

»Reizende Zeitgenossen. Zusammen verströmt das Trio immer so ein unheimliches Mafia-Ambiente. Unterstützt natürlich durch das geschmacklose Dekor der Casa Müllensiefen.«

Kilian stand auf und stellte sich wieder ans Fenster. Er blickte auf die Bohnenstraße und summte das Prélude von »La Traviata«. Schließlich sagte er: »Tom, ich will ehrlich sein: Ich weiß ganz genau, dass unsere Affäre drei Jahre her ist. Drei Jahre, zwei Monate und fünfzehn Tage, um exakt zu sein. Wir tanzten nur einen Sommer sozusagen. Und ich war nicht nur ein bisschen in dich verliebt. Da war mehr, das hast du auch gefühlt. Wir waren großartig zusammen. So was findet man nicht oft im Leben.«

Er kam zu Tom, setzte sich auf dessen Sessellehne und strich ihm durchs Haar. »Ich sehe nicht ein, warum wir es nicht noch mal versuchen könnten, jetzt, wo du kein Polizist mehr bist. Was meinst du, hmm?«

Er beugte sich hinab und versuchte, Tom zu küssen. Der drehte den Kopf weg, schlängelte sich aus dem Ledersessel und stellte sich auf die andere Seite des Couchtischs.

»Lass das, Kilian. Ich bin nicht hergekommen, um wieder dein Betthupferl zu spielen. Für die Rolle habe ich kein Talent.«

»Ach komm schon, Tommy, du willst es doch auch. Ich nehme mir den Nachmittag frei, wir gehen zu Enrico und trinken ein leckeres Weinchen, später rüber ins Wiesel, vielleicht schicken wir ja auch Turbo eine kleine Nachricht ...«

Jetzt wurde Tom wütend. »Auf welchem Trip bist du denn hängen geblieben? Das Ganze kannst du so was von vergessen! Außerdem ist Turbo in Spanien. Ich gehe jetzt. Danke für den Espresso.«

Ohne ein weiteres Wort stürmte er aus dem Luxus-Office. Er hätte beinahe Kilians Sekretärin umgerannt, eine große, kräftige Frau mit grauen Locken und Hornbrille, die gefährlich dicht an der Tür stand. Hatte sie gelauscht? Plötzlich fiel ihm noch etwas ein. Er drehte sich um und fragte: »Was passiert eigentlich, wenn Agnes Müllensiefen stirbt? Wer erbt dann?«

Kilian Kleinpeter verlor kurz den Faden. »Äh, äh, das weiß ich gerade gar nicht, das müsste ich nachgucken ...«

»Mach das bitte. Schönen Tag noch.«

Abgang Nummer zwei.

BELLA

Dienstag

»Drecki, alter Junge, was ist denn los? Du bist ja völlig aufgelöst!«

Uwe »Drecki« Drexler stand in Bellas Kanzlei und heulte. Weinende alte Männer waren kein schöner Anblick. Das lag daran, dass sie auf eine ganz andere Art von den Tränen überwältigt wurden als Frauen. Sie waren derart heftige Emotionen einfach nicht gewöhnt und konnten damit nur sehr begrenzt umgehen. Drecki war von seinem Gefühlsausbruch so überfordert, dass er sich an Bellas Konferenztisch festhalten musste. Seine Wangen waren knallrot angelaufen, seine Augen geschwollen und nur knapp weniger gerötet. Ihm liefen die Tränen wie Sturzbäche über das Gesicht, mischten sich mit Rotz und Spucke aus Nase und Mund. Drecki war ein großer Mann mit polierter Glatze, aber heute wirkte er klein und gebeugt, seinen Kopf zierte ein stoppeliger Haarkranz. Außerdem trug er einen alten Trainingsanzug, was Bella besonders irritierte. Sie hatte ihren Freund vorher nie etwas anderes als graue Anzüge und Rollkragenpullover tragen sehen. Drecki schluchzte, wurde immer wieder von Weinkrämpfen geschüttelt.

»John-Milo ist verschwunden, ich habe ihn seit letztem Donnerstag nicht gesprochen!«

Bella holte ein Päckchen Taschentücher aus ihrer Handtasche und reichte es ihrem Kollegen. »Da kann ich dich beruhigen. Ich habe ihn erst am Freitag gesehen. In Begleitung einer sehr attraktiven jungen Frau übrigens.«

»Das ist Josepha. John hat mir von ihr erzählt.«

»Er schien ziemlich glücklich zu sein. Wahrscheinlich ist er mit ihr unterwegs.«

»John-Milo glücklich? Das ist kein gutes Zeichen. Mein Stiefsohn hat kein Talent zum Glücklichsein. Da ist irgendetwas faul. Er ist vier Tage in Folge nicht zur Arbeit erschienen. Das ist dermaßen ungewöhnlich für ihn. Er ist der zuverlässigste, pünktlichste Mensch, den ich kenne. Egal, wie es ihm geht, er steht immer auf der Matte. Völlig untypisch für einen Millennial. Außerdem telefonieren wir sonst mehrmals täglich, vor allem zuletzt, seit Magdalena ihn so bitter abserviert hat. Er war am Boden zerstört. John kann nicht mit Frauen. Sie überfordern ihn per se. Attraktive Frauen sind erst recht nichts für ihn. Ich mache mir große Sorgen.«

»Warst du schon bei der Polizei?«

Drecki entfaltete umständlich ein Taschentuch und schnäuzte sich.

»Ja, heute Morgen. Was für eine Katastrophe! Du weißt, wie die Polente und ich zueinander stehen. Die haben mich eiskalt abblitzen lassen. Ich habe sie vielleicht einmal zu oft verklagt. Oder hundertmal. Ich wurde sofort an Hauptkommissar Streber verwiesen, der sich einen sadistischen Spaß daraus machte, mich zu ignorieren. Er hatte offensichtlich nur auf diese Gelegenheit gewartet.«

»Paul Streber, das ist ein ehemaliger Kollege von Tom.«

»Du kennst ihn?«

»Ja, wir waren sogar mal zusammen im Urlaub. Aber seit seiner Scheidung geht es mit Paul steil bergab. Ich habe ihn gerade erst wiedergesehen. Er ist mittlerweile ein ziemliches Ekelpaket.«

»Das kann man wohl sagen. Vor nicht allzu langer Zeit habe ich ihn mal vor Gericht getroffen, wegen so einer Migrantensache. Er hatte auf der Reeperbahn einen Kleindealer verprügelt. Die Richterin hat ihn zwar freigesprochen, weil seine Kollegen geschlossen für ihn ausgesagt haben, aber er hat trotzdem 'ne Menge Ärger wegen mir gehabt.«

»Tja, mein Lieber, der Spitzname ›Bullenschreck‹ kommt halt nicht von ungefähr.«

Drecki wischte sich die Tränen aus dem Gesicht. Ein leichtes Lächeln umflog seine Lippen. »Stimmt. Nein, von der Polizei kann ich nichts erwarten.«

Er setzte sich auf einen der grün gepolsterten Stühle und schüttete sich Wasser in eins von Bellas Gläsern mit Logo-Druck, die in der Mitte des Tisches standen. Er betrachtete den Schriftzug.

»›Kuhlrecht‹? Sehr schick. Offensichtlich läuft der Laden.« Er trank in gierigen Zügen und schien sich zu beruhigen.

Bellas Konferenzraum überblickte das Alsterfleet, vor dem Fenster zogen ein paar Möwen vorbei. Drecki zeigte auf die Vögel.

»Möwen. Das sind in Hamburg die neuen Tauben. Und die Tauben sind die neuen Ratten.« Er strich mit der Hand über die Oberfläche des Tisches. »Ist das Nussbaum?«

»Ja.«

»Edel.«

Bella setzte sich ihm gegenüber. »Drecki, spuck's aus. Du willst doch irgendwas von mir.«

Uwe Drexler blies ein weiteres Mal in sein Taschentuch. Er kratzte sich die Stirn. Dann sagte er leise: »Könntest du vielleicht deinen Ex-Mann darum bitten, sich der Sache anzunehmen?«

TOM

Tom saß auf seiner Lieblingsbank am Baggersee. Knef hatte es sich zu seinen Füßen gemütlich gemacht, nagte an einem getrockneten Schweineohr. Bis auf ihre Schmatzgeräusche herrschte absolute Stille. Wenn man den leicht modrigen Geruch des Teichs ausblendete, konnte man fast von Idylle sprechen. Kaum zu glauben, dass er im Wald am gegenüberliegenden Ufer eine bizarr verstümmelte Leiche gefunden hatte.

Er beobachtete einen Reiher, der über der Wasseroberfläche zirkelte und auf Beute lauerte. Würde er selbst einen Fisch aus der trüben Brühe essen? Bestimmt nicht. Aber in den Achtzigern hatte sein Vater Alexandra und ihm öfter mal eine selbst gefangene Forelle zubereitet. Für Papa waren das echte Highlights gewesen. Mangold senior hatte ein hartes Leben gehabt. Er war zweimal verwitwet gewesen, hatte Toms Halbschwester und ihn allein großgezogen. Er hatte bei IKEA im Lager gearbeitet und war auch dort an einem Herzinfarkt gestorben. Das war schon Mitte der neunziger Jahre gewesen, da war er genauso alt wie Tom jetzt. Zum Glück musste Papa so das spurlose Verschwinden seiner Tochter nicht mehr miterleben. Aber das war eine andere Story. Tom schlug sich die dunkle Erinnerung aus dem Kopf und steckte sich eine weitere Zigarette an. Er streichelte seinen Hund.

»Knef, meine Süße, du hättest keine Probleme, Forelle à la Baggersee zu verspeisen, stimmt's?«

Knef stand auf, trottete zum Teich und nahm ein paar kräftige Schlucke Schmutzwasser. Auch 'ne Antwort. Tom hatte das zunehmende Gefühl, dass die Hundedame ihn verstand. Sein Handy klingelte, es war die Musik von »Zelda«, einem Videospiel, das sein Sohn Elias und er früher immer gespielt hatten.

»Hey, Papa, was geht?«

»Elias, mein Junge – schön, dich zu hören.«

»Ich weiß nicht, ob das so schön ist. Ich hab nämlich ein Problem.«

Wie immer kam sein Sohn gleich zur Sache.

»Lass mich raten: Du brauchst Geld?«

»Ja, aber du weißt, wie peinlich es mir ist, danach zu fragen.«

So peinlich offensichtlich nicht.

»Sag einfach, wie viel du brauchst.«

»Ich hab leider zu viel Kohle für Taxis ausgegeben – Berlin ist so groß, und meine Termine sind so eng getaktet …«

»Ist mir völlig egal, sag einfach, wie viel.«

»Äh, vierhundert Euro?«

»Kein Problem, überweis ich dir.«

»Papa, du bist mein Lebensretter, danke!«

Und schon hatte er aufgelegt. Das war dann wohl das Verhältnis, das Tom zu seinem Sohn hatte. Elias hatte weder die Scheidung seiner Eltern noch den anschließenden Absturz seines Vaters gut verkraftet. Seit Tom Tante Hildis Erbe angetreten hatte, konnte er wenigstens mit Geld aushelfen, um sein schlechtes Gewissen zu beruhigen.

Er öffnete seine Foto-App und scrollte durch die diversen Kinderbilder, die er von Merle und Elias gespeichert hatte. Keine gute Idee. Als Bella und er sich scheiden ließen, hatten sie auch die Fotos ihrer Kids aufgeteilt. Seine Hälfte stand in einem Karton unter seinem Bett, in einer durchkoksten Nacht hatte er sie auf dem Boden ausgebreitet und abfotografiert. Merle als Pippi Langstrumpf, Elias als Link, die Hauptfigur aus »Zelda«. Der Urlaub in Dänemark, die Ferien in Südfrankreich. Bella schwanger mit Elias und mit Merle an der Hand im Stadtpark. Die Geschwister in ihren Kindersitzen auf der Rückbank seines alten Volvos.

Toms Knie wurden weich, und sein Magen zog sich zusammen. Wie zum Teufel hatte das alles nur so schnell gehen können? Bei Bellas und seiner Trennung waren die Kids zehn und dreizehn gewesen. Von da an hatte er das meiste ihres Lebens verpasst. Er war so voller Reue, dass er manchmal morgens nicht aufstehen konnte. Deshalb war er auch so ein Trottel, wenn es darum ging, sie zu unterstützen. Er konnte einfach nicht Nein sagen, obwohl er genau wusste, dass sie auf die Art wahrscheinlich nie auf eigenen Füßen stehen würden.

Am Ende seiner Fotostrecke befanden sich drei Aufnahmen vom Baggersee, geschossen aus exakt der gleichen Position, an der er jetzt saß. Wann hatte er die Bilder gemacht? Ach ja, vor ungefähr einer Woche, dem Tag, an dem er Knef eingefangen hatte. Er wollte die App gerade schließen, da fiel ihm etwas auf. Auf den Fotos von der anderen Seite des Sees hatten die Bäume noch mehr Blätter als heute, aber er nahm doch eine Figur im Dickicht wahr. Sie hatte etwas auf dem Kopf, das im Schattenriss an ein Geweih erinnerte. War das ein Reh? Nein, es handelte sich eindeutig um einen Menschen. Auf dem dritten Bild war die Person kurz davor, auf den Gehweg zu treten. Das Geweih entpuppte sich als ein Holzgriff, der aus ihrem Rucksack ragte.

Er vergrößerte den Ausschnitt, bis es nicht mehr ging. Er war erstaunt, wie gut die Auflösung auch bei diesem extremen Zoom war. Zwischen seinen Fingern erschien das Gesicht einer jungen blonden Frau, die er irgendwo schon mal gesehen hatte. Kannte er sie aus der Laubenkolonie? Sie sah nicht gerade nach Kleingärtnerin aus. Er kramte in seiner Erinnerung, ging die verschiedenen sozialen Zirkel durch, in denen er verkehrte. Nichts. Er machte einen Screenshot, wollte ihn gerade speichern, als sein iPhone wieder klingelte. Es war Bella.

»Hey, Bella, was gibt's?«

»Tommy, ich habe dir doch von meinem Kumpel Drecki erzählt, oder?«

»Du meinst den Bullenschreck?«

»Genau der. Er sitzt mir gerade gegenüber. Sein Stiefsohn ist verschwunden. Er braucht deine Hilfe.«

»Lass mich raten: Er kann nicht zur Polizei gehen, weil er die schon zu oft verklagt hat?«

»Nein, viel schlimmer: Er war schon bei der Kripo, die haben ihn eiskalt abserviert. Ein gewisser Hauptkommissar Streber.«

Tom schnaufte. »Ach du Scheiße, Paul. Den hab ich auch gerade wiedergetroffen. Er ist noch mal 'ne Runde unerträglicher geworden.«

»Ich weiß – er war vor Kurzem bei mir in der Kanzlei. Wollte wissen, ob wir letzten Freitag zusammen essen waren.«

»Da ging es wohl um mein Alibi …«

»Dein Alibi? Für was?«

»Für einen möglichen Doppelmord.«

»Einen … Doppelmord? Tom, was ist geschehen? Und warum höre ich erst jetzt davon?«

»Tut mir leid, Bella, es ist viel passiert die letzten Tage. Ich hatte bisher noch keine Zeit, dich anzurufen.«

Tom berichtete von seinem zweifachen Leichenfund und seiner Nacht im Polizeipräsidium. Dabei vermied er tunlichst die gruseligen Details, erwähnte weder den Zustand der Toten noch seinen brutalen Comedown. Aber Bella war auch so schon geschockt genug.

»Oh mein Gott, das ist ja grauenhaft, du Armer …«

»Ist schon in Ordnung. Ich hab's überlebt.«

»Als hättest du nicht schon genug zu verkraften. Jetzt komm ich mir total unsensibel vor, dich um Hilfe zu bitten. Aber die Polizei ist für Drecki eine echte Sackgasse. Du bist seine einzige Hoffnung.«

»Hast du mir nicht gerade erst erzählt, dass es eine schlechte Idee wäre, mich als Privatdetektiv zu versuchen?«

»Nur, wenn du dich als Polizist ausgibst. Einem guten Freund einen Gefallen tun ist okay. Oder einem guten Freund deiner Ex-Frau.«

Über dem See zog der Reiher immer noch seine Kreise. Plötzlich ließ er sich mit dem Kopf zuerst ins Wasser fallen. Er verschwand fast vollständig in der Brühe.

»Normalerweise würde ich trotzdem Nein sagen, aber ich muss gestehen, die Tatsache, dass Paul Drecki so hart hat abblitzen lassen, motiviert mich irgendwie.«

»Also bist du an Bord?«

Der Reiher tauchte wieder auf. Er hatte eine riesige Forelle im Schnabel. Offensichtlich war sie zu schwer, um abzuheben, denn der Vogel schwamm zum Ufer.

»Ja, ich mach's. Wann hat Drecki seinen Sohn das letzte Mal gesprochen?«

»Letzten Donnerstag. Aber hier kommt der Kicker: Wir haben ihn danach noch mal gesehen. Erinnerst du dich an letzten Freitag, in der Schwarzen Taube? Ein junger Mann kam die Straße hoch. Ich hab dich auf ihn aufmerksam gemacht. Der Typ mit dem Fahrrad, dem dunkelbraunen Labrador und der ...«

»... blonden Frau?«

Tom blickte auf den Screenshot, den er noch nicht gesichert hatte. Er flüsterte: »*Da* hab ich dich schon mal gesehen.«

»Wie bitte?«

Tom schickte das Bild an seine Ex-Frau.

»Bella, ist das die Frau, die wir letzten Freitag mit John-Milo gesehen haben?«

Nach einer kurzen Pause kam die Antwort: »Ja, das ist sie. Laut Drecki heißt sie Josepha.«

Tom murmelte grimmig: »Die Spinne spinnt ihr Netz.«

»Wovon redest du?«

»Keiner überlebt das Happy End.«

»Tommy, du sprichst in Rätseln!«

»Bellissima, ich muss auflegen. Ich melde mich, okay?«

»Moment mal, ich … na gut, wie du meinst. Dann mach halt auf großes Mysterium. Wir sprechen uns später!«

Tom legte auf. Er strich mit dem Zeigefinger über sein Handydisplay. »Hallo, Josepha.«

Ich ließ den Slip fallen. Verhaltener Applaus, ein paar aufmunternde Pfiffe. Wie immer, wenn ich komplett blankzog, fiel mir auf, wie total absurd es war, in dieser Situation zu tanzen. Nackt in einem Raum mit neunzehn angezogenen Männern, und ich tanzte? In meinem Kopf meldete sich die Stimme der Unvernunft.

Rosie, du bist nicht nackt – immerhin hast du deine Stilettos an!

Allerdings: »tanzen«? Wenn das, was ich auf der kreisrunden Bühne in Binis Ballsaal veranstaltete, »tanzen« war, dann war auch der neue Film mit Ryan Reynolds »ganz großes Kino«.

Es heißt ja nicht umsonst exotischer Tanz.

Exotisch? Sehr lustig. Auf welcher Südseeinsel machen die Mädchen denn bitte eine Kerze und ziehen dabei die Pobacken auseinander? Oder legen sich flach auf den Rücken und schwimmen wie ein Frosch?

Aber so weit waren wir zum Glück noch nicht. Sander, der holländische DJ, spielte »Pump Up The Jam« von Technotronic.

»Pump it up, pump it up!«

Ich deutete ein paar Bodybuilder-Moves an, hob die Arme und spannte meine Brustmuskeln. Das brachte meine Implantate zum Schaukeln, meine Nippel kreiselten in entgegengesetzter Richtung. Mehr Applaus, mehr Pfiffe, von hinten ein kehliges »Jawoll!«. Ich lächelte zufrieden.

Dabei fiel mir ein: Ich musste ja noch einkaufen. Zum Glück machte der Lidl im Altonaer Bahnhof schon um sieben Uhr morgens auf. Turbo war gerade erst aus Spanien wiedergekommen, heute wollte ich ihm ein ganz besonders luxuriöses Frühstück bereiten. Ich ging meine Einkaufsliste durch:

Eier (20)
Magerquark
Nussmix (ohne Rosinen!)
diese kleinen portugiesischen Würstchen (6)
Skyr
Quinoa
Proteinshakes (3?)

»Mach endlich die Beine breit!«

Die tiefe Stimme aus der letzten Reihe wurde ungeduldig. War das nicht der Zivilbulle, der mich vor zwei Wochen im »Sorgenbrecher« nach Drogen durchsucht hatte?

»Hey, Kleine, Beine breit! Wir wollen endlich was sehen!«

Es war der Bulle von vor zwei Wochen. Allerdings war er da um einiges ziviler gewesen. Schon beinahe respektvoll. Davon war heute nicht viel zu sehen. Brrr, Männer im Rudel. Herdentiere, unangenehm im Quadrat. Aber potenzielle Kunden. Ich spitzte verführerisch die Lippen und warf Kusshände. Der Bulle war eigentlich ganz süß. Nicht so süß war allerdings gewesen, dass er meine Handtasche im Klo ausgeschüttet und meine Brombeer-Vapes geklaut hatte.

Bini hatte die Situation erkannt, sie gesellte sich zu den Herren auf der hinteren Bank. Mit einer kreisenden Handbewegung bestellte sie Champagner, winkte zwei von meinen Kolleginnen herbei. Tanja und Josepha setzten sich zwischen die Männer, beide Girls präsentierten ihre Kurven in ultraknapper Bademode, »Bini-Bikinis«, eine Kreation der Hausherrin. Immerhin trug Tanja eine Augenklappe. Ihr Spitzname war »Fluch der Karibik«, und der Höhepunkt ihrer Show war nicht das Fallenlassen ihres Höschens.

Bini war Quereinsteigerin, sie hieß mit bürgerlichem Namen Dr. Sabine Vogel und war früher Psychologin. Aber wie so viele hier konnte auch sie dem Sog des Showbiz nicht widerstehen. In ihrem Etablissement an der Reeperbahn konnte sie sich endlich künstlerisch voll entfalten und hatte nicht nur den Hauch von Nichts gestaltet, den die Frauen fast nie anhatten. Auch das Interieur-Design des Ballsaals war von ihr, und hier hatte sie sich offensichtlich von »Moulin Rouge« inspirieren lassen, diesem überirdisch tollen Film mit Ewan McGregor. Art déco nannte man das, sagte jedenfalls Gala.de. Sofas und Sessel, Chaiselongues und Ottomanen, dazu viele kleine, unpraktische Möbelstücke, auf denen man kaum seinen Drink abstellen, geschweige denn sitzen konnte. Schwere Vorhänge aus rotem Samt, abgesetzt mit goldenen Kordeln. Lichterketten, überdimensionierter Stuck und das riesige Neonlogo für Binis Ballsaal. Auch das war nachempfunden, die Silhouette der nackten Frau mit Zylinder war eine exakte Kopie des »Moulin Rouge«-Kostümdesigns. Diese Details fielen aber nur mir auf. Ich liebte den Streifen. Vielleicht liebte ich aber auch nur Ewan McGregor. Wer hätte gedacht, dass er ein so wunderbarer Sänger war? Überhaupt, Musicals! Für mich war es das Schönste, wenn Menschen mitten in der Handlung anfingen zu singen.

Aha. Musical ist also Kunst, exotischer Tanz aber total absurd?

Alarm, das Koks hörte auf zu wirken! Wie lange war ich schon auf der Bühne? Mussten wohl so zwanzig Minuten sein, denn die letzte Nase hatte ich mir kurz vor dem Auftritt reingezogen. Und ich hatte mich noch nicht mal hingelegt!

Das kommt von der verfluchten Träumerei.

Stimmte. Jetzt hieß es Zähne zusammenbeißen und durch. Ich ging in die Kerze.

Zehn Minuten später saß ich vor dem Spiegel in der Garderobe und puderte mir die Nase mit einem Fünf-Euro-Schein. Sofort ging es mir wieder besser. Bini schloss den Vorhang zum Ballsaal und stellte sich hinter mich. Wie immer trug sie einen ihrer maßgeschneiderten Herrenanzüge, die ihr in Kombination mit den kurz geschnittenen Haaren den Look eines distinguierten älteren Gentlemans gaben. Sie legte mir ein Handtuch um die Schultern.

»Verehrteste! Lust auf Party mit den Jungs aus Brandenburg?«, sagte sie zu meinem Spiegelbild.

»Die Jungs aus Brandenburg?«

»Ja, die WSWD hat doch bei der letzten Wahl die Fünf-Prozent-Grenze geknackt, die feiern immer noch. Heute haben sie sich dich ausgesucht. O-Ton: ›Weil die Schlampe aussieht wie Anissa Kate.‹«

»Anissa Kate? Wer ist das denn?«

»Rosie, mein schönes Kind, auf welchem Mond lebst du? Die französische Pornodarstellerin natürlich. Die Gangbang-Queen. Hübsches Ding. Du siehst ihr wirklich ähnlich.«

Ich sagte artig »Danke«, aber ich war mir nicht sicher, ob das ein Kompliment war. Gangbang-Queen?

»Und was ist die WSWD?«

Bini gab auf. Sie strich mir über die langen schwarzen Haare und seufzte. »Selig sind die Ahnungslosen! Guckst du denn nie die Tagesschau?«

Ich schüttelte den Kopf. Tagesschau?

»WSWD steht für ›Wir sind wieder da‹. Die neuen Nazis. Sind ganz schön erfolgreich. Vor allen Dingen im Osten.« Sie öffnete einen Spalt im Vorhang, zeigte auf das Rudel in der letzten Reihe. »Der Herr im braunen Anzug ist der Chef, Thor Mücke. Und direkt daneben sitzt Landolf Heß, sein Stellvertreter in Hamburg.«

Der Bulle hieß Landolf? Er sah eher aus wie ein Martin. Oder Klaus.

»Die sind ja zu zweit. Du weißt doch, dass ich so was nicht mache.«

»Dann nimm halt Josepha mit.« Bini schnippte mit den Fingern. »Auf geht's, mein Engel, Separee zwei. Und putz dir vorher die Nase, du hast einen Brausepulver-Bart!«

»Wo kommst du eigentlich her?«

Thor Mücke war ungefähr Mitte dreißig, aber seine Stimme klang, als wäre er nie in den Stimmbruch gekommen. Er hatte die Beine so übereinandergeschlagen, dass er den Fuß des oberen um die Wade des unteren schlang. Mit verschränkten Armen hielt er eine Dunhill-Zigarette zwischen seinen manikürten Fingern. Auf der Stirn trug er ein großes weißes Pflaster, das sich an den Rändern leicht aufrollte. Er hatte nur das Jackett ausgezogen, kauerte im weißen Hemd mit blauem Schlips auf dem Sofa gegenüber von Landolf Heß, Josepha und mir.

Vom Ballsaal drang das stumpfe Gegröle der restlichen WSWD-Meute nur noch gedämpft durch die schweren Vorhänge des Separees, ansonsten rollten die dumpfen Frequenzen von Sanders Beats. Auf einem Beistelltisch zischte eine Magnumflasche Moët & Chandon im Sektkübel vor sich hin, davor standen zwei volle und zwei leere Gläser. Die Jungs aus Brandenburg hatten ein etwas anderes Party-Verständnis als ihre trinkfesten Gastgeberinnen. Josepha hockte rittlings auf Heß' Schoß, sie war genau wie ich in ihrer Arbeitskleidung, also vollständig nackt. Der flotte Nazi trug immerhin Feinripp-Unterhose und Wollsocken. Von seiner großen Klappe vor der Bühne draußen war aber nicht mehr viel übrig, jetzt wirkte er fast schüchtern. Er saß auf seinen Händen und vermied Augenkontakt mit den exotischen Tänzerinnen. Josepha hatte ihm die Arme um den Hals gelegt, massierte seinen Nacken. Sie säuselte: »Na, kleines Freundchen, gefällt dir das?«

Landolf Heß nickte verlegen. Thor Mücke wurde ungeduldig.

»Hey, ich hab dich was gefragt!«

Josepha drehte den Kopf um fast hundertachtzig Grad. Dabei ging sie ins Hohlkreuz, streckte die Brüste heraus. Heß gab ein leises Begeisterungsstöhnen von sich. Sie fragte: »Meinst du mich?«

Mücke zeigte in meine Richtung. »Nein, es geht um die Südländerin hier. Wo kommst du her?«

»Ich bin tatsächlich aus dem Süden, Bad Tölz in Bayern. Wieso?«

»Das soll ich glauben, so wie du aussiehst? Wenn da nicht einer dieser lebensbejahenden Ausbreitungstypen aus Afrika im Spiel war ... wo stammt dein Vater her?«

Nicht schon wieder. Deutscher Mann sucht blonde Frau, alles andere ist das wilde Kurdistan. Ich gab meine Standardantwort: »Mein Papa ist Schlaraffe.« Den Witz machte mein Vater immer, wenn ihn jemand nach seiner Herkunft fragte.

»Schlaraffe? Was ist das denn wieder für eine Mischpoke? Bist du Afghaner?«

»Wenn schon, dann Afghane. Oder besser: Afghanin. Außerdem war das ein Joke. Ich bin Deutsche, genau wie mein Vater. Der ist Mitglied bei der Schlaraffia, das ist eine weltweite Vereinigung zur Pflege von Freundschaft, Kunst und Humor. Keine Ahnung, warum mein Papa und ich so dunkel sind. Der Rest meiner Familie ist blond.«

Thor Mücke verstand nur, was er verstehen wollte. Oder konnte.

»Dann war's wohl der Hausfreund. Wahrscheinlich ein Kabyle. Hey, Lando, wollen wir wetten? Die Kleine ist Afrikanerin, genau wie Anissa Kate.«

Aber Landolf Heß war viel zu sehr mit Josepha beschäftigt, um zu antworten.

Mücke schnippte mit den Fingern. »Steh doch mal auf.«

Warum nicht? Der Kunde war schließlich König. Ich hob die Arme und streckte meine ganzen ein Meter siebenundsechzig. Ich schlenderte in Zeitlupe auf den WSWD-Chef zu. Dabei rollte ich mit den Schultern und schwang meine Hüften provokant. Das war mein Signature-Move, Rosie Freytag in Action, diesem Spektakel konnte kein Mann widerstehen. Ich legte den Kopf zur Seite und zwinkerte Mücke zu, beugte mich vor und legte ihm die Hände auf die verknoteten Knie. Dabei bot ich Landolf Heß eine exquisite Ansicht meines verlängerten Rückens, der Bulle bedankte sich mit einem weiteren Glücksbäuerchen. Aber Thor Mücke war wenig beeindruckt.

»Nein danke.« Er schob meine Hände weg. »Ich lasse mich doch von keiner Berberin anfassen. Stell dich mal da hin.« Er zeigte auf den weinroten Samtvorhang.

Ich war so geschockt, dass ich kurz die Fassung verlor. Mit nach vorne gestrecktem Becken stemmte ich die Faust auf die Hüfte und kratzte mich am Kopf. Mein erster Gedanke war Protest, aber dann gewann ich meine professionelle Spannung zurück und ging zum Vorhang.

Thor Mücke fragte: »Weißt du, was ich ursprünglich von Beruf bin?«

Ich zuckte nur mit den Schultern.

»Ich bin Gymnasiallehrer, und zwar für Altgriechisch und Geschichte. Ich liebe die Antike.«

Mücke stand auf und stellte sich direkt vor meine nackten Füße. Er war genauso groß wie ich, schmal, fast feminin. Dieser Eindruck wurde verstärkt durch sein bis auf die blonden Augenbrauen komplett haarfreies Gesicht. Mücke war nicht nur gut rasiert, ihm wuchs überhaupt kein Bart.

»Das antike Griechenland, die Wiege der Demokratie.«

Der Politiker roch aus dem Mund, ein beißender Mix aus bitterer Parodontitis und saurem Magen.

»Δημοκρατία, übersetzt ›Die Herrschaft des Staatsvolkes‹. Das war noch was ganz anderes als unsere heutige Bundesrepublik. Eine wirkliche Demokratie ist Deutschland für mich nämlich schon lange nicht mehr. Unser schönes Land ist zurzeit eine Maulkorbdemokratie, die auf dem besten Weg ist, eine Wohlfühldiktatur zu werden.«

Er trat zurück, machte mit dem Zeigefinger eine kreisende Bewegung in der Luft. »Dreh dich doch mal um dich selbst.«

Ich machte eine langsame Pirouette.

»Mmh, ganz wunderbar. Was für ein ästhetischer Körper! Was für absolut perfekte Proportionen! Weißt du, woran du mich erinnerst?«

Wieder zuckte ich nur mit den Schultern.

»An eine klassische Statue. Eine griechische Göttin!« Er setzte sich zurück auf seine Couch, legte den Finger an sein glattes Kinn. »Die alten Griechen hatten kein Migrantenproblem. Die Griechen hatten Sklaven!«

Jetzt hatte ich genug. Ich griff mir das Handtuch, das ich vorhin für die beiden Männer fallen lassen hatte, schlang es mir um den Oberkörper und setzte mich neben Josepha und Landolf. Der hatte sich mittlerweile getraut, mit der nackten Frau auf seinem Schoß Körperkontakt aufzunehmen, sogar seine Socken ausgezogen. Ich giftete: »Sklaven? Bist du auf Pille?«

»Mitnichten. Ich nehme keine Drogen, trinke auch keinen Alkohol.«

Wie aufs Stichwort griff ich mir die Sektflasche aus dem Kübel und nahm einen zweihändigen Schluck aus der Pulle.

Mücke dozierte: »Unsere sogenannte Einwanderungspolitik ist doch nichts anderes als eine von oben verordnete multikulturelle Revolution, die Abschaffung des deutschen Volkes! Leg doch bitte das Handtuch wieder ab.«

Jetzt musste ich lachen. »Du hast sie ja nicht alle. Geilst dich an mir auf und behandelst mich gleichzeitig wie einen Menschen zweiter Klasse. Das ist der verklemmteste Scheiß, den ich jemals erlebt habe! Sklavin, das hättest du wohl gerne. In deinen Träumen, Loser. Ich mach 'n Abgang!«

Ich stand auf und öffnete den Vorhang. Thor Mücke hob den Zeigefinger.

»Das würde ich mir noch mal überlegen. Vielleicht werde ich einmal eine wichtige politische Person in diesem Land, könnte doch sein ...«

»So ein Schmarrn!«

Josepha schaltete sich ein. »Komm schon, Rosie, sei nicht so. Der Typ wäre doch nicht der erste Freier, der aus seiner Xenophobie eine sexuelle Obsession macht.«

Josepha hatte studiert, sie kannte eine ganze Menge Fremdwörter.

»Sei doch froh, dass er ›Südländerinnen‹ mag. Ist doch egal, auf was für eine schräge Art. Das ist eben deine Nische. Spiel einfach mit. Mach ihm die Algerierin.«

Thor Mücke nahm Josepha zum ersten Mal wahr.

»Ah, die Dame kennt sich aus. Die Kabylei liegt in Algerien, das stimmt. Deshalb war dieses Berbervolk auch in der Lage, das schöne Frankreich zu überfluten. Die armen Franzosen! Hat jemand die letzte Europameisterschaft gesehen? Bei den Blauen spielt doch kein echter Franzmann mehr mit, alles Ausländer. Kein Wunder, dass die im Halbfinale gegen die Spanier verloren haben. Denen fehlt der Patriotismus, nur mit einer gehörigen Portion Vaterlandsliebe kann man so ein Turnier gewinnen.«

Josepha stieg von Landolf Heß und machte sich daran, ihm die Unterhose runterzuziehen. Doch dafür war der Nazi nicht bereit. Leicht panisch hielt er sein Höschen fest. Er rückte ein Stück zur Seite, stand auf und griff sich seine Klamotten vom Boden.

»Sorry, Thorsten, aber ich mach die Fliege. Ich muss morgen früh raus, die Pflicht ruft!«

Mücke sprang auf. »Ich heiße Thor, nicht Thorsten! Wann

merkst du dir das endlich?« Er wurde böse. »Und einen Kameraden unter diesen Umständen sitzen zu lassen, ist auch nicht sonderlich mannhaft. Aber ergreif ruhig die Flucht, ich habe die Lage im Griff.«

Welche Lage? Waren wir im Krieg? Kampf der Geschlechter? Was für eine Pfeife. Fand Josepha wohl auch. Sie warf mir einen verschwörerischen Blick zu.

»Ja, das grenzt an Fahnenflucht. Mieser Deserteur! Kaum wird die Lage brenzlig, zieht Leutnant Heß den Schwanz ein. Und das meine ich nicht im übertragenen Sinne.«

Sie stellte sich vor Thorsten Mücke, legte die Hand an die Stirn und sagte in übertriebenem Soldatenton: »Gefreite Josepha meldet sich zum Liebesdienst. Wo ist die Front?«

Sollte Mücke die Ironie wahrgenommen haben, ließ er sich nichts anmerken. Er salutierte zurück.

»Ah, das ist eine Frau. Von Kopf bis Fuß echte Blondine. Und Gardemaß, wie der alte Fritz gesagt hätte. Wie groß bist du, Soldat?«

»Ein Meter fünfundsiebzig, Herr General!«

Josepha war derlei Spielchen offenbar gewöhnt, sie schlüpfte mühelos in die Rolle der Untergebenen. Mücke freute sich.

»So muss sie sein, die deutsche Eva. Anmutig und devot. Mit ihr lässt sich die Polarität der Geschlechter kultivieren! Männer zeichnen sich nun mal durch Wehrhaftigkeit, Weisheit und Führung aus, während das weibliche Geschlecht für Intuition, Sanftheit und Hingabe steht. Respekt!«

Landolf Heß hatte sich angezogen, er schob den Vorhang zur Seite.

»Bis zum Thing am Samstag, Thorsten. Gehab dich wohl!«

Er war raus. Mücke schrie ihm hinterher: »Ich heiße Thor! Thor, so wie Thor Heyerdahl!«

»Oder Thor, Gott des Donners.« Josepha schwang einen

imaginären Hammer über dem Kopf. Dann ließ sie sich auf das Sofa fallen, auf dem Thor eben noch gesessen hatte. Sie klopfte auf den Platz neben sich. »Komm her, großer Krieger, lass dir von deiner Eva den Rücken streicheln. Du hast ja einiges zu tragen!«

Mücke setzte sich an ihre Seite. »Da hast du recht. Unser einst weltweit beneideter sozialer Friede ist durch den Import fremder Völkerschaften existenziell gefährdet. Manchmal habe ich das Gefühl, dass ich mich ganz alleine dagegenstemme.«

Josepha streichelte ihm tatsächlich den Rücken. Er beugte sich vor, stützte die Ellenbogen auf die Oberschenkel und legte den Kopf in die Hände.

»Ah, das tut gut. Das können nur deutsche Frauen.«

Josepha zwinkerte mir spöttisch zu. Ich konnte mir das Lachen kaum verkneifen. Mücke fuhr fort: »Ich will doch nur, dass Deutschland nicht nur eine tausendjährige Vergangenheit, sondern auch eine tausendjährige Zukunft hat. Will das nicht jeder?«

Ich nickte enthusiastisch. »Doch, das will jeder. Ich natürlich auch.«

Mücke blickte auf. Er zischte: »Du hast das nicht zu wollen. Du bist das Problem, nicht die Lösung!«

Ich gab auf. Ich wollte mich gerade wieder verabschieden, da steckte Bini den Kopf in das Separee.

»Kinder, die Stunde ist leider um. Außerdem mache ich gleich Feierabend. Ich muss euch bitten, zum Ende zu kommen.«

Thor wurde wütend. »Was? Wir haben doch noch nicht mal angefangen.« Er holte seine Brieftasche raus und schwenkte sie in Binis Richtung. »Willst du mehr Geld, ist es das? Hier, ich zahle doppelt!« Er zog ein Bündel Hunderter heraus, wedelte damit wild in der Luft herum.

Bini ließ sich nicht beirren. Sie sagte trocken: »Das hat

mit Geld nichts zu tun. Es ist vier Uhr morgens, ihr seid die letzten Gäste. DJ und Barmann sind schon gegangen, die restlichen Mädels sowieso. Ich bin allein hier und will nach Hause. Also macht fertig.«

Sie schloss den Vorhang mit einem lauten Ratschen. Mücke murrte beleidigt: »Es wurde gerade spannend.«

Josepha hatte die Augen nicht von seinen Scheinen genommen.

»Ich finde es auch schade, dass jetzt schon Schluss ist. Was hältst du davon, wenn wir noch zu dir gehen? Du geilst dich weiter an der schönen Migrantin auf, und deine gehorsame deutsche Braut bereitet dir dabei ein bisschen germanische Freude. Hausmannskost mit Aussicht auf exotische Küche sozusagen. Vielleicht machen wir auch Girl-on-Girl, aber nur, wenn du brav bist. Die Soldatennummer können wir ebenfalls gerne weiter durchziehen, sollte dir danach sein. Was meinen Sie, Herr General?«

»Was kostet mich der Spaß?«

»Genau wie hier, dreihundert die Stunde, pro Lady natürlich. Aber du musst keine Getränke mehr bezahlen. Ein Schnäppchen!«

»Wir können nicht zu mir. Da schläft meine Frau.«

Josepha setzte sich auf seinen Schoß und zupfte an seinen schmutzblonden Haaren. Der kleine Mann versank fast in ihren Brüsten. Sie hauchte zärtlich: »Dann fahren wir halt zu mir. Ich wohne allein.«

Mücke war verzaubert. Er lächelte glücklich. »In Ordnung.«

Josepha stand auf und nahm ihr Handtuch. »Wir treffen uns draußen vor der Tür, in fünfzehn Minuten, wenn Bini weg ist. Sie darf davon nichts mitbekommen.«

»Rosie, du musst doch überhaupt nichts machen! Der kleine Nazi steht auf dich, aber du darfst ihn ja nicht mal anfassen.

Ich mach die ganze Arbeit, du musst dich nur ausziehen und nett posieren. Außerdem sind wir bei mir zu Hause, da bist du safe. Allein hat der Mickerling doch keine Power, deshalb ist er wahrscheinlich auch Politiker geworden. Wir machen höchstens ein bisschen Girl-on-Girl-Action, du hast ja gehört, aber dafür lassen wir uns extra bezahlen. Easy Money!«

Ich war nicht überzeugt. Wir saßen in der Garderobe vor dem Spiegel, ich hatte uns auf dem Schminktisch ein paar Feierabend-Lines gelegt. Nach der Arbeit mit den Kunden nach Hause zu gehen hatte ich noch nie gemacht. Ich war Stripperin, keine Prostituierte. Ich steckte mir einen Fünfer in die Nase und zog. Ich gab den Schein weiter an Josepha. Die schüttelte den Kopf. Sie hockte sich vor mich hin und faltete die Hände vor der Brust.

»Bitte, bitte, liebe Rosie, tu es mir zuliebe – ich kann das Geld wirklich gut gebrauchen …«

Bitte, bitte, liebe Rosie, tu es dir selbst zuliebe – deine Finanzen sehen auch nicht sonderlich gut aus …

Die Stimme der Unvernunft hatte recht. Turbo hatte sich vor einem Jahr eine Wohnung in Tarragona gekauft und sich dabei etwas übernommen. Während Corona hatte er richtig gut verdient. Die Menschen saßen zu Hause rum und hatten nichts Besseres zu tun, als »Partys in der eigenen Hose« zu feiern, wie er es nannte: Lockdown-Koksgelage im Homeoffice, allein oder zu zweit, nur unterbrochen von der gelegentlichen Zoom-Konferenz in Krawatte und Boxershorts. Aber seit dem Ukraine-Krieg lief das Streetbusiness nicht mehr so gut. Allgemeine Zukunftsangst machte sich breit, die Inflation trieb die Preise in die Höhe, die Leute wurden vorsichtiger. Wer sein Netflix-Abo kündigt und neuerdings bei Aldi einkauft, hat kein Geld für chemisches Entertainment. Zusätzlich konnte Turbo seine eigenen gestiegenen Kosten nicht einfach so an die Kunden weitergeben, seine Gewinnspanne wurde immer kleiner. Jetzt mussten wir jeden Cent umdrehen, waren auf mein Einkommen aus Binis Ballsaal angewiesen.

»Okay, ich mach's. Aber ich muss erst Turbo anrufen. Ich hab ihm eigentlich ein leckeres Frühstück versprochen.«

Ich holte mein iPhone aus meiner Handtasche. Ich hatte noch nicht mal gewählt, da riss mir Josepha das Handy aus den Fingern. Ich wollte protestieren, aber bevor mir etwas einfiel, hatte sie mich schon aus der Garderobe geschoben. Sie sprach wieder in ihrer Soldatenstimme: »Nein, musst du nicht, Kamerad! Wir haben keine Zeit. Wenn wir den General zu lange warten lassen, kriegt er vielleicht kalte Füße und verschwindet. Also: Marsch, marsch, Bargeld lacht!«

Was fährt Josepha denn für ein geiles Auto?

Kein Wunder, dass sie Kohle brauchte! Ein total neuer Audi in Knallrot, so eins von diesen Modellen, die sich nicht entscheiden konnten, ob sie Gelände- oder Sportwagen sein wollten. Mit superbequemen Ledersitzen und Lichtleisten in den Türen, die den gesamten Innenraum in ein mysteriöses Lila tauchten. Ich war schwer beeindruckt. Das ging Thor Mücke ähnlich.

»Starker Wagen. SQ8, stimmt's? Allerdings sehe ich nicht ein, warum man sich so eine Rakete nicht als Benziner bestellt. Ein Auto muss auch wie ein Auto klingen. Und riechen.«

Er kauerte auf der Rückbank, ich saß neben Josepha auf dem Beifahrersitz. Sie erklärte: »Das ist ein SQ8 Sportback e-tron. Willkommen im 21. Jahrhundert. Ab 2035 werden überhaupt keine neuen Benziner und Diesel mehr zugelassen. Ein bisschen Umweltbewusstsein würde euch Nazis übrigens auch nicht schlecht stehen. Damit könntet ihr bestimmt jede Menge Grünwähler abholen.«

Mücke legte den Unterarm quer über die beiden Rückenlehnen und stützte sein Kinn darauf. Sein Kopf befand sich zwischen Josephas und meinem. Sein Atem stank bestialisch.

»Ich habe die WSWD stets als letzte evolutionäre Chance für unser Land bezeichnet. Sie kann es nur bleiben, wenn sie über ihren Schatten springt. Sie muss sich in den nächsten Jahren als fundamentaloppositionelle Bewegungspartei organisieren. Wenn das heißt, ein paar unsinnige, aber populäre Umweltkröten zu schlucken, dann sei es so.«

Josepha fächerte sich mit der flachen Hand Luft zu. Sie blickte zu mir rüber und rollte mit den Augen. »Keine Sorge, wir sind fast da.«

Ich fragte: »Was ist das eigentlich für ein Stadtteil? Hier war ich noch nie.«

»Wir sind in Niendorf. Ich wohne im Suardonenweg, direkt am Flughafen. Ich hab das Haus von meiner Mutter geerbt. Ein echt schnuckeliger Bungalow mit einem ganz süßen Garten. Voll idyllisch.«

Ein paar Minuten später bogen wir in eine schmale Straße ein. Auf einem mit Moos überwachsenen Schild stand »Suardonenweg«. Eine dunkle Vorahnung beschlich mich, legte sich wie ein Schleier über mein Herz. Ich hatte das seltsame Gefühl, die Realität zu verlassen. Die Stimme der Unvernunft meldete sich zurück:

Wow, hier sieht's ja aus wie nach der Apokalypse. Geil!

Die Straße war in einem katastrophalen Zustand, so als hätte die Stadtsanierung seit dem Zweiten Weltkrieg nicht mehr nachgebessert. Die riesigen Schlaglöcher und Risse gaben Josephas Geländewagen eine echte Daseinsberechtigung, aber selbst mit Allradantrieb hatte sie Probleme, durchzukommen. Neben dem geborstenen Asphalt gab es keine Bürgersteige, sondern nur tiefe Entwässerungsgräben, aus denen dichter Nebel aufstieg. Um zu den vereinzelt stehenden Häusern zu gelangen, musste man über schmale Betonbrücken fahren, die die kleinen Schluchten überspannten. Die fehlende Kanalisation wurde komplementiert durch Stromkabel, die entlang der Straße an Holzmasten hingen.

An den Pfählen waren Laternen angebracht, die den Suardonenweg in ein gespenstisches gelbes Licht tauchten und Kabel und Masten bedrohliche Schatten werfen ließen.

Wir überquerten einen kleinen Bach, hier endete die Beleuchtung, die Straße wurde zu einem Schotterweg. Josepha fuhr über eine der Brücken. Links und rechts der Einfahrt stieg eine massive Hecke auf, die seit Jahrzehnten nicht geschnitten worden war. Wie eine Festungsmauer erhob sich das Gestrüpp, schluckte das spärliche Licht von der Straße.

Dahinter streiften die Scheinwerfer des SQ8 über einen völlig verwilderten Garten. Die Brennnesseln standen meterhoch, Quecke, Giersch und Franzosenkraut überwucherten, was vor langer Zeit vielleicht mal eine Rasenfläche gewesen war. Daneben wuchsen Büsche und Sträucher, die dermaßen mit Zaun- und Ackerwinde überzogen waren, dass man sie kaum noch erkennen konnte.

Bist du jetzt Gärtnerin? Du weißt doch nicht mal, mit wie vielen Ns man Brennnessel schreibt!

Vielleicht. Aber mit Unkraut und Schlingpflanzen kannte ich mich aus. Im Garten meines Vaters in Bad Tölz hätte dieser Wildwuchs keine Chance gehabt. Langsam kroch der Audi durch das Dickicht. Ungefähr zehn Meter von der Straße entfernt stand das Haus, das Josephas Mutter ihr hinterlassen hatte. Ob es so eine gute Idee gewesen war, dieses Erbe anzunehmen? »Haus« wurde dem alten Flachdachgebäude sowieso nicht gerecht. »Bruchbude« traf es sehr viel besser. Die Holzwände der Hütte waren morsch, überall blätterte die hellgrüne Farbe ab. Auf dem Dach türmte sich das Laub. Die Fenster hatten Sprünge und hingen schief in ihren Rahmen. Jemand hatte die Milchglasscheibe in der Haustür eingeschlagen, darüber hing eine einsame Bogenlampe, die nur sehr begrenzt Licht schenkte. Der Plattenweg zum Eingang war mehrfach aufgebrochen, eine Baumwurzel bahnte sich ihren Weg zum Haus, setzte an zur vollständigen

Vernichtung des bröckeligen Fundaments, auf dem die Bude stand.

Josepha hielt an, stellte die Scheinwerfer auf Fernlicht. Der Motor ging von selbst aus, für einen Moment hörte man nur das entfernte Rauschen des Bachs. Wir stiegen aus. Das Zuschlagen der Türen erzeugte ein dumpfes Echo, klang wie ein doppeltes Klatschen im Nichts, aber mit Faust-handschuhen. Der unheimliche Geräuschverstärker wurde unterstützt durch den beißenden Geruch, der in der Luft hing. Ich hatte lange kein Koks nachgelegt, deswegen war meine Nase schon ziemlich zugeschwollen, aber ich erkannte Kakao, Knoblauch und Nagellackentferner. Hatte ich bis-lang nur ein unangenehmes Gefühl gehabt, bekam ich jetzt Angst. Außerdem war mir kalt. Ich fing an zu zittern, unter meinem weißen Flokati-Mantel trug ich nur den Bini-Bikini und meine Stilettos.

Thor Mücke stellte sich vor das rottige Haus, hob die Arme und machte eine Geste, die wie ein beidhändiger Hit-lergruß aussah. War das seine Art, sich zu stretchen? Im Licht der Scheinwerfer erschien seine Silhouette noch mal ein Drittel schmaler. Er höhnte: »Ja, sind wir denn im Senegal? Das soll ein ›schnuckeliger Bungalow‹ sein? Und der Garten ›ganz süß‹? Dass es so was in Deutschland überhaupt geben darf. Ein echtes Denkmal der Schande!«

Er stand mit dem Rücken zu Josepha, die irgendetwas aus ihrer Handtasche holte. Waren das Kabelbinder? Tatsache. Wofür brauchte sie Kabelbinder? Sie stellte die Tasche auf den Boden und murmelte: »Das wird meine Mutter aber gar nicht gerne hören.«

Sie zog ihren Mantel aus und legte ihn auf die Motor-haube des Audis. Auch sie trug darunter nur ihren Bini-Bikini. Das gleißende Xenonlicht des SQ8 machte aus ihr eine Superheldin. Sie ließ die Plateauschuhe von den Füßen gleiten, dehnte wie ein Boxer Nacken, Hände und Oberschenkel. Sie warf mir einen herausfordernden Blick zu und formte mit den Lippen ein lautloses »Jetzt geht's los«, dann trat sie Mücke mit enormer Wucht in die Kniekehlen. Der Nazi fiel nach vorne, landete ungelenk auf den Schienbeinen. Er hob die Hand, wollte sich beschweren, aber bevor er etwas sagen konnte, streckte Josepha das rechte Bein in die Waagerechte, drehte sich um sich selbst und schlug ein weiteres Mal zu. Diesmal traf ihr nackter Fuß ihn seitwärts am Kopf. Der Aufprall war so hart, dass Blut spritzte, außerdem flogen Mücke zwei Zähne aus dem Mund. Er stürzte ungebremst aufs Gesicht. Er stöhnte vor Schmerzen, brabbelte: »Man wollte ... wollte uns mit Stumpf ... mit Stumpf und Stiel vernichten ... man wollte ... unsere Wurzeln roden ...«

Josepha legte ihm ihr Knie auf den Rücken, drückte ihn auf den Boden. »Na, wie war das noch mal? ›Wir müssen unsere Männlichkeit wiederentdecken. Denn nur, wenn wir unsere Männlichkeit wiederentdecken, werden wir mannhaft‹?«

Sie riss Mückes Arme nach hinten, band seine Handgelenke mit den Kabelbindern zusammen. Ohne das Knie von seinem Rücken zu nehmen, drehte sie sich um hundertachtzig Grad und fesselte ihn auch an den Füßen.

»›Und nur, wenn wir mannhaft werden, werden wir wehrhaft, und wir müssen wehrhaft werden!‹ Sprach der Typ, der eben von einer Frau zwar anmutig, aber nicht sonderlich devot auf die Bretter geschickt wurde.«

Sie ging zu ihrer Handtasche, holte eine Rolle Klebeband heraus. Sie riss ein Stück ab und klebte es Mücke über den Mund. »Das war's dann wohl mit der ›Polarität der Geschlechter‹, was? Rosie, hilf mir, ihn reinzutragen.«

Ich zögerte.

Mann, das war knallhart! Dem Möchtegernhengst hat die Superbraut gezeigt, wer der Boss ist. Worauf wartest du, Rosie?

Mir ging das alles viel zu schnell. Ich schwankte zwischen absoluter Bewunderung für Josephas Karate-Künste, der Genugtuung und Schadenfreude, die mir die rabiate Behandlung des rassistischen Arschlochs bereitete, und meinem moralischen Kompass, der mir trotz Drogensucht und Stripperei sagte, dass es nicht in Ordnung war, einen Menschen so zu verprügeln und dann auch noch zu fesseln.

Moralischer Kompass? Der Typ wollte dich zu seiner Sklavin machen! Mach dir die Finger schmutzig, Schwester, hilf Josepha!

Aber ich war immer noch nicht so weit. Ich stotterte: »Äh, ich weiß nicht … das ist schon ganz schön heftig, lass mich mal nachdenken … ich …«

Josepha drehte Mücke auf den Rücken und griff ihn bei den Schultern. Sie begann zu ziehen.

»Komm schon, Rosie, wir können ihn hier doch nicht einfach so liegen lassen.«

Thor Mücke brüllte durch das Klebeband, er war schwer zu verstehen, aber es klang wie: »Verfickte Schlampen!«

Okay, moralischer Kompass hin oder her, der Typ war einfach nur Abschaum. Ich nahm ihn bei den Füßen. Gemeinsam hoben wir den schreienden Nazi vom Boden, er war erstaunlich leicht. Er zappelte und versuchte, sich zu befreien, aber gegen die Kabelbinder hatte er keine Chance. Links neben dem Haus führte ein überwucherter Pfad zu einem Gebäude, das wohl irgendwann mal eine Garage gewesen sein musste. Sie bestand aus unverputztem Gasbeton, der langsam vor sich hin bröckelte. Dach und Wände waren in fester Hand von Unkraut und Schlingpflanzen. Die Baracke war offensichtlich die Quelle des beißenden Geruchs, denn je näher wir kamen, desto stärker wurde der Gestank.

An der Wand hing eine alte Industrielampe. Die Lichter von Josephas Audi gingen aus, machten aus der Funzel die einzige Beleuchtung. Sie flackerte alle drei Sekunden, erzeugte ein Stakkato in meinem Kopf, so als würde ich einen alten Stummfilm gucken. Josepha ließ Mücke los und öffnete das Tor. Es quietschte und knarrte, sie schaltete das Licht an. Mir wurde schlagartig schlecht, auch Mücke wurde kreideweiß. Er hörte auf zu schreien. Mit weit aufgerissenen Augen starrte er auf die Szene, die sich uns bot.

Von der Decke baumelte zwischen dichten Spinnweben eine nackte Glühbirne, darunter befand sich ein einzelner Stuhl, der in Richtung des Tors stand. An den Armlehnen hingen Handschellen, um die Stuhlbeine lagen Stromkabel. An der seitlichen Garagenwand stand eine Werkbank mit einem altmodischen Ghettoblaster darauf. Darüber hingen ordentlich aufgereiht Hammer, Rohrzange, Gartenschere, Wasserwaage und andere Werkzeuge an einzelnen Haken, die in eine Lochwand gesteckt worden waren. An der Wand gegenüber stand ein Fahrrad. Der hintere Teil der Garage lag im Dunkeln. Alles kein Problem, sogar der gruselige Handschellenstuhl war gerade noch zu verkraften. Was Mücke und mich so umhaute, war das festgetrocknete rotbraune Blut. Es war überall. Am Boden hatte sich eine zwei Meter breite Lache gebildet. Tausende von Spritzern bedeckten die Werkbank und das Fahrrad, kleine Rinnsale waren die Wände hinabgeflossen. In den Spinnweben an der Decke war das Blut in Tropfenform geronnen. Die Handschellen und Stromkabel schienen vollständig überflutet worden zu sein. Die einzigen Stellen, die nicht damit in Kontakt gekommen waren, waren Rückenlehne und Sitzfläche des Stuhls. Die Abwesenheit von rotbraunen Flecken darauf schien ihn als Ursprung des Infernos zu identifizieren. Auf diesem Stuhl war ein Mensch verblutet.

Herrschaftszeiten, Rosie, das ist jetzt aber ganz schön makaber!

Die Stimme der Unvernunft klang auf einmal gar nicht mehr so großspurig wie sonst.

Wie kommst du denn darauf, dass es sich um Blut handelt? Und selbst wenn: Warum muss es unbedingt ein Mensch gewesen sein, der hier gestorben ist?

Die Antwort auf diese Frage lag in Josephas Augen. Ich war immer davon ausgegangen, dass jeder Mensch gut auf die Welt kommt und erst im Laufe der Kindheit verdorben wird. Ich glaubte an das Konzept der Unschuld und dass wir als Gesellschaft verstehen sollten, warum manche unserer Mitmenschen kriminell wurden. Wir sollten nicht nur bestrafen, sondern versuchen zu heilen. Das Funkeln in Josephas Augen ließ mich plötzlich begreifen, dass es so etwas wie das Böse gab, das ohne Ursache existieren kann. Das schwarze Herz, das Freude daran hat, schwarz zu sein. Der Schurke, der von Anfang nicht zu retten ist.

Erst Gärtnerin, jetzt Philosophin – Rosie, du überraschst mich immer wieder!

Josepha machte eine entschuldigende Geste in Richtung des Blutbads. »Sorry, ich hatte noch keine Zeit, aufzuräumen.«

Aufräumen? Man räumt ein Wohnzimmer nach einer Party auf. Oder eine Küche nach einem guten Essen. Bei diesem Schlachtfeld muss man komplett renovieren. Oder die Bude einfach abreißen!

Die Stimme der Unvernunft hatte ihre Dreistigkeit wiedergefunden. Mit meiner Hilfe manövrierte Josepha Thor Mücke auf den Stuhl. Der Fascho war ungewohnt still geworden, hatte aufgehört zu zappeln. Vielleicht hatte ihn die gleiche Erkenntnis wie mich erwischt. Mit verstörender Selbstverständlichkeit wickelte Josepha ihm ein Kabel um den Bauch, zog es fest. Dies war nicht ihr erstes Mal. Sie griff sich ein Teppichmesser von der Werkbank und schnitt die Kabelbinder auf. Dann legte sie ihm die Handschellen an, fesselte seine Waden an die Stuhlbeine. Mir fiel auf, dass der Stuhl am Boden festgeschraubt war. Josepha steckte die

Hand in Mückes Jackett und holte seine Brieftasche heraus. Sie fischte das Bündel Hunderter aus dem Geldfach und zählte.

»Tausendzweihundert Euro. Nicht die Welt, aber auch kein Kleingeld.« Sie warf mir ein paar Scheine vor die Füße. »Hier, deine Hälfte. Jetzt zieh dich aus.« Sie ging rüber zur Werkbank und startete den Ghettoblaster.

»She'll only come out at night. The lean and hungry type …«

Hey, das sind doch Hall & Oates!

Kurzer Abstecher in die Vergangenheit. Der Song drehte sich irgendwo auf dem CD-Spieler meiner Erinnerung. Für einen kurzen Augenblick sah ich meine Mutter in unserem Wohnzimmer in Bad Tölz dazu tanzen. Wie hieß das Lied noch mal?

Josepha legte sich eine Hand auf den Rücken, öffnete ihr Bini-Bikini-Oberteil und streifte es über die Arme. Dann schlüpfte sie aus ihrem Höschen. Sie war völlig nackt. Mir fehlten die Worte. Sie stellte sich neben mich und sprach wieder mit ihrer Soldatenstimme. Allerdings ohne den Humor, den sie ursprünglich beigemischt hatte. Sie meinte es ernst.

»Was ist los? Hast du mich nicht gehört, Kamerad? Zieh dich aus!«

Ich hatte sie schon beim ersten Mal verstanden. Aber wieder brauchte ich etwas Zeit, um zu verarbeiten, was sich hier in Lichtgeschwindigkeit entwickelte.

Mach dich nackig, Häschen. Ist doch nur ein Spiel. Alles inszeniert. Der Duft kommt aus der Dose, und das Blut ist Himbeersaft. Wahrscheinlich steht der Nazi drauf. Bondage, S&M, Submission – die Rechtsradikalen haben doch alle sexuell einen an der Waffel!

Konnte das wirklich sein? Ich blickte auf das Bündel Hunderter zu meinen Füßen.

Nimm die Kohle, Rosie. Ein bisschen exotischer Tanz für

sechshundert Euro, was ist dabei? Ist doch egal, ob im Strip-
club oder in der Garage, pervers sind sie sowieso alle.

Ich schnappte mir die Scheine und steckte sie in meine
Manteltasche, dann pellte ich mich aus dem Flokati, ließ den
Bini-Bikini fallen. Die Stilettos behielt ich allerdings an.

»Oh, here she comes. Watch out, boy, she'll chew you
up …«

Wenn Hall und Oates wüssten, auf welchem Event ihre
Musik gerade gespielt wurde. Josepha wirbelte in einem wilden Walzer um Thor Mücke herum, schleuderte ihre Haare
und schwang ihre Arme wie zwei Propeller. Ich hielt etwas
Abstand, zirkelte eine sehr reduzierte Rumba auf den Betonboden, ohne größere Arm- oder Beinarbeit. Aber ich tanzte.

»Oh, here she comes, she's a maneater …«

Genau, »Maneater«, so hieß der Song. Mücke schien seinen ersten Schock überwunden zu haben, er folgte Josephas
Bewegungen mit dem Kopf, seine Augen wanderten von ihr
zu mir und zurück.

Sie höhnte im Soldatenton: »Herr General, die Truppe
hat den Befehl zum Nackttanzen mit großem Enthusiasmus
aufgenommen. Auch die Gefreite Freytag, eine Leihgabe aus
dem dritten Wüstenbataillon der algerischen Fremdenlegion,
erfüllt ihre Aufgabe mit professionellem Gleichmut. Was
haben Sie gesagt?«

Sie hielt sich die Hand ans Ohr und lauschte. Thor Mücke
gab keinen Ton von sich.

»Ah, ich verstehe, Sie möchten, dass ich Sie auch von
Ihrer Uniform befreie. Zu Befehl!«

Mücke schüttelte vehement den Kopf, aber Josepha ging
rüber zur Werkbank und nahm eine Schere von ihrem Haken. Sie kam zurück und vollführte ein paar schnelle Schnitte
in der Luft. Sie hockte sich vor den kleinen Nazi und begann, seine Hosenbeine aufzuschneiden. Mücke fing an zu
wimmern, er rüttelte an seinen Fesseln. Josepha fluchte:

»Halt still, du verfluchter Hurenbock, ich mache nur meine Arbeit.«

Aber Mücke zappelte weiter. Josepha stand auf und schlug ihm in rascher Folge zweimal mit der Faust ins Gesicht. Mücke hörte auf, sich zu bewegen, aber sein Wimmern steigerte sich zu einem Schluchzen. Josepha schnitt ihm auch den Rest seiner Kleidung vom Körper, ließ ihm nur seine Boxershorts. Diese zierte ein Muster aus deutschen Flaggen. Trotz der brutalen Faustschläge musste ich lachen. Die Situation war einfach zu absurd. Josepha sah mein Amüsement. Sie lächelte dämonisch und winkte mich näher heran. Ich tänzelte auf den nackten Faschisten zu. Der war nur Haut und Knochen. Einen so dünnen Mann hatte ich noch nie gesehen. Er war gebaut wie ein Kind, so als hätte bei ihm die Pubertät nie stattgefunden. Er hörte auf zu schluchzen.

Josepha schnurrte: »Ja, kleines Freundchen, die heiße Migrantin gefällt dir. Rosie, guck!« Sie zeigte auf Mückes Schritt. Dort hisste der Nazi die Flagge.

Ich hab's dir doch gesagt, Rosie, die Faschos sind alle pervers. Der Typ steht auf den bizarren Scheiß!

Jetzt glaubte ich es auch. Ich fing an, etwas inspirierter zu tanzen. Aus der Rumba wurde ein Fandango, ich startete die Rosie-Freytag-Show, machte die gruselige Garage zu meiner Bühne. Ich hob die Hände über den Kopf und schnippte mit den Fingern. Dabei stieß ich gegen die Glühbirne, die begann, wie eine Discokugel zu schwingen. Während ich im Flackerlicht durch den Raum fegte, performte Josepha einen Lapdance. Mit dem Rücken zu Thor Mücke beugte sie sich nach vorne und wackelte mit dem Hintern. Ein weiteres Mal zwinkerte sie mir zu. Sie machte wieder auf Feldwebel:

»Mein General, ich muss Ihnen etwas gestehen: Ich habe Sie in dem guten Glauben gelassen, eine deutsche Frau mit reinrassigen arischen Wurzeln zu sein. Nun muss ich Sie enttäuschen: Ich bin in Wirklichkeit Russin. Meine Eltern stammten aus St. Petersburg, zusätzlich war mein Großvater Jude. Ich heiße Goldstaub mit Nachnamen.«

Sie drehte sich um, setzte sich rittlings auf Mückes Schoß und säuselte ihm ins Ohr: »Bitte nicht böse sein.«

Sie begann, seinen Nacken zu küssen. Ich wunderte mich kurz über ihre Unprofessionalität, Küssen war in Binis Ballsaal verboten. Aber dann bedeuteten mir Thor Mückes klebebandgedämpfte Schreie, dass sie ihn nicht küsste. Sie biss. Dabei knabberte sie nicht nur ein bisschen an seiner Haut, so wie man es vielleicht beim Liebesspiel im Eifer des Gefechts macht. Nein, sie biss richtig zu, hinterließ tiefe Zahnabdrücke an Schultern, Hals und Wangen. Sie riss an seinem Fleisch wie ein Raubtier. Mücke schrie, als hätte ihn jemand aufgespießt, versuchte wieder, sich von seinen Fesseln zu befreien. Ich verlor die Konzentration, stolperte über irgendetwas, das im hinteren Teil der Garage lag, und fiel hin. Ich war kurz orientierungslos, dann landete mein Blick auf dem, was mich aus der Bahn geworfen hatte. Meine Augen mussten sich erst an das schummrige Licht gewöhnen, aber auf das, was langsam aus dem Schatten auftauchte, hätte ich auch gut verzichten können. Die Stimme der Unvernunft kreischte vor Schreck.

Mein Gott, ist das …?

Es war. Gegen die grünliche Gasbetonwand lehnte eine männliche Leiche.

Hör doch auf, Rosie, woher willst du wissen, dass er tot ist?

Machst du Witze? Der Mann starrte mich aus trüben Augen an, sein Gesicht war bräunlich verfärbt und glich mehr dem einer Mumie als dem eines Menschen. Um seinen Kopf schwirrten kleine schwarze Fliegen, mir wurde klar, dass er das Epizentrum des ätzenden Geruchs war. Er stank wie die Pest. Das eindeutigste Zeichen seines Ablebens war allerdings, dass ihm seine untere Hälfte fehlte. Irgendeine mittelschwere Naturgewalt hatte ihn knapp über der Hüfte in zwei Teile getrennt. Wobei Becken und Beine nirgendwo zu sehen waren.

Mich ergriff eine fundamentale Panik. Mein Flucht-instinkt setzte so heftig ein, dass ich zunächst nicht auf die Füße kam. Wie eine Krabbe im Rückwärtsgang rutschte ich über den Beton, scheuerte mir Po und Oberschenkel auf. Ich wäre wahrscheinlich auf allen vieren aus der Garage ge-krochen, hätte mich nicht ein weiteres Objekt aufgehalten. Ich brach in ein hysterisches Kreischen aus. Auf dem Boden hinter mir lag eine blutige Kettensäge, an der noch Reste von Muskelfleisch und Gedärmen klebten. Der erneute Schock brachte mich in die Senkrechte. Ich sprang auf, wollte gerade zum Spurt in Richtung Ausgang ansetzen, als Josepha mir eine schallende Ohrfeige verpasste. Ich hatte sie gar nicht kommen sehen. Sie herrschte mich an: »Hör auf zu schreien, Kamerad. Wir sind im Krieg, da gibt es halt Verluste!«

Josepha hatte offenbar den Verstand verloren. In ihren Augen loderte die helle Flamme des Wahnsinns. In Sekun-denbruchteilen zählte ich eins und eins zusammen: Josepha war eine Mörderin und ich ihr nächstes Opfer. Ich beendete meinen Panikmodus, hörte auf zu kreischen und lief zum Garagentor. Aber in meinen Stilettos nahm ich nicht richtig Fahrt auf, Josepha war barfuß und überholte mich mühelos. Sie riss das Tor vor meiner Nase zu, drehte den Schlüssel im Schloss um und zog ihn ab. Ich war gefangen. Josepha richtete sich langsam auf, ihre Augen waren glasig, sie wirkte abwesend, so als hätte jemand sie hypnotisiert. Beinahe zärt-lich strich sie mir eine Haarsträhne aus der Stirn.

»Keine Sorge, Rosie. Ich esse keine Frauen.«

Esse?

Auch Thor Mücke musste die halbe Leiche gesehen haben. Er begann wortlos zu flehen, das Klebeband verzerrte seine

Stimme, er klang wie ein junger Seehund. Sein Schluchzen steigerte sich zu einem lauten Heulen, wie eine Sirene füllte seine verzweifelte Klage den Raum. Josepha erwachte aus ihrer Trance. Sie verschwand in der hintersten Ecke der Garage, die komplett in Dunkelheit gehüllt war.

»Er soll aufhören zu schreien!«

Eine hohe Männerstimme erklang aus dem Schatten.

»Er tut meinen Ohren weh! Josie, mach, dass er aufhört!«

Der Mann schimpfte wie ein Kind, dem man sein liebstes Spielzeug weggenommen hatte. Josepha sprach in einem leisen, beruhigenden Tonfall zu ihm: »Ist ja gut, Noah, ich kümmere mich darum.«

Noah? Wer war der Mann, der aus der Tiefe der Garage zeterte? War er die ganze Zeit da gewesen? Warum hatte ich ihn nicht bemerkt?

Oh Gott, sie hat Verstärkung. Rosie, wir sind verloren!

Mücke hatte den Schattenmann offenbar ebenfalls wahrgenommen. Er unterbrach sein Lamento, drehte den Kopf und starrte mit aufgerissenen Augen in die Dunkelheit. Er sah genauso wenig wie ich. Er begann wieder, aus voller Lunge zu kreischen. Noah gefiel das überhaupt nicht.

»Josie, stell ihn ab, ich halte das nicht mehr aus! Warum muss der Typ so schreien?«

»Noah, du weißt doch, wie die Männer sind. Immer einen auf dicke Hose machen, aber wenn es hart auf hart kommt, rufen sie nach ihrer Mutti.«

»Ruft er nach seiner Mutti?«

»Nein, das ist nur eine Redewendung. Das bedeutet, dass er Angst hat.«

Josephas Stimme klang sanft und warmherzig. Noah schien sich zu entspannen.

»Sollte er auch! Weiß er, was du gleich mit ihm machst?«

»Er hat wahrscheinlich schon so eine Ahnung. Aber was genau auf ihn zukommt, weiß er noch nicht.«

Noah kicherte. »Das wird ein Spaß. Nimmst du wieder den Bohrer?«

»Der gefällt dir wohl, was?«

»Ja, Josie, bitte, bitte, ich liebe den Bohrer!«

»Na schön, Bruderherz, dann nehm ich den Bohrer.«

Josepha erschien wieder im beleuchteten Teil der Garage. Sie trug einen großen blauen Plastikkoffer. Mit drei Schritten war sie bei Mücke, legte den Koffer auf den Boden und klappte ihn auf. Darin befand sich eine eckige Akkubohrmaschine mit Zubehör. Josepha griff sich einen besonders langen Bohrer und drehte ihn in das Bohrfutter. Sie nahm die Maschine in beide Hände und startete sie zweimal kurz in der Luft. Der Motor klang wie ein kleiner Düsenjet, er hatte so viel Power, dass Josepha Mühe hatte, das Gerät festzuhalten. Sie legte dem Nazi die Spitze an die Schläfe. Mücke weinte hemmungslos, die Tränen liefen wie Sturzbäche über seine Wangen. Er versuchte, den Kopf wegzuziehen, bog den Hals so extrem zur Seite, dass sein Ohr fast auf seiner Schulter lag. Aber Josepha folgte seiner Bewegung, hielt die Bohrmaschine gekonnt auf Hautkontakt. Ihre Stimme klang eiskalt: »Hör auf zu jammern, du Memme.«

Ohne zu zögern, bohrte sie Mücke senkrecht von oben in den Kopf. Ich kniff die Augen zusammen. Ich hatte genug gesehen. Die Ohren konnte ich leider nicht verschließen, egal, wie tief ich mir die kleinen Finger in die Gehörgänge bohrte. Der Lärm war im wahrsten Sinne des Wortes mörderisch. Das hohe Sirren des Akkubohrers, gemischt mit dem Knirschen von Mückes Schädelknochen. Dazu die Todesschreie des Nazis, die trotz des Klebebands unerträglich laut waren. Sie klangen wie das Quieken eines Schweines im Schlachthaus. Nach ein paar endlos langen Sekunden hörte das Schreien auf, aber das Bohren ging weiter. Ein matschiges Geräusch deutete an, dass Josepha auf Gehirnmasse gestoßen war, dann krachten erneut die Knochen. Ein brachialer

Knall beendete das akustische Horrorszenario. Sein Echo wurde von den kahlen Wänden der Garage hin- und herge-worfen. Der Nachklang war so schrill, dass ich zunächst nur noch ein hohes Piepen hörte. Ich öffnete die Augen. Mückes Kopf hing schlaff auf seiner Brust, der Bohrer war in seinem Schädel abgebrochen. Aus dem Bohrloch tropften Blut und Gehirnmasse auf seinen nackten Bauch. Josepha schwenkte triumphierend die Bohrmaschine über dem Kopf.

»Na, kleines Freundchen, hast du es auch so genossen wie ich?«

Ich verschanzte mich hinter meinen Augenlidern. Ver-suchte, die Bilder der letzten fünf Minuten zu löschen, was mir nicht gelang. Im Gegenteil. Genau wie das Echo des Bohrers wurden sie von meinen Gehirnwänden mehrfach zurückgeworfen, wiederholten sich in einer endlosen Rück-kopplungsschleife. Plötzlich spürte ich Josepha hinter mir. Mit geübten Handgriffen legte sie mir zwei Kabelbinder um die Unterarme und fixierte sie so auf meinem Rücken. Sie schob mich zurück in die Tiefe der Garage. Ich war noch so benommen von dem Knall, dass ich keinen Widerstand leistete. Als ich ein Scharnier quietschen hörte, öffnete ich die Augen. Schemenhaft nahm ich wahr, dass sich an der hin-teren Wand eine Tür befand, die in einen kleinen Raum mit einem Oberlicht in der Decke führte. Auf einer Pritsche mit einer dünnen Matratze lag eine grobe Wolldecke, in der Ecke stand ein rostiger Blecheimer. Ansonsten war das Zimmer leer. Josepha stieß mich hinein und schmiss meinen Mantel hinterher. Sie schloss die Tür. Ich hörte, wie sie von außen einen Riegel vorschob. Sie flüsterte durch das Schlüsselloch: »Zapfenstreich, Kamerad. Bis zum nächsten Krieg.«

TOM

Donnerstag

»Ciao, Bella, was geht?«

»Moin, Tommy – hab ich dich geweckt?«

»Nein, ich bin schon unterwegs.«

Tom fuhr auf der Zeppelinstraße, der Nordroute um den Helmut-Schmidt-Flughafen. Er genoss den perfekten Halbkreis, den die Stadtplaner hier eingebaut hatten. Ein Traum für Freunde der Zentrifugalkraft, bei Tempo hundert trug es seinen Mini beinahe aus der Kurve. Um die Flugzeuge nicht durch Autoscheinwerfer abzulenken, war die Straße überdacht, was ihr einen für Hamburg ungewöhnlichen futuristischen Look gab. In der Kombination mit dem geschichtsträchtigen Namen bekam diese Strecke bei Tom eine glatte Eins, wurde nur geschlagen von der A 7 südlich des Elbtunnels. Er war kein Hafenromantiker, aber das mechanische Drama der Schiffe und Kräne in den Containerterminals erzeugte bei ihm regelmäßig Gänsehaut.

Bella wunderte sich: »Um neun Uhr morgens? Was ist denn mit dir los?«

»Ich weiß auch nicht. Ich fühle mich auf einmal so ... so nützlich. Nein, das ist das falsche Wort ... so sinnvoll? Egal, jedenfalls habe ich zum ersten Mal seit langer Zeit wieder das Gefühl, etwas vorzuhaben, das nicht mit fünf Litern Bier und zwei Gramm Koks endet. Normalerweise hab ich wenig Grund, morgens überhaupt aufzustehen. Aber seit dieser Sache mit Julia und Marius Müllensiefen spüre ich die alte Neugier, die Energie von früher, die Leitungen in meinem Gehirn verbinden sich wieder, fangen an zu glühen – ich konnte gestern Nacht kaum schlafen. Ich habe eine Aufgabe, eine Mission, bin mittendrin und nicht nur dabei oder so ...

Oh Gott, das klingt alles nach einer Werbekampagne für die Bundeswehr …«

»… oder die Polizei.« Bella lachte. »Aber trotzdem: Das ist doch wunderbar! Außerdem hast du jetzt einen Hund, das muss ich auch erst mal verarbeiten.«

»Stimmt, Knef sitzt hinten auf der Rückbank, ich nehme sie jetzt immer mit, sonst ruft Dirk Nerlinger-Unbehagen noch den echten Hundekontrolldienst. Ich hab ihr sogar eine Leine gekauft.« Tom drehte sich um und streichelte seine Hundelady. Die wedelte mit dem Schwanz und leckte seine Hand.

»Tommy, der Hundevater«, spottete Bella. »Apropos, hast du was von Merle oder Elias gehört?«

»Gestern, ja, von Elias. Er brauchte Geld.«

»Und, hast du ihm was überwiesen.«

Tom zögerte kurz. »Äh … ja.«

»Tom, das darfst du nicht. Wie soll der Junge jemals lernen, mit Geld umzugehen.«

»Ich weiß, aber …« Tom hatte keine Lust, in das Thema einzusteigen. »Mit Merle hatte ich seit deinem Geburtstag keinen Kontakt.« Der war im August gewesen. Er seufzte. »Was aber nicht ungewöhnlich ist.«

»Na gut, dann erfährst du es jetzt von mir: Unsere Tochter ist verlobt.«

»Was? Seit wann?«

»Seit vorgestern. Mit einem Arzt aus der Charité. Dr. Sunil Chakraborty heißt der Knabe.«

»Ein Inder?«

»Bangladescher. Netter Kerl.«

»Du hast ihn schon kennengelernt?«

»Ja, die beiden waren ein paarmal bei mir zu Besuch.«

»Und davon erfahre ich erst jetzt?«

»Ach Tommy, du weißt doch – Merle hat einen ziemlichen Verschleiß. Ich muss dir nicht von jedem neuen Freund erzählen. Aber dieser scheint was Ernstes zu sein.«

Tom fühlte ein plötzliches Reißen in der Brust. Seine Tochter war eine Fremde. Er murmelte: »Na gut, danke, dass du mich informiert hast. Dann auf bald, Bella …«

»Nein, Tommy, leg noch nicht auf, das ist nicht der Grund, warum ich dich anrufe. Ich wollte dir sagen, dass John-Milo Vincent noch immer nicht aufgetaucht ist.«

Tom fasste sich wieder. »Das kann ich mir vorstellen. Deswegen bin ich auch so früh unterwegs. Ich fahre ins Landeskriminalamt. Sosehr ich es hasse, aber ich muss wohl leider ein weiteres Mal mit Paul Streber sprechen. Es gibt eine Verbindung zwischen Marius Müllensiefen und John-Milo Vincent.«

»Lass mich raten: Josepha?«

»Genau die. Das Foto, das ich dir gestern geschickt habe, zeigt Josepha, wie sie an der Stelle aus dem Wald tritt, an der ich ein paar Tage später Marius' Leiche entdeckt habe.«

»Heiliger Strohsack! Deshalb warst du so kryptisch. Und wie kommst du an dieses Foto?«

»Habe ich rein zufällig aufgenommen. Ich wollte nur den schönen Augenblick am See einfangen.«

»Du machst neuerdings romantische Landschaftsaufnahmen?«

»Ich weiß, völlig gegen meine Natur. Ich werde wohl alt.« Tom lachte heiser. »Mir ist erst später aufgefallen, dass sie im Hintergrund mit drauf ist. Ich glaube, John-Milos neue Freundin hat Marius Müllensiefen auf dem Gewissen.«

»Oh mein Gott, das ist ja grauenhaft, der arme Drecki …«

»Bellissima, das heißt noch lange nicht, dass John-Milo auch hinüber ist. Ich könnte mich ja auch irren. Es kann nach wie vor sein, dass er sich nur eine kleine Auszeit gönnt – vielleicht kennt Drecki ihn weniger gut, als er glaubt.«

»Das hoffe ich von ganzem Herzen. Meinst du denn, dass Josepha auch Julia Müllensiefen auf dem Gewissen hat?«

»Unwahrscheinlich. Die Morde passen überhaupt nicht zusammen. Völlig andere M.O.s.«

»M.O.s?«

»Modi Operandi. Die beiden Opfer wurden auf sehr unterschiedliche Weise ermordet. Das spricht für zwei verschiedene Täter.«

Bella lachte. »Ich merk schon, der legendäre Spürsinn meldet sich zurück. Dann halt mich mal auf dem Laufenden, Kommissar Mangold. Hey, Tommy …«

»Ja?«

»Wegen Merle: Es tut mir leid, wenn ich dich verletzt habe.«

»Ist schon gut, du kannst nichts dafür.«

Für eine Weile waren beide still. Tom hörte Bella auf der anderen Seite der Leitung atmen. Schließlich sagte sie: »Hast du Mischa angerufen?«

»Nein, noch nicht.«

»Mach das bitte.«

»Ja, ist ganz oben auf meiner Liste.«

Tom parkte in der Hindenburgstraße, nahm Knef an die neue Leine und ging den Rest zum Polizeipräsidium zu Fuß.

Auf halber Strecke kamen ihm Paul Streber und Maja Ajani entgegen. Streber rief schon von Weitem: »Thomas Mangold, jetzt auch mit Hund! Genau der Mann, den ich heute nicht treffen wollte. Oder überhaupt jemals. Wie heißt es doch so schön? Wenn ich dich nie wiedersehe, ist das immer noch viel zu früh.«

Er lachte lauthals über seinen eigenen Witz. Tom ignorierte ihn.

»Paul, ich muss mit dir sprechen.«

»Dann hol dir einen Termin. Ich hab Feierabend, oder besser Feiermorgen, ich hab die ganze Nacht gearbeitet. Ich geh jetzt frühstücken.«

»Es geht um Marius Müllensiefen, ich habe da eine Entdeckung gemacht …«

»Wir haben den Täter.«

»Was?«

»Ja. Du kannst nach Hause gehen. Kümmer dich um deine Federboa-Sammlung oder was auch immer ihr sonst so macht.«

Auch den politisch völlig inkorrekten Spruch ließ Tom durchgehen.

»Wer?«

»Das geht dich einen Scheißdreck an. Jetzt geh mir aus dem Weg.«

Knef schnupperte Streber am Knie, wich zurück und knurrte grimmig. Der Hauptkommissar fand das gar nicht nett.

»Verdammt, halt deine Töle fest! Hunde braucht doch kein Mensch.«

Er stapfte davon. Maja Ajani zögerte einen Moment, dann folgte sie ihm. Tom blieb leicht konsterniert zurück. Was war nur aus seinem ehemaligen Kollegen geworden? Paul Streber schaffte es doch tatsächlich, bei jeder Begegnung noch mal eine Stufe unangenehmer zu sein. Sein Handy summte, es war eine Nachricht: »Hallo, Tom, hier ist Maja Ajani. Ich hab deine Nummer aus deiner Personalakte. Bitte geh nicht weg, ich bin gleich zurück.«

Tom wartete. Fünf Minuten später erschien die Schutzpolizistin wieder auf der Bildfläche. Sie winkte schüchtern. Tom begrüßte sie freundlich: »Hallo, Maja – was verschafft mir die Ehre?«

Maja war sichtlich aufgeregt. Sie zeigte mit dem Daumen über ihre rechte Schulter. »Ich musste erst mal Paul Streber loswerden. Der soll alleine frühstücken gehen. So geht das nicht, ich halte das nicht mehr aus, ich hatte mir schon überlegt, ob ich … Der Typ ist so am Ende, in jeder Beziehung bankrott. Sozial, emotional, professionell. Ich kann nicht mehr, ich wünschte, ich hätte nie …«

Maja rollten die Tränen über die Wangen. Tom reichte ihr ein Papiertaschentuch.

»Hättest nie was?«

Sie machte nur eine wegwerfende Geste. Tom lächelte aufmunternd.

»Ja, Paul Streber ist eine ganz bittere Pille. Wollen wir ihn umbringen? Ich hätte Lust!«

Maja musste lächeln. Sie wischte sich die Tränen aus dem Gesicht.

»Ja, das machen wir. Ich weiß auch, wo er arbeitet. Gleich dahinten.« Sie zeigte auf das Polizeipräsidium.

Tom fragte: »Ihr habt also den Täter?«

»Deswegen bin ich zurückgekommen. Hauptkommissar Streber hat seinen Mann und den Fall damit erfolgreich aufgeklärt. Aber für mich stimmt das hinten und vorne nicht.«

»Wer ist es denn?«

»Ein gewisser Ingo Schlesinger, der Gärtner von Agnes Müllensiefen.«

Tom sang: »›Der Mörder ist immer der Gärtner‹ – nicht wirklich, oder?«

»Die DNA-Analyse war eindeutig.«

»Wo hattet ihr denn DNA her?«

»Die Socken.«

In rapider Folge lief eine Bildersequenz in Toms Kopf ab. Ingo Schlesinger in Tennissocken und Adiletten im Wintergarten der Villa Müllensiefen, die Socken auf dem Boden im Flur zwischen Schlaf- und Badezimmer in Julias Wohnung.

»Sie waren viel zu groß für Frau Müllensiefen. Der Täter ist wohl aus seinen Adiletten geschlüpft, bevor er ins Bad ging, um Julia zu ermorden. Dabei hat er auch seine Socken ausgezogen, um sie nicht nass zu machen. Anschließend hat er dann vergessen, sie wieder anzuziehen. Zum Glück für die

Spurensicherung waren sie schweißgetränkt. Genug DNA, um sie mit Ingo Schlesingers zu vergleichen.«

»Und woher hattet ihr Ingos DNA? Ihr habt doch nie im Leben so schnell einen richterlichen Beschluss bekommen.«

»Nein, er hat freiwillig einen … warum sollte er das machen, wenn er der Täter ist?«

»Freiwillig einen Abstrich machen lassen?«

Maja nickte leicht genervt. Tom schüttelte den Kopf.

»Du hast recht, das macht keinen Sinn. Moment.« Er zog sein Handy aus der Jackentasche. »Hier, halt mal.«

Er gab Maja Knefs Leine und ging ein paar Schritte die Straße hoch. Er tat so, als würde er eine Nachricht checken. Maja ging in die Knie und streichelte Knef. Die wedelte freundlich mit dem Schwanz und drückte ihr die Schnauze gegen das Bein. Tom kam zurück. Maja lächelte.

»Und? Hundetest bestanden?«

»Ja, Knef mag dich. Sie hat eine gute Menschenkenntnis.«

Er hockte sich neben Maja. »Was hältst du davon, wenn wir ein kleines Brainstorming veranstalten? Ich habe nämlich auch ein paar Einsichten gewonnen seit unserem letzten Treffen. Kann man hier irgendwo einen Kaffee trinken, wo man nicht auf Paul Streber trifft?«

Sie saßen in einer Bäckerei am U-Bahnhof direkt neben dem Polizeipräsidium. Kein schöner Ort. Spanplattentresen, von denen die Melaminfolie abblätterte und an deren scharfen Kanten man sich die Ellenbogen aufrieb. Davor wackelige Barhocker mit fleckigem Bezug. Krümel und Brotreste auf dem grün gefliesten Boden, der Filterkaffee wässrig und die Brötchen hart. Maja Ajani in Freizeitklamotten sah man die Polizistin nicht an. Sie trug schwarze Röhrenjeans und Vans, dazu einen ziemlich coolen Wickelmantel. Ihre orangen Haare hatte sie mit einem Gummiband über dem Kopf aufgetürmt, die Frisur machte sie mindestens zehn Zentimeter größer. Man sollte meinen, dass dieser Look mittlerweile auch in den weniger coolen Statteilen Hamburgs angekommen sein müsste, aber die anwesenden Rentner und Langzeitarbeitslosen starrten, als wäre sie vom Mars.

»Schon mal aufgefallen, dass es um das Polizeipräsidium herum kein einziges nettes Lokal gibt? Es ist, als würden wir Bullen ...«

Maja hatte die leicht verwirrende Eigenschaft, Sätze ab und zu nur im Kopf zu Ende zu sprechen.

»Eigentlich wäre es doch logisch, dass sich hier im Umfeld ein bisschen Infrastruktur ... Cafés und Restaurants, auch Beamte wollen mal mit etwas Ambiente essen oder gemütlich einen kompetent zubereiteten Cappuccino ... Oder eben nicht. Imbisse und Bäckereien, vielleicht mal eine Pizzeria. Mehr gibt's hier nicht. Was sagt uns das über die Hamburger Polizei?«

»Das Essen in der Kantine war zu meiner Zeit gar nicht so schlecht.«

»Ja, klar, aber man will doch auch mal raus, nicht nur immer ... genau ... Ingo Schlesinger. Ich glaube nicht, dass er beide Geschwister auf dem Gewissen hat. Völlig unterschiedliche M.O.s.«

»Ja ... stimmt.« Tom hatte etwas Mühe, mit ihren Gedankensprüngen Schritt zu halten.

»Außerdem: Was ist das Motiv? Weder bei Julia noch bei Marius deutet irgendetwas auf Raubmord hin.«

»Wurde Julia vergewaltigt?«

»Nein, wurde sie nicht. Paul Streber phantasiert über eine mögliche Liebesbeziehung zwischen ihr und Ingo, aber daran glaube ich nicht.«

»Ich auch nicht. Da war überhaupt keine Chemie.«

»Woher weißt du das?«

Tom nahm seine Brille ab und putzte sie mit dem Bund seines Pullovers. »Maja, bevor ich dir erzähle, was ich bislang herausgefunden habe, muss ich ein ernstes Gespräch mit dir führen.«

Maja klimperte ironisch mit den Wimpern und fächerte sich übertrieben Luft zu. »Oh mein Gott, was habe ich verbrochen?«

Tom blieb ernst. »Noch nichts. Aber du musst dir darüber klar werden, dass schon mit mir über diesen Fall zu reden deine Karriere gefährden könnte. Wenn du dich entschließen solltest, mit mir zusammen die Sache auf eigene Faust weiterzuverfolgen, machst du dich vielleicht sogar strafbar. Das wäre das garantierte Laufbahnende. Du solltest –«

»Lass mich dich da gleich unterbrechen, lieber Tom. Welche Karriere denn bitte? Die Polizei ist so eine Steinzeitbehörde. Glaubst du im Ernst, dass jemand wie ich da große Aufstiegschancen hat? Und selbst wenn: Was ist mit flachen Hierarchien, mit Life-Work-Balance? Equal Pay? Alles Fremdwörter am Bruno-Georges-Platz. Mich mein Leben lang mit solchen sexistischen, rassistischen Dinosauriern wie Paul Streber rumzuschlagen ist nicht der Traum meiner schlaflosen Nächte. Allein wie er dich behandelt: Hallo, ist denn Helmut Kohl noch Kanzler? Na und, dann bist du eben bisexuell, ist doch die normalste Sache der Welt heutzutage. Und wenn du seinerzeit mit einer heißen Frau die Affäre gehabt hättest, hätten dir wahrscheinlich alle applaudiert. Go, Tom, ist doch nur ein kleiner Ausrutscher, könnte jedem passieren. Schwamm drüber, weiter geht's! Nein, ich bin dabei. Ich will das Ding aufklären, dafür brenne ich. Dafür bin ich zur Polizei gegangen, nicht um Männern wie Paul Streber die Aktentasche zu tragen.«

Tom musste lachen. Mit so einer flammenden Rede hatte er nicht gerechnet. »Okay, dann willkommen im Team. Die Sache ist nämlich folgende: Ich bin mir ziemlich sicher, wer Marius Müllensiefen umgebracht hat. Und das Motiv für den Mord an Julia kenne ich auch.«

In kurzen, schnellen Sätzen berichtete er von den Geschehnissen der letzten zehn Tage. Wie er Knef gefunden und das Blut an ihrer Schnauze entdeckt hatte, das sich als menschlich erwiesen hatte. Von seinem Besuch bei Agnes Müllensiefen und ihren Spießgesellen. Von dem Zusammentreffen mit Julia, die ihn um Hilfe bei der Suche nach ihrem Bruder bat. Wie er erst ihre Leiche und dann die Überreste von Marius gefunden hatte. Schließlich schilderte er seinen Besuch bei Kilian Kleinpeter, der die Details der Erbfolge im Testament von Wilfried Müllensiefen ausgeplaudert hatte. Maja unterbrach ihn.

»Dann hast du Agnes in Verdacht?«

Tom nickte. »Ja, aber nur für Julia.«

Er zeigte Maja das Foto, das er am vorletzten Dienstag am See gemacht hatte.

»Das ist die Stelle, an der Knef und ich am Sonnabend darauf Marius' Knochen gefunden haben.«

»Und? Ich war schließlich da, ich erinnere mich gut.«

»Ja, aber jetzt pass mal auf.«

Er zog mit Daumen und Zeigefinger den Ausschnitt größer, bis Josepha zu erkennen war. Maja entfuhr ein kleiner Überraschungsseufzer. Tom fuhr fort: »Dieses Foto habe ich gemacht, weil ich den Moment am See so malerisch fand. Eigentlich ganz untypisch für mich. Die Frau im Gebüsch habe ich gar nicht bemerkt. Die ist mir erst gestern aufgefallen, als ich mir Fotos von meinen Kindern angesehen habe ...«

»Du hast Kinder?«

»Ja, zwei. Ein Mädchen und ein Junge. Diese Frau habe ich also zufällig dabei fotografiert, wie sie an genau der Stelle aus dem Unterholz kommt, wo Marius' Knochen vergraben wurden. Und jetzt rate mal, was sie da in ihrem Rucksack dabeihat?«

Maja schaute noch mal genauer hin. Sie sprang von ihrem Hocker. »Eine Schaufel! Das ist ja irre.«

»Viel irrer ist, dass ich die Frau vorher schon mal gesehen habe. Ich weiß sogar, wie sie heißt. Zumindest mit Vornamen: Josepha.«

»Wie hast du das denn erfahren? Und wo hast du sie gesehen?«

»Gestern rief mich meine Ex-Frau –«

»Du warst mal verheiratet?«

»Ja, natürlich. Fast zwanzig Jahre. Sie heißt Bella und ist immer noch meine beste Freundin.«

»Erstaunlich.«

»Hey, jetzt komm mir nicht mit denselben Klischeevorstellungen, die du gerade Streber und Co. vorgeworfen hast. Es gibt nicht nur schwul oder hetero. Außerdem ist das Leben lang. Man ist nicht immer der Gleiche. Und nicht jeder traut sich, das zu leben, was sie oder er ist, vor allem in jungen Jahren. Früher war es viel schwerer, ohne festes Label unterwegs zu sein. Da gab es keine Zwischentöne so wie heute, wo LGBTQ+ alle zwei Wochen um einen Buchstaben erweitert wird.«

»LGBTQIA+.«

»Sag ich doch. Eine Familie wünschen wir uns sowieso alle, egal, ob wir das gleiche oder das andere Geschlecht lieben. Oder beide.«

»Entschuldigung.«

»Angenommen. Also, Bella rief genau in dem Moment an, als ich das Foto von Josepha entdeckt habe. Ihr Kollege Uwe Drexler saß bei ihr im Büro. Sie nennt ihn Drecki, ist der Stiefvater von einem gewissen John-Milo Vincent.«

Tom erzählte von der Begegnung mit John-Milo Vincent und seiner Begleitung vor der Schwarzen Taube.

Maja unterbrach ihn: »Moment – ich bin mit einem John-Milo Vincent zur Schule gegangen. Klein, etwas pummelig, dunkler Lockenkopf?«

»Genau.«

»Wow! Die Welt ist ein Dorf.«

»Von Uwe Drexler kommt der Name Josepha. Sie sei so etwas wie die neue Flamme seines Sohnes. Das fand er wichtig, weil John-Milo seit einer Woche verschwunden ist. Drecki möchte, dass ich ihn finde. Ich habe zugesagt.«

Maja setzte sich wieder hin und stützte sich auf den Tresen. »Oh Gott, John-Milo. Das ist ja furchtbar!« Ihre Augen wurden wieder feucht. »Ich war mal sehr verliebt in ihn. Er war zwei Klassen über mir, und er ... er war so ganz anders als die anderen Jungs. Vorurteilsfrei, empathisch, umweltbewusst, sozial engagiert ... Ich habe ihn gerade letzte Woche zum ersten Mal seit langer Zeit wiedergesehen. Es war auf so einer Demo am Fischmarkt ... nein!«

»Nein?«

»Nein! Zeig mir noch mal das Bild.«

Tom startete die Foto-App, vergrößerte die Aufnahme.

Maja legte erschrocken die Hände über den Mund. »Das ist sie! Das ist die Braut! Ich hab sie zusammen mit John-Milo verhaftet!«

»Josepha Goldstaub, Suardonenweg 29.«

Tom hatte vor dem Polizeipräsidium gewartet, während Maja nach den Unterlagen von Josephas und John-Milos Verhaftung forschte. Sie hatte ein Foto vom Bildschirm ihres Terminals gemacht, zeigte es Tom. Der runzelte die Stirn.

»Josepha Goldstaub? Das klingt so, als hätte sich jemand den Namen ausgedacht.«

»Stand so in ihrem Personalausweis.«

»Und mehr hast du dir nicht notiert?«

»Nein, ich hab den PA gar nicht so richtig geprüft, es war ja nur eine ... wo ist denn der Suardonenweg?«

Tom war leicht irritiert. »Es war ja nur eine was?«

»Scheinverhaftung. Bei der Demo ging gerade die Randale zwischen den Nazis von der WSWD und den Anti-Erdoğan-

Aktivisten los, und ich wollte meinen alten Schulkameraden außer Gefahr bringen. Deshalb habe ich ihn und Josepha in die grüne Minna verfrachtet. Dafür musste ich die beiden verhaften. Anschließend hab ich sie sofort wieder freigelassen.«

»Auch nicht gerade Polizeiprozedur. Für so was kannst du ganz schön Ärger bekommen.«

Maja zuckte nur mit den Schultern. Tom holte sein Handy raus und rief Google Maps auf. Er verzog das Gesicht.

»Der Perso war definitiv gefälscht – nicht nur klingt der Name wie aus einem Märchenbuch, die Adresse gibt's gar nicht. Der Suardonenweg geht nur bis Hausnummer 24, hier.« Er zeigte auf sein Display. »Dass so dicht am Flughafen überhaupt noch Menschen wohnen. Guck, der Suardonenweg geht bis zur Tarpenbek, auf der anderen Seite sind es nur noch hundert Meter bis zur Landebahn.«

»Das muss ja so krass laut sein.«

»Ganz bestimmt.« Er verkleinerte den Ausschnitt der Landkarte. »Die Leute sind auch nicht freiwillig an den Flughafen gezogen – der Airport ist zu ihnen gekommen. Die nordwestlich-südöstliche Landebahn in Niendorf wurde 1948 fertiggestellt, dafür mussten so einige Leute umgesiedelt werden. Deshalb enden hier auch ein paar Straßen im Nirgendwo.«

»Was bist du denn für 'n Nerd? Woher weißt du den ganzen Kram?«

»Das hat mir alles Dirk Nerlinger-Unbehagen erzählt. Der ist ein nimmersatter Wissensfresser, wenn es um seine unmittelbare Umgebung geht. Und selten schüchtern, diese kostbaren Informationen weiterzugeben. Eine nie versiegende Quelle der Weisheit, ein stets ungefragtes Orakel, was besonders anstrengend ist, wenn man länger mit ihm zusammenarbeiten muss.«

»Wie zum Beispiel beim Streichen des Zauns am Parkplatz?«

»Das erinnerst du? Wie man sieht, es ist was hängen geblieben.«

»Was uns mit Josepha aber auch nicht unbedingt ...«

»Weiterbringt?«

Tom gewöhnte sich langsam an Majas unvollendete Sätze.

»Genau. Also, was machen wir als Nächstes?«

»Was hältst du vom kleinen Einmaleins der Polizeiarbeit? Schon mal von der einfachen Melderegisterauskunft gehört?«

Maja errötete. »Oh Mann, das ist so peinlich.«

Er lächelte. »War wahrscheinlich zu naheliegend. Zum Glück habe ich da noch ein Konto.«

Er begann wieder, auf seinem Handy zu tippen. Nach ein paar Minuten schüttelte er den Kopf.

»Fehlanzeige. Es gibt keine Josepha Goldstaub in Hamburg.«

»So ein Mist. Wie machen wir weiter?«

Tom strich sich durch seinen Dreitagebart. »Okay, wir sind beide der Meinung, dass wir es mit zwei verschiedenen Tätern zu tun haben, oder?«

»Sind wir.«

»Und dass wir für beide Morde jeweils eine Hauptverdächtige haben?«

»Jawohl – Dr. Agnes Müllensiefen für Julia und Josepha Fragezeichen für Marius.«

»Dann schlage ich vor, dass wir zuerst zu Agnes gehen, da wissen wir wenigstens schon mal, wo sie wohnt. Danach suchen wir nach Josepha.«

ROSIE

Rosie ging es schlecht. Ihr Puls raste, hämmerte wie ein Technobeat in ihren Ohren. Sie hatte sich in die Wolldecke eingewickelt und ihren Mantel darübergezogen, aber sie fror, zitterte am ganzen Körper. Gleichzeitig schwitzte sie. Das hohe Pfeifen in ihren Ohren war immer noch nicht verklungen. Sie saß auf der Pritsche und fühlte sich wie gelähmt. Sie hatte zwar schon oft brutale Gewalt gesehen, war dabei gewesen, als Menschen auf jede erdenkliche Art starben. Enthauptungen, Verbrennungen, sogar Häutungen. Aber eben nur in den Horrorfilmen, die sie zusammen mit Turbo so gerne guckte. Im richtigen Leben war das eine ganz andere Nummer. In ihrem Kopf wiederholten sich die Bilder der letzten Minuten in Dauerschleife. Immer wieder setzte Josepha den Bohrer an, immer wieder tropften Blut und Gehirnmasse auf Thor Mückes Bauch.

Reiß dich zusammen, Rosie, jetzt ist nicht der Zeitpunkt, verrückt zu werden!

Sie ging zur Tür und schlug mit der Faust an das massive Holz.

»Josepha, bitte lass mich hier raus. Ich verspreche dir, ich verrate nichts. Ich geh einfach nach Hause und vergess die Sache. Du kannst dich auf mich verlassen!«

Keine Antwort. War Josepha überhaupt in der Garage? Dann hörte sie die Mörderin durch das Schlüsselloch flüstern. Sie stand auf der anderen Seite der Tür.

»Das tue ich lieber nicht. Ich verlasse mich doch nicht auf einen Junkie, der sich für Geld auszieht. Nein, du bleibst schön, wo du bist. Mach's dir gemütlich, ich bringe dir nachher was zu essen. Und ein paar Klamotten.«

Rosie überlegte. Was machten die Opfer in ihren Lieblingsfilmen in so einer Situation? Sie schrien um Hilfe. Sie stellte sich unter das Oberlicht und brüllte wie eine Scream Queen: »Hilfe, Hilfe, ist da jemand? Hallo, Hilfe!«

»Schreien nützt dir gar nichts. Wir sind hier draußen allein, die nächsten bewohnten Häuser sind viel zu weit entfernt. Hier hört dich keiner.«

»Kannst du nicht wenigstens die Heizung anmachen?«

»Siehst du da drinnen einen Heizkörper? Hier gibt es keine Heizung. Der Strom läuft mit Generator und Batterie, das Wasser pumpe ich aus der Tarpenbek.«

Wie aufs Stichwort hörte Rosie einen Motor anspringen, dann rauschte und spritzte Wasser. Josepha reinigte offenbar die Garage mit einem Schlauch. Dabei schien sie dem Klang nach auch wiederholt Thor Mückes Leiche zu streifen. Sie fluchte: »So ein Spargeltarzan! Hey, Noah, an dem Typen ist ja fast nichts dran. Kein Bizeps, kein Trizeps, kaum Latissimus oder Pectoralis. Na ja, der Iliopsoas ist ganz okay, dito Gluteus maximus.«

Rosie hatte keine Ahnung, wovon Josepha sprach. Und mit wem. Wer war Noah, der mysteriöse Mann im Schatten?

»Warum ist er denn so dünn? Gab's bei ihm zu Hause nicht genug zu essen?«

Die quengelige Stimme aus dem Off erinnerte Rosie an ihre kleine Schwester, wenn es Brokkoli zu Mittag gab. »Sind das Bäume? Ich esse keine Bäume!« Elisabeths Wutanfälle hatten die ganze Familie terrorisiert. Aber Josepha blieb geduldig.

»Kann sein. Ist aber auch typisch Nazi. Schwärmen von Herrenmenschen und sind selbst nur halbe Portionen.«

»Halbe Portionen, hihi!«

Wer ist der Kerl? Und was noch viel wichtiger ist: WO ist der Kerl?

Rosie hatte eine Idee: das Schlüsselloch. Sie ging auf alle viere und blickte durch das antike Schloss. Josepha war immer noch allein mit dem toten Nazi. Sie stand mit dem

Rücken zu Rosie, war nach wie vor nackt. Sie hielt einen grünen Gartenschlauch in der Hand, aus dem stoßweise Wasser floss. Sie ging in die Knie und tastete Mückes Beine ab.

»Quadriceps und Gastrocnemius auch Fehlanzeige. Bruder, das lohnt sich ja kaum.«

»Mmmh, Gastrocnemius, meine Leibspeise!«

Leibspeise? Wovon redet der? Die Stimme kommt von vorne. Der Mann müsste direkt vor uns stehen. Ich sehe aber nichts. Siehst du was?

Rosie sah auch nichts. Egal, in welchem Winkel sie durch das Schlüsselloch stierte, außer Josepha konnte sie keine weitere Person entdecken. Die drehte sich jetzt um, Rosie hielt den Atem an. Sie fühlte einen seltsamen Mix aus Ehrfurcht und Ekel. Josepha war auch als Monster eine beeindruckende Frau. Ihre Arme und Brüste waren blutgetränkt, auch Bauch und Beine reflektierten das Licht in einem leuchtenden Rot. Sie hielt einen Daumen auf die Schlauchöffnung und spülte sich sorgfältig ab. Das Blut floss über ihren Körper auf den Boden, sammelte sich in einem Ausguss in der Mitte des Raumes. Sie ging auf Rosie zu, dann verschwand sie aus ihrem Blickfeld.

Das zeternde Mannkind meldete sich zurück: »Josie, du hättest den halben John-Milo nicht so rumliegen lassen sollen! Das war echt doof!«

»Ja, Bruderherz, du hast natürlich recht, das war nicht nachhaltig von mir. Der ist definitiv hinüber.«

Noah wurde wütend. »Dann entsorg die Typen halt jetzt, du BLÖDE KUH!«

Seine Stimmhöhe wechselte von dem nölenden Quietschen zu einem tiefen Brummen. Bei »blöde Kuh« keuchte er nur noch böse. Aber trotz der Beleidigung war Josepha nicht aus der Ruhe zu bringen, ihre Stimme klang weiterhin fürsorglich, fast mütterlich.

»Sorry, aber das geht leider nicht. Ich hab einfach keine Zeit, die Herren zu zerlegen. Ich pack sie in die Truhe, da bleibt zumindest der Nazi frisch. Ich filetiere ihn später. Es ist ja nicht so, dass wir Hunger leiden müssen.«

Der Motor stoppte. Rosie hörte knisternde Geräusche, dann war Josepha zurück, sie hatte sich einen weißen Overall aus Papier angezogen. An den Füßen hatte sie eine Art Flip-flops, wie man sie nach der Pediküre trug, bis die Nägel trocken waren. Sie öffnete das Garagentor und stapfte in den Garten. Kurze Zeit später kam sie mit einer Schubkarre zurück.

Wieder verließ sie die Szene, Rosie vernahm ein Kratzen und Knirschen aus der Richtung, wo sie über den Leichnam gestolpert war. Noah schimpfte: »Und was ist mit der kleinen Schlampe? Die hättest du auch gleich abstechen sollen. Seit wann nehmen wir Gefangene? Die frisst uns nur unser Essen weg, und später müssen wir sie sowieso loswerden.«

»Schlampe sagt man nicht! Erinnere dich bitte, was ich dir über derartige Begriffe beigebracht habe.«

»Ja, ja, schon klar, die sind sexistisch und fördern negative Klischees. Aber weg muss sie trotzdem. Die weiß zu viel und wird bestimmt nicht das Maul halten!«

Jetzt wurde Josepha doch etwas ungehalten: »Noah, wie oft muss ich es dir noch sagen: Frauen behandelt man mit Respekt. Dazu gehört auch, sie nicht zu töten. Mir wird schon was einfallen. Nun sei still, ich habe zu arbeiten.«

Mit dem halben John-Milo in der Karre rollte sie rüber zu Thor Mücke. Sie befreite ihn von seinen Fesseln, hob ihn ohne Mühe in die Wanne. Dann schob sie die beiden Toten aus der Garage, machte das Tor zu und schloss von außen ab. Rosie war allein. Mit Noah.

TOM

Der Sommer gab einfach nicht auf. Der Oktober neigte sich dem Ende zu, aber die Sonne schien immer noch warm. Auch die Bäume hatten für die Jahreszeit untypisch viele Blätter. Tom fiel ein Sprichwort ein, das sein Vater oft zitiert hatte: »Hängt das Laub bis November hinein, wird der Winter lange sein.«

Maja und er standen vor der überdekorierten Villa im Märkerweg. Die harfespielende Nymphe hatte eine weitere Schicht Schmutz-Wimperntusche aufgelegt, sah nun aus wie die Leadsängerin einer Grufti-Band. Tom begrüßte die nackte Göttin mit einer angedeuteten Verbeugung.

»Eure Durchlaucht!«

Er legte den Zeigefinger auf die Klingel, aber Maja schob seine Hand weg.

»Mir wird gerade klar, dass wir überhaupt keine Autorität haben. Wir dürfen keine Fragen stellen. Was sollen wir denn eigentlich hier?«

»Wieso dürfen wir keine Fragen stellen?«

»Weil wir nicht die Polizei sind. Du bist ein Ex-Kommissar, und ich bin ein Schupo nach Feierabend.«

»Fragen stellen darf man immer. Man darf nur nicht so tun, als wäre man von der Kripo. Außerdem hast du zu lange mit Paul Streber zusammengearbeitet. Der macht viel zu viel Druck. Ich halte es für besser, sich zurückzuhalten. Möglichst wenig sagen, gerne auch mal schweigen. Es kommt auf die Pausen an. Man muss den Leuten Raum geben, sie kommen lassen. Das funktioniert besonders gut, wenn mehrere Beteiligte anwesend sind. In vier von fünf Fällen labern sich die Verdächtigen um Kopf und Kragen, fangen an, sich gegenseitig zu beschuldigen. Du wirst schon sehen.«

Tom bediente den Klingelknopf. Nichts. Nach einer halben Minute drückte er noch mal, kurze Zeit später hörten sie im Hausflur einen Mann fluchen: »Ich komm ja schon, dämliche Scheiße!«

Jens öffnete die Tür. »Was wollt ihr denn hier?«

Tom erwiderte freundlich: »Wir würden gerne ein paar Worte mit Frau Dr. Müllensiefen wechseln.«

Jens ließ sich nicht bezirzen. »Und warum?«

»Wir haben neue Informationen bezüglich des vorzeitigen Ablebens ihrer Kinder …«

»Ableben? Julia und Marius sind tot!«

Tom lächelte. »Natürlich, das war nur ein Euphemismus, ich …«

»Oife-was?«

»Nicht so wichtig. Glauben Sie, Frau Doktor hätte etwas Zeit für uns?«

»Da muss ich sie fragen.«

Jens holte sein Handy raus, wählte eine Nummer. Er zeigte entschuldigend auf seine Gesundheitsschuhe. »Meine Füße bringen mich um. – Agnes? Hier sind zwei Clowns, die dich sprechen wollen … Die eine ist von der Polizei. Sie hat keine Uniform an, aber ich glaube, sie war schon mal hier. Der andere ist der putzige Hundefänger von neulich, erinnerst du dich? Der mit Marius' Töle … Ja? Bist du sicher? Okay.« Er legte auf und verstaute sein Telefon. »Kommt mit.«

Sie folgten dem bärbeißigen Fußkranken durch das abgedunkelte Haus. Er murmelte, ohne sich umzudrehen: »Sie ist im Garten.«

Sie durchquerten das überfüllte Wohnzimmer, passierten die seltsame Sammlung von Bildern und Postkarten im zweiten Flur. Im Wintergarten standen jetzt diverse Pflanzen in Töpfen – Tom erkannte Oleander, Oliven- und Zitronenbäume, der Rest war jenseits seines Florahorizonts. Jens schimpfte: »Ich musste den ganzen Scheiß alleine reintragen!«

Sie traten in den Garten. Agnes Müllensiefen kniete bei den Beeten und schüttete mit einer kleinen Schaufel Erde über die Rosen.

Sie begrüßte ihre Gäste: »Ah, die Hundepolizei ist zurück. Und sie hat Verstärkung mitgebracht.« Sie stützte sich auf ihren Stock und richtete sich umständlich auf. »Sie müssen entschuldigen, wir machen den Garten winterfertig. Leider ist mein Gärtner Ingo heute nicht zum Dienst erschienen.«

Tom wunderte sich. »Sie haben es noch nicht gehört?«

»Was habe ich noch nicht gehört?«

Maja erklärte: »Ingo Schlesinger wurde heute Morgen festgenommen. Ihm wird vorgeworfen, Ihre Tochter Julia ermordet zu haben. Und Ihren Sohn Marius.«

»Ingo soll ein Mörder sein? Das ist doch absurd! Wie kommt ihr denn darauf?«

Maja fuhr fort: »Am Tatort in der Wohnung Ihrer Tochter wurden seine Socken gefunden. In unmittelbarer Nähe der Leiche. Wir würden gerne wissen, ob –«

Tom gab einen kurzen Laut von sich, der wie ein »Z« klang. Er warf Maja einen strafenden Blick zu. Sie verstummte.

Agnes' Augen begannen böse zu funkeln. Sie zischte: »Jens Giercke, was hast du wieder angestellt?« Sie hob ihren Stock und schüttelte ihn in seine Richtung. »Wie oft soll ich es noch sagen? Hör auf, mir irgendwelche Gefallen zu tun!«

Jens zog den Kopf zwischen die Schultern. Er sagte kleinlaut: »Aber Agnes, ich habe keine Ahnung, wovon du sprichst. Anscheinend hat doch Ingo deine Kinder auf dem Gewissen.« Er wandte sich an Maja: »Es stimmt doch, oder? Er wurde anhand von Beweisen überführt …«

Maja erwiderte: »Ja, die DNA lügt nicht, wir …«

Wieder machte Tom ein »Z«. Jetzt hatte Maja verstanden. Sie schwieg. Es entstand eine längere Gesprächspause. Jens schien sich zunehmend unwohl zu fühlen. Er blickte nervös von Tom zu Agnes und zurück. Schließlich sagte er: »Das lasse ich mir nicht anhängen. Was hab ich denn davon, wenn ihre Kinder draufgehen? Ich erbe keinen Cent. Undank ist der Welt Lohn.«

Tom pflichtete ihm bei: »Das kannst du laut sagen, Jens. Das Leben ist nicht fair. Ingo kriegt Agnes und ihr Geld, und du machst die Dreckarbeit.«

Jens schöpfte Hoffnung. »So isses!«

Agnes wurde laut: »Halt's Maul, Jens!« Sie zeigte auf Tom. »Und du, du lächerlicher Hundebulle, was fällt dir ein? Ingo ist mein Gärtner, mehr nicht. Das ist doch absurd, ich könnte seine Großmutter sein.«

Jens sagte bitter: »Ach ja? Und wer schläft in deinem Himmelbett?«

»Du sollst das Maul halten, du kleine Ratte. Hier hat doch jeder Zugriff auf Ingos Socken.« Sie wandte sich wieder an Tom. »Der Wäschekorb steht im Bad, da hat sich Jens wahrscheinlich bedient. Um dann kaltblütig meine Tochter umzubringen und die Socken liegen zu lassen. So hat er den Verdacht auf Ingo gelenkt. Mit Erfolg, denn jetzt sitzt der liebe Junge im Knast. Die Polizei fragt nicht weiter nach, die wollen immer nur eine einfache Lösung. ›Die DNA lügt nicht‹, dass ich nicht lache! Und hängen ihm jetzt auch noch den Mord an Marius an. Mein süßer, harmloser Ingo, der keiner Fliege was zuleide tun könnte. Nein, Jens hat Julia umgebracht. Und Marius wahrscheinlich auch!«

Tom stimmte zu. »So wie er seinerzeit Ihren Mann ein paarmal die Treppe runtergeworfen hat, nicht wahr? Jens ist ein Killer!«

Jens fing an zu schreien: »Ich hab es für dich getan, du hast mich darum gebeten!«

Agnes' Stimme wurde eiskalt. »Ich habe gar nichts. Und sei lieber vorsichtig. Wenn du so weitermachst, kommst du für immer in den Knast.«

»Ach was, der Mord ist doch lange verjährt!«

Tom warf ein: »Mord verjährt nicht. Nein, Jens, du sitzt ganz schön in der Scheiße. Erst den alten Herrn und jetzt auch noch seine Kinder …«

»Ich habe nichts verbrochen, außer Agnes einen Gefallen zu tun. Wofür ich nie irgendetwas bekommen habe. Warum sollte ich noch mal so dämlich sein? Ich habe nichts mit Julias Tod zu tun. Und mit Marius' schon gar nicht! Ich bin doch kein Schlachter!«

Agnes schüttelte den Kopf. Sie sprach zu Maja und Tom: »Wilfrieds Tod hat ganz allein Jens zu verantworten. Ja, ich habe davon profitiert, und ich war auch nicht allzu traurig, das gebe ich zu. Die letzten Jahre waren hart, die Demenz hatte nicht viel übrig gelassen von meinem Mann. Aber ich habe Jens nicht zum Mord angestiftet. Das war seine Idee. Ich wusste ja nicht mal, dass er im Haus war.«

Jens' Gesicht wurde immer länger. »Ach ja? Und wer hat die Tür offen gelassen? Wer hat Wilfried den Cognac hingestellt? Das warst du! Jeder wusste doch, dass der Alte nicht mehr trinken durfte!«

Agnes machte eine wegwerfende Handbewegung. »Sonst noch was?« Sie stöhnte verächtlich. »Seit Jahren schon baggert der Typ an mir rum, der miese Erbschleicher. In seinem Kopf findet irgendein krankes Szenario statt, in dem er erst mir zuliebe meine Familie umbringt, ich ihn dann aus Dankbarkeit ehliche und er mich schließlich glücklich beerbt. Das ist sein Plan für seine Altersversorgung. Er soll aber einfach nur seine Arbeit hier im Haus verrichten, Besorgungen und Botendienste machen, mich zum Arzt fahren. Jens ist ein Handlanger, mehr nicht. Als würde ich mich jemals für so einen Plebejer interessieren, derart unter meinem Stand heiraten!«

Sie zeigte mit dem Finger auf Tom. »Hey, Hundefänger, hast du Kinder?«

»Ja, zwei.«

»Alles in Ordnung zwischen euch? Großartiges Verhältnis, feine Menschen, Friede, Freude, Eierkuchen?«

Tom schwieg. Sie lachte höhnisch.

»Hab ich mir gedacht. Aber würdest du sie umbringen, nur um an ein paar mehr Euro ranzukommen?«

Wieder sagte Tom kein Wort.

»Würdest du natürlich nicht, ganz egal, wie missraten und undankbar deine Brut ist. Ich auch nicht, und meine Brut war ziemlich missraten und sehr undankbar. Nur weil ich eine hartgesottene alte Braut bin, heißt das noch lange nicht, dass ich meine Kinder nicht vermisse. Das zusätzliche Geld ist mir doch völlig egal. Wofür soll ich es denn ausgeben, ich habe ja höchstens noch ein paar Jahre zu leben? Marius' und Julias Tod in Auftrag geben ist schlechter Krimi. An so was glauben nur Polizisten.«

Agnes machte eine auffordernde Geste in Majas Richtung. »Ich weiß, der Hundefänger ist gar kein richtiger Bulle, aber du bist doch Polizistin, oder? Worauf wartest du, verhafte das Schwein!«

Jetzt hatte Jens genug. »Verfluchte Kacke, es reicht!« Schnaufend nahm er Anlauf und rammte Agnes mit der Schulter in die Brust. Mit einem hohen Krächzen fiel sie rückwärts in die Rosen. Jens drehte sich um und lief zwischen Tom und Maja hindurch, verschwand im Wintergarten. Maja wollte ihn verfolgen, aber Tom hielt sie zurück.

»Der kommt nicht weit. Den überlassen wir im Zweifelsfall Paul Streber.«

Er ging zu Agnes und half ihr aus dem Beet. Ihr Haarknoten hatte sich gelöst, Strähnen hingen ihr in die Stirn. Sie richtete ihre Frisur, klopfte sich die Blumenerde vom Kleid. Zu Toms Verwunderung fing sie an zu lachen.

»Wenn das nicht filmreif war!« Der Schreck des Sturzes schien ihr die schlechte Laune ausgetrieben zu haben. Sie gluckste wie ein junges Mädchen. »Entschuldigung, aber Wutausbrüche erzeugen bei mir immer Heiterkeit.« Sie schüttelte den Zeigefinger. »Ihr habt mich ja ganz schön ausgetrickst. Zum Glück könnt ihr damit überhaupt nichts anfangen.«

Agnes konnte nicht aufhören zu kichern. Sie amüsierte sich königlich, quietschte und gackerte, erreichte ein Ausmaß an Fröhlichkeit, das Tom ihr gar nicht zugetraut hatte. Ihr Frohsinn war ansteckend, auch Maja musste lachen. Sie prustete: »Ja, die Szene war absolut Hollywood. Klassischer Slapstick, wirklich urkomisch!«

Aber irgendetwas stimmte nicht. Agnes' Ausgelassenheit wurde zunehmend hysterisch, wirkte nicht mehr lustig, sondern wahnsinnig. Sie fasste sich an den Hinterkopf, hielt sich die Handfläche vors Gesicht. Ihr Lachen wurde zu einem Stottern, verebbte wie ein Moped, dem das Benzin ausging. Mit offenem Mund drehte sie die Hand um, zeigte sie Tom. Sie war blutverschmiert, die rote Flüssigkeit tropfte ihr den Unterarm hinab. Agnes kicherte ein letztes Mal, dann wurde sie ohnmächtig, Tom konnte sie gerade noch auffangen.

»Maja, ich glaube, es ist besser, wenn du einen Krankenwagen rufst.«

Eine halbe Stunde später standen die beiden Freizeitdetektive auf dem Bürgersteig vor der Villa Müllensiefen und beobachteten, wie die Sanitäter Agnes auf einer Trage aus dem Haus fuhren.

»Schwere Gehirnerschütterung, sie muss auf irgendeinen Stein gefallen sein.« Tom war mitgenommen. »Das geht auf unsere Rechnung. Die Situation ist in einem Tempo eskaliert, das wir nicht mehr unter Kontrolle hatten.«

Maja zuckte mit den Schultern. »Ja, kann sein, aber irgendwie fällt es mir schwer, mit der bösen Krähe Mitleid zu haben.«

Die Sanitäter hatten Agnes auf die Ladefläche des Rettungswagens geschoben und schlossen die Türen. Maja winkte höhnisch zum Abschied.

»Arrivederci, Agnes!« Sie musterte Tom anerkennend. »Ich muss es jetzt mal sagen: Ich bin schwer beeindruckt! Mal abgesehen von dem Rosensturz – deine Performance war echt Masterclass. Eine ganz neue Dimension in Sachen Befragung, so was hab ich noch nicht ... wie du den Hausmeister aus der Reserve gelockt hast, das war ... das war phänomenal!«

Tom war nicht so begeistert. »Danke, aber eigentlich haben wir gar nichts erreicht. Wir haben nur herausgefunden, dass Jens Giercke Wilfried Müllensiefen die Treppe runtergestürzt hat. Aber auch das wird er wohl in der nächsten Vernehmung abstreiten. Alles andere ist nach wie vor reine Spekulation. Agnes hatte völlig recht – wir können mit der Info absolut gar nichts anfangen.«

Er rieb sich das Kinn. »Nein, es ist eigentlich nicht so gelaufen, wie ich mir das vorgestellt habe. Was Julia angeht, sind wir kein Stück weitergekommen. Nach wie vor hätten es Ingo, Jens, Agnes oder jedwede Kombination der drei gewesen sein können. Der Fall ist immer noch völlig offen.«

»Ach, da spricht doch bloß das schlechte Gewissen. Ich finde, wir haben 'ne ganze Menge rausgekriegt.«

»Und ich habe das Gefühl, dass wir mehr Türen zu- als aufgemacht haben. Ingo sitzt im Knast, Jens ist auf der Flucht, und Agnes liegt im Krankenhaus.«

Es wurde dunkel, und damit sank die Temperatur um mindestens fünf Grad. Ein kalter Wind blies durch den Märkerweg. Maja fröstelte.

»Ich halte weiterhin Agnes für die große Fädenzieherin. Ob sie nun Jens oder Ingo zu Julias Henker ernannt hat, ist im Endeffekt egal. Sie hat das Motiv, und darauf kommt es an. Jetzt ist sie Alleinerbin. Ich glaube nicht, dass ihr die

Kohle egal ist. Marius' Tod war ein glücklicher Zufall, wahrscheinlich sogar der Auslöser, um Julia auch noch schnell zu beseitigen. Nur noch ein Kindermord und nicht zwei auf dem Weg zum großen Geldsegen.«

»Halt, halt, halt – das Argument zieht nicht. Marius wurde zwar vor seiner Schwester umgebracht, aber Agnes hat erst nach Julias Tod davon erfahren. Insofern kann sein Ableben nicht der Trigger für den Mord an ihr gewesen sein.«

»Stimmt. Aber das ändert nichts am Ergebnis. Meiner Meinung nach war der heutige Nachmittag nur eine große Show, inklusive der Inszenierung von Jens Giercke als Erbschleicher. Agnes ist clever. Sie hat sein Geständnis blitzschnell so umgedreht, dass nichts an ihr hängen bleibt.«

Tom schmunzelte. Er mochte Majas Leidenschaft.

»Vielleicht. Aber was ist mit Jens? Ist der auch ein großer Schauspieler?«

»Vermutlich nicht. Der ist eher ein Fall von verschobener Wahrnehmung. Er glaubt seine eigenen Lügen.«

»Interessant. Leider kannst du mit deiner Theorie jetzt nicht mehr viel anfangen. Zur Mordkommission kannst du damit nicht gehen.«

»Warum nicht?«

Tom zeigte auf den Krankenwagen, der mit Blaulicht die Straße herunterbrauste. »Weil du gerade deine Hauptverdächtige krankenhausreif gefragt hast. Damit fällt auch diese Tür krachend ins Schloss. Du hast sowieso Glück, dass noch niemand die Polizei gerufen hat. Wenn die Bullen hier auftauchen, hast vor allem du ganz schön Ärger. Wir sollten uns vom Acker machen.«

Maja trat wütend nach einem Grasbüschel, das aus dem Bordstein wuchs. »Ich hab doch schon gesagt: Ich will das Ding aufklären! Die Konsequenzen sind mir egal.«

»Dein Kampfgeist in allen Ehren, aber man muss den Ärger ja nicht unbedingt suchen.«

Sie zog einen Schmollmund. »Und was machen wir mit Jens Giercke? Kann ich Paul Streber nicht wenigstens über den Treppensturz informieren?«

»Ich würde es lassen. Bevor wir diese Büchse Würmer aufmachen, sollten wir etwas weiter mit unseren Nachforschungen sein. Im Moment profitieren wir davon, dass Paul den Fall vermeintlich schon gelöst hat. Das gibt uns relative Freiheit. Sollte er aber wieder anfangen zu ermitteln, stehen wir unter ständiger Beobachtung. Unter Umständen sperrt er mich sogar wieder ein.«

Maja atmete zweimal tief durch. »Ja, du hast wahrscheinlich recht.«

Sie setzten sich in Bewegung. Tom versuchte sich an einem väterlichen Lächeln.

»Weißt du, Maja, manchmal muss man akzeptieren, dass sich eine Hypothese als falsch herausstellt. Oder dass sich bestimmte Dinge nicht hundertprozentig aufklären lassen. Ob Agnes am Tod ihres Mannes beteiligt war, bleibt möglicherweise für immer ein Rätsel.«

Er legte ihr die Hand auf die Schulter.

»Es läuft nicht ständig alles nach Plan. Ermittlungen sind selten linear. Es gibt Abzweigungen, Umleitungen, manchmal stößt man auf eine Sackgasse. Dann muss man noch mal von vorne anfangen. Flexibel bleiben, sich auf nichts versteifen. Sich erst mal anderweitig beschäftigen und dann mit frischen Ideen zurückkommen. Lass uns als Nächstes darauf konzentrieren, Josepha zu finden, okay? Wer weiß, was sich in der Zwischenzeit im Fall Julia Müllensiefen ergibt. Jens wird schon wieder auftauchen, und Agnes bleibt bestimmt nicht ewig im Krankenhaus. Vielleicht passiert aber auch etwas ganz anderes, eine Entwicklung, mit der keiner gerechnet hat.«

»Zum Beispiel?«

»Ein Verdächtiger macht einen dummen Fehler. Verbrecher sind meistens nicht die Hellsten. Oder jemand wird auf frischer Tat ertappt.«

Maja schnaufte: »Ich glaube nicht an Kommissar Zufall.«

»Wir werden sehen. Was machst du morgen?«

»Morgen habe ich frei. Ich muss zum Arzt.«

»Den ganzen Tag?«

»Nein, nur vormittags.«

»Wollen wir uns danach im Park am Rahweg verabreden und ein bisschen klassische Polizeiarbeit verrichten? Spaziergänger befragen, Josephas Foto zeigen? Könnte Spaß machen.«

Maja rollte mit den Augen. »Na gut, ich bin dabei.«

TOM

Freitag

Tom war wieder früh unterwegs gewesen. Er hatte im Internet recherchiert und einen Futtershop für Hunde entdeckt, wo man schon zugeschnittenes und in Portionen verpacktes Frischfleisch kaufen konnte. Bislang hatte er Knef mit Dosenfutter versorgt, aber er konnte den Geruch schwer ertragen, außerdem war ihm die amorphe Masse mit dem ekligen Gelee höchst suspekt. Die Mahlzeiten aus dem Tiernahrungsladen waren in Plastiktüten verpackt und tiefgefroren, man konnte die Beutel einfach in heißes Wasser legen und auftauen. Genauso unkompliziert war es, die Tüten am Zipfel festzuhalten, aufzuschneiden und den Inhalt in den nagelneuen Napf zu gießen, den er ebenfalls gekauft hatte. So kam man nie in Kontakt mit dem trotz der Frische immer noch nicht sonderlich appetitlichen Fleisch. Er saß im Garten und beobachtete Knef dabei, wie sie gierig das Gourmetfutter verschlang, als Dirk Nerlinger-Unbehagen durch das Tor trat.

»Moin, Mangold – der Hund gehört wohl jetzt zur Standardausrüstung, was?«

»Ja, ich hab sie doch sehr lieb gewonnen.«

»Ist trotzdem nicht erlaubt hier in der Laubenkolonie.«

Dirk ging rüber zu Knef und klopfte ihr etwas unbeholfen auf die Seite. Sie knurrte leicht, ließ es aber geschehen.

»Ziemlich niedliches Vieh, das muss ich ihr lassen. Viel Charakter. Und treu, das merkt man. Was ich mich schon gefragt habe – ist das dein Therapiehund?«

»Therapiehund? So was gibt's?«

»Ja, für Leute mit … äh … Problemen.« Dirk kam kurz ins Schwimmen. »Na, egal. Pass auf, Mangold, wir machen einen Deal: Wenn du das Laub aus dem Graben am Weg zur Tarpenbek holst, darfst du den Hund behalten.«

»Oh Mann, Dirk, das ist aber großzügig! Erst Hundefänger, jetzt Grabenreiniger! Was kommt als Nächstes? Kammerjäger?«

»Tom, ich muss dich doch nicht noch mal darauf hinweisen, was du für einen Sonderstatus genießt. Du wohnst hier permanent, und jetzt wird auch noch dein Hund geduldet. Also mach mal halblang. Das kann alles morgen schon vorbei sein!«

Tom fand das Ganze eher lustig. Dirk Nerlinger-Unbehagen ging wirklich davon aus, dass es nichts Schöneres auf der Welt gab, als in der Kleingartengemeinschaft Dohlenhorst e. V. zu residieren.

»Du hast recht, Dirk. Ich bin dir ja auch dankbar. Ich klär den Graben. Gleich nächste Woche.«

»Warte lieber noch, bis das Laub von den Bäumen runter ist. Sonst lohnt es sich ja gar nicht.« Dirk rückte seine Dohlenkappe zurecht. »So, ich muss los. Wir fahren heute nach Münster zu meinen Eltern.«

»Ah, Münster: Töttchen, Pfefferpotthast und Pumpernickel – kulinarisch immer eine Reise wert. Wir brechen auch auf. Wir haben eine Verabredung, stimmt's, Knef?«

Heute trug Maja ihre Haare offen. Sie hatte ihren orangen Afro in der Mitte gescheitelt, sodass er in einer elegant geschwungenen Kurve auf beiden Seiten ihres Kopfes über die Ohren fiel. Tom hatte Josephas Foto in einem Copyshop in doppelter Ausführung ausgedruckt. Obwohl es mittags an einem Wochentag war, spazierten relativ viele Menschen durch den Park, die meisten davon mit Hunden.

Sie starteten am Seeufer, nahmen entgegengesetzte Routen um das Gelände. Tom hatte Knef die Leine angelegt, es war der falsche Moment, sich mit Anglern oder Fahrradfahrern zu streiten. Er war erstaunt, wie viele Parkbesucher versuchten, ihm auszuweichen. Er kam sich vor wie ein Bettler. Wenn die Leute sahen, dass er Spaziergänger ansprach, vermieden sie Augenkontakt, machten einen großen Bogen um ihn oder drehten sogar um. Nur ungefähr jeder Dritte war bereit, überhaupt zu reagieren, und auch dann guckten die meisten nur kurz auf das Foto und schüttelten den Kopf.

»Nein.«

»Nie gesehen.«

»Tut mir leid.«

Nach einer halben Stunde bekam er die erste positive Antwort. Ein älterer Herr mit Berner Sennenhund erkannte Josepha.

»Ja, die habe ich hier schon gesehen. Die hat einen braunen Labrador. Ziemlich ungezogener Bursche.«

»Kommen Sie regelmäßig in den Park?«

»Jeden Tag zweimal. Ein großer Hund braucht viel Auslauf.«

»Können Sie sich erinnern, wann Ihnen die Frau das letzte Mal begegnet ist? Ist sie hier vielleicht zu bestimmten Zeiten unterwegs?«

»Nein, das weiß ich nicht. Ich erinnere mich nur an sie, weil ihr Labrador meinen Otto verbellt hat.«

»Vielen Dank, einen schönen Tag noch.«

»Ihnen auch.«

Noch zwei weitere Passanten erkannten Josepha, aber niemand wusste mehr über mögliche Gewohnheiten der Frau mit dem braunen Labrador. Toms Handy klingelte. Es war Maja.

»Hey, wo bist du?«

»Ich bin schon fast wieder am See.«

»Ich auch. Oh, ich seh dich!«

Maja winkte ihm aus ungefähr hundert Metern Entfernung zu. Sie stand bei einer jungen Frau mit zwei Weimaranern. Schon von Weitem rief sie: »Juhu, ich hab was!«

Als er näher kam, wedelte Knef freundlich mit dem Schwanz und begrüßte die grauen Hunde mit den hellen Augen. Es waren beides Rüden, und sie schien ziemlich angetan zu sein von dem Duo. Guter Geschmack, dachte Tom. Maja stellte vor: »Das ist Binta, sie kennt Josepha.«

Binta war eine hochgewachsene Frau im Jogging-Outfit. Ihre schwarzen Haare trug sie im Pferdeschwanz unter einer Laufmütze.

»Na ja, kennen ist vielleicht etwas übertrieben. Wir haben ein paarmal hier im Park gesprochen.«

Tom fragte: »Hat sie bestimmte Zeiten, zu denen sie spazieren geht?«

Binta wurde misstrauisch. »Mmh – warum wollt ihr das eigentlich wissen?«

Maja schmunzelte: »Darf ich, Papa?«

Sie zwinkerte ihm zu. Er hatte zwar keine Ahnung, was sie vorhatte, aber er machte trotzdem mit.

»Ist schon okay.«

»Also, es scheint, als hätte sich mein Vater ein bisschen in die Lady verliebt. Er hat sie in einem Café kennengelernt. Es hat wohl ziemlich gefunkt. Leider hat er sich nicht ihre Nummer geben lassen, und jetzt steht er ganz schön auf dem Schlauch. Er weiß nur, dass sie hier in der Nähe wohnt und einen Hund hat. Da dies die einzige Hundewiese in der Gegend ist, haben wir's einfach mal versucht. Hat doch gut geklappt, oder, Papa?«

Tom musste sich das Lachen verkneifen. Er sagte hölzern: »Ja, hat es, Tochter. Ich bin so froh.«

Binta legte sich die Handflächen auf die Brust. »Wie romantisch! Josepha ist immer samstags hier. Das ist der einzige Tag in der Woche, den sie sich freinimmt. Sie ist selbstständig und superbusy. Irgendwas mit Event-Planning.«

Maja verbeugte sich. »Vielen Dank, liebe Binta.«

»Ach, nichts zu danken. Ich wünsche viel Glück! Süß übrigens, wie du deinem Papa hilfst. So was ginge mit meinem Vater nicht.«

»Ich gehe undercover.«

Tom saß neben Maja auf seiner Lieblingsbank. Sie las ein Abendblatt, das sie aus dem Mülleimer gefischt hatte.

»Mm-mh.«

»Ich treibe mich morgen den ganzen Tag hier am See rum. Wenn Josepha auftaucht, versuche ich, sie kennenzulernen. Hörst du mir überhaupt zu?«

Maja schwieg.

»Hey, Maja, ich rede mit dir!«

Maja zeigte auf die Titelseite der Zeitung. »Hast du das schon mitbekommen?«

Tom las die Überschrift: »Thor Mücke verschwunden«.

»Ist das nicht dieser Nazi? Nein, habe ich nicht. Aber traurig macht mich das nicht gerade. Von denen können ruhig ein paar mehr verschwinden. Du weißt ja, was die von Leuten wie uns halten.«

Maja legte das Abendblatt weg. »Wie meinst du das, ›Leute wie uns‹?«

»BIPoC, LGBTQIA+ – die WSWD würde uns alle ins Lager stecken.«

»Na ja, das ist jetzt aber ein bisschen übertrieben. Wir leben immer noch in einem Rechtsstaat.«

»Ich meine es ernst: Wehret den Anfängen! Bei Hitler ging es gar nicht so anders los. Da hat sich auch keiner vorstellen können, dass es mit sechs Millionen ermordeten Juden endet.«

»Uh, das wurde jetzt aber sehr schnell sehr dunkel.«

»Die WSWD wie eine demokratische Partei zu behandeln ist ein Fehler. Knef, lass die Angler in Ruhe!«

Knef schlich sich schon wieder an die Taschen mit den Ködern heran, die neben den Forellenfreunden auf dem Boden standen. Tom stand auf und machte ein paar Schritte in ihre Richtung. Er rief böse: »Knef! Komm hierher!«

Knef gehorchte. Er gab ihr ein Entenleckerli.

Maja lächelte. »Wow, ihr seid ja echt schnell zusammengewachsen. Wie lange hast du sie schon? Beziehungsweise erst?«

»Noch nicht mal zwei Wochen. Dirk Nerlinger-Unbehagen hat mich vorhin gefragt, ob sie mein Therapiehund ist. Das war zwar irgendwie negativ gemeint, aber er hat nicht ganz unrecht. Knef ist gut für mich. Sie gibt mir Struktur. Allein dass ich sie füttern und Gassi führen muss. Das verschafft meinem Tag Rhythmus. Das ist wichtig für mich. So komme ich nicht auf dumme Gedanken.«

»Was denn für dumme Gedanken?«

»Das erzähle ich dir ein anderes Mal.«

Maja nahm wieder die Zeitung. »Ich bin Thor Mücke letzte Woche begegnet.«

»Ach ja, und wo?«

»Bei dieser Erdoğan-Demo, von der ich dir erzählt habe. Wo ich auch John-Milo Vincent wiedergesehen habe.«

Sie schilderte die Umstände, unter denen sie den WSWD-Politiker kennengelernt hatte. Tom musste laut lachen.

»Du hast ihm wirklich eins mit dem Schlagstock übergezogen?«

»Ja, er stand im Weg. Außerdem hat er mich … schlimmer Typ.«

»Hat er dich was?«

»… rassistisch beleidigt.«

Tom klopfte ihr auf die Schulter. »Gut gemacht! Ich bin stolz auf dich, D'Artagnan!«

»D'Artagnan?«

»Der Degenfechter. Einer von den vier Musketieren.«

»Aha. Habe ich nie gesehen.«

»War als Jugendlicher mein Lieblingsbuch. Gibt es irgendwelche Hinweise zu Mückes Verschwinden?«

»Nein, zumindest steht hier nichts dazu. Die Sache ist total mysteriös. Ach, guck mal an!«

»Was?«

»Der Letzte, der ihn lebend gesehen hat, ist Landolf Heß.«

»*Der* Landolf Heß? Paul Strebers Assistent?«

»Genau der. Sie waren zusammen in einer Zigarren-Bar, danach haben sie sich verabschiedet. Lando ist nach Hause gegangen, Mücke hatte das Gleiche vor.«

»Landolf Heß ist ein Nazi? Warum wundert mich das jetzt nicht? Wahrscheinlich ist Rudolf sein Urgroßvater.«

»Rudolf?«

»Mensch, Maja, wo bist du zur Schule gegangen?«

»Hier gleich um die Ecke.«

»Rudolf Heß war der Stellvertreter von Adolf Hitler. Ein echter Über-Nazi.«

Tom stand auf und streckte sich.

»Morgen hänge ich den ganzen Tag hier am See ab und warte darauf, dass Josepha auftaucht. Sollte sie erscheinen, werde ich sie ansprechen. Irgendwas zu ihrem Labbie. Hunde sind die besten Konversationsöffner.«

»Willst du nicht lieber nach ihr suchen? Sie könnte doch überall im Park sein. Vielleicht kommt sie gar nicht zum See.«

»Kommt sie bestimmt. Labradore sind Wasserhunde. Sie wurden gezüchtet, um bei der Entenjagd zu apportieren. Vielleicht parkt sie ja sogar dahinten.« Er zeigte auf den Parkplatz auf der östlichen Seite des Baggersees.

Maja fragte: »Und was soll ich machen?«

»Du hast doch ein iPhone, oder?«

Sie hielt ihr Handy in die Höhe. »Hab ich.«

»Gut. Dann musst du es morgen nur im Auge behalten. Wir stellen es so ein, dass du immer verfolgen kannst, wo sich mein Telefon gerade befindet. Ich versuche, dir so oft wie möglich Updates zu schicken.«

Tom hob die Hände und zuckte mit den Augenbrauen. »Wenn du länger als eine Stunde nichts von mir hörst, ist was passiert. Dann musst du kommen und mich retten.« Er grinste.

Maja schüttelte den Kopf. »Darüber macht man keine Witze. Wirklich, Tom, wenn wir recht haben, ist Josepha eine Mörderin, die ihre Opfer köpft und zerstückelt. Du begibst dich bewusst in Gefahr!«

»Maja, ich bin nicht ganz hilflos. Ich bin zwar kein Degenfechter, aber ich hab ein paar andere Skills, die mir in riskanten Situationen schon oft nützlich waren. Mach dir keine Sorgen. Ich bin ein großer Junge.«

BELLA

Bella stand an der Kasse im Frischeparadies an der Großen Elbstraße, als Tom anrief. Der Feinkostmarkt war Teil ihrer Samstagsroutine – hier gab es nicht nur den besten Fisch Hamburgs, sondern auch ein schnuckeliges Bistro, in dem sie sich gerne mal ein morgendliches Glas Champagner gönnte.

»Moin Tommy, schön, dass du dich meldest – gibt's was Neues im Fall John-Milo Vincent? Drecki klingelt gefühlt alle halbe Stunde durch.«

»Nein, sorry, leider keine News. Deshalb rufe ich auch nicht an.«

»Ach ja? Worum geht's dann?«

Stille in der Leitung.

»Tom? Bist du noch da?«

»Ja, ja, bin ich. Also … Bella, ich … ich wollte dir nur schnell sagen: Der Ordner mit meinen gesamten Unterlagen steht im oberen linken Küchenschrank, gleich neben den Buchweizenflakes.«

»Welche Unterlagen?«

»Du weißt schon, das Übliche – Versicherungen, Fahrzeugbrief, Testament …«

»Du hast ein Testament?«

»Ja, habe ich seinerzeit beim gleichen Notar gemacht, der auch Tante Hildis Nachlass geregelt hat. Ist ganz simpel – Merle und Elias bekommen je die Hälfte.«

»Okay … und warum erzählst du mir das jetzt?«

»Einfach nur so – ich wollte mir gerade mein Müsli machen, und da stand er. Auf dem Etikett steht einfach nur ›Dokumente‹. Wollte ich dir eigentlich immer schon sagen, aber vergesse ich jedes Mal.«

»Alles klar, ich weiß Bescheid. Sonst noch was?«

»Nein, das war's. Genieß deinen Samstag.«

»Das werde ich. Hey, Tommy?«

»Ja?«

»Hast du Mischa angerufen?«

Betretenes Schweigen. Bella flüsterte: »Hast du?«

»Nein, noch nicht. Mache ich gleich als Nächstes.«

NOTIZ AN MICH SELBST: FICK DICH!

»Zartbitter! Hi-ier! Zartbitter!«

»Ihr Hund heißt Zartbitter?«

»Ja, wie die Schokolade. Siebzig Prozent Kakao.«

Der Labrador-Rüde, der jetzt aus dem See auf uns zustürmte, hatte einen tiefen Braunton, sein kurzes Fell glänzte wie eine Tafel Ritter Sport. Mit großer Geschwindigkeit näherte er sich seinem Frauchen, machte keine Anstalten, langsamer zu werden. Im letzten Moment korrigierte er seinen Kurs und hechtete mir gegen den Oberschenkel. Ich rief: »Nein, nicht anspringen!«

Zu spät. Zartbitter hinterließ fleißig matschige Pfotenabdrücke. Seine Halterin lächelte zwar verlegen, griff aber nicht ein.

»Das tut mir so leid. Schoko-Labbies sind besonders schwer zu erziehen. Zartbitter benimmt sich, wie er will.«

Zum Beweis schüttelte sich der Hund das schmutzige Wasser aus dem Pelz, verteilte weiteren Dreck auf meiner Hose. Ich log: »Das macht doch überhaupt nichts. Sind sowieso meine Schmuddelklamotten.«

Als hätte ich Schmuddelklamotten. Meine olivgrünen Kyoto-Pants kamen frisch aus der Reinigung. Zum Glück hatte die Schlammdusche vor meinem beigen Teddyfellmantel haltgemacht, den hätte ich sonst wegwerfen können. Frau Zartbitter war die Sache wirklich peinlich, sie wurde sogar etwas rot. Entzückend. Sie zeigte auf meine flauschige Begleitung.

»Und wie heißt diese süße Fellnase?«

»Das ist Knef. So wie Hildegard.«

»Hildegard Knef? Die Sängerin?«

»Genau die. Ich bin großer Fan.«

»Mmh. Knef. Ruft sich aber nicht sonderlich.«

»Das könnte man über Zartbitter genauso sagen.«

Touché. Ihr Lächeln verwandelte sich von verlegen zu aufgeschlossen. Ich musterte sie eingehend, nahm zum ersten Mal die Frau jenseits des Hundes wahr. Und mir gefiel offensichtlich, was ich sah, denn ich verschränkte instinktiv die Arme vor der Brust. Kleines Einmaleins der Körpersprache: Verteidigungshaltung, die Lady könnte mir gefährlich werden.

Nachdem er mich angemessen vollgekleckert hatte, begrüßte Zartbitter Knef. Der Schokoladenlabrador leckte ihr überbegeistert die Schnauze, aber Knef war nicht amüsiert. Sie knurrte gefährlich, schnappte sogar nach ihm. Dann drehte sie ihm den Hintern zu und verschwand in den Büschen links des kleinen Seestrands. Frau Zartbitter lachte und streichelte ihren Labbie.

»Na, mein Lieber, das wird wohl nichts mit der Dame. Sie ist offensichtlich immun gegen deinen Charme.«

Mir fiel zum ersten Mal ihre Stimme auf. Sie war relativ hoch, aber von Zeit zu Zeit rutschte sie tiefer, holte die Töne aus dem Tal ihrer Kehle. Das hatte etwas sehr Melodisches. Irgendwo da unten lag auch ein leichtes Kratzen, was ihrem ansonsten sanften Timbre einen Touch Whiskey verlieh. Außerdem hauchte Frau Zartbitter pro Wort viel Luft durch ihre Stimmbänder, was dazu führte, dass sie oft atmen musste. Diese Unterbrechungen gaben ihren Sätzen einen gewissen Rhythmus, der in der Kombination mit ihrer Sprachmelodie sehr künstlerisch anmutete. Ihre Stimme war Musik.

»Hallo, ich bin Josepha.«

Sie streckte mir ihre langen Finger entgegen. Ich brauchte einen Moment, um zu begreifen, was sie mit dieser Geste bezweckte. Dann schüttelte ich ihre Hand.

»Mein Name ist Tom. Tom Mangold, wie das Gemüse.«

»Ah, Mangold! Völlig unterschätzt. Mangoldquiche, Mangoldlasagne oder einfach nur Mangold mit etwas Knoblauch, Zwiebeln und Olivenöl in der Pfanne – köstlich.«

»Sie kochen?«

»Meine große Leidenschaft. Die Nahrungsaufnahme ist eines unserer elementarsten Bedürfnisse. Es nicht zur notwendigen Routine verkommen zu lassen, sondern daraus ein sinnliches Erlebnis zu kreieren, es trotz seiner Regelmäßigkeit immer wieder zu zelebrieren, ist die Kunst des Alltags. Mein Herd ist meine Staffelei, meine Töpfe und Pfannen sind meine Leinwand, meine Löffel und Kellen meine Pinsel. Durch meine Soßen und Soufflés entfalte ich mich, mit meinen Brioches und Beignets drücke ich mich aus, über meine Eintöpfe und Étouffées zeige ich mein Innerstes. Ich koche, also bin ich.«

Wow! Ich war noch nicht ganz fertig, diesen poetischen Vortrag zu verarbeiten, da legte sie nach: »Der Mensch ist, was er isst. Was wir in uns hineingeben, sind nicht nur die Bausteine unseres Körpers, sondern auch unseres Geistes. Die richtige Ernährung ist für mich Wissenschaft, Philosophie und Religion zugleich. Meine Küche ist mein Tempel. Hier gehe ich zum Gottesdienst, hier bete ich und singe meine Hymnen. Hier finde ich Sinn und Zweck. Grillen, Backen, Dämpfen und Braten sind für mich nur andere Worte für Bestimmung.«

Die Intensität des unerwarteten Exkurses in die Metaphysik des Kochens verschlug mir die Sprache. Was sollte ich darauf erwidern? Ich litt unter einem temporären Blackout, es war, als hätte jemand mein Gehirn schockgefroren. Ich stotterte: »Das stimmt … ja, die Küche, äh, ich mag … Sie haben …«

»Wollen wir uns nicht einfach duzen? Wer siezt sich denn heutzutage noch? Männer mit Schlipsen und Frauen in Kostümen, und die sind ja fast ausgestorben. Zum Glück. Seit Corona ist jeder Tag Casual Friday. Gehst du noch ins Büro?«

Danke, Josepha, für diesen überraschenden, aber sehr willkommenen Themenwechsel. Eine weitere Demonstration ihrer spirituellen Überlegenheit hätte ich nicht ertragen, wäre wahrscheinlich einer Blindschleiche gleich im Unterholz verschwunden. Ich mochte ihre mentale Wendigkeit. Ich mochte ihr Tempo. Vom Hundertsten zum Tausendsten und zurück in unter fünf Sekunden. Und ich mochte ihren Style. Ihre Klamotten hatte sie bestimmt nicht in Hamburg gekauft. Ich tippte auf mindestens Berlin, wenn nicht London. Unter einem kurzen Trenchcoat aus knallblauem Jeansstoff trug sie einen fliederfarbenen Sweater, ihre langen Beine steckten in einer flaschengrünen Hose mit Schlag und aufgesetzten Taschen. An den Füßen hatte sie Designer-Sneaker, deren Marke ich nicht erkannte, und das sollte etwas heißen, hielt ich mich doch für einen absoluten Turnschuhkenner.

Josepha ging mir knapp bis zum Kinn, ich schätzte sie auf einen Meter fünfundsiebzig. Ihre langen blonden Haare fielen ihr über die Schultern, umrahmten ein Gesicht, das mich auf eine Art berührte, von der ich vergessen hatte, dass es sie gab. Sie war eine von diesen Frauen, deren Züge so exquisit waren, dass man sie nur mit einem extrafeinen Bleistift zeichnen konnte. Ihr Kopf war eher klein, aber er beherbergte eine Sammlung von außergewöhnlichen Merkmalen, die jedes für sich allein schon einen bemerkenswerten Eindruck hinterlassen hätten. Sie hatte volle Lippen, aber keinen Schmollmund. Die Unterlippe war etwas größer, was Josepha einen immer leicht süffisanten Ausdruck verlieh. Dahinter blitzten makellose Zähne, die so weiß waren, dass man die Zwischenräume kaum wahrnahm. Ihre Nase war zierlich, aber keine Stupsnase. Wäre sie größer gewesen, hätte man von einem

Zinken gesprochen, aber in dieser Miniaturausgabe gab sie ihrem Gesicht den Charakter, den es brauchte, um nicht nur hübsch, sondern schön zu sein. Ihre helle Haut hatte einen Anteil Oliv, der mit ihren elegant geschwungenen Augenbrauen harmonierte, aber einen interessanten Kontrast zu ihrer Haarfarbe bildete. Ihre Augen waren ihr aufsehenerregendstes Feature. Sie waren ungewöhnlich groß und etwas mandelförmig. Die Iris schien auf den ersten Blick blau, aber wurde zur Pupille hin heller und changierte zu einem Minzgrün. Das vermittelte einen leuchtenden Eindruck, der sich bei Lichteinfall noch verstärkte. Diese Wunderwerke der Natur wurden umgeben von einem Fächer extralanger Wimpern, die keine Wimperntusche brauchten. Bis auf einen Hauch rosa Lippenstift schien sie sowieso gänzlich ungeschminkt zu sein. Ich stammelte:

»Nein, ich gehe nicht mehr ins Büro. Ich … bin, äh …«

Josepha machte eine kreisende Bewegung mit dem rechten Zeigefinger. »Uhrzeigersinn?«

»Was meinst du mit Uhrzeigersinn?«

»Na ja, vielleicht hast du ja Lust, mit mir zusammen eine Runde um den See zu drehen. Im Uhrzeigersinn.«

»Ach so, ja, Uhrzeigersinn passt mir gut. Mein rechtes Bein ist nämlich etwas kürzer als mein linkes.«

Josepha schenkte mir ein perfektes Lächeln. »Du bist echt ein lustiger Typ.«

War ich nicht. Der Joke war total lahm, völlig unter meinem Niveau. Aber ich war dermaßen eingeschüchtert, ich kam einfach nicht auf Witzhöhe. Josepha hatte mich kalt erwischt, ich war hypnotisiert, paralysiert, das Kaninchen vor der Schlange. Mühsam setzte ich einen Fuß vor den anderen. Wir gingen um den Baggersee, aber es hätte genauso gut das Kaspische Meer sein können. Ich sah das rettende Ufer nicht mehr.

Die Runde war endlos. Wie lange waren wir schon unterwegs? Es konnten doch höchstens zwanzig Minuten gewesen sein. Es kam mir vor wie eine halbe Ewigkeit. Ich blieb stehen und musste mich auf die Knie stützen, so außer Atem war ich. Ich war überwältigt von meiner Fähigkeit, mich über jedwede Vernunft hinwegzusetzen, nur weil ein Paar blaugrüne Augen die Konstellation meiner Hormone oder, noch schlimmer, die Zahnräder meiner Seele durcheinandergebracht hatte. Obwohl, die Faszination auf ihr Aussehen zu reduzieren, tat Josepha unrecht. Unsere Konversation war auf dem Level ihrer Eröffnungsrede geblieben, hatte sich munter weiter von Thema zu Thema geschwungen. Wobei mein Anteil daran eher minimal gewesen war. Zum Beispiel: »Deutsche Autorenfilme sind für Menschen, die durch jahrelanges Training nicht mehr in der Lage sind, einer Handlung zu folgen.«

»Mmh ...«

»Das durchschnittliche ›kleine Fernsehspiel‹ hat ungefähr so viel Inhalt wie ein Hollywood-Action-Streifen. Bei manchen Einstellungen weiß man nicht, ob der Film im Standbild hängen geblieben ist. Da wünscht man sich ein paar Explosionen.«

»Äh ... stimmt.«

Oder: »Politiker ist der Beruf mit dem unberechenbarsten Einstellungsprozess, auch bekannt unter dem Namen ›Wahl‹. Das ist beinahe so, als würde man seinen Job in der Lotterie gewinnen.«

»So habe ich es noch gar nicht betrachtet.«

»Allerdings, wenn man erst mal im Sattel sitzt, sind die Verdienstmöglichkeiten immens. Und die Altersversorgung ist überirdisch – wo sonst hat man schon nach vier Jahren das Recht auf eine volle Pension? Wer länger dabei ist, kann die verschiedenen Ansprüche sogar sammeln.«

»Wirklich?«

»Oh ja. Wenn ich länger darüber nachdenke, ist das ja auch nichts anderes als ein Sechser im Lotto.«

Wie konnte es sein, dass dieser Mensch immer genau das Richtige sagte? Und zwar nicht nur bezüglich der üblichen Allerweltsübereinstimmungen, sondern auch zu Dingen, die ich genauso fühlte, aber noch nicht formuliert hatte. Von denen ich noch nicht mal gewusst hatte, aber bei näherer Betrachtung gleichermaßen empfand. Wir waren auf eine unheimliche Weise auf einer Linie, tanzten zum gleichen Beat.

»Der Herbst ist meine Lieblingsjahreszeit. Ich feiere das schräg einfallende Licht, die erdigen Farben, den leichten Geruch von Verwesung in der Luft. Die Bäume geben endlich auf, lassen ihre Blätter los. Dieser natürliche Verfall ist meine Art von Drama. Außerdem ist es mir im Sommer viel zu warm. Ich hasse es zu schwitzen. Auch kleidungsmäßig ist das Wetter von Juni bis August eine echte Herausforderung. Ich weiß nie, was ich anziehen soll.«

»Ja, das geht mir genauso.«

Halt, stopp, ich mochte den Herbst doch gar nicht! Was wurde aus meiner Abneigung gegen kürzer werdende Tage? Aber durch Josephas Augen betrachtet wurde der Oktober zum Juli. Und mit Sommerklamotten hatte ich ja sowieso schon immer Probleme …

Jetzt reichte es. Hatte ich vollständig den Verstand verloren? Meine frei herumlaufende Irrationalität gab mir eine schallende Ohrfeige nach der anderen. Der Wahnsinn der Herzen, der Tsunami der Gefühle? Am Abgrund der Sinne, im Reißwolf der Leidenschaft? Ich drehte mich im Ausguss ihrer Anziehungskraft. Oder, um es mit den Worten meines Sohnes zu sagen: Machte Liebe bescheuert? Wo war meine innere Stimme? Warum rief niemand aus dem Parkett: Pass auf, hinter dir! Hier war eine Frau, die höchstwahrscheinlich getötet und darüber hinaus die Leiche in ihre Einzelteile zerlegt hatte, und trotzdem raste mein Puls, mir war heiß und kalt zugleich, und ich bekam die Worte nicht mehr in die richtige Reihenfolge. Ich hatte mich verliebt. Auf den ersten Blick. In eine Mörderin.

»Bist du okay?«

Josepha legte mir die Hand auf den Rücken und beugte sich zu mir hinab. Ich spürte die Wärme ihrer Finger durch das Teddyfell meines Mantels, sie bewegte sie sanft hin und her. Die Reibung erzeugte eine leichte Elektrizität auf meiner Haut, die sich wie Lampenfieber durch meinen ganzen Körper fortsetzte. Sie sprach dicht neben meinem Ohr, ich roch ihren Atem, ihre Haut, ihre Haare und ihr Parfum. Dieser exquisite Mix wirkte wie ein starkes Pheromon. Ich reagierte sofort. Ich hörte das Blut in meinen Schläfen pochen, meine Nervenenden knisterten wie Gewitterwolken. Ich befand mich in einem Aufregungszustand, den man am ehesten mit »Fluchtinstinkt bei angezogener Handbremse« beschreiben konnte. Für einen Augenblick entwickelte sich eine stehende Welle positiver Energie zwischen uns. Ich hatte das überwältigende Gefühl, eine Art natürlichen Radar zu besitzen, denn obwohl ich sie nicht berührte, empfand ich sie physisch so nah, als würde sie mir in den Armen liegen.

Ich richtete mich langsam auf. Josepha ließ ihre Hand auf meinem Rücken. Ich drehte mich in ihren Arm und kam gefährlich dicht an sie heran. Sie hielt den Kopf einen kurzen Moment gesenkt, dann blickte sie zu mir auf. Die Sonne traf ihre Augen, ließ sie so intensiv strahlen, dass ich blinzeln musste. Sie lehnte sich an meine Brust, jetzt legte ich ihr auch die Hand auf den Rücken. Sie schloss den Vorhang ihrer Wimpern und öffnete leicht die Lippen. Ihr Mund zog mich an wie ein gigantischer Magnet, ich konnte ihr nicht widerstehen. Ich küsste sie, zuerst zart und vorsichtig, dann mit all der Leidenschaft, die sich in meinem Körper angestaut hatte. Sie erwiderte den Kuss mit der gleichen Hingabe. Sie umschlang mich mit beiden Armen, drückte ihren Körper an meinen. Das Gefühl war überwältigend. Es katapultierte mich in eine andere Umlaufbahn. Sie war die Sonne und ich Merkur, ich umkreiste sie im kleinsten möglichen Orbit. Wäre ich noch näher an sie herangekommen, wäre ich verbrannt. Aber auch so war die Hitze der erotischen Spannung nicht unbegrenzt aushaltbar. Wir lösten uns behutsam aus unserer Umklammerung, hielten uns an den Unterarmen und sahen uns an. Wir waren okay. Dieser völlig überstürzte Kuss hatte sich angefühlt wie die selbstverständlichste Sache der Welt. Kein »Wir kennen uns doch erst eine halbe Stunde«, kein »Tut mir leid, ich weiß auch nicht, was über mich gekommen ist«. Nur wohliges Schweigen, wir genossen das Nachbeben unserer spontanen Liebeserklärung.

Ich schaute mich um. Die Rückkehr in die Realität war brutal. Wir standen immer noch am Ufer des Baggersees. Die Banalität des Naherholungsgebietes Rahweg klatschte mir ins Gesicht wie ein nasser Waschlappen. Nach dem Ausflug in Josephas Universum kamen mir die Bewohner des Planeten Niendorf mit ihren Funktionswesten und Wandersandalen wie Aliens vor. Für diesen Kuss hätten wir eigentlich Applaus verdient, aber die Passanten schenkten uns kaum Beachtung. Knef und Zartbitter hatten sich in respektvollem Abstand hingesetzt, wedelten freudig mit dem Schwanz, als wir aus der Tiefe unserer Umarmung wieder auftauchten. Josepha nahm meine Hand, und wir begannen, unseren Spaziergang fortzusetzen. Sie flüsterte mir ins Ohr: »Ich möchte für dich kochen.«

Josephas Wohnung befand sich nicht im Suardonen-, sondern im Gotenweg, und der Name war Programm. Ihre Bleibe war eine Kathedrale der Kochkunst. Allerdings keine dieser typisch gotischen Kirchen wie Notre-Dame oder der Kölner

Dom. Ihr Tempel war viel moderner, zeitgenössischer, ohne in gesichtslosen Purismus oder, schlimmer, billigen Loftstyle abzugleiten. Es war, als hätte Oscar Niemeyer ein Apartment in Hamburg-Niendorf entworfen. Klare Linien, aber keine langweilige Symmetrie. Ein riesiger blattförmiger Tisch aus lackiertem Beton dominierte das Esszimmer, daran standen acht Bauhaus-Freischwinger aus Chrom mit cognacfarbenem Leder. Kein Sofa, kein Fernseher, keine Schränke oder Bilder, nur eine alte Designer-Stereoanlage von Braun, die an der Balkontür stand, daneben zwei Lautsprecher derselben Marke. Die weißen Wände waren nicht gestrichen, sondern gekalkt, sie hatten eine leicht raue Textur, außerdem hatte es den Anschein, als hätte der Maler eine Prise Glitter in die Farbe gestreut. Der Boden war asymmetrisch gekachelt, verschiedene Formen wechselten sich ab, ergaben ein wellenförmiges Muster. Auch hier schien es, als hätte der Handwerker etwas Gold in den Fugenmörtel gemischt.

Vom Esszimmer ging ein kleines Schlafzimmer ab, außer einem dunkelgrauen Kingsize-Boxspringbett und einer Bodenlampe aus Messing hatte kein weiteres Möbelstück Platz. Die Decken und Kissen waren mit dunkelblauem Satin bezogen, der Stoff schimmerte metallisch. Der größte Raum in Josephas Wohnung aber war die Küche. Sie hatte nicht übertrieben: Hier ging sie zum Gottesdienst, hier betete sie und sang ihre Hymnen. Wie zu erwarten hatte sie alle erdenklichen Werkzeuge und Maschinen, um ein Weltklasse-Gourmet-Mahl zuzubereiten. Was mich aber jenseits der Töpfe, Pfannen, Gasherde und Öfen am meisten beeindruckte, waren die Fenster. Wieder schien sie das Kirchenthema aufgegriffen zu haben, denn die Scheiben waren aus Bleiglas. Ein abstraktes Mosaik aus verschieden großen Scherben in alternierenden Blautönen, verbunden durch feine goldene Metallnähte, schmückte alle drei Scheiben. Das Glas filterte die Oktobersonne in ein gedämpftes Licht, das die sakrale

Stimmung noch unterstützte. In der Mitte der Küche stand eine massive Kochinsel, die einem Altar gleich dem Raum ein Zentrum gab. Josepha lehnte sich dagegen und zog mich zu sich heran.

»Warum setzt du dich nicht ins Esszimmer und machst es dir gemütlich? Ich brauche hier ungefähr eine Stunde und steh nicht so drauf, wenn mir jemand über die Schulter schaut. Ich kredenze dir ein schönes Glas Nachmittagswein, was Leichtes, mit wenig Säure. Ich hätte da einen leckeren Müller-Thurgau im Angebot. Klingt gut? Vielleicht magst du ja etwas Musik auflegen?«

Auf der Fensterbank neben der Balkontür stand nur eine einzige CD, »The Very Best of Daryl Hall & John Oates«. Ich steckte sie in die antike Stereoanlage. Josepha rief aus der Küche: »Magst du Hall & Oates?«

»Ich liebe Hall & Oates. Daryl Hall ist einer der besten Sänger des 20. Jahrhunderts und John Oates ein großartiger Songschreiber. Völlig unterschätzt, die beiden. Allerdings: Bist du nicht etwas jung für die Gruppe?«

»Die hat meine Mutter immer gehört. Lief bei uns zu Hause rauf und runter.«

Essen war fertig. Daryl Hall sang »Sara Smile«.

»When I feel cold, you warm me. And when I feel I can't go on, you come and hold me. It's you and me forever.«

Josepha kam aus der Küche. Sie stellte zwei Kerzen auf die Tischplatte und zündete sie an. Ich sagte: »Das ist das Tolle an Hall & Oates.«

»Was meinst du?«

Ich zeigte auf die Beleuchtung. »Roadtrip oder Candle-light – die beiden haben für jede Stimmung den richtigen Song.«

Josepha rollte mit den Augen. »Typisch Boomer. Hoffnungslos romantisch.«

»Technisch bin ich kein Boomer – ich bin Baujahr 1972, und damit waren Hall & Oates definitiv auch vor meiner Zeit. Als ihre größten Hits rauskamen, war ich noch nicht mal Teenager. Aber hey, gute Musik ist zeitlos – ganz viele ihrer Songs sind heute Klassiker.«

Wir setzten uns einander gegenüber an den Betontisch. Auch Josephas Geschirr hatte ein religiöses Motiv. Es war in den gleichen Blautönen wie das Bleiglas in der Küche gehalten, die Teller waren durchzogen von einer goldenen Maserung, die sich immer wieder in kleine Kreuze legte. Am Tellerrand war eine stilisierte Madonna auf das Porzellan gemalt. Das darauf servierte Gericht war auf eine überraschende Art Haute Cuisine und Hausmannskost zugleich. Ein Ragout, aber mit einem Fleisch, das ich auf den ersten Biss nicht zuordnen konnte. Es hatte einen ganz besonderen Eigengeschmack, sowohl exotisch als auch deftig. Es war sehr zart und erinnerte von der Textur an Schwein, von der Farbe aber eher an Lamm. Als Beilage gab es Orangenscheiben und einen sehr fein gewürzten Gemüsebrei. Ich fragte: »Schmecke ich da Muskatnuss? Und, Moment … ist das Madeira-Soße?«

»Sehr gut. Dass du das erkannt hast, Respekt!«

»Und was ist das für ein Fleisch?«

»Das ist Yak. Importiert mein Fleischer direkt aus Tibet. Köstlich, oder?«

»Ja, sehr. Wow, Yak – habe ich noch nie gegessen. Sehr speziell. Wie nennst du das Rezept? Étouffée Tibetoise? Chengguaner Allerlei?«

Josepha lächelte. »Schöne Namen. Nein, das ist mein Engelfrikassee.«

»Lass mich raten – weil es so himmlisch schmeckt?«

»Der Kandidat hat fünfzehn Punkte!«

Ich nahm einen weiteren Schluck aus meinem Weinglas. »Der Wein ist auch sehr gut. Ich mag es ja sonst eher trocken, aber die feine Fruchtigkeit passt hervorragend zum Aroma deines Gerichts.« Ich schnupperte. »Der Muskatton harmoniert ebenfalls wunderbar. Müller-Thurgau, sagst du? Deutsches Anbaugebiet?«

»Nein, aus der Schweiz. Kanton Thurgau eben.«

»Ah, ein Original!«

Josepha legte den Kopf zur Seite und klimperte mit den langen Wimpern. »Du, Tom?«

»Ja?«

»Schön, dass ich dich getroffen habe.«

»Schöner, dass ich dich getroffen habe!«

»Es ist so selten, dass jemand meine Kochkünste wirklich wertschätzt. Ich meine, dass er überhaupt das Verständnis hat, das Fachwissen, meine Kreationen zu beurteilen. Das ist sehr erfrischend. Die meisten Männer sind solche Banausen.«

»Danke.«

Sie legte ihr Besteck auf den blauen Teller und schob ihn in die Mitte des Tisches. »Hast du etwas dagegen, wenn ich eine rauchen gehe?«

Ich war überrascht. »Du rauchst?«

Sie stand auf und kam zu mir rüber. Sie stellte sich hinter mich, legte mir Hände auf die Schultern und hauchte mir ins Ohr: »Ja. Aber nur vor dem Sex.«

Später lagen wir nebeneinander auf dem dunkelblauen Riesenbett. Ich strich über das glänzende Material ihres Bettzeugs.

»Seidensatin. Sehr exklusiv. Wie dein gesamtes Zuhause. Darf ich fragen: Hast du diese Wohnung so dekoriert?«

Josepha legte ihren Kopf auf meine Brust und schlug ihr Bein über meine Oberschenkel.

»Ja, das habe alles ich designt. Teilweise auch selbst gemacht. Die Wände zum Beispiel habe ich gekalkt, die Böden gekachelt.«

»Erstaunlich. Ist das eine Eigentumswohnung?«

»Ja, sie gehört mir.«

Ich ließ meine Hand ihren Rücken hinabgleiten, streichelte sanft ihren Po. Ihre Haut war weicher als ihre Bettwäsche.

»Wie heißt du eigentlich mit Nachnamen? An der Tür habe ich kein Schild gesehen.«

»Ich heiße Goldstaub. Josepha Goldstaub.«

In meinem postkoitalen Glückszustand kam mir der Name gar nicht mehr so märchenhaft vor.

»Goldstaub – ist das nicht ein jüdischer Name?«

»Stimmt. Meine Familie kommt aus St. Petersburg. Mein Großvater war Jude.«

»Interessant. Wo bist du aufgewachsen?«

»Hier in Niendorf.«

»Ach ja? Ich auch. Wo bist du zur Schule gegangen?«

Josepha schwieg.

»Leben deine Eltern noch?«

Wieder keine Antwort. Stattdessen gab sie mir einen weiteren ihrer Raketenküsse.

»Was hältst du von einer Zugabe, schöner Mann?«

»Ist das eine rhetorische Frage?«

Ich war nicht so der Traumtyp. Normalerweise schlief ich ein und wachte fünf bis sieben Stunden später wieder auf. Dazwischen lag Koma. Mein Schlaf war eine Zeitmaschine, die mich umstandslos in die Zukunft beförderte. In dieser Nacht aber träumte ich.

Ich hatte wohl die berühmte eine Line zu viel genommen, denn ich war tot und fand mich in meiner ganz persönlichen Version des Himmels wieder.

Einer der Vorteile, im Traum zu sterben, war offenbar, dass man sich aussuchen konnte, wie man aussah. Natürlich blieb man im Kern immer derselbe, aber es zwang einen keiner dazu, visuell so weiterzumachen, wie man gestorben war. In meinem Fall wäre das besonders fatal gewesen, denn ich war an einer Überdosis verreckt. Das ist ein optisch höchst unattraktiver Tod. Nein, mit dem jämmerlichen Elend, das ich zusammengebrochen in der Küche zurückgelassen hatte, ließe sich auf dieser Veranstaltung kein Staat machen. Hier gab es nur Lichtgestalten, und das war absolut logisch – Astralleiber leuchten von innen. Ich war in meiner 2004-Edition hier, knackige zweiunddreißig, dreimal in der Woche Muckibude, Sonnenstudio. Lange Haare mit Strähnchen, gepflegter Vollbart. Kein Schaum vor dem Mund, keine blutige Nase, kein vollgekotztes T-Shirt. Ich trug meinen besten Anzug, den lilafarbenen mit den Streifen. Dazu rockte ich meine Wildleder-Loafer ohne Socken. Ich roch nach meinem französischen Lieblingsparfum, und das, ohne mir jemals wieder eine Flasche des sündhaft teuren Dufts kaufen zu müssen. Das Paradies funktionierte komplett bargeldlos. Ich war hot, ich war hotter als Gott, denn der stand da hinten in seiner albernen Kapitänsuniform und schäkerte mit den Kellnerinnen. Ich legte zwei Finger an die Stirn und grüßte: »Was geht, Gott?«

»Mangold.«

Wir mochten uns nicht sonderlich. Er war ein pompöser alter Mann, der nur sechs Tage seines Lebens gearbeitet hatte und sich seitdem um nichts mehr kümmerte. Ein schlimmer Heuchler, der Keusch- und Bescheidenheit predigte, aber den Mund voller Goldzähne hatte und den Mädels hinterhergeiferte wie ein geiler Dackel.

Himmelfahrt. Die Reise ins christliche Jenseits hatte ich mir ganz anders vorgestellt. Bestimmt nicht als unendliche Kreuzfahrt auf einem rostigen alten Dampfer, der bis in alle Ewigkeit den Ozean der Vergessenheit beschipperte. Das »hochkarätige Bord-Entertainment«, auf das man mich gleich nach meiner Ankunft vollmundig hingewiesen hatte, führte heute einen »Maskenball mit Überraschungsgästen« im Programm. Das Motto war »Notte Veneziana«, und so hatte ich eine goldene Pestdoktor-Maske auf, die einzige Verkleidung, die im Bordshop noch erhältlich gewesen war. Ich stand mit Mischa am Bug des Schiffes. Sie trug ein weißes Plastikkleid, schulterfrei, mit einem langen Reißverschluss am Rücken. Sie hatte ihre kurzen schwarzen Haare zurückgekämmt, ihr Gesicht und Dekolleté waren kreideweiß geschminkt. Ihr Mund leuchtete in einem kräftigen Karminrot. Auch sie hielt sich eine venezianische Halbmaske vors Gesicht, ihr Motiv war der weiße Engel. Um uns lag der endlose Ozean. Wir waren im Himmel, deshalb standen die Sterne unter uns. Das Meer funkelte mit Tausenden von glitzernden Lichtern. Die Sternbilder waren uns extrem nahe – ich kam mir vor wie in einem umgekehrten Planetarium. Es war Vollmond, die See war ruhig, keine Wolke am Horizont, eine sanfte Brise wehte. Der alte Dampfer hatte vorne rechts eine monströse Delle, die das Wasser asymmetrisch teilte, die Bugwelle spritzte wie ein Geysir über das Deck. Es entstand eine Art natürlicher Springbrunnen, mehrfach beleuchtet, von unten schien das Sternenlicht, vorne spiegelten sich die bunten Positionslichter der Brücke.

Mischa hielt das Gesicht in den Nebel, den die Fontäne erzeugte. »Aaaah, das ist herrlich.«

Sie zog die Schuhe aus, hob die Arme und ging auf die Zehenspitzen. Sie drehte sich in den Wasserfall, tanzte mit geschlossenen Augen.

»Oh mein Gott, Wasser! Das gibt es in der Hölle nicht!«

Sofort waren ihre Haare klatschnass, aber ihr Plastikkleid wies das Wasser ab, dicke Tropfen bildeten sich. Sie reflektierten das Licht, wurden zu Edelsteinen.

»Warum kommst du nicht auch rein, Liebster? So erfrischend! Und überhaupt nicht kalt.«

Sie strich sich die Haare aus der Stirn, legte den Kopf zurück. Plötzlich wurde es dunkel. Ein einzelnes Spotlight strahlte irgendwo von oben aus dem Off, tauchte Mischa in gleißendes Licht, folgte ihr bei ihren Bewegungen. Es wurde still, alle Geräusche verschwanden, so als hätte jemand mit einem gigantischen Filter die Höhen weggedreht. Für einen Moment hatte ich das Gefühl, taub zu sein, dann setzte Musik ein. Sie kam von überallher, eine gewaltige Surround-Sound-Anlage füllte das Firmament mit Gitarren und Keyboards. Waren das Hall & Oates? Ja, und sie spielten einen ihrer größten Hits, »You Make My Dreams«: »On a night when bad dreams become a screamer. When they're messin' with a dreamer …«

Das Arrangement unterschied sich allerdings ein wenig von der Aufnahme von 1980. War das eine Live-Version? Die Antwort kam sofort, zu meiner Rechten erschien aus dem Nichts eine Bühne; wie von einem unsichtbaren Lastenfahrstuhl befördert tauchten Daryl Hall und John Oates plus Band mit großem Chor auf, wurden von einer Batterie rotierender Scheinwerfer beleuchtet. Diese Gäste waren wirklich überraschend! Daryl winkte Mischa zu.

»Hallo, Schönheit!«

Mischa warf eine Kusshand zurück, streckte den Arm nach mir aus. »Liebling, komm her, tanz mit mir!«

Ihre Dancemoves waren speziell. Sie bewegte sich zu ihrem eigenen Takt. Sie schwebte über den Noten, ihre Bewegungen waren Zeitlupe, sie schwang ihren Körper durch den Song, setzte ihn in Szene ohne Rücksicht auf den Schlagzeuger. Das war Teil des Gesamtkunstwerks Mischa: Nichts schien sie zu beeindrucken. Plötzlich fiel mir etwas auf.

»Mischa – warum bist du eigentlich hier?«

»Wie meinst du das?«

»Das hat doch überhaupt keinen Sinn: Du bist doch noch gar nicht tot!«

Mischa lächelte milde. »Schatz, hast du es immer noch nicht begriffen? Es ist völlig egal, wann du gestorben bist oder sterben wirst: Du bist schon immer hier, schwirrst irgendwo auf dem Schiff herum. Theoretisch triffst du hier jeden Menschen, der je gelebt hat oder leben wird, es ist nur eine Frage der Zeit, und die existiert nicht.«

Das war mir zu hoch. Ich konzentrierte mich auf die Musik. Die Band spielte die letzten Akkorde von »You Make My Dreams«, rutschte ohne Pause in das Intro eines neuen Songs. Es war ein funkiger Salsa-Beat mit einem prägnanten Piano-Riff und viel Percussion. John Oates gab mir ein Zeichen: »Das ist dein Lied, Tommy!«

Ich blickte in Mischas tiefbraune Augen, nach ein paar Takten begann ich zu singen: »Notiz an mich selbst, Notiz an mich selbst, Notiz an mich selbst: Fick dich!«

Wir stellten uns vor die Bühne, grooventen im Rhythmus der Musiker. Der Chor startete eine sehr dynamische Choreografie – die Sängerinnen und Sänger rotierten mit ausgestreckten Armen, liefen im Gleichschritt, sprangen vor und zurück. Ich fokussierte auf Mischas Gesicht.

»Nur noch ein halbes Jahr Bewährung und schon seit fünfzehn Tagen clean. Oh Gott, das Fleisch ist willig, doch der Geist ist schwach.«

Mischa lächelte wissend, die Morgensonne ließ ihre Lippen flackern wie Neon. Ich sang: »Ich gebe acht auf die Ernährung, vermeide Schnaps und Kokain.«

Wir hatten auch eine kleine Bewegungsabfolge begonnen: Fuß zweimal nach links, zweimal nach rechts, abwechselnd nach hinten und vorne, jedes zweite Mal mit einer Drehung. Ich machte weiter: »Rotwein, Tickern, Feiern, Valium, Koma, Reihern.«

Jetzt stiegen auch Hall & Oates ein, trällerten den Chorus mit mir zusammen: »Notiz an mich selbst, Notiz an mich selbst, Notiz an mich selbst: Fick dich!«

Links neben der Bühne erschien eine Gangway, materialisierte sich aus dem Nirgendwo. Die Planken formten sich aus dem Nebel, sie reichten über die Reling. Auf der anderen Seite stand Josepha. Ihre Verkleidung beschränkte sich nicht nur auf die schwarze Teufelsmaske, hinter der sie ihr Gesicht verbarg. Ihre Garderobe schien direkt aus dem Venedig des 18. Jahrhunderts eingeflogen worden zu sein. Ihr Kleid bestand aus einem weit ausgestellten, bodenlangen Rock mit engem Korsett. Es war aus feuerroter Seide und über und über mit goldenen Lilien bestickt, am Kragen schmückte es eine Halskrause aus Spitze. Sie sah absolut umwerfend aus.

Vorsichtig setzte ich einen Fuß auf die luftige Konstruktion, dann den anderen. Sie hielt. Ich nahm Mischa bei der Hand, wir kletterten über die Balustrade, standen in der Luft. Wieder sang ich sie an: »Mit dir bin ich, wie ich gern wäre, bin für dich das Megagerät. Oh Gott, das Fleisch ist willig, doch der Geist ist schwach.«

Unter uns lagen die Sternbilder, sie leuchteten wie durch ein gläsernes Parkett. Die Nordhalbkugel im Winter, ich erkannte Stier und Zwillinge, den Kleinen Hund und den Fuhrmann. Josepha drehte sich um und sprang auf den Sirius, einen Doppelstern im Großen Hund. Ich wollte ihr folgen, aber Mischa hielt mich zurück. Schritt, Schritt, Wechselschritt, wir tanzten auf der Stelle. Ich küsste ihren Handrücken.

»Du gibst mir Tipps für die Karriere und sorgst für Schub und Bonität. Streiten, ficken, posten, Herz-Emoji, ghosten.«

Vor uns legte Josepha ein Solo auf dem Orion hin, hüpfte von Stern zu Stern des achtförmigen Sternbilds. Auf Rigel machte sie Pause, sein blaues Licht beleuchtete sie gespenstisch von unten. Ich ließ Mischa stehen und sprang Josepha hinterher.

John Oates und Daryl Hall intonierten zweistimmig: »Eins zu eins für mich …«

Ich antwortete: »Immer nur neunzigste Minute.«

»Eins zu eins für mich …«

»Voll auf Krawall oder ich zieh Schnute.«

»Eins zu eins für mich …«

»Auch wenn ich täglich fast verblute.«

Ich erreichte Josepha auf Beteigeuze. Der rote Riesenstern pulsierte wie eine gigantische Lavalampe. Hall & Oates hallten von der Bühne: »Hysteria, Choleria!«

Jetzt sang ich für Josepha: »Ich bin der Superschurke in meiner Lebensgurke, egal, wie laut das Glück lacht, ich bin, was mich kaputtmacht.«

Josepha nahm die Maske ab. Ihre Augen funkelten in einem mysteriösen Blau. Sie flüsterte: »Traurig, aber wahr.«

Unterdessen war im Südosten eine ganze Sternenkette aufgegangen. Es handelte sich um die Hydra, die Wasserschlange, sie erschien wie eine Treppe ins Unendliche. Ich schaute ein letztes Mal zurück auf Mischa, die noch immer auf der Luftbrücke stand. Sie hatte die Arme vor der Brust verschränkt, schüttelte mitleidig den Kopf. Ich nahm Josepha bei der Hand, wir rotierten in Richtung der astronomischen Schlange. Auf dem Himmelsschiff spotteten Chor und Band unisono: »Notiz an mich selbst, Notiz an mich selbst, Notiz an mich selbst: Fick dich!«

Josepha und ich schwebten über den Horizont, betraten die erste Stufe der Hydra, folgten ihrem Lauf. Vor uns leuchtete Alphard, das Drachenherz, der hellste Stern der Wasserschlange. Dahinter wurde es dunkel. Unter uns hoben Chor und Band die Arme, in einer flüssigen Bewegung winkte uns die gesamte Truppe ein großes Goodbye.

Wir winkten zurück. Wir verschwanden im Nichts.

Ich wurde wach. Ich war immer noch im Nichts. Josephas Schlafzimmer war so dunkel, dass ich nur langsam die Orientierung wiederfand. Ich war nackt, die Schwerkraft war mein einziges Indiz, dass ich auf dem Rücken lag. Am unteren Rand meines Gesichtsfelds schimmerte ein blaues Licht. Zwei glühende Punkte, die im regelmäßigen Abstand verschwanden und wieder auftauchten. Langsam gewöhnte ich mich an die Dunkelheit. Ich nahm verschwommene Umrisse wahr, erkannte, dass das blaue Feuer wie in meinem Traum in Josephas Augen loderte. Sie saß aufrecht am Bettrand und beobachtete mich. Ich hob den Kopf, stützte mich auf die Ellenbogen.

»Ich hab von dir geträumt.«

»Ach ja?«

»Wir waren auf einer Kreuzfahrt. Im Himmel. Daryl Hall und John Oates waren auch da. Du und ich, wir haben getanzt, sind von Stern zu Stern gesprungen. Ich habe gesungen.«

»Faszinierend. Das klingt nach einem Fall für den Traumpsychologen.«

»Ich kann eigentlich gar nicht singen. Und träumen tue ich sonst auch nie.«

»Magst du Musicals?«

»Nicht die neuen. Kein ›Cats‹ oder ›König der Löwen‹. Aber die Hollywood-Produktionen aus den fünfziger und sechziger Jahren verehre ich.«

Ich knipste die Bodenlampe an. Das Licht erreichte Josepha wie die Morgenröte, ließ ihre nackte Haut in einem rosa Perlmutt schimmern. Sie krabbelte auf allen vieren zurück ins Bett und platzierte ihre Hände und Knie links und rechts meines Körpers, positionierte sich über mir. Ihre Brüste streiften meinen Bauch, ihre Haare fielen auf meine Schultern. Sie küsste meinen Hals, meine Wangen, meine Nase und hauchte mir ins Ohr: »Verehrst du mich auch ein bisschen?«

»Ein bisschen? Ich könnte dich auffressen, mit Haut und Haaren!«

Josephas Augen flackerten wie zwei Wunderkerzen. Sie setzte sich auf meine Hüfte, ging ins Hohlkreuz und legte den Kopf zurück. Sie gab ein lautes Stöhnen von sich, das ich nicht sofort interpretieren konnte. War sie irritiert oder erregt? Offensichtlich Letzteres, denn ich spürte eine plötzliche Hitze in ihrem Schoß, die sich sofort auf meine Lenden übertrug. Ich wusste gar nicht, dass ich in meinem Alter noch zu solchen Höchstleistungen fähig war, aber zum dritten Mal in Folge reagierte ich auf Josepha wie ein Teenager. Diese Frau war das stärkste Aphrodisiakum, das ich je erlebt hatte. Ich legte meine Hände auf ihre Hüften und schob sie dichter an das Zentrum meines Verlangens. Sie lehnte sich nach vorne, griff zwischen ihren Beinen hindurch und nahm mich in sich auf. Diesmal entwich mir ein leidenschaftlicher Stöhner. Sie kicherte leise, dann begann sie, in langsamen Bewegungen über mir zu kreisen. Dabei schien sie ihr Becken völlig auszuklinken, denn ihr Oberkörper blieb kerzengrade, nur ihre Brüste schwangen leicht im Rhythmus ihrer Rotationen. Neugierig betrachtete ich die beiden perfekt geformten Kugeln. Mir war noch gar nicht aufgefallen, wie groß sie waren. Ich streckte meine Hände danach aus, sie waren schwer und kühl, ihre Brustwarzen wurden unter meinen Berührungen hart. Warum standen Männer so auf Frauenbrüste? Das war doch absurd. Gab es in der Tierwelt Parallelen? Die Brust war zum Säugen da, oder standen Giraffenbullen auf Giraffentitten?

»Oh Tom, du bist so heiß!«

Josepha beugte sich zu mir hinab, legte sich auf meinen Oberkörper. Ich streichelte ihren Rücken, drückte sie an mich. Jetzt erwiderte ich ihr Kreisen, passte mich dem Takt ihrer Bewegungen an. Sie erhöhte das Tempo, gleichzeitig begann sie, sanft an meinem Hals zu knabbern. Ich flüsterte scherzhaft: »Du hast mich wohl auch zum Fressen gern.«

»Du hast ja keine Ahnung …«

Sie biss fester zu, versenkte ihre Zähne auch in meinem Nacken und in meinen Schultern.

»Aua!«

»Ich dachte, du magst es etwas rougher.«

Sie zog an meiner Haut, riss an meinem Fleisch. Ich schrie vor Schmerzen.

»Lass das, du tust mir weh!«

»Bist du Mann oder Memme? Du warst doch mal Bulle, oder?«

Moment, hatte ich das schon erwähnt? Ich konnte mich nicht erinnern. Egal, ich setzte zum Gegenangriff an. Ich hielt Josepha eng umschlungen, hob das Becken und drehte sie auf den Rücken. Jetzt lag ich oben. Ich war immer noch mit ihr verbunden, hielt die Stellung zwischen ihren Beinen. Während ich mich stetig weiter in ihr bewegte, begann ich zurückzubeißen. Zuerst war es nur ein kleines Knuppern, ein leichtes Mümmeln, aber es entwickelte sich schnell zu einem Picken und Rupfen. Ich kam auf den Geschmack, Josepha mundete vorzüglich. Ich fing an zu schnappen und zu nagen, schließlich biss ich mit aller Kraft zu. Das gefiel Josepha überhaupt nicht. Sie keifte:

»Was soll das? Das ist kein Spiel! So gehört das nicht, du darfst nicht zurückbeißen! Hier frisst nur Josepha!«

Sie versuchte, sich zu befreien, rollte nach links und rechts, stemmte sich mit den Beinen von mir weg. Es nützte nichts – ich war stärker. Ich umschloss sie noch fester, drückte sie aufs Bett. Jetzt zog ich an ihrer Haut, riss ich an ihrem Fleisch. Josepha heulte wie eine Sirene, zappelte wie ein Fisch und fing an, mir mit geballten Fäusten auf den Rücken zu schlagen.

Ich lachte: »Na, wer ist denn hier die Memme?«

Sie brüllte: »Hör auf damit, das ist nicht lustig! Nur Josepha darf beißen!«

Sie legte mir die Hände um den Hals und drückte beide

Daumen in meine Kehle. Sofort blieb mir die Luft weg. Ich lockerte meine Umklammerung, brachte die Arme nach vorne und griff nach ihren Handgelenken. Aber ohne Luft hatte ich keine Kraft. Ihre Hände waren wie Schraubstöcke, ich konnte sie nicht auseinanderziehen. Gnadenlos gruben sich ihre Finger in meine Luftröhre, klemmten mir die Sauerstoffversorgung ab. Ich fing an Sterne zu sehen, surfte am Rande der Ohnmacht.

Josepha kreischte: »Du armseliges Arschloch! Hast du wirklich geglaubt, dass Josepha auf deine hohle Anmache reinfällt? Ich hab gleich gesehen, dass du den Hund von Marius dabeihast! Die Töle hab ich schon beim ersten Mal erkannt, letzte Woche, als du mit der dicken Frau in der Schwarzen Taube am Fenster saßt. Für wie bescheuert hältst du mich?«

Auf diese Frage wusste ich nicht nur aus Luftmangel keine Antwort. Wie hatte ich übersehen können, dass sie natürlich Knef wiedererkennen würde? Ich schüttelte wild den Kopf, versuchte, ihrem eisenharten Griff zu entkommen. Ohne Erfolg.

»Und außerdem hat Binta mir natürlich gesteckt, dass du nach mir suchst. So nach dem Motto: ›Voll süßer Typ hat sich in dich verknallt!‹ Nette kleine Nummer übrigens, die ihr da abgezogen habt, vor allem die Vater-Tochter-Story hat bei ihr voll gezündet. Sie hat dich ziemlich gut beschrieben, ich hab sofort gewusst, dass du es warst. Diese krampfhaft modischen Klamotten und der dazu passende Hipster-Haarschnitt: Ich hasse Berufsjugendliche! Ich hab dann gestern mal ein bisschen nachgeforscht, auch in der Kleingartenanlage. Dabei ist mir der alberne Präsident mit der Krähenkappe über den Weg gelaufen. Der hat mich aufgeklärt: Du bist ein verschissener Ex-Bulle, rausgeflogen wegen Drogen und irgendwelchen anderen Verstößen gegen die Dienstordnung. Angeblich hattest du was mit dem Anwalt eines

Verdächtigen. Beinahe schon cool, wenn es nicht so traurig wäre. Da war's ja nicht so schwer, eins und eins zusammen-zuzählen: Du bist nicht aus Liebe hinter mir her!«

Ihre Worte drangen zu mir durch den Nebel meines beginnenden Wachkomas. Ich war so ein Anfänger, Stüm-per, Idiot! Selbst in dieser aussichtslosen Situation schaffte es mein krankes Hirn nicht, wieder auf Selbsterhaltungs-trieb umzuschalten. Ich wollte ihr nur sagen, dass das alles nicht stimmte, dass es sehr wohl Liebe war. Aber für Worte brauchte man Atem, und den hatte ich nicht mehr.

»Was bildest du dir eigentlich ein? Dass ich auf so einen abgewrackten Hengst wie dich stehe? Träum weiter, alter Mann, mit dir springe ich bestimmt nicht von Stern zu Stern! Du denkst, du hättest mich gesucht, du Dumpfbacke, dabei habe ich dich gefunden. Jetzt heißt es fressen und gefressen werden!«

Abgewrackter Hengst? Wie gemein! Ich verlor das Be-wusstsein.

KNEF

Jetzt ging das schon wieder los! Hatten Menschen denn kein Schamgefühl?

Knef und Zartbitter lagen im Esszimmer unter dem Betontisch und hörten, wie aus dem Schlafzimmer erneut die Fortpflanzungsgeräusche erklangen. Es war bereits die dritte Runde, und wie schon so oft bedauerte Knef, dass sie sich nicht die Ohren zuhalten konnte. Die Tür zwischen den beiden Räumen stand offen, ein weiteres Zeichen der Respektlosigkeit gegenüber ihr und dem Labrador. Wobei Zartbitter sich offenbar nicht gestört fühlte. Er schlief tief und fest, wachte höchstens auf, um sich zu kratzen. Er musste die Schnauze zu forsch in einen Laubhaufen gesteckt haben, denn es prangten gleich drei Zecken in seinem Gesicht, zwei über den Augenbrauen und eine hinter der Nase. Ein weiteres Zeichen dafür, dass der Labradorrüde nicht sonderlich intelligent war. Knef hatte nie Zecken, sie wusste, wo die garstigen Biester lauerten.

Jetzt schienen sich der Entenmann und die Frau mit dem leckeren Fleisch zu streiten. Besorgt stand Knef auf und ging zur Schlafzimmertür. Eine Lampe hinter dem Bett beleuchtete die Szene, machte sie in der ansonsten dunklen Wohnung zum Schattenspiel. Beide Menschen hatten ihre Kleider ausgezogen. Die Fleischfrau saß auf dem Entenmann und biss ihm in die Schulter. Das schien ihm gar nicht zu gefallen, er bockte wie ein Pferd und drehte sie auf den Rücken. Jetzt haute er seine Zähne in ihren Hals, ein Vorgang, der Knef zutiefst verstörte. Seit wann fraß sich diese seltsame Spezies gegenseitig? Sie hatte schon so einiges gesehen, aber Kannibalismus war ihr noch nicht untergekommen. Allerdings war auch die Frau nicht damit einverstanden, gegessen zu werden. Sie schlug dem Mann auf den Rücken, schrie wie am Spieß. Als das nicht half, legte sie ihm die Hände um den Hals und fing an, ihn zu würgen. Er hörte auf zu beißen, wehrte sich noch einen Augenblick, dann wurde er still. Knef fühlte einen zerreißenden Schmerz im Herzen. Der einzige Mensch, der ihr jemals etwas bedeutet hatte, war in Lebensgefahr! Sie lief zum Bett, schnupperte an seiner Hand. Sie fühlte seinen Puls, hörte seinen Atem. Zumindest war er nicht tot.

»Hau ab, du Scheißviech!«

Die Fleischfrau stand auf und kickte Knef wie einen Fußball. Sie traf sie mit dem gestreckten Fuß unter dem Bauch, der Tritt hob sie einen Meter in die Luft, schleuderte sie in die Zimmerecke. Knef knallte mit dem Kopf an die Wand, war für einen Moment benommen. Dann setzte ihr Instinkt ein. Allerdings nicht so, wie sie es eigentlich gewöhnt war. Normalerweise war ihr erster Impuls Flucht. Knef war sehr gut im Weglaufen. Sie war schnell und wendig, konnte hoch und weit springen, überwand problemlos jedes Hindernis, das sich ihr in den Weg stellte, egal, ob stationär oder beweglich. Aber diesen Trieb jetzt hatte sie noch nie verspürt. Das dazugehörige Verhalten war ihr neu. Ihr ganzer Körper bereitete sich auf die Verteidigung ihres Liebsten vor. Die Haare auf ihrem Rücken richteten sich auf, sie legte die Ohren an. Sie fletschte die Zähne und begann, böse zu knurren. Sie senkte die Schultern und griff an.

In drei Sätzen war sie bei der Frau, sprang ihr gegen die Brust und warf sie zurück aufs Bett. Sie biss ihr in den linken Oberarm und arretierte die Kiefer. Knef hatte gewaltige Backenmuskeln; wenn sie erst mal zugeschlagen hatte, war es fast unmöglich, sie von ihrer Nahrung zu trennen. Ein weiterer Vorteil für das Überleben auf den Straßen von Bukarest. Sie fauchte grimmig, schüttelte den Kopf und zerrte am Bizeps der nackten Frau. Die schrie in den höchsten Tönen: »Zartbitter! Hi-ier! Zartbitter!«

Der Schokoladen-Labbie erschien im Türrahmen. Er bellte wütend, seine tiefe Stimme hallte in der fast leeren Wohnung. Er nahm Anlauf und stürzte sich auf Knef. Er schnappte nach ihrem Nacken, erwischte aber nur etwas Haut und Fell. Trotzdem musste Knef die Fleischfrau loslassen, um die Balance zu halten. Zartbitter zog sie vom Bett, aber sie landete auf ihren Pfoten. Mit einer schnellen Kopfbewegung entledigte sie sich des nervigen Labbies. Der hatte offensichtlich keine Nahkampferfahrung, denn anstatt seine Schnauze zu senken und den Hals zu schützen, hob er den Kopf und kläffte aufgeregt. Schoßhündchen!

Ohne zu zögern, sprang Knef ihm an die Kehle. Sie senkte ihre Zähne in sein Fleisch, sofort schmeckte sie Blut. Mit einem kläglichen Heulen fiel Zartbitter zur Seite, drehte sich auf den Rücken. Knef blieb dran, ließ ihn nicht los. Er versuchte, ihr mit den Krallen seiner Hinterläufe die Nase zu zerkratzen, aber Knef gelang es, außerhalb der Reichweite seiner Pfoten zu bleiben. Gnadenlos schloss sie ihre Kiefer in seinem Hals. Der Labrador hörte auf zu jaulen, fiepte ein paarmal jämmerlich, dann wurde er still. Mit zunehmender Verzweiflung zappelte er mit den Beinen und schleuderte sein Becken hin und her, um wieder auf die Füße zu kommen. Keine Chance, Knef hatte ihn fest im Griff. Bis die Fleischfrau ihr mit irgendeinem harten Gegenstand eins über den Schädel zog. Wie ein greller Blitz schlug ihr der Schmerz ins Gehirn. Sie verlor die Kontrolle über ihre Beißwerkzeuge und machte eine unfreiwillige Rolle rückwärts. Die Frau griff sie an dem neuen Halsband, das der Entenmann ihr geschenkt hatte, und zog sie ins Esszimmer.

Im Augenwinkel sah sie, wie der armselige Labrador aufstand und mit eingeklemmtem Schwanz hinterhertorkelte. Leise wimmernd legte er sich zurück unter den Betontisch.

Die Frau öffnete die Balkontür und schleuderte Knef nach draußen. Sie drehte sich auf der Stelle, wollte wieder angreifen, aber die Fleischfrau knallte ihr die Tür vor der Schnauze zu. Knef knurrte und bellte, aber von jetzt an konnte sie nur noch zusehen.

Die Frau verschwand im Schlafzimmer und kam in einem schwarzen Outfit zurück, das sie fast unsichtbar machte. In der Dunkelheit der Wohnung sah man nur ihre Hände und ihr Gesicht. Sie ging in die Küche, bei ihrer Rückkehr ins Esszimmer schob sie eine Leiter mit zwei Rädern vor sich her. Abgang nach links, diesmal blieb sie etwas länger weg. Knef hörte ein lautes Ratschen, so als würde jemand einen Vorhang von der Stange reißen, dann ein paar Geräusche, die sie nicht zuordnen konnte. Die Fleischfrau erschien mit einem langen Gegenstand auf der Radleiter, den sie mit dem abgerissenen Vorhang eingewickelt hatte.

Knef hörte auf zu bellen. Sie steckte ihre Schnauze in den Spalt zwischen Tür und Rahmen und schnüffelte an dem feinen Luftzug, den eine Allerweltsnase wie Zartbitter wahrscheinlich gar nicht wahrgenommen hätte. Mit voller Lungenkraft zog sie den Mix an Gerüchen über ihre Schleimhäute, analysierte die verschiedenen Aromen. In ihrem Kopf entstand ein dreidimensionales Duftbild, anhand der verschiedenen Intensitäten konnte sie die Objekte im Raum verorten, auch ohne sie zu sehen. Das Ergebnis alarmierte sie zutiefst: Unter dem Vorhang befand sich der Entenmann, sie witterte sein Leckerli-Bouquet hinter dem Muff des Stoffs. Wieder begann Knef zu bellen, kratzte mit beiden Pfoten an der Balkontür. Aber es war hoffnungslos. Sie musste tatenlos zusehen, wie die Fleischfrau den Mensch ihrer Träume aus der Wohnung schob. Einen Moment später hörte sie unter sich die Haustür aufgehen, Knef sah durch das Balkongitter, wie die Frau den Entenmann zu einem roten Auto beförderte, das am Straßenrand stand. Sie öffnete die Heckklappe und manövrierte den Vorhangwickel auf die Ladefläche, warf die Radleiter daneben und schloss die Klappe. Mit schnellen Schritten ging die Fleischfrau zurück ins Haus, tauchte wieder in der Wohnung auf. Sie verschwand in der Küche, kurz darauf trug sie eine rote Kiste durch das Esszimmer und aus der Tür. Unten stellte sie die Box auf den Beifahrersitz und stieg auf der anderen Seite ein. Der Motor startete, die Lichter gingen an. Der Wagen rollte auf die Straße. Knef stellte sich auf die Hinterläufe und sprang über das Geländer. Ein weiteres Mal landete sie weich in der Hecke darunter. Sie kletterte auf den Gehweg und lief ihrem Lieblingsmensch hinterher.

In Rumänien war es kein Problem, einem Auto zu folgen. Jedes Fahrzeug hatte seinen ganz eigenen Geruch. Oder besser: Gestank. Diesel oder Benziner, die Knatterkisten verbreiteten ein wahres Duftinferno aus Auspuff, verbranntem Öl, Gummi und Bremsflüssigkeit. Die Karren hinterließen eine derartige Qualmspur, dass die Fährte, selbst wenn man den Wagen aus den Augen verlor, noch Stunden später in der Luft hing. Die Stadt war wie eine unsichtbare Landkarte aus Abgasen, jedes Gefährt hatte seine individuelle Spur, der auch ein weniger begabter Hund als Knef problemlos folgen konnte. In Deutschland war das anders. Die Autos waren neuer, besser in Schuss. Sie stanken sehr viel weniger intensiv. Und es gab sogar Wagen, die überhaupt nicht rochen. Die nicht mal klangen! Geräusch- und geruchlos rollten sie durch die Straßen, so als hätten sie gar keinen Motor.

So ein Automobil hatte die Fleischfrau. Sehr schwierig zu beschatten, selbst für eine Supernase wie Knef. Zusätzlich fuhr die Frau viel zu schnell. Der Gotenweg war eine schmale Wohnstraße, hier herrschte Tempo dreißig, aber der rote Wagen beschleunigte auf mindestens das Doppelte. An der Ecke Rahweg bog er mit quietschenden Reifen links ab.

Als Knef die Einmündung erreichte, sah sie nur noch, wie die Rücklichter des Autos rechts in den Münchhausenweg verschwanden. Ab da hatte sie den Entenmann verloren. An der nächsten Kreuzung blieb sie atemlos stehen und reckte die Nase in die Luft. Sie versuchte verzweifelt, zumindest den Duft von Entenleckerli wiederzufinden, den ihr Liebster so entzückend verströmte. Aber Fehlanzeige. Auch das ein Nachteil neumodischer Autos: Sie riegelten hermetisch ab, kein Geruch gelangte nach draußen. Und die Fenster öffnete sowieso keiner mehr, für die Luftzufuhr gab es ja die Klima-anlage.

MAJA

War das Knef? Maja bog gerade in den Münchhausenweg ein, als ihr die Mischlingshündin auffiel. Sie streckte die Schnauze gen Himmel und schnüffelte mit äußerster Konzentration. Maja hielt neben ihr am Straßenrand und öffnete die Beifahrertür.

»Knef, hey, Knef! Komm her!«

Knef wedelte mit dem Schwanz und kam auf sie zu. Maja klopfte auf den freien Vordersitz. Wie nannte Tom sie noch? Ach ja.

»Steig ein, kleine Lady.«

Knef sprang in Majas alten Renault Twingo und leckte freudig ihre Hand. Maja war etwas weniger froh, Toms Hündin ohne ihr Herrchen anzutreffen. Sie schloss die Tür und drückte aufs Gas. »Oh Mann, Tom, das verheißt nichts Gutes«, stöhnte sie.

Tom hatte zunächst brav seine regelmäßigen Messages gesendet: »Keine Josepha in Sicht.« – »Kontakt aufgenommen.« – »Gehen zusammen spazieren.« – »Bin bei ihr zu Hause. Sie wohnt Gotenweg 6, erster Stock rechts.« – »Wir trinken Wein. Müller-Thurgau!« – »Keine Gefahr, sie kocht für mich!« – »Wir essen, es ist ganz köstlich.«

Dann kamen die Nachrichten unregelmäßiger. Nach anderthalb Stunden: »Sorry, wir waren beschäftigt. Sie sagt, sie heißt Josepha Goldstaub, wie in ihrem Perso.«

Zwei weitere Stunden später: »Mach dir keine Sorgen! Wir gehen schlafen. Leg dich auch hin, melde mich morgen früh.«

Maja konnte sich schon denken, was passiert war. Kommissar Mangold mit vollem Körpereinsatz. Allerdings half ihr das nicht, ihre zunehmende Panik zu besänftigen. Im

Gegenteil, Tom hatte offensichtlich den Verstand verloren. »Drinking with the enemy« war vielleicht ein guter Plan, aber »Sleeping with the enemy«?

Sie hatte versucht, Toms Rat zu folgen, und war ins Bett gegangen, aber sie konnte vor Nervosität nicht schlafen. Gegen sechs Uhr morgens hatte sie aufgegeben, da hatte sie schon siebeneinhalb Stunden nichts mehr von Tom gehört. Sein Handy war immer noch im Gotenweg, also hatte Maja beschlossen, sich vor Josephas Wohnung zu positionieren, um im Zweifelsfall möglichst schnell eingreifen zu können. Dass Knef allein auf der Straße aufgetaucht war, veränderte die Umstände natürlich elementar. Die Hündin machte ebenfalls einen sehr aufgeregten Eindruck. Sie bewegte sich unruhig auf dem Beifahrersitz, hechelte ohne Pause. Aus ihren Lefzen tropfte eine rosa Flüssigkeit auf das Polster.

Rosa? Maja untersuchte Knefs Schnauze. War das Blut? Sie steckte den Zeigefinger in das Hundemaul, rieb ihn entlang der Zähne. Knef hielt still, so als würde sie verstehen, was Maja bezweckte.

Als sie ihren Finger aus Knefs Maul zog, war die Fingerspitze rot und roch nach Eisen. Oder bildete sie sich das nur ein? Sie wurde leicht hysterisch. Das war eigentlich gar nicht ihre Art, aber eine derart extreme Situation hatte sie noch nie erlebt. Tom hatte von Anfang an mit dem Feuer gespielt, aber jetzt befand er sich offensichtlich in Lebensgefahr. Wenn er überhaupt noch lebte. Maja schleuderte ihren Oberkörper vor und zurück, schlug auf das Lenkrad. Sie schrie immer wieder: »Du verdammter Idiot! Du verdammter Idiot, du …«

Knef legte ihr die Pfote in die rechte Armbeuge und fing an zu bellen. Maja riss sich zusammen.

»Ja, ja, du hast ja recht. Ich muss cool bleiben. Ich bin seine letzte Rettung.«

Knef gab ein kurzes Jaulen von sich, es klang beinahe so, als sei sie beleidigt. Maja lächelte und streichelte ihre Stirn.

»Entschuldige bitte, kleine Lady, *wir* sind seine letzte Rettung!«

Sie erreichten den Gotenweg Nummer 6. Maja stieg aus und öffnete die Beifahrertür, aber Knef wollte nicht rausspringen. Sie begann, wieder zu bellen, deutete mit der Schnauze in die Richtung, aus der sie gekommen waren. Maja zuckte mit den Schultern.

»Was ist los, was willst du denn? Dein Herrchen ist hier. Das sagt zumindest sein Telefon.«

Aber sie war selbst nur begrenzt überzeugt. Die Wohnung im ersten Stock rechts war dunkel. Maja wählte Toms Nummer, sofort hörte sie seinen Klingelton. Das Handy lag wohl auf der Fensterbank, denn links von der Balkontür sah sie ein schwaches Licht durch die Scheibe schimmern. Das musste sein Display sein. Toms Voicemail sprang an: »Tom Mangold. Sprechen Sie jetzt!«

Maja legte auf, versuchte es noch mal. Sie flüsterte: »Komm schon, Tom, komm schon …«

Aber niemand erschien am Fenster und nahm ab. Wieder ging der Anrufbeantworter an. Sie versuchte es ein drittes und viertes Mal, dann gab sie auf. Sie ging zur Haustür und drückte den Knopf neben »Goldstaub«. Keine Reaktion. Maja klingelte Sturm. Nichts. Sie schnaufte: »Scheiße!«

Sie stellte sich unter den Balkon und rief: »Tom! Toooom! Bist du da? Hallo, Tom, hörst du mich? To-om!«

Das Licht auf der linken Seite über ihr ging an, ein älterer Mann mit Schlaffrisur rief aus dem geöffneten Fenster: »Es ist niemand zu Hause, wann sehen Sie das endlich ein?«

Majas Stimme überschlug sich: »Oh, hallo, Herr …«

»Kramer.«

»Herr Kramer, Sie sind schon wach. Ich –«

Der Mann unterbrach sie unsanft: »Ich bin nicht ›schon wach‹. Ich bin *noch* wach! Ich habe mal wieder die ganze Nacht kein Auge zugemacht!«

»Das tut mir leid. Ich … ich suche meinen Bekannten, er …«

»Lassen Sie mich raten: Heißt er vielleicht Tom?«

Maja lachte nervös. »Ja, genau. Groß, schlank, Brille, so Anfang fünfzig, sieht aber jünger aus?«

»Ich habe niemanden gesehen, nur die Dame, die nebenan wohnt. Sie ist um kurz nach sechs abgerauscht, zum Glück! Das war wieder ein Getöse, es ist einfach unerträglich. Allein ihr Hund reicht ja schon, aber immer diese furchtbare Musik! Einer singt und einer schlägt den Takt – das ist doch keine Kunst. Und dann in dieser Lautstärke! Erst neulich habe ich sie gebeten, ihre Dschungelmusik ein bisschen leiser zu drehen. Sie können sich nicht vorstellen, was mir diese Person da an den Kopf geworfen hat!«

Maja fragte interessiert: »Was denn?«

Kramer machte eine wegwerfende Handbewegung. »Das möchten Sie gar nicht wissen. Empörend! Wir hatten schon mehrere Eigentümerversammlungen wegen Frau Goldstaub. Leider kann man nicht viel machen, die Wohnung gehört ihr.«

»Das ist ja ärgerlich. Haben Sie zufällig eine Ahnung, wo sie hingefahren … wo sie sein könnte?«

»Woher soll ich das wissen? Ich kenne die Frau ja kaum. Ganz im Ernst: Mit der stimmt irgendetwas nicht! Ständig wechselnde Männerbekanntschaften, völlig abnormaler Tag-und-Nacht-Rhythmus. Und dann immer dieser Küchengeruch: Knoblauch und Gott weiß, was für exotische Gewürze! Ich habe sie auch schon russisch sprechen hören, am Telefon. Ich erkenne die Sprache, habe ich noch in der Schule gelernt, damals in Schwerin. Sie können mir glauben: Hier im Haus will keiner was mit ihr zu tun haben! Schlimm genug, dass wir uns mit der ständigen Lärmbelästigung und der üblen Luftverschmutzung vom Flugplatz herumschlagen müssen, jetzt haben wir auch noch dieses slawische Rock- und Kochfestival an der Backe, und zwar als Endlosspirale!«

Dafür, dass Herr Kramer Josepha Goldstaub kaum kannte, wusste er eine ganze Menge über sie. Er klagte weiter: »Ich Idiot, ich hätte nicht so dicht am Flughafen kaufen sollen! Aber welcher Hirni kommt denn bitte auch auf die Idee, Flugzeuge mitten in der Stadt landen zu lassen? Völliger Blödsinn! Allein dieser Name: ›Helmut-Schmidt-Flughafen‹. Was hatte denn Schmidt Schnauze mit dem Airport zu tun? Soweit ich weiß, haben die Engländer den gebaut. Oder zumindest erweitert. Dabei waren die übrigens nicht gerade zimperlich. Als sie 1948 die Startbahnen verlängern ließen, haben sie einfach die Anwohner enteignet, ihre Häuser abgerissen und die alten Straßen überbetoniert. Anschließend war alles drum herum Wildnis, Steppe, Einöde, zumindest hier im Norden. So hätte es ruhig bleiben können. Stattdessen hat die Stadt erlaubt, dass in unmittelbarer Nähe des Flughafens wieder gewohnt werden darf. Was für eine kapitale Fehlentscheidung! Das haben die Verantwortlichen wohl auch irgendwann eingesehen, denn weiter nördlich sind keine Baugenehmigungen mehr vergeben worden. Da sieht's immer noch so aus wie nach dem Krieg. Verlassene Häuser, die langsam verfallen, einsame Straßen, die im Nichts versanden …«

Kramers Lamento hatte etwas in Majas Kopf losgetreten. Sie bedankte sich eilig bei dem kundigen Wutbürger, sprang neben Knef in ihren Twingo und holte ihr Handy raus. Sie rief Google-Maps auf und gab den Suardonenweg ein. Der ging ein Stück weiter nördlich vom Markomannenstieg ab, führte in östlicher Richtung direkt auf die nordwestliche Landebahn zu. Er endete abrupt an der Tarpenbek. Was hatte Tom gesagt? Die letzte Hausnummer war 24? Maja googelte die Adresse, der rote Marker erschien kurz vor dem blauen Strich, der den kleinen Fluss symbolisierte. Sie steckte den Schlüssel ins Schloss und startete den Motor.

Zehn Minuten später fand sie den Markomannenstieg. Er verlief in nordsüdlicher Richtung und wurde der Bezeichnung »Stieg« in jeder Beziehung gerecht. Mehr Fußweg als Straße war er so schmal, dass sogar Majas Kleinwagen ein paarmal mit den Sträuchern, die am Wegesrand wuchsen, in Berührung kam. Auf der rechten Seite tauchte ein mit Moos überwachsenes Schild auf, darauf stand: »Suardonenweg«. Maja bog ab. Die Straße erschien etwas breiter, weil links und rechts Entwässerungsgräben angelegt worden waren, die die Vegetation vom Asphalt fernhielten. Knapp zwei Meter breite Einfahrten überspannten die Gräben. Der Suardonenweg war in einem schrecklichen Zustand. Zahlreiche Schlaglöcher und Risse holten das Letzte aus Majas Twingo heraus.

Sie erreichte die Tarpenbek. Wie erwartet überquerte die Straße den Bach auf einer kleinen Brücke, setzte sich auf der anderen Seite als Schotterweg fort. In ungefähr hundert Metern Entfernung erkannte Maja den Flughafenzaun, dahinter begann es schon zu dämmern. Am rechten Straßenrand stand ein Pfahl mit einer grünen Plastikbox, darauf stand: »Hamburger Abendblatt«. Darunter prangte in Schwarz auf Gold die Nummer 24. Eine Frau mit langen grauen Haaren zog gerade eine Zeitung aus dem Standbriefkasten und winkte. Maja winkte zurück.

Langsam fuhr sie über die Brücke. Auch auf der anderen Seite der Tarpenbek führten in regelmäßigen Abständen Stege über die Gräben; das einzige Anzeichen dafür, dass hier mal jemand gewohnt hatte. Dahinter begann der Dschungel. Wild wachsende Hecken und verwahrloste Gärten, in denen das Unkraut mannshoch wucherte. Baumdicke Brennnesseln und mit Schlingpflanzen überwucherte Brombeerbüsche standen so dicht, dass man schon zwei Meter jenseits der Gräben nichts mehr erkennen konnte.

Maja zählte die Einfahrten auf der linken Seite: 25, 27, 29, das dritte Grundstück musste es sein. Sie wendete und hielt vor dem Steg. Sie stieg aus und ging ein paar Schritte über den Graben. Aber auch aus geringer Entfernung waren kein Haus oder sonstige Anzeichen menschlicher Zivilisation zu sehen. Frustriert ließ sie sich zurück ins Auto fallen und hämmerte einen weiteren Trommelwirbel auf das Lenkrad.

»Verdammt, verdammt, und ich dachte, ich hätte das Rätsel gelöst!«

Wieder bellte Knef. Diesmal wedelte sie gleichzeitig mit dem Schwanz.

»Was möchtest du mir sagen, kleine Lady? Willst du mich aufmuntern? Mach dir keine Sorgen, ich hab alles im Griff. Ich lasse nur etwas Dampf ab. Leider hatte Google wohl doch recht: Auf dieser Seite der Tarpenbek gibt es keine Hausnummern mehr. Ohne Häuser keine Nummern.«

Maja fuhr zurück über den Bach. Die Frau mit den grauen Haaren stand immer noch an der Plastikbox. Sie trug grüne Gummistiefel und rote Handschuhe, dazu ein geblümtes Hauskleid. Maja schätzte sie auf mindestens siebzig. Sie parkte den Wagen und stieg aus, Knef kletterte ihr hinterher. Die alte Dame betrachtete sie und die Hündin neugierig und lächelte freundlich.

»Na, haben Sie sich verfahren?«

»Ja, so ein bisschen. Ich suche die Nummer 29, aber jenseits der Tarpenbek gibt es nur noch Urwald. Laut Google ist sowieso bei 24 Schluss.«

Die Frau stützte sich auf den Zeitungskasten und schnaufte verächtlich. »Pfff, Google! Was wissen die Amerikaner schon über Old Niendorf? Der Suardonenweg geht noch ein ganzes Stück weiter.« Sie zeigte in die Richtung und nickte ein paarmal bestätigend. »Nummer 29 ist dahinten links. Da wohnt aber keiner mehr. Die ganze Straße auf der anderen Seite des Bachs ist verlassen. Insofern hat Google recht. Damals haben dort die Goldstaubs gelebt.«

»Die Goldstaubs? Dann kennen Sie vielleicht Josepha?«

»Kannte. Aber das ist eine lange Geschichte.«

Die alte Dame musterte Maja eindringlich. »Was ist denn los? Sie sind ja völlig durch den Wind. Wollen Sie sich vielleicht einen Moment hinsetzen? Haben Sie Lust auf eine Tasse Kaffee?«

Die Frau hatte recht. Majas Hände zitterten, sie atmete schwer. Auf ihrer Oberlippe hatte sich kalter Schweiß gebildet. Sie holte tief Luft.

»Ich habe eigentlich überhaupt keine Zeit. Ich muss …«

»Sie müssen was? Was kann denn so wichtig sein, dass Sie sich so unter Druck setzen?«

»Ich kann das schlecht erklären, ich … ich dachte, ich hätte gefunden, was ich suche, aber …«

Die alte Dame legte ihr die Hand auf die Schulter. »Ganz ruhig. Egal, was Sie beschäftigt, Sie sollten sich erst mal eine Kaffeepause gönnen. Sie kriegen ja kaum noch einen vollständigen Satz zustande.«

»Nein, das geht leider wirklich nicht. Ich muss weiter.«

»Ich verstehe. Alarmstufe Rot.« Die Frau zwinkerte Maja zu. »Reisende soll man nicht aufhalten.«

Aber Maja ging nicht zurück zum Auto. Sie blieb stehen und beobachtete, wie die alte Dame zum Haus stapfte. Nach einer Weile sagte sie: »Sie kannten Josepha Goldstaub?«

»Ja, aber wie ich schon erwähnte, ist das eine lange Geschichte. Und Sie haben es offensichtlich eilig.«

Maja überkam auf einmal eine große Müdigkeit. Sie rieb sich die Augen. »Ehrlich gesagt weiß ich gar nicht, was jetzt mein nächster Move ist. Ich fühle mich momentan etwas verloren.«

»Ein Grund mehr, mal kurz zur Besinnung zu kommen.

Eine Tasse Kaffee wird Ihnen guttun. Ich habe gerade welchen frisch gebrüht.«

Maja zögerte. Die Frau zog sich die Handschuhe aus.

»Vielleicht kann ich Ihnen sogar helfen? Es scheint ja irgendwie um das Goldstaub-Haus zu gehen. Und um Josepha. Kommen Sie.«

Maja zuckte mit den Schultern und seufzte. »Na gut.«

Sie folgte der Frau zu ihrem kleinen Holzhaus, das in einem fröhlichen Zitronengelb gestrichen war. Das Gebäude war von einer überdachten Terrasse umgeben, am Geländer hingen Geranien in langen Balkonkästen. Auch am Boden vor und auf der Veranda standen Töpfe mit den bunten Blumen.

Die alte Dame wischte sich die Hände an der Hüfte ab. »Ich habe mich noch gar nicht vorgestellt. Mein Name ist Ladendorf, Irma Ladendorf. Von mir aus können wir uns auch duzen – sag ruhig Irma.«

»Ich bin Maja. Maja Ajani. Freut mich, dich kennenzulernen, Irma.«

Irma beugte sich hinab zu Knef, streichelte ihren Rücken. »Und wie heißt dieses süße Hundchen?«

»Das ist Knef.«

»So wie Hildegard?«

»Genau.«

»Interessant. Musikalisch nicht so mein Fall, aber als Hundename … zumindest originell.«

Sie setzten sich auf die Veranda an einen runden Tisch, der mit einem Wachstuch gedeckt war. Auch hier schmückte ein Geranienmuster das Material.

Irma lachte. »Ja, ich weiß, ich übertreibe es etwas mit den Geranchen.«

Sie strich sich über das Hauskleid. Maja stellte fest, dass der Stoff ebenfalls mit stilisierten Geranien übersät war. Irma sagte: »Also, was ist dein Problem? Und was hat es mit Josepha Goldstaub zu tun?«

Maja überlegte. Wie viel konnte sie der alten Dame zumuten? Sie entschied sich, die gruseligen Details wegzulassen.

»Ich, also ... ich bin auf der Suche nach einem guten Bekannten, Tom. Tom ist seit gestern verschwunden. Er wurde das letzte Mal mit Josepha ... ich habe gehört, dass sie im Suardonenweg 29 ... obwohl die Adresse offiziell gar nicht existiert. Ich dachte, ich könnte da möglicherweise einen Hinweis ... irgendein Indiz ... na, einen Anhaltspunkt finden. Glaub mir, es ist absolut dringend! Hat sie mal ...?«

Maja zeigte in Richtung Flughafen und schwieg. Sie kaute nervös an ihren Fingernägeln. Irma schien kurz verwirrt von ihrer Art, die Sätze halb fertig zu lassen, dann vollendete sie die Frage.

»Hier gewohnt? Ja. Ach, jetzt habe ich glatt den Kaffee vergessen. Einen Moment.«

Sie verschwand im Haus. Kurze Zeit später erschien sie mit einem Tablett, auf dem zwei Tassen und eine kleine Milchkanne standen.

»Ich kannte vor allem ihre Mutter, Evelyn. Milch?«

»Ja, bitte.«

Irma stellte das Tablett auf den Geranientisch und füllte etwas Milch in beide Tassen. Sie nahm Platz. Knef schnupperte an der Tischkante, versuchte herauszubekommen, ob Irma etwas zu essen mitgebracht hatte. Die alte Dame kraulte die Mischlingshündin unter der Schnauze. Sie fragte: »Willst du die Geschichte wirklich hören? Die hat kein schönes Ende.«

»Wenn ich anschließend schlauer bin, auf jeden Fall. Happy Ends gibt's sowieso nur in Hollywood.«

Irma nickte. »Das stimmt.« Sie nahm einen tiefen Schluck aus der Kaffeetasse. »Evelyn war Russlanddeutsche. Ihre Eltern waren in den späten fünfziger Jahren aus St. Petersburg gekommen und zunächst in Nummer 29 eingezogen. Das Haus stand leer, weil die Grundstücke nach dem Krieg von den Engländern wegen der Flughafenerweiterung enteignet worden waren. Da durfte eigentlich keiner mehr wohnen. Damals drückte die Stadt aber wegen der vielen Flüchtlinge ein Auge zu, die Menschen lebten, wo Platz war. Drüben im Ohmoor standen noch Nissenhütten, und die Schrebergärten dienten als reguläre Unterkünfte. Evelyn wurde Anfang der sechziger hier geboren. Als sie ungefähr zehn Jahre alt war, bekamen die Eltern endlich eine Bleibe zugewiesen, ich habe keine Ahnung, wo. Die Goldstaubs waren die letzte Familie, die noch östlich der Tarpenbek wohnte, wie gesagt, die Gegend direkt neben dem Flughafen ist eigentlich schon seit 1948 nicht mehr als Wohngebiet ausgewiesen ...«

Maja unterbrach sie. »Ich will ja nicht unhöflich sein, aber was hat das alles mit Josepha zu tun?« Sie klopfte ungeduldig mit den Fingern auf die Tischkante.

Irma legte ihre Hand über das nervöse Stakkato. Die Wärme ihrer Haut wirkte beruhigend. Sie sagte: »Nur Geduld, ich bin ja noch nicht fertig.«

»Entschuldige bitte, Geduld ist zurzeit nicht gerade meine Stärke.«

»Ich verstehe. Auch wenn du mir wahrscheinlich nicht die ganze Wahrheit erzählt hast – ich spüre, dass dich die Sache sehr belastet. Der mysteriöse Tom ist wahrscheinlich mehr als nur ein ›guter Bekannter‹. Ich versuche, mich kurz zu fassen. Also, Ende der achtziger Jahre kam Evelyn zurück. Sie war eine sehr schöne Frau geworden, groß und blond, aber irgendetwas war mit ihr nicht in Ordnung. Es fing damit an, dass sie in dieser Ruine lebte. Kein Strom, kein Wasser, im Winter keine Heizung. Jakob von gegenüber hat mehrfach die Polizei gerufen, und die haben sie dann mitgenommen, aber sie ist immer wieder zurückgekommen. Irgendwann hat Jakob aufgegeben. Ich hatte sowieso kein Problem mit ihr, sie tat mir leid.«

»Warum hat sie sich denn nichts anderes gesucht?«

»Habe ich sie auch gefragt. Nicht nur einmal. Sie hat dann immer gesagt: ›Hier bin ich geboren, das ist mein Zuhause, ich will nirgendwo anders wohnen‹.«

»Ohne fließend Wasser und Strom?«

»Wie gesagt, sie hatte nicht unbedingt alle Tassen im Schrank. Vielleicht war irgendetwas passiert, nachdem die Goldstaubs hier weggezogen sind, ein Schock oder Trauma, ich weiß es nicht, ich bin keine Psychologin. Evelyn konnte sehr charismatisch sein, charmant und witzig, aber meistens saß sie apathisch im Garten und sprach mit sich selbst. Ich glaube, sie hat Heroin genommen. Und wohl auch, äh, wie soll ich sagen, äh … ihren Körper verkauft. Da kamen immer wieder Autos den Suardonenweg hoch, haben vor Nummer 29 gehalten. Männer stiegen aus, meistens ältere, teilweise wohlsituiert, im schicken Anzug. Die fuhren Mercedes und BMW oder Jaguar. Manchmal nahmen sie Evelyn mit, für eine Nacht, ein Wochenende, von Zeit zu Zeit blieb sie auch ein paar Wochen weg. Mitte der neunziger wurde Evelyn schwanger.«

»Mit Josepha?«

»Genau. Eine süße Göre. Nach ihrer Geburt haben Jakob und ich uns etwas mehr um die Goldstaubs gekümmert, er hat ihnen einen gebrauchten Generator gekauft und eine Wasserpumpe mit Tank eingebaut. Josepha kam öfters bei mir vorbei, um Videos zu sehen. Die Goldstaubs hatten keinen Fernseher. Ich habe auch ab und zu für die beiden gekocht. Aber Evelyn war schwierig. Je näher man ihr kam, desto aggressiver wurde sie. Nach ein paar Streits haben wir es aufgegeben mit der Nachbarschaftshilfe. Danach riss der Kontakt ab. Ich arbeitete zu der Zeit noch, war ein paar Jahre in München. Als ich wiederkam, hatte Josepha ein Brüderchen, Noah.«

Maja schüttelte ungläubig den Kopf. »Das war's dann aber, oder? Irgendwann müssen die drei ja wohl ausgezogen sein. Spätestens als Josepha schulpflichtig wurde, denke ich. Da ist doch bestimmt das Jugendamt gekommen.«

»Nein, denn dafür hätten die ja wissen müssen, dass die Kinder überhaupt existieren. Evelyn hatte sie allein im Haus auf die Welt gebracht und nie gemeldet.«

»Moment!« Maja hielt einen Zeigefinger in die Luft. »Sie hat die Kinder ohne Hilfe …?«

»Geboren? Ja. Keine Ahnung, wie sie das gemacht hat. Jedenfalls gab es Josepha und Noah offiziell gar nicht. Das haben wir allerdings erst später von der Polizei erfahren, nachdem Evelyn verschwunden ist.«

»Evelyn ist verschwunden?«

»Ja, sie war wieder mit einem ihrer Kavaliere auf Spritztour gefahren. Aber diesmal kam sie nicht wieder. Ich hatte gar nicht mitbekommen, wie lange sie weg war, aber Jakob war seinerzeit schon in Rente und behielt deshalb immer den Überblick in der Nachbarschaft. Nach einer Weile entschloss er sich, nach dem Rechten zu sehen. Er kam kreidebleich zurück, hat sofort die Polizei gerufen.«

»Was hat ihn denn so mitgenommen?«

»Das hat er mir nie gesagt. Ich habe nur gehört, dass die beiden Kinder wohl mehrere Wochen allein und ohne etwas zu essen in der Küche eingesperrt waren.«

»Oh Gott.« Maja schloss die Augen. Sie stammelte: »Was für … für ein … Horror! Das ist ja … wie furchtbar!«

»Ja, das war es. Eine Tragödie.«

Sie schwiegen für ein paar Minuten. Irgendwann räumte Irma das Geschirr zusammen und brachte es ins Haus. Als sie wieder auf der Veranda erschien, fragte Maja: »Hast du vielleicht irgendeinen Schimmer … äh, eine Vermutung, wo sie jetzt sein könnte?«

»Wer, Josepha? Na klar! Sie ist in der alten Hütte, ich hab vorhin ihr Auto vorbeifahren sehen. Sie kommt neuerdings öfter mal vorbei. Allerdings grüßt sie mich nicht mehr, wahrscheinlich hat sie vergessen, wie oft sie früher in meinem Haus ›Arielle, die Meerjungfrau‹ gesehen hat. Sie war ja noch so jung.«

Maja sprang auf, auch Knef war sofort auf den Beinen. »Das Haus gibt's noch? Da war ich doch gerade, ich hab keins gesehen! Warum hast du das nicht gleich gesagt?«

»Du hast nicht danach gefragt. Außerdem dachte ich, eine Tasse ›Beste Bohne‹ könnte dir nicht schaden. Du warst ja komplett neben der Spur.«

Maja war schon auf dem Weg zu ihrem Auto. Sie drehte sich im Laufen zu Irma um. »Noch eine Frage: Ist Evelyn jemals wieder aufgetaucht?«

»Nein, soweit ich informiert bin, ist sie bis heute verschollen.«

»Was zitterst du denn so, kleine Lady, hast du Angst?«

Anscheinend nicht, denn Knef hüpfte aus dem Wagen und lief in den verwilderten Garten. Maja folgte ihr. Ein paar Meter hinter der Hecke stand ein roter Audi. Kein Wunder, dass sie das Auto nicht bemerkt hatte. Das Gestrüpp stand so hoch, dass sie auch das dahinterliegende Haus erst sah, als sie schon fast mit ihm kollidiert wäre. Obwohl, »Haus«? Dieses Wort schmeichelte der Bruchbude, die sich jetzt im Morgenlicht präsentierte. Nummer 29 war wirklich eine Ruine. Die morsche Holzhütte war wohl mal grün gewesen, aber der letzte Anstrich hatte wahrscheinlich noch vor dem Krieg stattgefunden. Auf dem Flachdach lagen Berge von Laub, die Fenster hingen schief in den Rahmen, hatten Sprünge oder waren eingeschlagen. Die Wurzeln einer riesigen Eiche hatten den Plattenweg zum Eingang gesprengt; Maja stolperte und wäre fast lang hingeschlagen, konnte sich aber im letzten Moment an dem Seil einer alten Schaukel festhalten, das von dem Baum hing. Die antike Tür schien noch zu schließen, Maja drehte den runden Knauf. Mit einem unheilvollen Knarren öffnete sie sich, dahinter herrschte Dunkelheit.

Maja schaltete die Taschenlampe ihres Handys an und beleuchtete einen kurzen Flur, der in einen großen Raum führte. Links davon ging ein kleineres Zimmer ab, rechts das, was wohl mal die Küche gewesen war. Außer den halb zerfallenen Einbauschränken war die moderne Tiefkühltruhe, die die Längswand dominierte, der einzige Gegenstand weit und breit. Die Leere betonte den heruntergekommenen Zustand der Hütte noch einmal mehr. Das Linoleum war zerschlissen, die Raufasertapete blätterte von den Wänden und lag teilweise auf dem Boden. Die schweren Vorhänge, die vor allen Fenstern hingen, waren sämtlich zugezogen. Sie vermittelten den Eindruck, als hätten sie irgendwann mal ein buntes Muster gehabt, das sich jetzt aber nur noch durch leicht unterschiedliche Grautöne auszeichnete. Die Decke hatte schwarze Wasserflecken, es roch modrig, Maja konnte die Feuchtigkeit auf ihren Wangen spüren.

Knef lief aufgeregt durch die Bruchbude, schnüffelte in den Ecken und saugte den Staub von den Fußleisten. Maja rief ihr zu: »Hier ist niemand, Knef. Was sollte Josepha hier auch wollen. Wahrscheinlich hat sie nur den Wagen abgestellt, um … ja was? Spazieren zu gehen? Aber wo ist dann Tom?«

Die Hündin stand in der Mitte des Raums und hielt die Nase in die Luft. Sie schloss die Augen und schnupperte höchst konzentriert. Dann bellte sie zweimal und lief aus dem Haus. Maja rannte hinterher, sah gerade noch, wie Knef links neben der Hütte einen überwachsenen Pfad hinunterlief. Hier stand das Unkraut noch dichter, Maja bahnte sich mit beiden Händen einen Weg durch das Gestrüpp. Je tiefer sie eintauchte, desto mehr kniff ihr ein seltsamer Duftmix in die Nase. Maja erkannte Kakao, Knoblauch und Nagellackentferner, Gerüche, die eigentlich überhaupt nichts miteinander zu tun hatten. Irgendwo vor sich hörte sie Musik. Das war doch diese Band, die ihre Mutter früher immer gehört hatte. Wie hießen die noch? Ach ja, Hall & Oates!

ROSIE

Sonntag

Rosie, wir kommen hier nie wieder raus! Josepha bringt uns bestimmt als Nächstes um. Oh Gott, was machen wir bloß?

Die Stimme der Unvernunft war so eine Heulsuse. Typisch Maulheldin. Je größer die Klappe, desto kleiner der Mut. Rosie glaubte nicht, dass Josepha sie ermorden würde. Sie hatte eine starke Verbundenheit mit ihr gespürt. Auf eine sehr verdrehte Art waren sie Schwestern, Kameradinnen im Kampf gegen toxische Maskulinität.

Was kennst du denn auf einmal für Wörter? Was soll das bitte heißen?

»Das bedeutet, dass Männer ihre Gefühle herunterschlucken, weil sie glauben, alles andere wäre ein Zeichen von Schwäche. Sie wollen immer der dominante Part sein und haben kein Problem damit, andere herabzuwürdigen – vor allem Frauen. Habe ich in der Gala gelesen.«

Na, wenn dich Typen stören, die Frauen schlecht behandeln, bist du im falschen Beruf.

Auch wieder wahr.

Rosie konnte nicht schlafen. Die Stille machte sie wahnsinnig. So viel Ruhe war sie nicht gewohnt. Vor ihrer Wohnung in Altona war immer etwas los, auch nachts sank der Geräuschpegel nur um ein paar unbedeutende Dezibel. Sie wohnte im ersten Stock, und gegenüber war eine Obdachlosenunterkunft, das Spektakel der streitenden Penner riss niemals ab. Das war schon ihre dritte Nacht in der Zelle hinter der Garage, und sie sehnte sich nach dem Morgen, wenn die Flugzeuge wieder anfingen zu starten. Der ohrenbetäubende Lärm war ihre Komfortzone. Außerdem bliesen ihr die Düsenmaschinen die furchtbaren Szenen aus dem Kopf, die sich immer noch mit gnadenloser Regelmäßigkeit in ihrer Erinnerung wiederholten. Dann begann sie erneut zu zittern, kalter Schweiß brach aus, und sie fühlte sich wie gelähmt. *Das ist ganz normal, Rosie, du stehst unter Schock.* Dipl.-Psych. Stimme der Unvernunft. Wenigstens war Rosie nicht mehr nackt, Josepha hatte ihr Unterwäsche und einen grauen Jogginganzug in die Zelle geworfen. Außerdem verpflegte ihre Kollegin sie gut, sie bekam dreimal täglich eine Mahlzeit. Josepha konnte kochen, das musste man ihr lassen. Das Fleisch rührte sie allerdings nicht an, zu laut hallte ihr noch der verhängnisvolle Satz der Killerin in den Ohren: »Keine Sorge, Rosie. Ich esse keine Frauen.«

Trotz relativer Bequemlichkeit machte Rosie ihre grundsätzliche Perspektive Sorgen. Selbst wenn Josepha sie nicht töten sollte, was wäre ihre Alternative? Lebenslange Haft in Flughafennähe? Turbo würde bestimmt nach ihr suchen, aber wie sollte er sie hier finden? Rosie hatte immer noch das Gefühl, mit dem Abbiegen in den Suardonenweg in eine andere Dimension hinübergewechselt zu sein. Eine Parallelwelt wie in einem Marvel-Movie, mit Zugang durch ein Portal, das nur Auserwählte öffnen konnten. In diesem Universum gab es zerstückelte Leichen und Menschenfresser, hier war brutale Gewalt genauso normal wie in ihrem Lieblingshorrorfilm »Doctor Sleeps Erwachen« mit Ewan McGregor. Sie seufzte.

»Ach Ewan, du würdest mich hier rausholen.«

Ewan McGregor war für sie die perfekte Mischung von Mann. Ein jungenhaftes Äußeres, aber dank seiner knapp fünfzig Jahre mit der nötigen Erfahrung, das Leben zu meistern. Er konnte gefühlvoll und verletzlich sein, so wie in »Big Fish«, oder tapfer und verwegen wie in »Star Wars: Angriff der Klonkrieger«. Ihm nahm man den Schwulen in »I Love You, Phillip Morris« genauso ab wie den Soldaten in »Black Hawk Down«.

Plötzlich wurde die Stille durch ein Geräusch am Garageneingang unterbrochen. Ein Schlüssel klapperte im Schloss, dann quietschten die Räder des alten Rolltors. Rosie begab sich in ihre Beobachtungsposition am Schlüsselloch. Das Licht ging an. Josepha war zurück, sie schob eine Sackkarre in die Garage, darauf befand sich ein fast zwei Meter langer Gegenstand, der in einen dunklen Stoff eingewickelt war. Sie war ganz in Schwarz gekleidet, Leggings und Rollkragenpullover, Nike High-Tops. Sie winkte in Richtung der Zellentür.

»Hallo, Rosie, willkommen zurück im Schlüssellochtheater des Grauens! Heute mit einer ganz besonderen Attraktion: Wir geben ›Der Bulle und das Mädchen‹, in der Hauptrolle …«

Sie positionierte die Karre vor dem Stuhl mit den Handschellen und ließ den Wickel auf die Sitzfläche gleiten. Der Gegenstand knickte in der Mitte durch und blieb seitwärts liegen. Josepha bog ihn wie eine Gliederpuppe, arrangierte ihn so, dass er aufrecht saß. »Moment, Rosie, du kannst ja gar nicht sehen, was ich dir mitgebracht habe.«

Josepha ging zur Werkbank und holte einen Schraubenschlüssel. Sie kniete sich auf den Boden. Mit ein paar fachkundigen Handgriffen löste sie die Schrauben, mit denen der Stuhl am Boden befestigt war. Dann zog sie ihn rückwärts in die Garage. Die Metallbeine kreischten über den Betonboden, hinterließen schwarze Kratzspuren. Nur wenige Meter vor der Zellentür hielt sie an und drehte den Stuhl um.

»Tada! Also noch mal, ›Der Bulle und das Mädchen‹, in der Hauptrolle …«

Josepha öffnete den Stoff und ließ die Enden links und rechts der Armlehnen fallen. Sie ging zur Seite, machte eine Geste wie ein Autoverkäufer.

»… Tom Mangold. Wie das Gemüse!«

Wow, Rosie, kannst du zaubern?

Die Stimme der Unvernunft war genauso überrascht wie Rosie. Der wallende Stoff hatte den Stuhl in einen Thron verwandelt, darauf saß ein schlanker, großer Mann mit breiten Schultern. Er trug ein olivgrünes T-Shirt, dazu eine dunkelblaue Haremshose. Er war barfuß. Sein Kopf lag auf seiner Schulter, die Haare fielen ihm ins Gesicht. Er hatte die Augen geschlossen, war offensichtlich bewusstlos.

Im Ernst, ist das ... kann es sein ...?

Die Ähnlichkeit mit Ewan McGregor war verblüffend. Eben noch in ihren Träumen, saß er jetzt auf der anderen Seite des Schlüssellochs. Rosies Herz begann wild zu schlagen. Die Stimme der Unvernunft war nicht so begeistert.

Als Retter taugt der Typ aber nicht gerade!

Das stimmte leider. Der Mann war an Händen und Füßen mit Kabelbindern gefesselt. Außerdem hatte ihm Josepha ein Stück Gaffer Tape über den Mund geklebt. Jetzt öffnete sie eine Schublade in der Werkbank und holte ein Teppichmesser heraus. Sie legte beide Arme des Mannes auf die linke Lehne des Stuhls und ließ eine Handschelle um seinen linken Unterarm klicken. Erst dann schnitt sie den Kabelbinder auf und legte auch die rechte Handschelle an. Sie wiederholte den Vorgang an seinen Beinen, allerdings benutzte sie die Stromkabel, die noch immer an den Stuhlbeinen hingen, um seine Füße zu fixieren. Rosie fiel auf, wie schmal die Hand- und Fußgelenke des Ewan-McGregor-Doppelgängers waren. Er war generell feingliedrig, hatte lange Finger und Zehen.

Schöne Füße sind so wichtig!

Seine Gesichtszüge waren ebenso elegant. Markante Wangenknochen und eine schmale Nase gaben ihm etwas Aristokratisches. Josepha zog den Stoff unter seinem Hintern vom Stuhl und warf ihn außer Sichtweite. Sie holte eine Brille aus der Hosentasche, strich Ewan II die Haare aus der Stirn und setzte sie ihm auf. Mit einer blitzartigen Bewegung riss sie ihm das Klebeband vom Mund und küsste ihn auf die Lippen.

»Ich bin gleich wieder da, schöner Mann.«

Sie verließ die Garage. Kaum war sie verschwunden, öffnete der Mann die Augen. Hatte er die Bewusstlosigkeit nur vorgetäuscht? Er hob den Kopf und blickte sich vorsichtig um.

Rosie rief: »Tom, hey! Tom Mangold!«

Als der Mann seinen Namen hörte, bekam sein Körper Spannung. Er krallte die nackten Zehen in den Boden, griff die Armlehnen und richtete sich kerzengrade auf. Er fokussierte auf die Zellentür.

»Wer … ist da?«

»Rosie, Rosie Freytag. Josepha hat mich hier eingesperrt, schon vor ein paar Tagen. Sie hat Thor Mücke –«

»Psst, leise!«

Rosie verstummte.

Tom zischte durch die Zähne: »Das kannst du mir alles später erzählen.« Er überprüfte seinen Zustand. »Zum Glück bin ich nicht mehr nackt. Sehr anständig von Josepha, mich vor dem Transport anzuziehen.«

Rosie flüsterte: »Warum warst du nackt?«

»Später. Sind wir im Suardonenweg?«

»Genau, direkt am Flughafen.«

»Sehr gut. Dann kommt wahrscheinlich Hilfe.«

»Hilfe?«

»Ja, eine Kollegin. Sie ist sehr fähig, sie wird uns früher oder später finden. Bis dahin müssen wir improvisieren. Pass auf: Verhalt dich ruhig, mach, was Josepha dir sagt. Spiel nicht die Heldin, okay? Ich hol uns hier raus, ich bin Polizist.«

Als hätte das jemals einen Unterschied gemacht! Rosies Vertrauen in die Kompetenz der Polizei war eher minimal. Aber die Bestimmtheit in Toms Stimme ließ Hoffnung in ihr aufkeimen. Vielleicht wusste dieser Bulle ja doch, was er tat?

Es rappelte am Garagentor, Josepha war zurück. Tom sank wieder in sich zusammen, nahm die gleiche Pose ein wie vor seinem Gespräch mit Rosie. Josepha hatte eine rote Kühlbox dabei, stellte sie neben den Polizisten. Sie verschwand aus Rosies Blickfeld. Das schon bekannte Knistern erklang, Josepha erschien in einem frischen Papieroverall und ihren Flipflops. In der Hand hielt sie einen Gartenschlauch, den Daumen auf die Öffnung gedrückt. Der dünne, aber harte Wasserstrahl traf Tom mit ziemlicher Wucht im Gesicht. Der schreckte hoch, Rosie war von seiner schauspielerischen Leistung beeindruckt.

»Was ... was ist los, wo ... bin ich?«

Josepha lachte böse. »Das wüsstest du wohl gerne, du kleiner Schnüffler! Du bist bei mir zu Hause. In meinem wirklichen Zuhause. Für dich ist es aber das Ende der Straße, dein endgültiges Reiseziel, Endstation Sehnsucht. Allerdings wirst du nie erfahren, wo das ist, denn diesen Ort gibt es gar nicht.«

Sie verließ erneut das Szenenbild und stellte das Wasser ab. Bei ihrer Rückkehr hielt sie eine kleine Injektionsnadel zwischen Daumen und Zeigefinger, die mit einem dünnen, durchsichtigen Plastikschlauch verbunden war. Tom zuckte zusammen. Die Killerin grinste jovial. Sie flötete: »Wer hat Lust auf eine Bloody Mary? Josepha Goldstaubs Spezialrezept!«

Sie holte einen weiteren Kabelbinder aus dem Overall und legte ihn Tom über den linken Oberarm, schlang das Plastik um die senkrechte Stange der Rückenlehne und zog fest. Sie klopfte Ewan II auf die Armbeuge.

»Schöne Venen. Sollte gar nicht wehtun.«

Sie setzte die Nadel an. Tom schrie auf: »Lass das, bist du wahnsinnig?«

Er versuchte zu entkommen, aber die Handschelle schnitt

ihm in den Unterarm, der Kabelbinder spannte über seinem Bizeps. Außer einem leichten Rütteln konnte er den Arm nicht bewegen.

Josepha fluchte: »Halt still, du Schwachkopf, sonst verletzt du dich noch!«

Sie steckte ihm die Infusionsnadel in die Vene, der Schlauch füllte sich mit Blut. Tom stemmte die Füße in den Boden, hob die Hüfte und drehte sich verzweifelt nach rechts. Aber er hatte keine Chance, die Nadel wackelte nur leicht in seiner Armbeuge.

Er brüllte: »Scheiße, das geht jetzt echt zu weit! Josepha, was ist denn bloß los? Eben waren wir doch noch so innig, ich hatte wirklich das Gefühl, dass da was zwischen uns war, auch jenseits meiner kleinen Charade …«

»Charade? Wer sagt denn noch Charade, alter Mann? Außerdem trifft der Begriff ja wohl kaum auf das zu, was du da abgezogen hast! Du bist ein perverser Stalker!«

Josepha schnappte sich das Stück Gaffer Tape, das sie Tom vom Mund gerissen hatte, vom Boden und fixierte damit die Nadel. Am anderen Ende hatte der Schlauch ein Ventil mit Drehverschluss. Josepha ging zur Kühlbox und holte zwei Longdrink-Gläser heraus. Sie beschlugen sofort. Sie füllte sie mit Eis aus der Truhe und stellte sie auf den Boden.

Als Nächstes griff sie sich eine Flasche Grey Goose Wodka aus der Kiste und goss jeweils zwei Fingerbreit in die Gläser. Sie nahm die Drinks und trug sie rüber zu Toms linkem Arm. Der stammelte: »Josepha, du … du hast ja recht, ich habe die Sache echt … echt beschissen angefangen. Ich hab dir was vorgemacht, das war nicht okay. Aber dann … dann ist etwas passiert, ich weiß auch nicht, das habe ich noch nie erlebt, es war … es war …«

Josepha lachte höhnisch: »Liebe? Womöglich noch auf den ersten Blick? Sind wir hier in einer romantischen Komödie, oder was?«

»Josepha, da war Elektrizität, da war Energie, du hast es doch auch gespürt ...«

»Oje, jetzt sind wir aber wirklich auf Teenagerniveau. Komm mal klar, du alter Sack! Vielleicht hättest du mir auch einfach deine Zähne nicht so fest in die Schulter hauen sollen. Beißen darf nur Josepha!«

Darauf hatte Ewan II offenbar keine Antwort. Sprachlos sah er zu, wie Josepha den Infusionsschlauch in eines der Gläser tauchte und das Ventil öffnete. Das Gefäß füllte sich mit Blut. Kurz bevor es voll war, hielt sie das zweite Glas daneben und wechselte geschickt den Schlauch in das noch unblutige Getränk. Als beide Gläser bis zum Rand gefüllt waren, drehte sie das Ventil zu. Sie verrichtete diese Arbeiten mit der stoischen Professionalität eines routinierten Barkeepers, begann, versonnen zu pfeifen, so als wollte sie diesen Eindruck noch verstärken. Sie sagte: »Das ist es! Hab ich total vergessen. Wir brauchen Musik!«

Sie ging zur Werkbank, stellte die Gläser ab und drückte einen Knopf auf dem Ghettoblaster. Augenblicklich schallten Hall & Oates aus den Lautsprechern: »She'll only come out at night. The lean and hungry type ...«

Josepha fing an zu tanzen. Sie holte einen Selleriestrauch aus der Kühlbox und schnitt ihn auf der Holzoberfläche mit dem Teppichmesser zurecht. Sie pflanzte zwei Stängel in die Gläser. Zum Schluss fischte sie Salz, Pfeffer, Worcestershire- und Tabascosoße aus der Kiste und würzte die Longdrinks. Hall & Oates setzten zum Chorus an: »Oh, here she comes. Watch out, boy, she'll chew you up ...«

Josepha vollführte eine schnelle Pirouette, öffnete eine Schublade und nahm zwei Strohhalme heraus. Sie hielt sie gegen die einsame Funzel an der Decke.

»Keine Sorge, das ist kein Plastik, das sind Papierhalme, total nachhaltig.« Sie steckte die Strohhalme in die Gläser. »So, fertig. Wer möchte?«

Sie wiegte sich im Rhythmus. Hall & Oates sangen: »Oh, here she comes. She's a maneater ...«

Sie nahm ein Glas von der Werkbank und steckte sich den Strohhalm in den Mund. Sie zog genüsslich. Schmatzend sagte sie: »Bloody Mary à la Josepha. So köstlich! Der beste Drink der Welt! Erfrischend, vitalisierend. Weckt die Lebensgeister auf eine ganz besondere Art. So, und jetzt du.«

Sie stellte ihr Glas ab, griff sich das andere und hielt den Strohhalm unter Toms Mund. Der drehte den Kopf weg.

»Du kannst mich nicht dazu zwingen, mein eigenes Blut zu trinken.«

»Kann ich nicht? Wart's mal ab.«

Erneut verließ Josepha die Schlüssellochbühne. Als sie wieder auftauchte, füllte das Material ihres Overalls das gesamte Blickfeld. Mit einem monströsen Lärm startete ein Motor direkt neben Rosies Ohr. Sie sprang zurück, landete mit dem Hintern auf der Pritsche. Josepha entriegelte die Tür und betrat die Zelle. Sie hielt die Kettensäge in beiden Händen, ließ sie kurz aufheulen und herrschte Rosie an: »Komm mit raus.«

Rosie gehorchte und folgte Josepha in die Garage. Ihr erster Gedanke war: Bringt sie mich jetzt um? Ihr zweiter Gedanke war: Wie sitzen meine Haare? Das war der erste Eindruck, den Tom Mangold von ihr bekam, und sie hatte seit Tagen nicht geduscht. Außerdem trug sie diesen formlosen Trainingsanzug, dazu noch in Grau ...

Grau, Rosie, grau! Die für dich mit Abstand unvorteilhafteste Farbe!

Josepha ließ die Kettensäge singen. »Auf die Knie.«

Sie stieß Rosie mit dem Ellenbogen in den Rücken. Rosie fiel nach vorne, landete auf allen vieren. Josepha legte die im Leerlauf knatternde Motorsäge auf den Boden und packte ihre rechte Hand, befestigte sie mit einem Kabelbinder an ihrem rechten Fußgelenk. Die Prozedur wiederholte sie auf der linken Seite. Diese Form der Fesselung zwang Rosie in eine Art Gebetshaltung, ihr Gesicht hing etwa zehn Zentimeter über dem Boden. Hier unten war der Verwesungsgeruch, den sie in der Zelle schon gar nicht mehr wahrgenommen hatte, immer noch so stark, dass ihre Augen tränten. Sie hob den Kopf und blickte Tom mit flehenden Augen an.

Was soll er machen, Rosie? Er ist genauso gefesselt wie du. Vielleicht sogar noch gefesselter!

Josepha stellte sich über sie und hielt ihr die Säge an den Nacken. Sie krächzte: »Wenn der böse Tom seine Bloody Mary nicht austrinkt, muss leider diese entzückende kleine Hure dran glauben. Das möchte er doch sicherlich nicht verantworten, oder?«

Rosie protestierte: »Ich bin keine Hure.«

Josepha trat ihr in den Hintern. »Halt's Maul!« Sie hob die Kettensäge und gab zweimal kurz Gas.

Tom lachte verächtlich. »Das machst du ja sowieso nicht!«

Doch, das macht sie!

»Doch, das macht sie!« Rosie pflichtete der Stimme der Unvernunft lauthals bei. »Ich habe es schon gesehen! Sie hat einen Mann in der Mitte durchgesägt. Und einem anderen einmal quer durch den Kopf gebohrt.«

Josepha nickte zustimmend. »Na bitte, echte Erfahrungsberichte. Josepha weiß, wie man mit motorbetriebenen Werkzeugen umgeht. Also, wird's bald!«

Tom schien nicht überzeugt. Er antwortete trotzig: »Und wie soll das gehen? Willst du mir das Glas halten und gleichzeitig damit drohen, der jungen Dame den Kopf abzusägen?«

Junge Dame. Wie respektvoll! Ich mag den Tom Mangold.

Josepha schnaufte: »Umpf … okay.«

Sie legte die Säge wieder auf den Betonboden und holte ein Schlüsselbund aus der Overalltasche. Mit gebührendem Abstand öffnete sie die rechte Handschelle, dann reichte sie Tom vorsichtig das Glas. Sie begab sich zurück in die Henkerposition und brachte die Säge auf Touren.

»Trink, Brüderchen, trink!«

Tom setzte den Strohhalm an, nahm einen winzigen Schluck. Josepha wurde böse: »Nicht nur nippen, saugen! Solange das Glas nicht leer ist, muss die Hure um ihr Leben zittern!«

Rosie widersprach erneut: »Ich bin exotische Tänzerin!«

Rosie, hör auf, die Frau mit der Kettensäge zu provozieren!

Die Killerin verpasste der exotischen Tänzerin einen weiteren Arschtritt. »Schnauze!«

Sie brachte die Säge ganz nah an Rosies Hals und drückte das Gas bis zum Anschlag. Für den Bruchteil einer Sekunde ritzte sie Rosies Haut, Blut spritzte quer durch den Raum und traf Tom im Gesicht.

Er wurde kreideweiß und schrie: »Hey, ist ja schon gut!« Er hob seinen Drink in die Luft. »Ich mach's, ich mach's!« Mit einem Ächzen wandte er sich an Rosie: »Bist du okay da unten?«

Sie wimmerte leise: »Ja, alles gut. Mach, was sie sagt.«

Tom verzog das Gesicht zu einer grotesken Grimasse. In schnellen, ruckartigen Zügen trank er den Blut-Cocktail. Dabei musste er immer wieder kurze Pausen machen, um seinen Ekel zu überwinden. Wenn er zu lange zögerte, ließ Josepha zur Motivation die Motorsäge aufheulen. Endlich hatte er es geschafft, das Glas war leer. Er schüttelte sich vor Abscheu und ließ es auf den Boden gleiten. Es rollte in den Ausguss in der Mitte des Raumes. Josepha grinste zufrieden.

»Na bitte, geht doch. War ja gar nicht so schwer.«

Tom kämpfte mit einem Würgekrampf. Er ächzte: »Oh Gott, das war so widerlich! Wie kannst du so was trinken!«

»Stell dich nicht so an. Das war schließlich nicht das erste Mal, dass du Mensch zu dir genommen hast.«

»Wie bitte? Wie meinst du das?«

Josepha wechselte die Kettensäge von einer Hand zur anderen. »Erinnerst du dich an das Fleisch von gestern?«

»Das Yak?«

»Genau. Rate mal, was das wirklich war? Kleiner Tipp: Es fängt mit M an und reimt sich auf ›Aquarius‹.«

Tom riss entsetzt die Augen auf. »MARIUS?«

»Der Kandidat hat erneut fünfzehn Punkte. Engelfrikassee ist Menschenfleisch!«

»Was? Das habe ich gegessen? DAS HABE ICH GEGESSEN?«

»Es hat dir sogar geschmeckt. Und anschließend hast du wie ein Baby geschlafen, sogar geträumt! Du bist mit mir von Stern zu Stern gesprungen, weißt du nicht mehr? Ist aber kein Wunder – Menschenfleisch verleiht Flügel, zumindest im Traum!«

»Ich … äh … DAS IST KANNIBALISMUS!«

Josepha fletschte die Zähne und begann, wie ein Raubtier zu knurren. Sie nahm die Säge wieder in beide Hände und hielt sie sich vor die Brust, drückte aufs Gas und machte kleine Stoßbewegungen in Toms Richtung. Sie schrie über den Lärm des Motors: »Was bist du nur für ein elender Heuchler! Schneller Sex am Nachmittag mit einer heißen Braut, die du gerade erst im Hundepark abgeschleppt hast, aber auf Moralapostel machen? Bisexueller Junkie, aber über alternative Lebensmodelle wie Kannibalismus die Nase rümpfen? Pah, Männer von heute, braucht doch kein Mensch! Scheinheilige Weltverbesserer und notgeile Frauenversteher. Hypersensible Muttersöhnchen und frühvergreiste Sesselfurzer. Narzisstische Gockel, borniertte Pseudointellektuelle, verklemmte Nazis und grüne Spießer. Blender, Schnacker, Schwadroneure – ausnahmslos nutzloser Schrott, evolutionärer Sondermüll, Sediment am untersten Ende der Nahrungskette! Am allerschlimmsten aber sind woke Machos, stimmt's, Noah?«

Tom schien verwirrt. »Noah? Wer ist Noah?«

Josepha neigte den Kopf zur Seite und lächelte vielsagend. Ein Ruck ging durch ihren Körper, sie wankte heftig, schien kurz davor, die Balance zu verlieren. Ihr Lächeln verschob sich zu einem breiten Grinsen, das seltsam unbeweglich in ihrem Gesicht festfror. Nase und Stirn legten sich in extreme Falten, ihre Nasenlöcher wurden zu Nüstern. Sie klimperte mit ihren langen Wimpern, aber auch diese normalerweise anmutige Geste pervertierte von Schmuse-Schmetterling zu Killer-Kolibri. Sie riss die Augen auf und ließ ihre Lider in Überschallgeschwindigkeit flattern. Ihre gesamte Mimik schien ihr zu entgleiten, ihr sonst so harmonisches Antlitz verwandelte sich in eine dämonische Fratze. Josephas Transformation war so radikal, dass sie kaum wiederzuerkennen war. Der erschreckendste Teil ihrer gruseligen Metamorphose war allerdings ihre Stimme. Sie klang wie ein Mann, der nie ganz aus dem Stimmbruch gekommen war. Sekundenschnell rauschte sie von Tenor bis Sopran, wie ein Opernsänger im Schnellvorlauf. Dabei betonte sie die Silben so, als hätte sie gerade erst lesen gelernt und würde versuchen, die Worte auf einer imaginären Tafel zu entziffern. Der Eindruck wurde verstärkt durch ihren Tonfall, ein Mix aus wütend und weinerlich. Sie zeterte wie ein verzogenes Kind, brüllte ohne Lautstärkeregler: »ICH bin Noah! Ich fress dein Fleisch mit den Fingern, trink dein Blut aus der Flasche! Wo ich noch schreie, bist du schon lange tot!«

ENGEL FRIKASSEE
TEIL 2

2002

Tag 1

Mama hatte wieder vergessen, Hall & Oates auszumachen. Die zwei Männer sangen schon seit Stunden um die Wette, ich verstand kein Wort. Das lag daran, dass sie aus Amerika kamen, da sprach man Englisch. Wie immer, wenn Mama mit einem der Onkels, die uns öfters mal besuchten, einen Ausflug machte, hatte sie mich und meinen kleinen Bruder in die Küche gesperrt. Noah lag in seiner Krippe und schlief, ich spielte mit der Barbie-Puppe, die mir Onkel Horst geschenkt hatte, weil ich in Unterhose für ihn getanzt hatte.

Tag 2

Noah hörte nicht auf zu schreien. Ich wusste, dass seine Windel voll war, es stank bestialisch. Aber selbst wenn ich eine Windel gehabt hätte, ich wusste gar nicht, wie man sie wechselte. Ich hatte gerade erst meinen siebten Geburtstag gefeiert. Ich konnte Schwarzbrot mit Marmelade schmieren und den Müll in den Graben schmeißen, Mamas Spritzen auswaschen und ihr die Kondome bringen. Ich konnte sogar schon ein bisschen kochen, ich durfte Mama helfen, wenn sie ihr Hühnerfrikassee machte. Aber für Noah war allein sie zuständig. Er saugte ja auch immer noch an ihrem Busen, das war seine Art zu essen. Er musste bestimmt Hunger haben, normalerweise nuckelte er alle drei Stunden an Mamas Brüsten.

Tag 5

Wo blieb Mama? Noah machte kaum noch ein Geräusch. Manchmal schluchzte er leise vor sich hin, aber meistens war er still. Ich hatte angefangen, Wasser aus dem Schlauch, den Onkel Jakob in die Küche gelegt hatte, in meine Hände zu gießen und ihm in den Mund zu schütten. Er trank gierig und lächelte manchmal sogar ein bisschen. Meistens sah er jedoch so aus, als würde er jeden Augenblick anfangen zu weinen. Aber dafür fehlte ihm wohl die Kraft. Er hatte schon ewig nichts mehr gegessen. Ich auch nicht. Die Schaumwaffeln, die Mama mir hingelegt hatte, waren schon seit dem zweiten Tag alle.

Tag 9

Hall & Oates hörten einfach nicht auf. Die einzige Pause, die ich von ihrer Dauerschleife hatte, war, wenn wieder einer der großen Düsenjets über unser Haus flog. Der höllische Lärm war fast entspannend im Vergleich zu den zwei Schreihälsen. Wenn die Flugzeuge ganz besonders laut waren, wimmerte Noah noch ein bisschen. Dann hielt ich ihm meinen kleinen Finger in die Krippe, er nuckelte daran.

»Mach dir keine Sorgen, Noah, Mama ist sicher bald zurück.«

Tag 14

Mama kam nicht wieder. Noah sagte gar nichts mehr. Er bewegte sich auch kaum. Aber sein Herz schlug noch. Wenn ich mein Ohr auf seine Brust legte, hörte ich es klopfen.

Warum nur ließ Mama uns so lange allein? Ich konnte es mir schon denken. Es war der böse Onkel! Er war schuld, dass Mama nicht nach Hause kam. Ich hatte so schlimmen Hunger. Ich hatte versucht, die Tür zu öffnen, aber der

Schlüssel steckte auf der anderen Seite im Schloss. Auch das Fenster ging nicht auf.

Tag 19

Noah war jetzt ein Engel. Sein Herz hatte aufgehört zu schlagen. Woher ich wusste, dass er ein Engel war? Das hatte Mama immer gesagt, wenn ich fragte, wo mein Papa war.

»Josepha, meine Kleine, Papa ist tot. Er ist jetzt ein Engel. Er wohnt im Himmel und guckt von oben zu, was du so machst. Deshalb musst du immer brav sein, sonst wird Papa böse!«

Tag 21

Wann kam Mama endlich zurück? Ich wurde wahnsinnig wütend auf den Onkel, mit dem sie weggefahren war. Auf die ganzen Onkels, die Mama aufs Bett drückten und dann stöhnten, als hätten sie Zahnschmerzen! AUF ALLE ONKELS AUF DER WELT! Ich hatte so einen schlimmen Hunger. Mir tat schon alles weh. Wenn ich ganz viel Wasser trank, war für einen Moment mein Bauch voll, das fühlte sich gut an. Aber das hielt nicht lange. Noah hatte endlich aufgehört zu stinken. Ich hatte ihn aus seiner Krippe geholt und ins Waschbecken gelegt. Ich hatte ihm die dreckige Windel ausgezogen und ihn gewaschen. Jetzt lag er nackt auf dem Küchentisch. Er sah aus wie ein Hühnchen.

Tag 22

Mama hatte mir gezeigt, wie man ein Hühnchen kocht. Man ließ einen großen Topf mit Wasser volllaufen, dann drehte man den Hahn an der Gasflasche auf. Man schob den Knopf oben am Herd auf fünf und hielt ein brennendes Streichholz an die Löcher, aus denen das Gas kam. Dann stellte man den Topf auf die Flamme und wartete, bis das Wasser blubberte. Aber aufpassen, das bedeutete, dass es heiß war, man konnte sich leicht verbrühen! Jetzt ließ man das Hühnchen vorsichtig in den Topf gleiten.

Tom war fassungslos. Natürlich war die Situation die ver-hängnisvollste und gleichzeitig absurdeste, in der er sich je-mals befunden hatte. Vor ihm stand eine Serienmörderin, die ihre Beute kulinarisch auf höchstem Niveau zubereitete und anschließend verspeiste. Damit nicht genug, sie kredenzte ihren nächsten Opfern diese Mahlzeit beim romantischen Candle-Light-Dinner und sah genüsslich dabei zu, wie sie Menschenfleisch verzehrten. Kannibalismus, das wahr-scheinlich letzte große Tabu der modernen Gesellschaft. An das sich bislang nicht mal Madonna oder Lady Gaga heran-getraut hatten. Nur Rammstein hatten einen Song darüber geschrieben, und das sollte etwas heißen! So unvorstellbar war die Tat, dass sie im öffentlichen Diskurs überhaupt nicht stattfand. So schrecklich, dass sie jede Form von Verbrechen, Gewalt, Sadomasochismus, Inzest oder sonstiger sexueller Perversion auf die Plätze verwies. So abscheulich, dass sie es nicht mal in die sieben Todsünden geschafft hatte.

Aber Tom konnte sich nicht helfen: Auch im Moment der höchsten Todesgefahr war er fasziniert von dieser außer-gewöhnlichen Frau. Mein Gott, sie war majestätisch! In all ihrer furchtbaren Schönheit stand sie vor ihm und schwang ihre Kettensäge wie das Schwert einer Kriegerprinzessin aus einer antiken Sage. Sie war Hippolyte, die Königin der Amazonen, Brünhild, die mächtige Walküre. Groß, stark, überwältigend. Sie war nicht scheußlich, sie war sexy. Was war er nur für ein Trottel? Wie liebestoll und besessen konnte man eigentlich sein? Bis zum Punkt der Selbstauf-gabe, auch wenn diese den sicheren Tod bedeutete? Es war grotesk, makaber, bizarr … Das fanden auch Daryl Hall und John Oates, die ihm via Ghettoblaster beipflichteten: »She's deadly, man, and she could really rip your world apart. Mind over matter. The beauty is there, but a beast is in the heart ...«

»Tom, tu endlich was!«

Rosies spitzer Schrei weckte ihn aus seinem narzisstischen Dämmerzustand. Er warf sich mit dem Oberkörper nach hinten und kippte den Stuhl in die Diagonale. Gleichzeitig drückte er die Knie durch und schob seine Fußfesseln über die Enden der in der Luft stehenden Metallbeine. Er kickte die Stromkabel von den nackten Füßen. Jetzt war er nur noch links durch Handschelle und Kabelbinder mit dem Stuhl verbunden. Bevor er mit dem Rücken auf den Boden knallte, drehte er sich nach rechts und zog den Stuhl mit dem linken Arm unter seinem Körper zur Seite. Er landete schmerzhaft auf der rechten Schulter. Sofort zerrte er den Stuhl über sich. Keine Sekunde zu früh, denn Josepha brachte blitzschnell die Kettensäge auf ihn nieder.

Sie traf den Metallrahmen des Stuhls, ein kreischendes Geräusch ertönte, Funken sprühten. Tom rollte sich auf den Rücken und hob beide Beine. Mit voller Wucht trat er Josepha gegen die Knie. Die schöne Kannibalin ging jaulend zu Boden und ließ die Kettensäge fallen. Das Mordwerkzeug schlitterte krachend über den Beton. Tom drehte sich auf den Bauch, stützte sich auf den Stuhl und sprang auf die Füße. Er lief zur Werkbank, zog den Stuhl hinter sich her. Auch Josepha kam wieder auf die Beine, rannte zu ihrer Kettensäge. Tom griff sich das Teppichmesser und schnitt den Kabelbinder an seinem linken Oberarm durch. Er ließ den Stuhl von seinem Arm hängen, das Gewicht zog die Handschelle nach unten. Er dankte dem Himmel für seine schmalen Handgelenke. Der Metallreifen glitt über seine Hand, landete zusammen mit dem Stuhl auf dem Boden.

»Du mieser Scheißtyp!«

Josepha war wieder Josepha. Sie packte die Motorsäge

und stürzte sich mit animalischer Wut auf Tom. Die einsame Glühbirne an der Decke warf ihren Schatten in dreifacher Vergrößerung an die Wand, er glich einer mythischen Harpyie, einem Raubvogel mit menschlichem Gesicht. Ihre Ellenbogen waren ihre Flügel, ihre Füße ihre Krallen. Mit gesenktem Kopf lief sie auf ihn zu. Sie hielt die Säge hoch und zielte auf seinen Hals. Er schaffte es gerade noch, sich umzudrehen, schützend die Hände vor das Gesicht zu bringen. Aber bevor Josepha ihm den Kopf abschneiden konnte, trat sie sich selbst auf ihre billigen Flipflops und kam ins Stolpern. Sie verfehlte seinen Nacken und streifte seine linke Hand. Tom brüllte vor Schmerzen, Blut pochte aus einer kolossalen Fleischwunde, floss ihm den Arm hinab.

Rosie gab einen gellenden Schreckensschrei von sich, der so hoch war, dass er kaum noch menschlich klang. Sie hatte wohl lange vor ihm erkannt, was passiert war. Tom dämmerte erst jetzt das Ausmaß seiner Verletzung. Knapp einen Meter vor sich sah er seinen kleinen Finger auf dem Betonboden liegen. Er wusste überhaupt nicht, was ihn mehr umhaute, der Anblick seiner abgetrennten Gliedmaße oder der Schmerz in seiner linken Hand. Sowieso Makulatur, die beiden Optionen verschmolzen zu einer Supernova des Grauens, die ihm das Gehirn versengte. Er versuchte, die drohende Ohnmacht abzuschütteln, sich trotz der Verletzung wieder in den Kampf zu werfen, aber bevor er agieren konnte, hob Josepha den Finger vom Boden. Beziehungsweise Noah. Mit einem weiteren Schüttelanfall morphte die Killerin in ihr Alter Ego. Der Dämon war zurück.

»Na, hat der kleine Tommy was verloren?«

Die hässliche Fratze betrachtete den blutigen Finger neugierig.

»Sieht ja schlimm aus! Aber keine Sorge, wenn du rechtzeitig ins Krankenhaus kommst, kann man den wieder annähen. Solange würde ich ihn auf Eis legen. Ups!« Sie steckte den Finger in den Mund, kaute kurz und schluckte ihn demonstrativ runter. Sie leckte sich die Lippen. »Auweia, das wird wohl nichts!«

Sie imitierte einen teilnahmslosen Arzt: »›Herr Mangold, Ihr Finger war leider nicht aufzufinden, wir konnten deshalb nur noch die Wunde versorgen …‹«

Rosie begann laut zu schluchzen. Das böse Mannkind spottete weiter: »Hast du Aua, kleiner Tommy? Soll Noah mal pusten?«

Die Fratze ließ die Motorsäge aufheulen. »Das war erst der Anfang. Mach dich bereit für eine Welt voller Schmerz!«

Mit einem gewaltigen Rattern öffnete sich hinter ihr das Garagentor. Josepha wechselte erneut die Identität. Sie krächzte mit ihrer eigenen Stimme: »Was zur Hölle?«

Im Licht der aufgehenden Sonne erschien Maja Ajani, ihre Dienstwaffe im Anschlag. Sie schrie: »Josepha Goldstaub! Lassen Sie die Säge fallen und nehmen Sie die Hände hoch!«

Langsam drehte sich Josepha um. Sie war wenig beeindruckt. Ihr Gesichtsausdruck wechselte zwischen mittelmäßig überrascht und leicht amüsiert.

»Ach ja? Schieß doch!«

Maja schüttelte ihre Waffe. »Ich mein's ernst. Legen Sie die Kettensäge auf den Boden. Sonst muss ich Sie leider töten!«

»Na klar. Wer's glaubt, wird selig. Einen Menschen einfach mal so abknallen funktioniert nur im Kino. In der harten Realität ist das ein ganz anderes Kaliber. Mord ist nicht jedermanns Sache. Dafür braucht man eine spezielle Veranlagung. Die ich zum Glück habe.«

Sie nahm Anlauf und attackierte Maja mit der Motorsäge. Rosie brüllte: »Schieß doch, du Schwachsinnige – Josepha kennt keine Gnade!«

Aber Maja drückte nicht ab. Mit aufgerissenen Augen starrte sie auf die wahnsinnige Killerin, die sich ihr in rasender Geschwindigkeit näherte. Mit gestrecktem Bein sprang Josepha vorwärts, trat Maja die Waffe aus der Hand. Die Pistole rutschte über den Boden, blieb kurz vor Toms Füßen liegen. In einer fließenden Bewegung griff er sich die Knarre, legte an und schoss Josepha in den Rücken. Die Wucht der Kugel schleuderte sie zur Seite und brachte so Maja außer Reichweite. Während der brachiale Knall des Schusses noch in der Garage verklang, stürzte zunächst die Kettensäge zu Boden, dann Josepha mit der Brust zuerst obendrauf. Sie hatte immer noch den Finger auf dem Gas, das Sägeblatt fraß sich zwischen ihren Hals und ihre linke Schulter, bahnte sich seinen Weg durch ihren Torso. Erst als das Leben ihren Körper vollständig verlassen hatte, hörte auch die Kette auf zu singen. Josepha sackte reglos zusammen.

»NEEEEIIIIIIINNNN!«

Tom stürmte zu ihr. Er drehte sie auf den Rücken und schob seinen rechten Arm unter sie. Er strich ihre blonden Haare aus der Stirn und küsste sie auf die Wangen.

»Josepha, oh Gott, das wollte ich nicht, ich … ich … es tut mir leid!« Er begann, hemmungslos zu weinen. »Josepha, du warst so … so …«

Seine Stimme versagte, er konnte nur noch schluchzen. Maja ging zur Werkbank und stellte Hall & Oates aus. Sie kniete sich neben Tom und legte ihm den Arm auf die Schulter. Sie flüsterte: »Sorry, aber ich konnte nicht …«

Tom nickte. »Ist schon gut. Ich verstehe.«

Er drückte seine Stirn gegen ihre Brust und wimmerte leise weiter. Knef kam schwanzwedelnd in die Garage getrappelt und leckte ihm freudig übers Gesicht.

»Hey, kleine Lady.«

Er hörte auf zu weinen. Für einen Moment herrschte völlige Stille in Josephas Garage. Dann zog ein früher Jet über ihre Köpfe hinweg, sein Lärm brachte sie wie eine gewaltige Ohrfeige zurück in die Realität.

Rosie rief: »Ey, Leute, wollt ihr mich nicht mal befreien? Ich spüre meine Beine kaum noch. Wenn ich hier noch weiter knie, könnt ihr mich auch gleich im Rollstuhl nach Hause fahren!«

Maja fragte Tom: »Wer ist das?«

»Das ist Rosie. Sie ist exotische Tänzerin. Josepha hatte sie eingesperrt. Rosie, das ist Maja, die fähige Kollegin, von der ich dir erzählt habe. Wie geht's dir?«

»Besser als dir. Ich hab nämlich schon wieder aufgehört zu bluten.«

Tom schreckte hoch. »Ach du Scheiße, ja!«

Er hatte über Josephas Tod ganz vergessen, dass sie ihm den kleinen Finger abgesäbelt hatte. Schlagartig kehrte der Schmerz zurück. Er hielt die linke Hand hoch. Die Wunde blutete nicht mehr ganz so stark. Er stöhnte: »Hilfe!«

Dann wurde er ohnmächtig.

*Ach, ich wünschte, jemand würde uns auch mal so leiden-
schaftlich lieben!*

Ja, die Hingabe, mit der Tom um die Frau trauerte, die
gerade seinen Finger gegessen hatte, war beeindruckend.
Und total hirnrissig. Rosie hatte eine derartig bedingungslos
bekloppte Leidenschaft noch nicht erlebt. Und sie dachte,
ihre Beziehung zu Turbo hätte schon ein Höchstmaß an
Dysfunktionalität.

Wo kommen neuerdings immer diese Fachbegriffe her?

Gala.de, der Artikel über Cathy und Mats Hummels!
Toms Kollegin Maja nahm das Teppichmesser von der Werkbank und befreite Rosie von ihren Fesseln. Sie holte ihr
Handy heraus und rief zuerst den Krankenwagen an, dann
die Polizei. Rosie ließ sich sehr unelegant auf den Hintern
fallen und massierte ihre Hand- und Fußgelenke. Sie fragte:
»Seid ihr wirklich von den Bullen?«

»Ich schon. Schutzpolizistin. Tom war mal Kommissar,
aber jetzt arbeitet er hauptsächlich als Hundefänger.«

»Hundefänger?«

Wie enttäuschend.

»Ja, soweit ich weiß. So gut kenne ich ihn gar nicht. Wie
lange bist du eigentlich schon hier?«

»Seit Donnerstag.«

»Ist dir vielleicht ein junger Mann namens John-Milo
Vincent über den Weg gelaufen?«

»So ein Lockenkopf?«

»Genau.«

»Ja, den habe ich gesehen.«

Rosie berichtete von der verhängnisvollen Nacht vor
einer halben Woche. Maja war augenscheinlich tief getroffen. Sie atmete schwer.

»Das ist ja grauenhaft. Der arme John-Milo! Wo könnten seine und Mückes Leiche denn sein?«

Sie stemmte die Hände in die Hüften und dachte nach. Dann schnippte sie mit den Fingern und lief aus der Garage. Rosie und Knef folgten ihr zu dem Haus, das Josepha als den »schnuckeligen Bungalow« bezeichnet hatte. Hatte sie das wirklich so empfunden? Bei Tageslicht sah die Bruchbude sogar noch schlimmer aus.

Innen öffnete Maja alle Vorhänge. Die Hütte war vollständig leer bis auf eine große Tiefkühltruhe, die in der Küche leise vor sich hin brummte. Maja klappte den Deckel hoch. Darin lagen sich Thor Mücke und John-Milo Vincent so gegenüber, als würden sie ein gemeinsames Bad nehmen. Ein Eisbad. Mücke hatte immer noch den abgebrochenen Bohrer im Kopf, seine Beine waren um John-Milos abgetrenntem Rumpf geschlungen. Die nackte Haut beider Männer war stumpf und fleckig, ihre Augen starrten milchig durch frostige Wimpern, an Mund und Nase hingen kleine Eiszapfen. John-Milo hatte nach seinem Tod sehr viel länger an der frischen Luft verbracht, deshalb waren an seinen Lidern kleine gelbe Maden festgefroren. Maja wurde grün im Gesicht und rannte zurück in den Garten. Rosie hörte, wie sie sich übergab. Ihr selbst machte der Anblick nicht viel aus. Sie hatte eine ganze Menge gesehen in den letzten Tagen. So leicht konnte sie nichts mehr aus der Ruhe bringen. Von der Straße hörte sie Sirenen. Tatütata, die Polizei war da.

TOM

Zwei Monate später

Sonntag

Maja hatte Tom angerufen.

»Hey, Tom, wie geht's?«

»Ganz okay. Ich führe gerade Knef im Rahweg-Park spazieren.«

»Du kannst schon wieder laufen?«

»Mir wurde der kleine Finger abgesägt, Maja. Zwar gewaltsam und gegen meinen Willen, aber was Amputationen angeht, ist das wahrscheinlich die kleinstmögliche Verletzung. Eine Operation, die sich weder auf mein physisches noch auf mein mentales Gleichgewicht sonderlich ausgewirkt hat. Ich konnte von Anfang an wieder laufen.«

»Das freut mich. Sag mal, hast du was dagegen, wenn ich mich zu dir geselle? Ich bin gerade bei meiner Mutter, könnte in einer halben Stunde im Park sein. Hast du vielleicht ein paar Minuten Zeit?«

»Na klar, ich freu mich! Knef wedelt jetzt schon mit dem Schwanz.«

Es war ein kristallklarer Dezembermorgen, nur noch eine Woche bis Heiligabend, und die Sonne schien wie im September. Von ihm aus konnte es so bleiben, er brauchte keine weiße Weihnacht. Er hatte vor, über die Feiertage mit Bella nach Berlin zu fahren. Seine Ex-Frau hatte ihm zwar immer noch nicht verziehen, dass er sich so in Gefahr gebracht hatte, aber sie hatte Merle überredet, bei ihr zu feiern und in Anbetracht der jüngsten Ereignisse sogar ihren Vater einzuladen. Natürlich nur, solange er einkaufte und Bella kochte. Elias

sollte den Baum besorgen, die Aktion blieb aber wahrscheinlich auch an Papa hängen. Allerdings war ihm das völlig egal,
er freute sich auf die Zeit mit seiner Familie, hatte sogar Lust,
Dr. Sunil Chakraborty kennenzulernen. Der Trubel würde
zumindest für eine Weile die dunklen Wolken vertreiben, die
seit Josephas Tod über seiner Seele hingen. Er konnte nicht
aufhören, über die Sinnlosigkeit des Todes nachzudenken.
Egal, wie viele Leichen man sah, Gleichgültigkeit stellte sich
nie ein, außer bei Bestattungsunternehmern. Aber der Tod
von so vielen jungen Menschen hatte ihn ganz besonders er-
schüttert. Josepha war nur neunundzwanzig geworden, die
meisten ihrer Opfer waren ebenfalls keine dreißig gewesen.
Was bedeutete es, jung zu sterben? Es war die grausamste
Verschwendung von allen. Nicht nur des Fleisches, sondern
auch all der Träume, Wünsche und Ziele. Der unendlichen
Möglichkeiten. Der Fähigkeit, so zu lieben, wie nur Anfänger es konnten. Der Gelegenheit, Dinge zum ersten Mal zu
erfahren, die er schon lange kannte. Das Rot der Bougainvil-
leas in Los Angeles, der Ton von Miles Davis' Trompete auf
»Someday My Prince Will Come«, der Duft der Provence
nach einem überraschenden Sommerregen. Außerdem hatte
selbst ein Unmensch wie Thor Mücke eine Mutter und einen
Vater. Eltern, die ihm geholfen hatten, laufen zu lernen, die
ihre Freude herausgeschrien hatten, als der kleine Thor das
erste Mal »Vaterland« gesagt hatte.

Die Überreste von dreizehn weiteren jungen Männern
außer John-Milo Vincent und Thor Mücke waren nach Josephas Tod in ihrer Wohnung und im Garten von Nummer 29
gefunden worden. So einige Menschen irgendwo in Deutschland mussten deshalb jetzt mit einem unstillbaren Verlust-
gefühl zurechtkommen. Nicht wegen Josepha Goldstaub
natürlich. Um sie trauerte nur Tom. Nach wie vor versuchte
er, die schöne Menschenfresserin zu verstehen. Was hatte sie
dazu getrieben, ihre Opfer zu verspeisen? Woher kam ihr

mörderischer Hass auf alle Kerle? Ihre Kindheit musste eine ziemliche Katastrophe gewesen sein, und sie hatte bestimmt ausreichend Gründe, Männer zu verachten, aber welches Trauma dazu geführt hatte, aus einer Misandristin eine Serienkillerin und Kannibalin zu machen, würde er wohl nie erfahren.

Er sah Maja Ajani schon von Weitem, ihre orangen Haare leuchteten in der Sonne. Knef hatte sie auch bemerkt, sie bellte erfreut und rannte ihr entgegen. Bei Maja angekommen wedelte sie wild mit dem Schwanz und machte die Bewegung, die Tom die »Hundeverbeugung« getauft hatte. Sie streckte die Vorderbeine nach vorne, senkte den Oberkörper, hob den Hintern und stellte die Ohren auf. Knef wollte spielen. Maja griff sich ein Stöckchen und warf es in Toms Richtung. Knef lief wieder zurück, Maja folgte in erstaunlichem Tempo. Tom rief: »Maja, bitte, hör auf zu laufen! So viel Fitness ertrage ich nicht!«

Sie lachte. »Ach komm schon, ich bin halb so alt wie du. Da ist es okay, dass ich etwas fitter bin.«

»Das wollte ich jetzt erst recht nicht hören.« Er nahm sie in die Arme. »Es ist schön, dich zu sehen.«

Maja drückte ihn fest an sich. »Ebenso!«

Sie trat einen Schritt zurück und hielt ihn an den Ellenbogen. Sie blickte ihm tief in die Augen. »Wie geht es dir?«

»Stabil.«

Maja musste lachen. »Sprichst du neuerdings Jugendsprache? Was kommt als Nächstes? ›Fire‹? ›Lit‹? ›Burner‹?«

»›Stabil‹ ist jetzt Slang? Oh Mann, ich bin so alt! Nein, ich meinte exakt die Originalbedeutung des Wortes. Mir geht's nicht unbedingt gut, aber ich funktioniere. Keine extremen Höhen und Tiefen.«

»Das war gleich nach Josephas Tod nicht so.«

»Das kannst du laut sagen. Ich habe einen Menschen umgebracht. Das raubt einem ziemlich die Balance. Außerdem hatte ich ganz schön intensive Gefühle für Josepha entwickelt.«

»Du warst ja richtig verliebt!«

»War? Ich bin! Das war keine temporäre Blindheit. Ich kann immer noch nicht richtig gucken.«

Tom nahm die Brille ab und rieb sich die Augen.

»Mir ist nach wie vor nicht klar, was mich an Josepha so nachhaltig fasziniert hat. Sie war offensichtlich eine sehr schöne Frau. Aber normalerweise reagiere ich gar nicht so auf physische Reize. Jedenfalls nicht bei Frauen. Ich glaube, es war vor allem die Attraktion ihrer archaischen Kraft. Sie hatte diese natürliche Dominanz, diese völlige Ruchlosigkeit, diese unchristliche Gewissensfreiheit. Und gleichzeitig war ihre Gewalt unglaublich ästhetisch. Bei ihr wurde Mord zur schönen Kunst. Ihre Finesse in der Küche, die äußerst kreative Inszenierung meines Todes. Sogar ihr Umgang mit der Kettensäge war Tanz, eine schaurig-schöne Choreografie, ein blutiges Ballett.«

»Das klingt ja fast schon poetisch. Die Frau hat schließlich mindestens fünfzehn Männer zerstückelt und teilweise gegessen.«

»Ich weiß, es ist total absurd. Ich kann nicht aufhören, darüber nachzudenken. Zumal ich alle fünf Sekunden an sie erinnert werde.«

Tom hob seine linke Hand, an der der kleine Finger fehlte. Maja wurde von einem kurzen Grauen geschüttelt.

»Das tut mir so leid.«

»Wer sich in Gefahr begibt, kommt darin um. Oder auch: Strafe muss sein. Ich habe es wahrscheinlich nicht besser verdient.«

Sie machten sich auf den Weg zum See. Tom fragte: »Und du? Wie ist es dir ergangen? Benimmt sich Paul Streber?«

»Na ja, soweit er es eben kann. Er hat zwar extern die

gesamte Verantwortung für unsere Aktion übernommen und uns damit eine große Menge Ärger erspart, aber nur, weil er auch die ganze Ehre einstreichen konnte. Er hat natürlich alles von Anfang an gewusst und dementsprechend geplant. Er ist jetzt der Superstar im Kommissariat. Intern verhält er sich sehr gespalten. Er hat mich brutal auseinandergenommen und schwer gerügt für meinen Alleingang, gleichzeitig behandelt er mich mit einer Art Respekt, die ihm manchmal wohl selbst unheimlich ist. Er hat noch nie …«

Maja beendete den Satz mal wieder nur in ihrem Kopf. Tom schlug vor: »… einen Menschen getötet?«

»Genau. Ich bin ja offiziell die Todesschützin …«

»Dafür ein weiteres Dankeschön. Das war ein sehr geistesgegenwärtiges Manöver von dir, die Schwierigkeiten, die du mir damit erspart hast … heilige Scheiße, kaum auszudenken! Ich säße immer noch im Knast.«

»Wahrscheinlich. Jetzt bin ich die härteste Polizistin Hamburgs, und das ist irgendwie ziemlich cool. Auch wenn ich in Wirklichkeit krass versagt habe.«

»Hast du nicht. Wenn du mich nicht gefunden hättest, wäre ich jetzt tot. Du bist zumindest Hamburgs cleverste Polizistin!«

»Danke. Ich bin aber nicht hier, um mir Komplimente abzuholen. Wie du ja weißt, macht Paul Ingo Schlesinger für den Tod von Julia Müllensiefen verantwortlich. Für den Mord an ihrem Vater hat er Jens Giercke festgenommen, der ist nicht weit gekommen. Er war bei seiner Schwester in Hannover. Aufgrund meiner Aussage hat Paul die Ermittlung neu eröffnet.«

»Dank deines aktuellen Heldenstatus hat man dir wohl auch verziehen, dass du nicht ganz unbeteiligt warst an Dr. Müllensiefens Rosensturz.«

»War überhaupt kein Thema. Die alte Dame war auch nicht lange im Krankenhaus.«

»Sie ist eben eine toughe Braut.«

Maja nickte. »Ingo und Jens sitzen jedenfalls seit zwei Monaten in Untersuchungshaft.«

Tom strich sich die Haare aus der Stirn und schnaufte. »Ja, schwierig. Das sind beides Wackelkandidaten für mich. Ich kann mich immer noch nicht entscheiden, wie da die genauen Verhältnisse sind. Inwieweit die beiden allein gehandelt haben beziehungsweise ob sie überhaupt beteiligt waren. Ob eventuell doch die Mutter ihre Hände im Spiel hatte oder es sonst noch eine Erklärung gibt.«

»Das ändert sich vielleicht jetzt: Gestern wurde Agnes Müllensiefen überfahren. Direkt vor ihrer Haustür. Fahrerflucht. Sie ist kurze Zeit später im Krankenhaus an ihren Verletzungen gestorben.«

»Was?« Tom blieb stehen. Er sagte ironisch: »Die Müllensiefens haben aber auch wirklich Pech! Gab es Zeugen?«

»Ja, einen. Ihr Nachbar, auch ein eher älteres Semester. Guckte ›zufällig‹ aus dem Fenster.« Maja machte ein Paar Anführungszeichen in der Luft. »Er hat aber nur einen silbernen Mercedes gesehen. Leider kein Kennzeichen. Da er außer dem Aufprall nichts gehört hat, tippt er auf ein E-Auto.«

»Ein silberner Mercedes? Elektrisch?«

»Ja. Letzteres ist aber eine Vermutung.«

Tom haute sich mit der flachen Hand auf die Stirn. »Ich bin so bescheuert!«

»Was? Wieso?«

»Weil ich weiß, wer Julia und Agnes umgebracht hat.«

TOM

Dienstag

»Kilian, bist du wach? Kilian?«

Der schöne Anwalt schlief tief und fest. Tom glitt vorsichtig aus dem Bett. Er nahm sein iPhone und schlich auf Zehenspitzen in die Küche. Von dort aus führte die Hintertür in die Garage. Er schaltete die Taschenlampe in seinem Handy an und ließ den Lichtstrahl über Kilians silbernen EQS streifen. Tatsächlich, der Wagen hatte eine große Delle, die sich über den Kühler und die Motorhaube erstreckte. Tom wagte es, die Deckenbeleuchtung anzuschalten und schnell ein paar Fotos zu schießen. Dabei achtete er darauf, dass er das Nummernschild mit im Bild hatte. Licht aus, zurück in die Küche, von da aus ins Wohnzimmer.

Kilians Haus war eingerichtet wie die Ausstellungsfläche eines Metallmöbelherstellers. Der Raum versprühte den Charme einer auf Hochglanz polierten Umkleidekabine. Tom schloss die Tür und öffnete einen großen Stahlspind, darin befanden sich Schubladen, in denen Pappordner mit kleinen Namensschildern hingen. In der dritten von oben fand er die Akte Müllensiefen. Er zog den Ordner heraus und legte ihn auf einen Schreibtisch, der auch im Industriemuseum hätte stehen können. Er klickte eine kleine grüne Bankerlampe an und durchsuchte den Stapel Papiere. Gleich das zweite Dokument war der Erbvertrag. Tom überflog den Text, aber er merkte schnell, dass der Wortlaut zu kompliziert, zu kleinteilig war, um auf Anhieb Kleinpeters wahre Rolle im Nachlass der Familie Müllensiefen zu enthüllen. Er begann, den Vertrag mit seinem iPhone abzufotografieren.

»Hast du wirklich geglaubt, dass ich eingeschlafen wäre? Nach all dem Koks, das wir konsumiert haben?«

Kilian hatte leise die Tür geöffnet und betrat das Büro. Genau wie Tom war er nackt. Er lächelte diabolisch.

»So findest du das nie raus.« Er nahm den Erbvertrag. »Keine Sorge, ich helfe dir.«

Tom legte sein Handy auf den Schreibtisch und trat zur Seite. Kilian blätterte durch das Dokument, bis er die richtige Stelle gefunden hatte.

»Hier.«

Er hielt den Vertrag am gestreckten Arm unter die Lampe und las vor: »Im Falle des Ablebens der jeweiligen … ach, blablabla, das ist mir ohne Brille viel zu anstrengend, ich paraphrasiere mal kurz. Du weißt ja schon, dass das Erbe der Kinder an Agnes zurückfällt, sollten sie ohne Nachkommen vor ihrer Mutter ins Gras beißen. Was du noch nicht weißt, ist, was passiert, wenn auch Agnes stirbt.«

Er grinste triumphierend.

»Dann komme nämlich ich ins Spiel.«

Er benutzte den Vertrag als Fächer, wedelte sich Luft zu wie eine Geisha.

»Habe ich es schon erwähnt? Wilfried Müllensiefen war der beste Freund meines Vaters. Er hat mich aufwachsen sehen, wir haben viel Zeit miteinander verbracht. Ich glaube, ich war für ihn so etwas wie der Sohn, den er niemals hatte. Wenn er gewusst hätte, dass ich schwul bin!«

Er lachte, legte den Vertrag auf den Schreibtisch und streichelte ihn zärtlich.

»Der Tag, an dem Wilfried Müllensiefen mein Büro betrat, um sein Erbe zu regeln, war mein Sechser im Lotto. Das wusste ich zu dem Zeitpunkt aber noch nicht. Wilfried hasste das Finanzamt. Er empfand jegliche Finanzierung von staatlichen Projekten außer im Straßenbau als Diebstahl am Steuerzahler. Seine größte Horrorvorstellung war es, dass sein Vermögen ohne Erben an den Fiskus gehen könnte und damit möglicherweise Sozialhilfeempfänger oder, noch schlimmer, Flüchtlinge unterstützt werden könnten. Deshalb entschied er sich, für den unwahrscheinlichen Fall, dass seine Frau und seine beiden Kinder sterben würden, ohne vorher einen Rechtsnachfolger bestimmt zu haben, mich als Erben einzusetzen. Ich empfand das als sehr schmeichelhaft, glaubte aber im Traum nicht daran, wirklich mal Nutznießer dieser Regelung zu werden. Beide Kinder waren jünger als ich, Marius sogar über zwanzig Jahre, er hätte also ohne Weiteres noch eigene Nachkommen in die Welt setzen können. Auch hätte die mögliche Witwe wieder heiraten können. Außerdem gab es für alle drei die Option, einfach irgendwelche Erben ihrer Wahl einzusetzen. Aber unverhofft kommt oft. Fünf Jahre nachdem Wilfried Müllensiefen sein Testament gemacht hatte, stieß Jens Giercke ihn die Treppe hinunter.«

Tom nickte. »Das habe ich auch schon herausgefunden.«

Kilian betrachtete ihn verwundert. »Tatsächlich?«

»Ja, ich war noch mal in der Casa Müllensiefen und habe es aus Jens und Agnes herausgekitzelt. Jens hatte sich irgendeine Zukunft mit ihr ausgemalt und dafür ihren Mann umgebracht. Er begriff es als Gefallen. Allerdings behauptete Agnes, dass sie ihn nie darum gebeten hätte. Jens erwartete eine Form von Entschädigung, aber Agnes bestand darauf, dass er eigenmächtig gehandelt hatte.«

Kilian nuschelte wie Falco. »Alles klar, Herr Kommissar. Du scheinst dein Handwerk immer noch zu beherrschen.«

Tom zuckte nur mit den Schultern. Kilian fuhr fort: »Jens hat die Drecksarbeit gemacht, auf jeden Fall. Er war sogar richtig stolz darauf, Wilfried um die Ecke gebracht zu haben. Er hat mir gegenüber mehrfach damit geprahlt. Er hat ihn gleich dreimal die Treppe runtergeworfen! Allerdings behauptete er steif und fest, in Agnes' Auftrag agiert zu haben. Laut seiner Aussage hat sie ihm sogar geholfen, indem sie ihn heimlich in das Haus auf Sylt gelassen hat. Zusätzlich soll sie ihren Mann betrunken gemacht haben. Was daran wahr ist, wer weiß? Ist aber auch völlig egal. Das Ergebnis zählt. Es ist wie bei der englischen Thronfolge – eben war ich noch an fünfter Stelle, nach Wilfrieds Tod auf einmal an vierter. Jetzt fing ich doch an zu träumen.«

»Und dann kam Agnes zu dir, um Ingo als ihren Alleinerben einzusetzen.«

Kilian verlor kurz die Fassung. Er verschränkte die Arme vor der Brust und betrachtete Tom von oben bis unten. »Der nackte Hercule Poirot! Wie bist du darauf gekommen?«

Tom tippte sich an die Schläfe. »Die kleinen grauen Zellen. Agnes und Ingo hatten offenbar ein Verhältnis, auch damit konnte Jens Giercke nicht hinter dem Berg halten.«

Kilian pfiff anerkennend durch die Zähne. »Alle Achtung. Was für eine Tragödie, dass die Hamburger Kripo ihren besten Mann in die Wüste schicken musste. Es stimmt, die alte Schreckschraube wollte tatsächlich alles diesem Schnulli hinterlassen.«

»Deshalb hast du Julia kaltblütig die Kehle durchgeschnitten und Ingos Socken am Tatort platziert, um den Verdacht auf ihn zu lenken.«

»Ja, ich beschloss zu handeln. Zwei Fliegen mit einer Klappe. Julia ins Jenseits und Ingo in den Knast.« Kilian hielt sich demonstrativ die Nase zu. »Puh, die Stinkesocken waren echt eine Qual. Ich habe sie bei Agnes aus der Wäsche gefischt und wie Sondermüll in einer luftdicht verschlossenen Tupperdose transportiert.«

Tom fand das nicht komisch. »Na, wenn das bei der Tat deine größte Herausforderung war … Als Nächstes hättest du dir wahrscheinlich Marius vorgenommen, aber da kam dir Josepha Goldstaub zuvor. Es gibt eben doch Zufälle.«

»Zufall? Ich halte das eher für Schicksal. Das Glück ist mit den Tüchtigen! Besser hätte es gar nicht laufen können. Das Universum verlieh mir die Silbermedaille, nur noch eine vor mir.«

»Mit dieser Einstellung hattest du vermutlich auch keine Probleme, Agnes Müllensiefen über den Haufen zu fahren.«

»Machst du Witze? Null Problemo! Das war doch nur noch der Nachklapper, der letzte Dominostein einer Kette von Ereignissen, die alle in meine Richtung kippten. Tyche verlangte von mir, meine Bestimmung zu erfüllen!«

»Tyche?«

»Die griechische Schicksalsgöttin. Ich musste natürlich warten, um ein bisschen Gras über die Morde an den Geschwistern wachsen zu lassen. Mann, das war eine harte Zeit. Aber jetzt bin ich endlich der Thronfolger, verfüge ganz allein über das Müllensiefen-Imperium! Ich habe dir ja schon oft erzählt, dass Immobilien mein Steckenpferd sind. Ich hatte nur leider bislang nicht die Möglichkeit, im großen Stil mitzuspielen. Jetzt habe ich endlich die Mittel, ein paar Herzensprojekte anzuschieben. Und die Grundstücke dafür sowieso. Wie gesagt, echte Perlen mitten in der Hamburger Innenstadt!« Er rieb sich die Hände. »Aber glaub mir, ich bin mir meiner Verantwortung bewusst. Das werden keine seelenlosen Betonklötze. Das werden echte Bürotempel, wahre Kunstwerke moderner Architektur!«

Tom applaudierte übertrieben unenthusiastisch. »Bravo. Ich bin allerdings nicht so ganz überzeugt, dass zwei Monate Wartezeit genug waren. Außerdem scheint mir ein Unfall mit Fahrerflucht ein ziemlich hohes Risiko zu sein.«

»Hohes Risiko? So ein Quatsch! Weißt du, wie viele silberne Mercedes es in Deutschland gibt? Zusätzlich habe ich die Nummernschilder abgeklebt und mich hinter meinen getönten Scheiben versteckt. Im Dunkeln sieht man da gar nichts. Also, überhaupt kein Risiko.«

Tom ging rüber zur Terrasse und stellte sich ans Fenster. Kilian wohnte an der Elbchaussee, auf der dem Fluss zugewandten Seite. Sein Haus überblickte den Hafen, im Licht der aufgehenden Sonne warfen die Kräne am Südufer lange Schatten.

»Warum erzählst du mir das alles so bereitwillig? Jetzt müsstest du mich doch eigentlich auch umbringen.«

»Das hätte ich sowieso gemusst. Du bist der Einzige, der eins und eins zusammenzählen kann. Du hattest schon vorher ein paar Schlussfolgerungen zu viel gezogen, das habe ich gleich gemerkt, als du dich auf einmal doch mit mir verabreden wolltest. Ich wollte nur kurz noch mal mit dir schlafen.« Kilian stellte sich hinter Tom. »Hast du irgendjemandem von deinem Verdacht erzählt?«

Tom zögerte etwas zu lang.

»Ja ... hab ich. Ich hab's Maja erzählt.«

»Netter Versuch.«

Im Augenwinkel sah Tom, dass Kilian eine schnelle Bewegung mit der rechten Hand machte. Neben seinem Ohr entrollte sich etwas Lederartiges, knallte wie eine Peitsche. Er erkannte eine goldene Gürtelschnalle. Während sein Gehirn noch versuchte, die Aktion zu verarbeiten, fühlte er einen starken Druck auf seiner Kehle. Kilian hatte ihm einen Gürtel um den Hals gelegt und begann, ihn zu würgen. Tom ächzte: »Kilian, du würdest mich doch nicht einfach so erdrosseln?«

»Wieso nicht? Weißt du, Mord ist keine große Sache. Beim ersten Mal ja, vielleicht. Aber wenn man schon mal damit angefangen hat ...«

Er zog fester zu.

»Und wenn man dann auch noch erlebt hat, wie stümperhaft die Polizei ermittelt, sinkt die Hemmschwelle doch um so einiges. Ja, ich würde dich ohne Weiteres erwürgen und dann deine Leiche einfach in den Lohmühlenpark legen. Da werden öfter mal Freier von ihren Strichern stranguliert. Ich möchte wetten, dass auch du nicht sonderlich zur Aufklärungsquote der Hamburger Polizei beitragen wirst.«

Tom trat Kilian mit voller Wucht auf den Spann seines Fußes. Er spürte ein paar Knochen knacken. Kilian schrie auf und lockerte für einen Moment den Druck auf den Gürtel. Lange genug für Tom, um die Finger beider Hände darunterzustecken. Er machte einen Buckel, legte den Kopf zur Seite und schleuderte Kilian über sich hinweg gegen die Scheibe. Der knallte mit dem Kopf gegen das Glas, ließ aber nicht los. Er hing kurz über Toms Schulter, dann rutschte er seitwärts ab und kam neben ihm wieder auf die Füße. In Kilians Reflexion im Fenster sah Tom, dass ihm Blut aus einer Platzwunde an der Stirn über das Gesicht lief. Er hatte immer noch die Hände am Gürtel.

Kilian war etwas kleiner als Tom, aber um einiges muskulöser. Er nahm die Arme vor die Brust und beugte sich nach hinten. Er hob Tom am Hals in die Luft, der verlor die Bodenhaftung. Er zappelte mit den Füßen, versuchte, Kilian gegen die Schienbeine zu treten. Als das nicht gelang, begann er, seinen ganzen Körper von links nach rechts zu werfen. Wie der Klöppel in einer Glocke schwang er von Kilians Fäusten, der konnte die entstehende Pendelkraft nicht halten. Er verlor das Gleichgewicht, sie kippten beide ungebremst seitwärts auf den Boden.

Kilian ließ den Gürtel los, Tom sprang auf, riss ihn sich vom Hals und schmiss ihn außer Reichweite. Kilian kam nicht so schnell auf die Beine, er glitt auf seinem eigenen Blut aus, musste sich mit beiden Händen am Boden abstützen. Tom stürzte sich auf ihn, rammte ihn mit der Schulter in die Rippen. Er schob Kilian gegen den Schreibtisch, griff mit beiden Händen nach seinem linken Unterarm und riss ihn erbarmungslos hinter seinem Rücken nach oben. Er hörte irgendetwas reißen. Kilian brüllte vor Schmerz und richtete sich auf. Tom stellte sich hinter ihn und hielt ihn im Polizeigriff, drückte ihn mit seinem ganzen Gewicht auf die Tischplatte. Für ein paar Minuten verharrten sie in einer Art physischem Patt, keiner konnte den anderen überwältigen. Es war, als hätte ein unsichtbarer Zuschauer auf seiner magischen Fernbedienung die Pausentaste gedrückt, die Ringer ruckelten hin und her wie das Standbild eines alten Videorekorders.

In der plötzlichen Stille ihres Remis erschienen die kleinen Geräusche ihres Kampfs doppelt laut, die harten Oberflächen der Metallmöbel verstärkten sie wie die Membran eines Lautsprechers. Das Stöhnen und Keuchen der bis zum Reißen gefüllten Lungen, das Knacken und Knarren des misshandelten Schreibtischs, das Quietschen der nackten Füße auf dem polierten Estrich. Tom fiel auf, dass sie sich vor ein paar Stunden schon mal in einer ganz ähnlichen Position befunden hatten. Auch da waren sie unbekleidet gewesen. Das seltsame Déjà-vu wurde verstärkt durch Kilians süßes Eau de Toilette, gemischt mit dem erdigen Duft seiner Haare. Tom konnte den schönen Anwalt schon immer gut riechen …

Der kurze Anflug von Schwärmerei wurde jäh beendet. Kilian machte einen einarmigen Liegestütz, stemmte sich von der Tischplatte. Er bäumte sich ruckartig auf und versuchte, Tom abzuwerfen. Der griff mit seiner freien Hand nach der gegenüberliegenden Tischkante und presste Kilian tiefer auf den Schreibtisch. So kam er ihm noch näher. Er fühlte Kilians Muskeln unter seiner wohlriechenden Haut arbeiten, spürte die Hitze seines Körpers. Kilian ächzte vor Anstrengung, er gab alles, operierte an der äußersten Grenze seiner Kräfte. Sie fingen beide an, stark zu schwitzen. Es wurde zunehmend schwierig, den Gegner festzuhalten. Schließlich gelang es Kilian, das Unentschieden zu lösen. Er glitt unter Tom hindurch zur rechten Seite und befreite so seinen Arm aus dem schmerzhaften Klammergriff. Er trat Tom mit der linken Hacke rückwärts in die Hüfte, holte ihn fast von den Beinen. Tom musste ein paar Ausfallschritte nach hinten machen, um die Balance wiederzuerlangen. Kilian nahm die Fäuste hoch wie ein Boxer. Er atmete schwer, Blut schäumte auf seinen Lippen. Mit gesenktem Kopf attackierte er Tom aufs Neue. Für einen kurzen Augenblick verlor der die Konzentration. Sein Blick blieb an Killians Penis hängen, der zwischen seinen Beinen schwang. Was für ein Prachtexemplar!

Kilian hatte ihn fast erreicht. Tom täuschte eine Drehung nach links vor, holte mit dem rechten Bein aus und kickte Kilian wie bei einem direkten Freistoß in sein Schmuckstück. Tor! Kilian klappte zusammen wie ein Taschenmesser. Er fiel zu Boden und krümmte sich, als hätte ihm jemand in den Bauch geschossen. Tom schnappte sich den Gürtel und fixierte Kilians Unterarme an seinen Unterschenkeln. Er schlang das Leder zweimal um die Gliedmaßen und zog es extra fest.

Kilian schimpfte: »Du hast mir in die Eier getreten, du Feigling! Das ist nicht fair!«

Tom lachte bitter. »Das ist nicht fair? Du meinst, so fair wie zum Beispiel jemanden hinterrücks erwürgen?«

»Das nützt dir alles sowieso nichts! Du hast keine Beweise, ich streite alles ab. Im Gegenteil, du sitzt in der Scheiße, nicht ich. Ich zeige dich an wegen Hausfriedensbruch und Körperverletzung!«

»Da wäre ich mir nicht so sicher.«

Tom ging zum Schreibtisch und nahm sein Handy. Er rief die Voice-Memo-App auf und drückte auf Play. Kilians Stimme erklang.

»Hier. Im Falle des Ablebens der jeweiligen ... ach, blablabla, das ist mir ohne Brille viel zu anstrengend, ich paraphrasiere mal kurz. Du weißt ja schon, dass das Erbe der Kinder an Agnes zurückfällt, sollten sie ohne Nachkommen vor ihrer Mutter ins Gras beißen. Was du noch nicht weißt, ist, was passiert, wenn auch Agnes stirbt. Dann komme nämlich ich ins Spiel.«

Kilian starrte entsetzt auf das iPhone. Tom spulte weiter. Er hörte seine eigene Stimme.

»*Deshalb hast du Julia kaltblütig die Kehle durchgeschnitten und Ingos Socken am Tatort platziert, um den Verdacht auf ihn zu lenken.*«

»*Ja, ich beschloss zu handeln. Zwei Fliegen mit einer Klappe. Julia ins Jenseits und Ingo in den Knast. Puh, die Stinkesocken waren echt eine Qual...*«

Tom schloss die App. »Scheint so, als wäre Tyche doch nicht bedingungslos auf deiner Seite. Oder wie der Buddhist sagt: Du hättest vielleicht dein Karma-Konto nicht überziehen sollen.«

Kilian verlegte sich aufs Säuseln. »Tommy, bitte, lass uns noch mal darüber reden. Wir sind doch erwachsene Männer, wir finden bestimmt eine Lösung. Komm schon, Liebster, ich flehe dich an!«

Tom holte ein paar Blatt Papier aus einer Schublade im Schreibtisch. Er knüllte sie zusammen und stopfte sie Kilian in den Mund. Er flüsterte bitter: »Ich bin nicht dein Liebster.«

Tom ging zur Terrasse und öffnete die Tür. Er trat auf die Plattform und atmete ein paarmal tief durch. Die Luft war klar und kühl. Er bildete sich ein, das Meer riechen zu können. Er drückte eine Kurzwahl auf seinem Handy und hielt es sich ans Ohr. Nach einer Weile sagte er: »Hallo, Mischa. Hier ist Tom.«

Danksagung

Ein herzliches Dankeschön geht an meine Familie, Freund*innen, Entdecker*innen, Unterstützer*innen, Mitstreiter*innen und den besten Agenten der Welt:

Elliot Blunck, Sydney Thomas, Colette Conrad, Nic Blunck und Alexander Biglane.

Franziska Herrmann, Detlef Diederichsen, Jürgen Nerger, Frank Schmiechen, Eva Sudholt, Olaf Steinbiß, Nicolai Witt, Judy Born, Marcus Müntefering, Eckhart Nickel und Johann Scheerer.

Hannes Kraus und Dominic Hettgen.

Stefanie Rahnfeld, Leslie Schmidt, Nina Schäfer, Inka Stirnagel, Nora Dutz, Andrea Ludorf, Stine Mühle, Isabel Lorenz, Kim Meyer, Marie Stave, Angela Frantz, Julia Dösch, Nadja Kossack, Michael Robb, Jakob Klotz, Robert Hosp, Karl Jawara und all die phantastischen Spitzenkräfte bei Emons, Clouds Hill, Agentur Kossack, Blut und der Kultur-Manufaktur / Dussmann.

Lars Schultze-Kossack. Ruhe in Frieden.

DIE SONGS ZUM BUCH

Das neue Album »Der Schlaf Fotograf« von
Timo Blunck mit drei Songs aus dem Kriminalroman
»Ein kleines Lied über das Sterben« erscheint
bei KulturManufaktur auf Vinyl und CD.